高满堂 著

家有九凤

万卷出版有限责任公司
VOLUMES PUBLISHING COMPANY

图书在版编目（CIP）数据

家有九凤 / 高满堂著. -- 沈阳：万卷出版有限责任公司，2025.7. -- ISBN 978-7-5470-6541-9

Ⅰ．I247.5

中国国家版本馆CIP数据核字第2024Z42K89号

出 品 人：王维良
出版发行：万卷出版有限责任公司
　　　　　（地址：沈阳市和平区十一纬路29号　邮编：110003）
印 刷 者：辽宁新华印务有限公司
经 销 者：全国新华书店
幅面尺寸：160mm×230mm
字　　数：380千字
印　　张：20
出版时间：2025年7月第1版
印刷时间：2025年7月第1次印刷
责任编辑：胡　利
责任校对：刘　璠
封面设计：仙　境
版式设计：张　莹
ISBN 978-7-5470-6541-9
定　　价：68.00元
联系电话：024-23284090
传　　真：024-23284448

常年法律顾问：王　伟　版权所有　侵权必究　举报电话：024-23284090
如有印装质量问题，请与印刷厂联系。联系电话：024-31255233

目 录

第一章……………………………………………001
第二章……………………………………………018
第三章……………………………………………033
第四章……………………………………………044
第五章……………………………………………052
第六章……………………………………………067
第七章……………………………………………084
第八章……………………………………………094
第九章……………………………………………106
第十章……………………………………………119
第十一章…………………………………………132
第十二章…………………………………………144
第十三章…………………………………………155
第十四章…………………………………………165
第十五章…………………………………………176
第十六章…………………………………………189
第十七章…………………………………………198
第十八章…………………………………………208
第十九章…………………………………………218
第二十章…………………………………………229

第二十一章…………………………………… 241
第二十二章…………………………………… 255
第二十三章…………………………………… 263
第二十四章…………………………………… 277
第二十五章…………………………………… 292
第二十六章…………………………………… 304

第一章

　　一九七七年腊月二十九，古城下了整整一夜漫天的大雪。三十儿天麻麻亮的时候，听雨楼的楼主老初太太听到院里咔嚓一声响，打了一个激灵，醒了，拥着被坐起身，望着窗外纷纷扬扬的大雪发愣，嘴里自言自语："天爷，这是怎么的了？今年节气早，初一就打春，飘两片雪花片子意思意思就行了，值当得下这么大的雪？要和谁过不下去吗？"老太太念叨着披衣下了炕，使劲推开大雪封了的门，站在回廊四下张望，不由得一愣。

　　院里盖上了厚厚的积雪，大雪把本是杂乱无章的院子变得笔画简单而又粗劣，古旧的听雨楼一下子变得臃肿不堪；更叫老太太吃惊的是，当院那棵年逾百岁的老槐树上那根她早就看着不顺眼的横生的枝干被积雪压断了，惊醒老太太的声响就是它发出来的。

　　且慢——读到这里就有读者提出疑问：古城的名字叫什么？敢问城在何方？古城有名。大凡写都市小说的都不愿意把城市的名写真了，胡乱起一个，比如江城、滨城什么的，这本小说也不能免俗。为什么？现在这个社会到处都是神经，惹来不见不散没完没了将官司进行到底的麻烦，更何况写小说！所以小说家的小说城市的名字一般都是假的；也有真的，那大都是歌德派、通常写的是大城市小人物。而我的这本小说既非标准的歌德派，写的又非大城市，书中写的倒是小人物，麻烦的是这些小人物的七情六欲都很正常、平常、经常，一不小心就会和生活中哪个人的亲身遭遇撞车，倘若地名像到银行存款一样搞了实名制而惹上一场官司，那就得不偿失；即便是官司打赢了，挣的那点稿费也不够塞律师牙缝的。故而小说的地名定为在中国地图上找不到的古城。

　　古城是镶在渤海边的一个县级市，城里有古城楼、古牌坊、古塔、古庙、古街……古得破旧不堪。连街上刮过的风，都有一股抖搂老棉花套子散发出的古旧味道。

　　老初太太住的这个听雨楼挺气势，两层楼，样式有点中西合璧：起脊，出檐，五脊六兽一样不少，带回廊；门窗是欧式的，当院一个洋式的丁字楼梯，意大利风格，栏柱雕成男根模样，可除了老太太没有人知道那光滑的柱头是男人的"那话儿",不然早就破四旧了。可怜的是,满楼的这点洋气被大门口的一座影壁墙压得毫无生气。

听雨楼的原先楼主,是姓孙的大户,祖上中过举。为什么叫听雨楼?据说因为楼里经常闹鬼,深更半夜有时能听见哗哗啦啦的下雨声,可第二天早上院子里看不到点滴雨星儿;还有人说,赶上下雨的夜,借着闪电,影影绰绰能看见一群长头发的人躲在院门楼下喳喳话儿。估计都是瞎说。为什么?楼是孙家那个举人在世的时候修建的,给自家的新楼命个名以示风雅在当时是很平常的一件事,至于为什么起这么个名,扒开棺材问他去好了,没有人去考证。

都说富不过三代,果真如此。孙举人的后人吃喝嫖赌,万贯家财很快挥霍一空,听雨楼在解放前夕就抵债给了开粮栈的初世之。用现在的话讲,那时候初世之刚刚冒富,搬进听雨楼不久就解放了,落了一顶资本家的帽子。起初,初世之坚决不要听雨楼,说这楼邪性,闹鬼。他老婆石捧玉手大眼面宽,经的事多,胳膊上能跑马,拳头上能立人,七个不服,八个不忿,说:"过眼的云彩怕人的鬼,什么没见过?让我会会这些凶神恶鬼!"于是住进了听雨楼。如今老初早就驾鹤西归了,石捧玉这个挺有味道的名字早在她生了第一个大丫头以后就没人叫了,取代的是"凤儿她娘""老初大嫂"……一直叫到"老初太太"。老初家自从搬进听雨楼就没得好,为此老初和老婆打了一辈子叽叽。

听雨楼在古城名气很大。名气大倒不是因为楼里闹过鬼,"文化大革命"把活鬼死鬼都整得屁滚尿流,看见红颜色就哆嗦,谁还把鬼当回事?有名是因为楼里住着老初太太。这有什么稀奇的?是稀奇,能不稀奇吗?老太太一辈子一口气生了九个孩子,这还没有什么,九个孩子一色的是丫头,这还没完,结了婚的闺女又生丫头!大伙都说,老太太的阴气太重了,煞住了妖鬼,也伤了自己,听雨楼隔着八里远能看见三丈高的阴气。

初老太太的九个闺女大名都泛一个"凤"字,依次叫金凤银凤玉凤翠凤祥凤福凤桂凤桐凤,小老九叫龙凤,是老太太盼儿情切给老闺女起了这么个含糊不清的名字。九个凤儿的大名除了在课堂上没有人叫,大伙都习惯按她们的排行叫。年龄都是相差两三岁,唯独老八和老九差得大些,老八都念中学了,小九凤才刚念书。大凤在搪瓷厂工作,为照顾老太太提前办了病退,女婿是古城老字号饭店群英楼的大师傅,女儿莲子当兵在外;二凤嫁了个小老广,跟丈夫去了南方;三凤中学毕业后赶上上山下乡,一直赖着没走,没找到工作,嫁了比她大十几岁的刀剪厂死了老婆的原厂长孟传礼,孩子还小,乳名叫冬子;四凤下乡后早早嫁了当地农民，一直没开怀，男人叫朱永河；五凤中学毕业留城，在街道工作，男人叶知秋是上海人，大学毕业生，在古城种子站工作，他们的女儿枝子一小就叫上海的爷爷奶奶接了过去；六凤也下了乡，和青年点的王国臣自由恋爱结了婚，生个女儿叫婷婷，多亏五凤在街道兴风作浪，把两口子办回城，六凤进了屠宰场，王国臣在运输公司当司机；七凤下乡到黑龙江。听雨楼现在是老太太和大凤两口子以及八凤九凤五个人一起混着过。老太太没工作，八姐九妹念书，生活费怎么出？老太太早就制定了政策：成了家的闺女按工资收入摊派，概莫例外。生活费由老太太把着，大凤主管财会兼采买，实行月报账制度。

  老初家的规矩就是多，按照老理儿，年三十儿结了婚的凤都要跟女婿回婆家过，可在老初家就变了，年三十儿女婿闺女都在听雨楼过。为什么呢？年三十儿是初老爷子的忌日，初老爷子死的当年，老太太就开了个会，立下个规矩：年三十儿、老爷子的周年都在这儿一勺烩。大伙都是举了手的。没想到这一举手，就是多少年。

  腊月三十儿一早大雪封了门，家家忙着除雪，过晌了街上才有孩子放鞭炮，零零星星，像皮小子尿尿，一杆儿一杆儿的，不成溜儿。鞭炮之所以放得不成阵势，皆因为家家都留着后手，准备子夜发纸的时候斗一斗，那时候谁家鞭炮放得多，说明日子过得火爆，人气旺，可嘴上都不说，小孩子不明白这个理儿。

  这阵子家家户户都在走油。一说起油，古城的人就骂娘。为什么？古城的腹地是咱们国家的大粮仓，生产的大豆码成山堆成岭，叫美国鬼子馋红了眼，可城里人每月就供应三两豆油，古城"革委会"姓秦的主任因此得了个外号——秦三两。尽管这么一丁点油，可过年每家每户都不含糊，主妇们变戏法似的不知从哪儿掏腾出一大罐子油，惊得老爷们儿赶快关上门，盘问老婆哪儿搞到的。老婆们骂他们骑锅夹灶。于是爷儿们就悄悄地去拉风匣，于是街上就飘着油香，于是满街的油气越来越浓，抓一把都能攥出油星子，于是人们就好幸福好幸福的了。

  雪还没停，只不过下得不疾不徐，优哉游哉，肥大的雪片子像是在空中跳霹雳舞。这时初家的老丫头小九凤背着书包，踩着窄窄的石板路蹦蹦跳跳过来了，还不时伸手抓着满天飘舞的雪花。她穿着男孩儿的衣裳，留着小子头，刚从寒假学习小组做完作业回来。我们且跟着九凤，推开听雨楼沉重的院门，看看初老太太家年三十儿是怎么过的。

一进听雨楼的门，碰眼的就是那大半截子斑驳的影壁墙，浮雕的仙鹤已经没了脑袋、脖子，像全聚德的烤鸭，可惜看不出一点油性，一个斗大的福字缺笔少画；绕过影壁墙，一眼看到的是当院的丁字楼梯，再就是刻着岁月痕迹的回廊，屋檐墙壁上挂着雨伞、笼屉、干鱼、大葱、辣椒什么的。

在家的几个凤儿正楼上楼下忙活着年夜饭，留声机里《沙家浜·智斗》的片段在院子里回荡——"这个女人不寻常……刁德一安的什么鬼心肠……这小刁一点儿面子也不讲……这草包倒是一堵挡风的墙……"

大凤像个总管，指挥着三凤、六凤忙活年事。见三凤在回廊磨磨蹭蹭，大凤有些不满，站在当院朝楼上喊："老三，告诉你几回了，怎么就是听不见？赶紧把灯笼挂门外去。春联儿贴没贴？还没贴啊？叫妈知道了又得撸你三层皮！"

三凤提着灯笼，胳膊上搭着春联儿从楼上走下来，阴着脸子嘟囔："嚎什么嚎。你这个人，只要咱妈不在跟前就闹脸儿；老太太在你眼前一站你就低眉顺眼瘪茄子了。"一边说着一边朝院门走去，挂灯笼，贴春联儿。

大凤并不在意三凤的嘟囔，朝楼下西厢厨房走来。进厨房撒目了一圈，见六凤正在忙活着，问："属相还没下锅啊？"掀开面案的屉布，看了一眼正醒着的属相，"长着点儿精神，去年就蒸得不好，今年可别蒸坏了，再别让老太太大过年的不高兴。""放心吧，大姐，这回不是有你里里外外监管着吗？"六凤回道。

大凤拿起一个属相，掂了一掂，飘轻，说："嗯，醒得差不多了。千万小心点儿，下锅的时候火旺着点儿烧，把笼屉围紧了，揭锅的时候别让气滋了。我看该下锅了。"

三凤溜着墙根悄悄地走了进来，见大凤看见自己了，忙笑道："呦，属相要下锅了？"大凤沉着脸问："你那摊儿事忙完了？"

三凤说："完了。"说着走到面案前，掀开屉布看着一个个属相，"巧的，吹口气就能活了。"大凤一挥手说："好了，下锅。"

凤儿们小心翼翼地把一个个属相放进锅里。大凤又一挥手："盖锅。"三凤把一个硕大的屉盖摁到锅上。在弥漫的热气里，不知谁往锅里迅速地伸进了一只手，拿出一个属相来。谁也没有理会。

大凤察看了一下锅灶，吩咐："把屉缝围紧！"六凤赶忙把锅的四边用屉布围紧。"好了,今年的属相错不了。"大凤长长地舒了一口气。

从厨房出来,大凤见丈夫胡宝亮拎着四个空啤酒瓶子下了楼。胡宝亮朝大凤伸着手说:"你把副食品小账给我,我领啤酒去。鱼在盆里用酱油喂着,待会儿你去翻一翻,叫味儿吃匀了。"大凤从兜里掏出小账,嘱咐道:"啤酒换回来可别喝。"胡宝亮嘟嘟:"大年三十儿不喝什么时候喝?"

大凤瞋了丈夫一眼说:"一正月就靠这几瓶啤酒,过个年一户才分四瓶,今天喝了正月十五、二月二怎么办?还是按咱妈的办法,做些汽酒吧。"胡宝亮摸着脑袋说:"都怎么做来着?我怎么给忘了?"大凤把小账塞给丈夫说:"忘性真大,咱妈去年怎么做你没看见啊?酒精对好水,放点糖精、小苏打,再加点糖色。"

胡宝亮笑了笑说:"想起来了,那酒劲可真冲。"大凤推着丈夫说:"什么脑子,快去吧。"

刚走了两步,胡宝亮又回头问:"哎,老六厂里分的那四个猪蹄儿做不做?"大凤想了一想说:"也留着正月十五吧,别好东西都一顿造了。"说罢,扬着脖儿朝楼上走去。

楼上堂屋是"老凤凰"住着。这阵子老太太坐在太师椅上,耳朵里听着戏,手里擎着一只鸡蛋,对着灯光仔细端量;又起身把鸡蛋放进炕上一个木壳箱里,盖上小被儿,双手伸进去不停地摩挲着,嘴里念叨:"快了,快出来了,嘻嘻,我听见你们的动静了。"

大凤进了屋,向老太太汇报:"妈,属相下锅了。"老太太说:"嗯,可别蒸坏了,大过年的,别像去年似的惹得大家不高兴。"

大凤说:"妈,这回您就放心吧,从发面、揉面、搓面直到属相上屉,都是我一手监管着,您就瞧好吧,保准一个个蒸得生龙活虎。"老太太点了点头,她是信得过大闺女的。

大凤凑近母亲,小声说:"妈,去年大伙的属相蒸得都挺好的,就老五的蒸坏了,你说能是谁干的?"老太太瞅了大凤一眼说:"去年的事不是过去了吗?陈芝麻烂谷子就不去说它了,说今年的事儿。"

大凤脑子没转筋,皱着脑门儿回忆:"我这么琢磨着,不是老八?要不就是……"老太太摆摆手:"别瞎猜了,这么点儿活就是干不明白?去年老五的属相蒸坏了,今年为个属相又一惊一乍的,你说说你们还能干点儿什么?当年这听雨楼房主老孙家的孙子过百日,放了多少桌咱不知道,光葱花就用铡刀铡，把铡刀都没了，你说那葱花用了多少？要爆多少锅？摆了三天三夜大席，可人家纹丝不乱，没出一点儿差错。"

九凤满脸汗水地跑进来，嚷嚷着："急死了，急死我了！"书包都没来得及摘下，掀开老太太的衣裳把小脑袋拱进去吃奶。"哎哟！"老太太眉头一皱，"这一小口儿，咂得我生疼！这老闺女下嘴可够狠的了，看我赶明儿死了你怎么办？"九凤不搭话，脑袋在老太太胸头蛹动着。老太太安详地闭上眼睛。

大凤看不下眼了，说："小老九，咱妈这么大岁数哪还有奶啊？你这孩子惯得一身穷毛病。妈，早就该不让她咂奶了，能咂出点什么也好，不能由着她的性子来。"老太太闭着眼睛，堆满褶子的脸上挂着舒展的笑，说："老大，这事儿轮不到你管，我还没死，小老九还没掉到你们手里，你该干什么干什么去吧。"说罢挥了挥手。

大凤瞪了一眼九凤，见老太太不高兴了，忙换笑脸："妈，还有件事儿。"老太太说："不用说我也知道了，是不是你家莲子今年又不能回来过年？"大凤叹了口气说："来信儿了，回不来了，人家部队上不放假。"

老太太问："那老五家的枝子呢？"大凤说："不是在人家上海的奶奶家吗？老五怎么叫也不回来。那枝子呀，学了满口上海话，老五都听不懂了。"老太太摇摇头叹道："大过年的又少了两个小人儿，不热闹。"

大凤从兜里掏出个小本，打开，一页页翻着："妈，我给您报一下账。"老太太端坐在太师椅上，抹搭着眼皮儿说："报吧。"大凤看着小本一项一项地报起账来。老太太听着，大拇指在四个指头上捻着。报完账，临出屋子大凤又瞪了九凤一眼。

大凤一出屋，九凤忙从母亲的怀里钻出来，急三火四把书包里的书都倒在炕上。老太太奇怪："九儿，你这是干什么呀？"九凤跳个高儿，拖过来炕头上的面袋子，打开口，从里边抓着花生、瓜子往书包里塞，朝母亲嘻嘻一笑："我得先藏起来点儿，要不一会儿就没有了。"

老太太笑道："谁也没有俺九儿精。"走过来，从九凤的书本里捡起几张图画看着，问："九儿，这是你画的？"九凤一梗脖子，挺展扬地说："嗯。"老太太端着画儿，慈祥地笑着说："哟，画得真好。"九凤起小就爱画画儿，老太太说她随根，随她姥爷。她姥爷年轻的时候在乡下当画匠，画庙墙，塑神像，很有名气，若不是半途而废很有可能中国又多了个齐白石。

老太太正和九凤磨牙呢，这时一辆三轮车在听雨楼院门口停下。三凤、六凤从门洞里跑出来，惊惊乍乍地叫着："二姐，你回来了？妈都急死了！"九凤在屋里听见动静，像只蜻蜓似的飞下楼梯，跑出大院，一头拱在二凤的怀里。

二凤一脸疲惫却掩饰不了回家的喜悦，下了三轮车说："急什么嘛，广东离这里十万八千里，火车不喘气儿还要跑三天四夜。老太太干什么事都是急，去年不是回来过吗？今年又催着回来，不就是过个年嘛。"搂着九凤，高兴地问，"小九凤，想二姐不？"九凤不失时机地撒娇："怎么不想！唔，最想二姐给我捎什么好东西了。"说着拎过旅行包，拉开拉链翻腾起来。

二凤笑着打了九凤一巴掌："看咱妈把老丫头惯的，人还没进院，东西就叫她截住了，这不是到了黄泥岗吗？"六凤瞅了九凤一眼，说："别提这一出了，咱妈老来老去护开犊子了，护了个煞实，就差擎头上了。那天小老九半夜要吃麻花，你猜怎么着？这老太太，跐个小脚拿拾斤粮票跟王麻子换了仨。"

九凤翻着了一包糖，朝六凤大腿根掐了一把，斜着眼说："就你嘴长，我告诉咱妈，看不颠你一顿老拳。"哂着糖颠了。二凤笑眯眯地看着远去的九凤，摇着头说："这个老丫头，是惯得没个丫头样了。"六凤笑着："你可别惹她。二姐，咱进屋。"

三凤跟行了几步，四处看看，犹豫了一下，一转身溜回自己家去，她家和听雨楼就隔一条街。

几个女婿正从楼下厨房里往楼上端菜；胡宝亮颠着炒勺不停地吆喝着，支使着人，见二凤回来了，匆匆打个招呼忙自己的了。

老太太端坐在二楼回廊的太师椅上，见六凤拎着东西和二凤走进院，拍着巴掌笑了："我的天爷，好大个干部你，今儿说回来明儿说回来，一晃又是一年，心里还有这个家吗？我正琢磨着一步一个头去上火车站迎你哩。"二凤几步抢上楼，搂住母亲叫了声："妈。"哽咽了。

老太太抚着二凤的头说："不兴哭，今儿个是个大年三十儿，你们姐妹八个也聚齐了，就少一个老七，听雨楼多少年也听不着这么大的动静了，该高兴才是。你把满肚子哭音儿给我咽回去，今天咱要高高兴兴！"大凤在一旁劝慰二凤："老二，听妈的，不哭了，快和妈进屋吧。"老太太扯着二凤的手进屋。

大凤回过头问六凤："老八呢？"六凤摇摇头说："不知道。"胡宝亮从楼下厨房探出头搭话："老八？拎个清酱瓶子出去一个钟头了，眼看就要拌凉菜了，急死人呐！没清酱我这个群英楼大师傅也不灵。"

大凤又问："老五呢？怎么也没来？又有联防任务？不管干什么她都能摆

个姿势装个样儿,不就是个街道人保组长吗?拿的什么架儿!"说罢朝四下瞅了瞅,又问,"老三哪儿去了?老四怎么也没来?"六凤说:"三姐刚才还在大门口打了个晃儿,掉腚没有了,老四还没到。"大凤一挥手:"赶紧去找找老八!"

八凤不用找。你看她,这阵子戴着副蛤蟆镜儿,穿着大喇叭裤,拎瓶清酱,嗑着瓜子儿,正在街上慢慢悠悠地晃着。晃着晃着,蓦地停下脚步——只见对面几个戴红胳膊箍的联防队员呈扇形慢慢向她包抄过来。一个联防队员拿着一把大剪子在手里不停地咔嚓着。八凤见事不好,撒腿就跑。联防队员个个了得,闪展腾挪,探囊取物般地逮着了八凤。

一个联防队员晃着剪子问:"看你往哪儿跑!"指着她的喇叭裤,"怎么着,你不豁?我给你豁!胆儿肥了你,光天化日的竟敢穿资产阶级的奇装异服!革命街道小混混儿的喇叭裤叫我们豁得差不多了,大鬓角也铰得不少了,就没听说过?还敢招摇过市?过来,自己豁!"

八凤抱着胳膊,冷冷地说:"我豁的也不是头一条了,只要抓不着我就穿。叫我说你们这是吃饱了撑的。也不想想,早上我们一排人穿着喇叭裤当街一走,卫生队就不用扫大街了,我们这也是学雷锋做好事呢。"拿剪子的联防队员火了:"小嘴还挺会巴巴的,你到底豁还是不豁?"

八凤拿过剪子,咬着牙说:"豁,我自己豁,你们听动静就行了。我告诉你们,野火烧不尽,春风吹又生,革命人永远是年轻!"

这时,穿着军大衣的五凤拎着几把小杆秤过来了,腚后跟着几个小商贩。五凤边走边训:"你们胆儿有多大,跑到我的地面上耍秤杆子。要过年了你们也不歇一歇?想要秤?跟我到街道人保组去。"走着走着,突然愣住了,她看见了正在豁裤子的八凤。八凤看了她一眼,继续豁着,更来劲了。

五凤走过来。一个联防队员看看五凤又看看八凤,贴着她的耳根子套近乎:"初组长,这是你家老八吧?我们不知道。"转过脸,"好了,好了,别豁了。"五凤一瞪眼,说:"豁!你们做得很好,在这件事上不要讲什么情面。"

八凤看着五凤冷笑。说:"初组长,还要豁吗?再豁可要到大腿根了,我这当街一走那才叫好看呢,那叫春光乍泄,赶上看黄片了。"五凤恨恨地数落道:"老八,扯着耳朵嘱咐你不要穿这些乱七八糟的奇装异服,怎么就是不听?难不难为我?你叫我怎么办?三天两头给我上眼药,还有完没完?"八凤一扭身子，毫不客气地回道："闭死你那个腔吧！"

五凤到底是当姐姐的，对八凤循循善诱："老八，你别生气，听我说，虽然粉碎了'四人帮'，但阶级还在斗争，还是那句话，树欲静而风不止。现在社会上就出现了阶级斗争新动向，帝国主义和平演变的预言恐怕就要在你们这些人身上实现，你可要千万提高警惕，不能让资本主义俘虏了去！"五凤的话有股"两报一刊"社论味儿。

八凤仰脸望着天问："说完了吗？"

"还没完。"

"我可以说两句吗？"

"我没有剥夺你的发言权。"

八凤两眼盯着五凤，一字一句地说："咱姐妹九个，我最看不起的有两个，一个是你，一脸阶级斗争，像只猫，两眼放绿光，贴着墙根闻腥味儿；一个是四姐，没志气，穷得家里锅掉底儿，三天两头跟老太太要钱。"说完扭腚走了，豁开的黑色喇叭裤被风吹得呼啦呼啦飘起来，像两只大鸟。

被八凤讥笑为穷得家里锅掉底儿的四凤，这时正在听雨楼大门口徘徊。她衣着寒酸，一身乡下打扮，才从农村赶来。扛着个篮子，里面装着萝卜、地瓜什么的，都是些不值钱的庄稼院产的东西，肩上还扛着个小麻袋，里边不知装着什么。徘徊片刻，朝后街的三凤家走去。

四凤前脚刚离开大门，秦大爷拎着两条梭鱼来到听雨楼大院。老太太忙从回廊的太师椅上站起来打招呼："她秦大爷来了，快楼上请。"看到他手里拎着鱼，又说，"大年三十儿的，又叫你破费，今年改改规矩，回了你的礼儿。"

秦大爷把鱼交给笑盈盈迎过来的大凤，对老太太说："弟妹，这就是你的不对了，年年这个礼儿不能改，你这是不让我来了，我可要挑你了。"岔开话儿，"堂屋里我师弟的照片供上了？"

老太太忙说："一大早请神的时候就供上了，还是老规矩，预备了四碟八碗，一壶老酒。"秦大爷不住地点着头："好啊！"说着上了楼。

四凤往三凤家走的时候，三凤的丈夫孟传礼正端着洗脚水送到老婆面前，女儿冬子偎在三凤怀里看小人书。原来，三凤忙里偷闲是回来洗洗脚。三凤叫冬子也洗，冬子不听。三凤啪地打了冬子一巴掌，冬子哇哇地哭了起来。

孟传礼小声劝老婆："你看看你，大过年的怎么打孩子呢？"三凤竖着眼睛道："不该打呀？老辈儿传下来的规矩能叫孩子给破了？"

孟传礼有些不以为然："什么规矩呀，不就是她姥姥愿洗个脚吗？这也成了规矩？"三凤颇为不满，训斥道："我说你呀老孟，这阵子我就发现你的话多起来了。怎么，要平反了？你这个丧门神也要归位了？"正训斥着，突然嗅了嗅鼻子，自言自语道，"一股中药丸子味儿，老四来了。"

话音刚落，四凤背着小麻袋进了外间。三凤朝外屋发问："老四，果真是你！"四凤嗯了一声，没答话，把麻袋里的白菜一棵一棵往灶台上码。三凤得意地看了丈夫一眼，冲着外屋喊："老四，怎么不说话呀？"

四凤在外屋回话："噢，三姐，泡脚呢？""嗯，上我这儿来了，怎么没上妈家？"三凤问。

四凤说："先来看看三姐，顺便捎几棵白菜。"继续码着白菜。三凤支棱着耳朵听动静，问："哎，你把白菜往哪儿放？我刚把锅台擦净，你又弄得水呀泥呀的。"

四凤歉疚地说："那，我给放地上？"三凤跺着洗脚盆的底儿嚷道："地我也刚擦干净！唉，一到过年过节就送白菜萝卜，多远的道儿啊，就不嫌累？别穷讲究了，没东西就空手大脚地进门呗，没人笑话。"

四凤进了里屋，没看三凤，径直走到窗台前，搭讪道："哎，三姐你这盆蜡梅开得可真好，是怎么莳弄的？教教我呗，我也压一棵回家。"

三凤撇撇嘴道："老四啊，我知道你来干什么。我实话跟你说，我可没钱借给你。你说说你们两口子，过的都是什么日子？劝你多少回了，怀不了孕就不怀呗，天生开不了裆的鸡，吃的什么药啊！你说你俩吃了几年了？有点儿钱全塞药罐子里去了，直到现在也没怀上，是不是？瞎子点灯，白费蜡。"

四凤摸着肚子说："三姐，我觉得最近有点儿感觉了，肚子里涌啊涌的。"三凤笑了："什么涌啊涌的，那是你生萝卜吃多了在肚子里串气，不信你放个屁试试，它还涌？你肚子涌了多少年了？"

四凤勉强地挤出一丝笑来，说："你说得也是。三姐，跟你说个事儿。"三凤朝丈夫努努嘴儿："我说孟传礼啊，你到屋外小仓库搬两摞蜂窝煤。"孟传礼知道人家姊妹有话说，知趣地答应了一声出了屋子。

三凤说："老四，你也不用张嘴了，知道你想说什么。"擦了脚鞔上鞋朝外屋走去。一会儿拿着几件衣裳回了屋，挑出一件扔给四凤："就这件吧。"四凤解着衣服扣，朝屋外看看，走两步去关门。三凤撇着嘴说："来不来地还讲究起来了，浪得不轻。"

四凤尴尬地笑了笑，脱下自己的旧衣服，穿上三凤的，在镜子前端量着，比画着，说："三姐，你这件衣裳颜色真鲜亮，我穿着正合适，你看，不大不小的，这肩膀，这腰儿。"三凤又拿起件衣裳给四凤比画着说："这件也不错。老四，一会儿在家里人面前你挺起腰来，咱没钱可也别畏懦，别叫老八笑话。"

四凤比量着衣服，一句话也不说。三凤拊着掌说："哎，咱可说好了，穿是穿，借是借，从咱妈家出来你得把衣裳还给我。"

四凤答道："行啊。快走吧，三姐，妈等急了。"三凤说："也不知道五凤去不，最烦的就是她。前几天我在街头卖花生米，叫她手下联防队抓着了。她明明看见了不给我帮腔，还把没收的花生米煮熟了送给街道主任下小酒儿，为这事我和她差点抓破脸皮。这个妖精，我一看见她，撒谎没有了，头皮都发麻！"

四凤惊讶了："老五还真做得出来呀？"三凤说："你还不信是不是？这把手，比狼啃骨头还要狠，狼托生的！"

有这么会讲道理的狼吗？这时五凤和八凤快走到听雨楼大门口了，五凤还在劝导八凤："老八，你再听姐说一句，别成天和些不三不四的人混在一起。告诉你个机密吧，这两天晚上街道要'拉大网'，别把你又网进去。"

八凤推开五凤，厌烦地说："你离我远点儿。"五凤还在循循善诱："姐说话你不要不听。还有你三姐，成天拎着杆小秤搞投机倒把，还和我打游击，你说叫我难不难？不抓吧，丧失了原则，抓吧，亲姊热妹又不忍心下手。"

八凤丧着脸子说："可回回都是叫你抓着了。"五凤无可奈何地说："这你不能怪五姐，我是看见她五回只抓一回。你说她年纪轻轻的干点儿什么不好？偏偏好这口，这叫什么？就是不走正道呗！"

八凤加快了脚步，想甩开五凤。五凤紧撵着，有些气喘地说："老八，你慢点儿走。"三凤、四凤过来了，跟五凤、八凤碰了个对面。三凤见八凤的喇叭裤豁了，问："老八，这是怎么回事？叫谁欺负了？说，三姐给你做主！"说完用眼睨着五凤。

八凤阴着脸一指五凤："问老五呀，都是她干的好事！"五凤正色道："我这是为你好。"

三凤撇着嘴，眼斜着五凤，阴阳怪气地说："噢，又叫你抓住了是不是？为她好？是为你自己好吧？你抓的越多成绩越大，你是叫咱家人拿头拱着你的腚往上爬。可要小心呐，别哪一天掉下来，啪嚓一声，腚跌两瓣儿了可不好往一块儿缝！"四凤劝三凤："算了，算了，少说两句，快进屋吧，叫咱妈听见多不好呀。"

三凤故意高声嚷嚷："就是叫老太太听见，咱们家里有一只披着羊皮的狼！"五凤冷笑道："三姐，你别太过分，今天大过年的我不和你一般见识！"说罢气哼哼地进了院里。三凤冲五凤啐了一口，也气哼哼进楼。

八凤见四凤拃着一篮萝卜地瓜，讥讽道："啧啧，四姐，年年大过年的你不是送萝卜就是送白菜，你想送到哪一年呢？"四凤脸红了。八凤又上下打量着四凤："哟，这件衣裳挺眼熟呀！"四凤一脸可怜相，轻声求饶："老八，我求求你，这张嘴少说两句行不行！"

天黑下来了，楼上堂屋里，秦大爷俨然一个自家人，指挥几个女婿摆香案，给他们指点着其中的"说道儿"，给师弟上了三炷香。

老太太见供桌摆布好了，冲秦大爷点点头，又冲大凤喊道："老大，差不多了，放完接年鞭炮就进屋吃属相去。"秦大爷用竹竿挑一挂鞭炮，带着九凤到门口点上。鞭炮声噼里啪啦响起来。放完鞭炮，秦大爷怔怔地在门口站了一会儿，对九凤说："你回吧。"说罢，拖着路灯下自己孤独的影子回家了。

在老太太屋的大炕上放着长桌，一屋子凤儿盘腿坐在炕上剥花生嗑瓜子，唰唰的一片声响，像有人说悄悄话儿。老太太落了座，笑道："怎么都不说话？就冲着这堆花生瓜子使劲啊？你们听听这动静儿像不像一群蝗虫落进苞米地里？都给我打住，上堂屋去拿自己的属相吧，我给点个红点儿。"一窝凤儿下了炕到外屋，捧着自己的属相回屋来。

"我的妈妈呀！"外屋传来五凤的哭声。老太太一愣，看着大凤问："老五这是怎么了？"大凤也莫名其妙。

"我的妈妈呀，"五凤咧着嘴捧着自己的属相小龙进屋，"妈，你看看这条小龙蒸的，你看看我的属相呀，这不是活生生地欺负人吗！""我的天呐！"老太太看着五凤手里的小龙。那条小龙蒸抽抽了，又黑又亮，像只胖蚯蚓。老太太问："老大，这到底是怎么回事？"

大凤满脸的疑惑，说："妈，我也不知道呀，怎么偏偏把老五的蒸坏了？

今年蒸属相我从头到尾寸步没离，揭开锅怎么就不一样了呢？"边说边拿眼睛瞅三凤。一屋凤儿顺着大凤的目光齐刷刷投向三凤。三凤急了，赶忙辩白："哎，都看我干什么？什么意思？这可不是我干的。去年是我发的面，出了事都怨我；今年怕你们又赖我，躲得老远的，我可没沾边呀。不信，你们问问老四，我们俩刚才在哪儿？"

大凤安慰五凤："老五，要不咱俩换换吧，也就是个讲究罢了。"八凤故意挑事儿："别呀，大姐，你属龙吗？怎么着？你要当咱家的龙呀？"指着瘫在桌上的小龙，"这是龙吗？这像不像……"捂着嘴笑。三凤故意气五凤，接话道："像什么？你不说我说，不就是像一摊屎吗？"说着哈哈大笑。大伙也悄悄地捂着嘴笑。五凤气得眼泪含在眼圈，扭身坐在炕沿掉泪蛋蛋儿。

三凤笑模嘎地对老太太说："妈，过年不吃属相不吉利吧？人家都说不吃自己的属相活不到天亮。"八凤还嫌不乱，过来煽风："哪是活不到天亮啊，半夜都活不过去。"说着朝三凤挤了挤眼。老太太一拍炕沿厉声喝道："放些什么狗臭屁，大过年的不许这么说话！"

老太太挪腚下了炕，到外间堂屋端着一只盛着红颜色的碗回来，用毛笔蘸了蘸，对大伙说："三凤说得是，过年不吃属相可不好，都得吃，蒸好蒸坏的也就是那么个意思；吃了属相明年没病没灾儿，大吉大利。吃完了都跟我下楼接地气去。"说罢，用毛笔给八个闺女的属相点了睛。

凤儿们捧着自己的属相吃得有滋有味儿。五凤看着那条小龙气得呼呼直喘。老太太过来劝："老五，怎么不吃啊？这规矩可不能破，吃！"五凤赌气说："我不吃，像摊屎似的，我吃屎啊？"

老太太脸一沉："大过年的你可别惹我不高兴！"

大凤也过来劝五凤。五凤抬头见老太太目光严厉地盯着自己，不情愿地拿起那条小龙，左端量右端量，就是下不了口。三凤幸灾乐祸地瞄着她。五凤望了三凤一眼，又把小龙放下，说："妈，我闻闻味儿就行了。"

老太太语气更加严厉了，说："我再说一遍，大过年的别惹我不高兴！"

二凤也劝："老五，你就听妈一句话，那么认真干什么。"见五凤还是不吃，老太太火了："好，不吃不是吗？你们都给我把属相放下，看着她吃，她不吃这顿年夜饭也别吃了！年年给我挑事儿，咱家就你一个党员，还是个干部，你架子大啊？"

六凤想当和事佬，说："妈，人家不吃就不吃呗，别和她一样见识，咱们吃。"老太太剜了六凤一眼，冷笑道："我还没说你呢，今年是你发的面吧？我看见了，没下力气。这和面要是不下力气，做什么都挺不住胎儿。告诉你几回了，面要醒，醒到时候要在案子上摔来打去，拉出筋来，搓出泡儿来，起出层儿来。偷懒了不是？还不都是你惹的祸！"

见老太太又迁怒六凤，大伙有些不忿了，目光又齐刷刷地投向五凤。五凤见势不好，拿起那条小龙，一拍桌子："好，我今天还非要把它吃了不可！"说罢大口吃起来，一边吃嘴里一边呜噜，"好吃，真好吃，你们不是说它像摊屎吗？还像什么？就是一摊屎，我就吃了，就咽下去了，好吃，好吃，又甜又香！"

九凤傻愣愣地问："五姐，真的那么好吃吗？"五凤笑得阳光灿烂，不住地点着头："嗯，好吃，好吃！"三凤和八凤面面相觑。冬子从三凤怀里伸出小手来喊："五姨，我也要吃，我也要吃屎。"

五凤撕下一块递给冬子，说："好孩子，真懂事儿！"三凤啪的一下打了冬子的手，呵斥道："这孩子真不懂事儿，人家愿意吃屎让人家吃去，咱可不吃！"老太太朝五凤伸过手来，说："来，老五，也给我点尝尝。"狠狠地剜了三凤一眼。

娘儿们在里屋叽叽喳喳。大凤女婿胡宝亮、三凤女婿孟传礼、四凤女婿朱永河、五凤女婿小叶、六凤女婿王国臣在堂屋推杯换盏饮刘伶，虽说是劣质的地瓜烧，一个个喝得满脸涨红。

胡宝亮呷了一口酒说："年年三十儿家里都闹动静，今年怎么没动静？"孟传礼小声说："怎么？你还盼着有动静啊？还没到时候。"

王国臣皱着眉头说："唉，年年三十儿啊，我真是硬着头皮来，喝着酒也提心吊胆，心里七上八下的。这一群闺女啊，哪个是省油的灯？一碰就出火星子，都是易燃易爆物。"小叶竖起食指嘘道："别说这些了，喝酒，喝酒。"话音刚落，里屋突然爆发出一阵哄笑。女婿们愣住了。

里屋，老太太和一窝凤儿笑翻了天，大凤、二凤和六凤笑得捂着肚子在炕上乱滚。老凤新雏一个个喝得满脸通红，每个人的嘴唇上、脸上都沾满了红颜色，互相取笑。

老太太笑道："这是谁做的汽酒？对的不是糖色儿，是红颜色，还这么多，这么浓。看你们一个个的脸像不像猴腚？"

九凤喝醉了，站在炕上摇摇晃晃："妈呀，喝大了，站不住了，今年的汽酒劲儿怎么这么大啊？"老太太喝呼："小老九，你给我坐下，别晃地下去，听见没有!"

九凤小手指着老太太,嘻嘻笑着说:"你是谁啊?怎么坐在我们家炕头上喝酒啊?你给我出去,出去,再不出去,我可要叫我妈扇你了!"

大凤皱皱眉头说:"小老九喝醉了,开始胡说八道了。"九凤朝她瞪着眼睛嚷:"你也给我滚,回自己家去!"大凤笑了。八凤一把把九凤搂在怀里,蘸着汽酒朝九凤脸上涂抹。又有几个凤来凑热闹,往小九凤脸上涂抹。九凤摆脱大伙,摇摇晃晃站起来,捏着小嗓儿唱大戏:"这个女人呀,不寻常……"

九凤唱完刁德一,八凤唱胡司令,三凤唱阿庆嫂,其余的人拿舌头打家伙点儿,八个闺女一台戏,乐不可支。老太太下地坐在太师椅上,慈祥地看着炕上的八个孩子笑了。

堂屋里,女婿们互相敬着酒。小叶叹口气说:"又是《智斗》,年年唱,没意思,就不能来点儿新的?"胡宝亮也有同感,说:"听得我耳朵都起茧子了。新的?她们会吗?"

突然,里屋传来老太太的《红灯记》念白:"爹也不是你的亲爹,奶奶也不是你的亲奶奶!"老太太上场了!胡宝亮站起来:"嘘,这可是个新鲜事儿,走,进去听听。"

女婿们进了里屋都愣住了,只见老太太站在炕上,手里拎着个老式饭盒,九凤怀着抱着个大枕头,大伙坐在地上看着二人演出。老太太进入角色了,有腔有调地念白:"忽听得有人敲门:师娘,师娘快开门。我慌慌张张地打开门一看,只见一个人抱着个孩子走进来。"

九凤问:"孩子?"

老太太答:"右手提着号志灯。"

九凤又问:"号志灯?"

老太太再答:"只见他浑身是血,到处是伤,他两眼直瞪瞪地望着我说不出话来。我心里害怕,叫他快说。他叫喊着,师娘呀师娘,我师父和师兄都牺牲了,这孩子是革命的火种,从此以后我就是你的亲儿子,她就是你的亲孙女……当时我就把你紧紧地抱在怀里。"九凤大叫一声:"奶奶!"

老太太开唱了:"十七年风雨狂怕谈以往,怕的是你年幼小,志不刚,几次要谈我口难张……"唱得有板有眼,字正腔圆。一屋人哈哈大笑,拼命地鼓掌。

大街上鞭炮声响了起来。老太太领着八个女儿下楼在院子里接地气。老太太走在前面,八个女儿一字儿排在后面,每个人的双手都拎着鞋,九个人十八只脚在雪地里使劲地踏着，一起喊着："踩小人儿喽！接地气喽！踩小人儿喽！接地气喽！"

接完地气，初家年三十儿的节目告一段落。大凤安排好大伙休息，回到老太太屋，见老太太从柜里摸出一叠钱，在灯光下叠着压岁的红包。

大凤说："妈，还不睡呀？"老太太叠着一个个红包，嘴里不停地念叨着："老大的，老二的，老三的，老四的……"把一个红包抽出来，"这是老七的，还得我给她收着。"大凤叹口气："唉，八个春节了，老七还是不回来。你说，怎么得罪她了？心怎么这么硬啊？"

老太太若有所思："嗯，定是有难事儿呗。老七活得志气，刚强。打小我就看出来了，她是个能咬牙的主儿，打掉牙往肚子里咽。三岁看老，我还记着，那年她六岁老八四岁，冬天下大雪，她俩在雪地里玩，看见你曹大婶小儿子三圣从合作社出来，嘴里的糖豆掉在雪窝里，没捡，掉腚儿走了。老八从雪堆里扒拉出来那块糖豆填进嘴里。她叫老八吐出来，老八就是不吐，她顺手就把老八一个耳刮子打倒在雪窝里，又骑在她的身上，拧她的腮，抠她的嘴……那天我看见了，就想，日后老七一准成，活人有志气！"大凤说："老七就是俏利，打人下手狠，一小就跟着秦大爷学武功，没白学。"

大年初一，古城的雪还没消停，大雪把古城染白了，听雨楼的屋顶盖了厚厚的一层雪被。踏着接年的鞭炮声，一窝凤儿和女婿们穿着新衣裳聚在院子里互道过年好，又排着队上楼给老太太磕头拜年。这是听雨楼初家多少年不变的规矩。

大伙撩开门帘进了老太太的屋，见老太太打扮得齐齐整整端坐在太师椅上，就依次跪地叩拜，七嘴八舌地喊："妈，过年好，今年咱日子旺兴，您老身子骨结实！"

老太太舒眉展眼，笑盈盈地看着闺女和女婿说："好，大家都好。都起来吧，来，拿压岁钱。"从腰里摸出八个红包，一个闺女一份儿。分完红包，老太太望着窗外的雪说："今年年景错不了，从二十九到初一，大雪没歇脚儿，这是风调雨顺的好兆头。我也祝你们在这个好年景里，日子过得滋润，孩子长得虎势，女婿们加工资，你们这些丫头呢，平平安安舒心顺气。好了，年年这么一套嗑儿，下接年的饺子吧。"

大伙一起动手下饺子。饺子煮好，大凤端起一碗放到父亲的灵位前，又端起一碗送到老太太手里,老太太举起筷子扬了扬:"吃吧,都动筷儿吧。"夹起一个咬了一口,笑了,慢慢地从嘴里吐出一枚铜钱儿。铜钱当啷一声落在桌上,跑了一个半圆儿,稳稳地躺下。大凤鼓掌笑道:"妈,又是您第一口咬出个福来。"接着,满屋塞满了吉利话儿。

老太太笑了:"托你们这群丫头片子的福,这枚钱给老九了。"把钱拈到九凤的碟子里,"小老九,你接了这个福可要好好学习。"九凤喜眉笑眼地说:"没问题。妈,昨晚儿汽酒的劲儿太大了,我现在后脑勺子还疼。"

老太太在老丫头锛儿头上戳了一指头嗔道:"该酒什么事儿?不说是叫你们疯的,差点儿把炕蹦塌了。"朝炕前挪去,"你们先吃着,吃完了给秦大爷拜年去。我去看看孵的蛋,到不了正月十五该破壳了,听到动静了。"

老太太刚下炕,突然愣在那儿了。大凤问:"妈,怎么了?"

老太太怔在那儿不说话。大伙都关切地问:"妈,说话呀,怎么了?"

老太太自言自语:"我怎么把鞋穿倒了?这么些年了还是头一回。鞋倒人到,不是要来什么人呀?"大凤松了一口气:"妈,您说什么呀?大初一来什么人呀!"

老太太疑疑惑惑地说:"要来人,要来人,我估摸着不会错。小九凤,你人小眼睛亮,院门口看看去。"九凤答应一声下了炕朝外跑去,跑下楼梯出了院门愣住了——

大院门口站着一个姑娘正在打量听雨楼。姑娘身着军大衣,拎着两个旅行袋,背着背包,浑身落满雪花。九凤仰起脸问:"喂,你是谁呀?怎么不进院子呀?"姑娘笑了,摸着九凤的头:"九儿,是九儿吧?不认识我吧?"九凤拨开她的手:"快说话,你是谁呀?"

姑娘叹口气:"九儿,我是你七姐呀。"九凤一愣,转身一阵风似的跑上楼梯,喊着:"妈,妈!"气喘吁吁地撞进屋:"妈,来了个人儿,说是我七姐!"

满屋的人一愣,一起看着老太太。二凤问九凤:"真的是你七姐?"老太太挪下炕:"不用问了,我估摸着她该回来了。"说罢朝门外走去。

第二章

一窝凤儿拥着老太太到二楼回廊上,朝大门口望去,见大宅门口那个穿军大衣、背着行李的姑娘在风雪中站着,正仰着脸端详听雨楼。

大凤揉了揉眼睛,轻声地问老太太:"是老七吗?"老太太睁大昏花的老眼,看了又看,哽咽了:"怎么不是老七?是七凤,我的老七回来了!"突然高门大嗓地问,"老七,是我的老七回来了吧?"

那姑娘喊了一声妈,双膝一软,跪倒在雪地上。"老七!"老太太一声呼喊,挓挲着双手朝楼下跑去。姐妹们也哭着跟去。老太太跟跟跄跄跑到七凤跟前,一把将她抱住开了哭腔:"我的老七呀,你想死妈了。八年了,孩子,你怎么就一趟家也不回呀!"

七凤紧紧地抱住母亲,呜呜哭着,一句话也不说。老太太拍打着七凤的后背喃喃道:"老七,别哭,别哭啊,回家了,你回家了,到底回家了,这比什么都好啊!"众姐妹抱着七凤哭成一团。

老太太抓着七凤的手说:"上楼,快上楼告诉你爹一声,你爹他……"捂着泪脸哽咽着说不下去了。七凤给老太太擦着眼泪说:"别,别哭了。那年大姐写的信我收到了,我没赶回来,我不孝啊!"说着,挣脱开老太太的手,朝楼上跑去。

楼上堂屋,父亲的遗像被供桌上的香烟缭绕。七凤默默地凝视着父亲的遗像,泪水汩汩地流出眼窝。老太太望着老头子的相片,颤着声说:"老头子,今天是大年初一,老七从北大荒回来了,老二也从广东回家过年了。八年了,咱们今儿才合家团圆,一只老母鸡领着九只小鸡雏,就缺你一个老公鸡棒子呀。老七,跪下,告诉你爹一声。"

七凤慢慢地跪下,抑制不住满腔的悲痛,哭喊道:"爹,我回来了,我不孝啊,临您走也没回来看看。爹,别生闺女的气啊,闺女也是没办法啊!"在场的人无不落泪。大伙过来扶七凤。七凤哭喊着,头不管不顾地朝地上撞。

老太太一跺脚,喊道:"打住!放两声就行了,咱还得过日子!走,下楼照相去。老五,快叫你女婿来,多少年没这么齐全了,下一回再聚齐还不知猴年马月，留个影是个纪念。"一家人来到院里自来水龙头旁，按长幼站好照相。老太太坐在太师椅上，回顾了一下说："慢，女婿们先稍息，俺们娘儿们先照一张，没意见吧？"胡宝亮笑着说："没意见，九凤齐聚梧桐枝，日子以后保准兴旺，你们先照。"

老太太说："我还有话。老大女婿，劳你回屋里把那九个长命锁拿来，她们九个小时候戴的，今天再戴上。"胡宝亮一声"好嘞"，上楼拎回一串长命锁跑下来，给九个凤儿戴上。

小叶端起120海鸥照相机，调好焦距，刚要按快门，噗的一声笑了。老太太莫名其妙："老五女婿，你笑什么笑？"小叶说："我刚刚才发现，去年照的胶卷还在相机里，没洗呢。"说着换了个胶卷，看着取景窗，指挥着，"站好了，都笑得灿烂点儿，照了啊！"快门咔嚓一声，完活儿。

照完相，一家人回屋接着吃接年饺子。老太太说："今儿个高兴，全家人团圆了，老七也招工回城了，这辈子我没心事了，喝点酒庆贺庆贺。"大凤赶忙给大伙斟上酒。老太太举起杯子说："你们呀，像小鸟儿一样，翅膀一硬，一个个从我身边扑棱棱飞走了，今天又飞回来了。我高兴。眼下就剩老七、老八，还有小老九没成家，在我胳膊窝底下夹着，等她们三个也成了家，我就可以两胳膊一伸，两腿一蹬，拍着巴掌唱着小曲找你爹去了。来，干杯！"

大伙干了杯中酒。七凤又斟满一杯，站起来说："妈，各位姐姐妹妹，我敬大家一杯。打从我插队到北大荒还没回来过，这个家全靠你们支撑，我也老被你们牵挂着，我对不起大家，更对不起咱爹。"说着又哽咽了。

大凤抚着七凤的肩头，柔声说："老七，别说那些伤心事好吗？"五凤说："对，朝前看，朝前看！"三凤瞄了五凤一眼，讥讽道："什么时候她都能插上一杠子，又要摆理论了。"

八凤说："就是，一不讲话嘴就痒痒，虱子掉锅里少不了她一条腿！"五凤不顾讥讽，还要站起来说，被大凤抓着肩膀按下了。

七凤笑了笑说道："这话该我讲，不讲，我这心里难受，憋得慌。"喝了杯中酒，又斟满一杯，"八年了，我为什么没回一趟家？为什么？就是想好好表现，争取早入党、早回家。我和北京、上海的几个知青在誓师会上立过誓言：战天斗地北大荒，十年之内不回家。这还不算，有一回我们喝醉了酒，连夜写了倡议书，决心在北大荒扎根一辈子，让子子孙孙做北大荒人。"八凤撇着嘴："啧啧，哪来这么一群傻蛋！"老太太捋了八凤一筷子："闭嘴，听你七姐说。"

七凤又喝下一杯酒，说："我们敲锣打鼓，顶风冒雪把倡议书送到营部。第二天，这个消息就传遍了建边三营十二个连。可过后我们都后悔了。开弓没有回头箭，团部叫我们几个写倡议书的知青到处讲用，我们几个为这还入了党。你们说，那时候我能回来吗？要是提出回家奔丧，那不叫人笑话死吗？爹死的时候，我们基干民兵正在中苏边境战备训练，我向连长提出来，坚决不回家，又受到团里的嘉奖，虽然受到嘉奖，可我心里像刀割一样难受啊！"

屋里静悄悄的。七凤泣不成声。哭了一会儿，她又说："妈，我知道回来您要责备我，我这么说您能原谅我吗？"听到这儿，老太太已是泪水涟涟："老七，什么也不要说了，你人回来了就好。"

大凤抹着泪说："老七，这些年你在北大荒遭了不少罪，从你的脸上我能看出来。"七凤擦了脸上的泪水，笑了笑："都过去了，老八说得对，我们都是些傻蛋，傻蛋的梦都醒了，我们青年点儿的人都回来了，就连养的那群鹅也飞走了。"

大凤糊涂了："什么？鹅飞走了？鹅能飞？"七凤笑了："能飞呀。姐，你不知道，我们那儿不够吃的，青年点的鹅瘦得像鸡似的。这鹅吧，越瘦越灵巧，你都抓不着它。开始呀，就能飞个三五步，后来呢，一翅子能飞老远。那年开春青年点断顿三天，我这个点长一看不行了就让大家宰鹅吃。还没等抓呢，那群鹅呼啦啦地腾空飞走了，贴着地皮飞得嗖嗖的，飞过古井河，在老山头一晃就没有了。"

老太太有点不信："真飞走了？"七凤满脸写着认真："可不？飞到八五四农场的三连了。我带着青年点的同学去要鹅，和他们打起来了，双方差点儿动了刀子。妈，这是真的，鹅真的飞走了。"

大凤哈哈大笑："打从盘古开天地就没听说鹅能飞，你们养的是天鹅吧？家鹅再怎么着也飞不了，编瞎话。"

七凤急了："你怎么不信呢？"大凤撇着嘴："打死我也不相信，天底下就没有这样的事儿！"老太太忙打圆场："好了，鹅飞不飞的和咱们没关系，咱们还是吃饺子吧。"

大凤笑盈盈地看着七凤："好，不和你争了，吃饺子，反正我是不相信。"

"我说两句。"一直被堵着嘴的五凤端起酒站起来要说话。小叶拽了拽她的衣襟，示意妻子噤口，被五凤一脚跺在脚背上。小叶轻轻哎哟了一声，拱到桌子下揉摸脚背。三凤冲八凤眨眨眼："我说嘛，虱子掉锅里少不了她一条腿。"

八凤一脸坏笑，端起杯子递给五凤："你慢点说，别呛着，喝口，先润润嗓子。"五凤瞪了八凤一眼："你少拿眼斜楞我，你惹的那些事要是上上纲，提提线儿，也是够喝一壶的。不是我在人保组给你上遮下挡的，过两天拉大网头一个就是你。"

大凤厉声喝道："老五，说些什么！讲正题。"三凤就势砸了一砖头："就是，一讲就歪歪！"五凤站起来，掐着腰，挺有些干部派头："我不跟你们一般见识。我要说的是什么呢？这第一……"

"你给我把那红胳膊箍撸了。"老太太突然插了一杠子，"来家就是来家，别整得血腥瘴气的，我看见这东西就心里激灵，就像看见了当年的红卫兵造反派。"说着抹搭上眼皮儿。

五凤的脸红一阵白一阵，摘下红胳膊箍，强着让自己笑了笑："今儿个这是怎么了？我还没讲话，你们几个人就横刀乱切的。老七来家我看着高兴，说几句话怎么都不愿听？我还能说什么？不就是说几句喜庆话吗？大姐，你说是不是？"

大凤锔锅锔盆儿是把好手："是啊，听老五说几句。老五也不容易，整天抓人保工作，风里来雨里去的，这些年为咱这个家，里里外外地也没少遮风挡雨的。说吧老五，大家都在听呢。"

五凤挺感激地看了大凤一眼："还是大姐理解我，那我就讲两句。这第一呢，老七来家，咱们合家团圆，喜气盈门；第二呢，我不说，大家也心知肚明，这些年咱姐妹为了点小事，也磨磨叽叽的，不太团结，大伙对我也有意见，这我知道，是我的，我就领去，不是我的呢，我也领走，嚼巴嚼巴咽了。我想借老七回来的东风，咱姐妹九个今后要团结起来，从我做起。毛主席他老人家怎么说的？军民团结如一人，试看天下谁能敌！咱姐妹团结如一人，试看天下谁敢欺！"大凤鼓着掌叫好："老五说得有水平！"

老太太不言不语，抱着小老九，给她细心地剥螃蟹吃。

三凤一只手伸着两个指头鼓掌："领导，说完了吧？"五凤瞅了她一眼："还没。我们要紧紧地团结在咱妈的周围，但是，也别忘了阶级斗争！"到底说急了，咳了一声。

八凤忙递过碗来，说："怕你呛着到底呛着了，喝口饺子汤压一压。"五凤摆摆手："不用，我这嗓子也不是没经过世面，再大的场合讲它三天三夜也干不了，刚才是因为老七回来有些激动。"又咳了一声，"我要告诉大家，虽然粉碎了'四人帮',整垮了那些祸国殃民的东西,但是,我们万万不可刀枪入库马放南山,阶级斗争又出现了新情况、新特点,这一点请大家千万注意。就拿咱们街道来说,投机倒把的又开始抬头了。三姐,你别生气,我指的不是你。资产阶级奇装异服又开始泛滥了。老八,我指的也不是你。这是为什么?我搞了这么些年政治,鼻子还是好使的,能闻出味儿来,这就是说,每当我们迎接一场伟大的胜利的时候,我们的两只耳朵不要光去听锣鼓鞭炮声,应当把一只耳朵腾出来,竖起来,仔细听听,在社会的阴暗角落里,有没有四类分子的咬牙切齿声?有没有阶级敌人的磨刀霍霍声?马克思说,家庭是社会的细胞,一家一户都是阶级斗争的温度计、晴雨表……"

"你说谁?"三凤勃然大怒,一拍桌子站起来,"嘴巧的你呀,绕来绕去骂谁呀!"大凤忙来安抚:"三凤,你坐下,干什么你。"二凤一脸的无奈,说:"你看看你俩,人家好不容易从广东回趟家,怎么刚坐下你俩就掐,不给面子呀?"

老太太仍在给九凤剥蟹子,瞅着七凤慢声细语地说:"老七啊,别听她们瞎嚷嚷,我想问问你,你在青年点受了那么多的苦,就没点儿高兴的事儿吗?大过年的,说说给大伙儿听听。"

七凤明白了母亲的意思,说:"高兴的事儿?有啊。我给你们唱首歌吧,是男女声二重唱,我们成天上工收工的时候都要唱的,可有意思了。"八凤摇着七凤的胳膊,说:"七姐,唱,唱给我们听听。"

七凤环顾大伙,说:"那好,我唱一遍。挺好学的,我唱完你们跟我一块儿唱。"清了清嗓子唱道:"往那山沟望一望啊,望一望啊,俺心里闷得慌。往那城里望一望啊,望一望啊,俺心里亮堂堂。哎,吃萝卜就土豆,大葱蘸大酱,俺想俺那亲生生的娘……"歌词俏皮,曲子也上口,大家笑着,敲着碟子打着碗跟着七凤唱起来。

老太太大概嫌闹得慌,悄悄离了席。七凤起身跟母亲而去,一直跟到西厢房。母亲进了屋,给她铺床放被。七凤说:"妈,我自己来吧。"老太太说:"你歇歇吧,走了那么远的道儿。"整理好床铺后撩起衣襟,从里面摸出八个压岁的红包。七凤一愣。

老太太笑道:"拿着吧,一年一个,我都给你攒着呢。"七凤鼻子一酸,喊一声"妈",搂住母亲泪如雨下。老太太摸着七凤的头良久无语,起身关上门说:"老七,好好睡一觉吧。"说着走出门。

堂屋里，三凤见母亲走了，压了一肚子的火再也憋不住了，冲着五凤瞪着眼睛："你刚才说谁？"五凤两眼在屋里撒目了一圈说："谁也没说呀，我说空气不行吗？"

大凤一心想平息风波，她说："你俩怎么又斗起来了？刚才还唱歌呢，一掉腔儿又是一对血脖鸡。这都是怎么了？"孟传礼劝自己的妻子说："三凤，咱回家，她愿怎么说就怎么说，权当没听见行了吧？"

三凤不依不饶，推开孟传礼，说："大姐，你都听真亮了吧？这不是指鸡骂狗又是什么？谁在角落里咬牙切齿磨刀霍霍？我做点小买卖就成了阶级斗争新动向了？老五，你能，你好，你把我撵得满街跑，没收了我一筐花生米煮给'革委会'刘主任下小酒儿！不是我揭你的老底儿，'文化大革命'你就没干好事儿！"

四凤劝解道："三姐，别说了行不行？大年初一的这是干什么！"

三凤一摔胳膊把四凤推了一个趔趄："这里没你说话的份儿！过得穷势势的，一进你家满屋子窜穷风，刮得锅碗瓢盆叮当响，拙嘴胖腮的还来玩意儿了，吃你的大药丸子去吧，有章程下个崽子来。"四凤架不住三凤的羞辱，捂着脸哭了。

大凤看不下眼去，一拍桌子喝道："老三，你还有完没完了？老五都不吱声了，你还要怎的？再撒野我可真要收拾你，惯你一身毛病！"五凤显得挺大度，说："大姐，我不是怕她，咱大小是个干部，受党这些年教育，咱不能和群众一样。"

大凤朝五凤一瞪眼："你也给我闭嘴！你刚才说的那些话也是捉仨掉俩。吃饭。谁再㚈翅儿我把这杯酒泼她脸上！"说着气势汹汹地把三凤、五凤按到椅子上。八凤笑模嘎地端着碗往五凤眼前凑："五姐别生气了，喝口饺子汤，原汤化原食。"

五凤接过碗灌了一口，突然哇哇吐起来，一面吐着一面往外跑去，八凤却乐得前仰后合。大凤端过碗闻了闻又放下了。

二凤满脸疑惑："大姐，老八又闹什么妖？"大凤点着八凤的脑门子说："死丫头能有什么好肠子，醋！"

五凤跑到门口不停地吐着，小叶替她捶着背说："你就看不出形势来？你这叫寡不敌众，还傻乎乎地一个劲往上冲。回家吧。"五凤把小叶拨拉一边儿去，说："吓不吓死人了，一个个无能无彩，乌合之众，等我各个击破给你看。

你回屋，长点精神，支棱耳朵听着点，回头我要听你的汇报。"

小叶不安地问："你要上哪儿？"五凤悄声说："我去看老七，她这次回来气色不好，也不龙兴，心事重重的，不是出了什么问题？也不一定规，你说呢？"小叶叹口气说："你这个人啊，哪来这么些精神！"

五凤把小叶推进堂屋，自己顺着回廊朝西厢房走去。见窗帘挡着，踮起脚往里瞅了瞅才敲门："七妹开门，五姐来看你了。"七凤应道："五姐，我累了，想多睡一会儿，明天我去看你。"五凤隔着门问："身子哪儿不舒服吧？五姐进去给你拿把拿把？兴许是坐车挤得火上大了，要不给你拔两罐儿轻快轻快？"

任怎么说七凤也不给开门。五凤叫不开门却也不肯立刻走人，要做思想工作，说："七妹，今天酒桌上的事儿你也看见了，谁是谁非你应该有立场。你刚回来，这两年姐妹间有些故事，等我有工夫慢慢说给你听，一句话，非常复杂！我希望你站稳立场，主持正义，还希望你……"七凤打断她："五姐，我对那些不感兴趣，不要跟我说了，我真的累得不行了。"

五凤转身走了，走了几步又返回来，在窗前踮起脚尖朝里瞅，还是看不见，拿来一只筐，刚一踩上去，筐子踩瘪了，一个腚蹲儿坐到回廊上，慌忙朝堂屋看去，见八凤站在门口冷冷地看着她。"德性！"八凤骂了一句，抽身回屋。

吃完接年饺子，姐妹们在院子里说着话互相道别。老太太送到院里。四凤看着母亲像是要等什么话，见母亲无动于衷，忍不住开口了："妈，我得回去了。"却不挪步。

老太太说："要走就趁早吧，大初一家里说不定有客，别误了车。"转身喊，"老六！"六凤忙不迭跑过来，说："哎，妈有什么事儿？"老太太吩咐道："给你四姐打几个菜包，她家里人口多，都打给她吧。"六凤举举手里的包说："不用您嘱咐，都在这儿。"说着把手里的菜包晃了又晃。

四凤显然不是等这个，悄悄地捅老太太："妈……"老太太似乎没听见，在院里溜达着，上楼，走上回廊。四凤悄悄跟过去。不料老太太背着手，慢悠悠地又下了楼梯。四凤又急忙跟上去，悄声说："妈，家里……"

老太太像是没听见，仰起脖儿瞅天，像是自言自语："去年一年四季节气清楚，夏有个夏样，冬有个冬样，不像前些年，夏天不热，冬天不冷，不男不女不清不楚的。"回头问四凤，"你家今年菜窖子挖了？藏了多少棵大白菜？也不知酸菜渍了多少，过两天给我炖两棵捎来。城里的炖酸菜不好吃，知道为什么不？什么好菜一经瓦斯火就走味儿！"四凤见母亲没理会自己的意思，焦急地叫一声："妈！"

老太太还是没理她的碴儿，继续说："中药你也吃了有些年了，还没有起色？我看就不稀遭那个罪吧，你抓的那些草药，少说也能喂出一栏牛来了。命里八尺难求一丈，有没有孩子老天爷说了算。"四凤红着脸说："妈，有点儿反应了，涌动，这些日子一直觉得肚子里在涌动。"

老太太笑了笑，一抬头，见八凤站在回廊嗑着瓜子儿往这儿瞅，暗暗倒吸一口冷气，说："老八，你站在那儿干什么？也不陪你二姐说说话？她大老远从广东回来一趟，你怎么就没个热乎劲儿？回屋陪你二姐说话去！"说着转身上楼回屋。八凤看着四凤嘿嘿冷笑。

四凤回屋急匆匆扎上篮子对老太太说："妈，我回去了，要不赶不上长途了。"老太太把二凤捎的糖果塞到她篮子里，说："这是你二姐捎的，拿回家吧。"又拿来一包瓜子，"也带着，上车嗑，大老远的嘴里没个抓挠闷不闷死了。"

三凤推门进来，见四凤要走，指了指她身上的衣服说："老四，这件衣裳下回给我捎来，别忘了洗洗熨熨。"四凤脸红了："三姐，我这就脱。"脱下衣裳满脸羞惭地跑了。

三凤叠好衣服，冲老太太笑了笑说："等我穿旧了再给她。"四凤扎着篮子跑了一气儿，忽然想起什么，停下脚步，拿出母亲给她的那包瓜子，打开一看，里面装着五张两元的崭新的票子，紧紧地把钱攥在手里哭了。

听雨楼的夜静悄悄，弯弯的月牙儿挂在清冷的夜空，俯视着这演出了整整一天小戏的平凡人家，它还没有看腻烦，正窥视着二楼西厢房里的秘密。

七凤躺在被窝里，悄悄地松了捆在肚子上的带子，长长地舒了一口气。不料哭着闹着要陪七姐睡的九凤没有睡，悄悄地看着七姐的奇异举动。七凤回过头发现九凤正在偷窥自己，笑了笑问："你怎么还不睡？"

九凤翻着眼珠子说："我睡不着，想和你说说话儿。"七凤摸着九凤细嫩的脸蛋儿："说什么呢？我下乡的时候你还没出生呢。"九凤甜甜地笑着说："可我知道你。"

七凤笑了："你知道我什么呀？"九凤寻思了一会儿说："我什么都知道。"

"那你说说看。"

"我知道你的右脚心里长了一个痣，脖子后面也长了一个痣，对不对？"

"对。"

"我还知道你念书好，年年班里考第一，还是班长，老师说你是北大清华的苗子，对不对？"

"对。"

"你跟秦大爷学过武术，参加市里比赛得过奖。你还不吃肉。"

"都对，不过现在吃了。都是妈告诉你的是不是？"

九凤趴着身子，双手支颏说："她没事就念叨给我听。"七凤沉默了。

"七姐，你肚子上捆个带子干什么呀？"

七凤赶忙关了灯，呵斥道："小孩不许什么都打听，早点睡吧！"

老太太还没睡，正和二凤说着这几年离别的话儿。大凤端着一盆汤面进来说："妈，二凤，晌午你们也没怎么吃东西，喝碗汤面吧，我刚擀的。想给老七送碗过去，见灯熄了，大概是睡了，就不惊动她了。"老太太摇着头说："老七这次回来，不龙兴。"

二凤也说："我也觉得是，吃饭的时候她就坐在我身边，就听她一个劲地喘。"大凤说："我心粗没觉景儿，明天我带老七上医院看看？"老太太忙摆手："不用那么金贵。这些年在北大荒熬糟的知青哪个回城不是一身病？得了胃溃疡的，落下关节炎的，海了去了。"

大凤挨着炕沿坐下，把手插老太太腚底下焐着，瞅着母亲的脸儿说："那就叫老五赶紧把户口给落上，后天就该到区办工厂报到了。抓紧点，下个月就能领肉票、布票、豆腐票什么的了。"

老太太说："那就叫老五抓紧办，给她一句：抓而不紧等于没抓。唉，办这些事还是靠老五。这把手，毛病是不少，有时候我看着也不顺眼，可过过筛子细想一下，这些年风来雨去的，不是她有个职位护着这个家，也难！那年也不知哪个丧门星，站在钟楼上吆喝，我们也有两只手，不在城里吃闲饭。好家伙，街道'革委会'来了满屋子人，动员咱全家下乡插队。后来才知道，闹了归齐是'革委会'那个主任看中了咱家的房子，不是老五给撑着，咱这一家人还不赶乡下去了？这个人呐，就是虎气太足，心眼蛮好。老大，你该把稳秤杆儿，姐妹们再欺侮她，说些不足斤两的话，你得压压秤砣，别老是和稀泥！"

大凤脸一红，说："妈，你放心吧，我以后不了！"

西厢房传来老九咯咯的笑声。老太太说："这个老闺女，叫我惯的，看见谁都勾勾个小脸儿，可见了老七就这么热乎，你听她笑的。咱也睡吧，乐了一天了。"

西厢房灯是熄了，七凤和九凤还没睡。七凤白天睡了一觉，不困，九凤更是个夜猫子，觉少。七凤转过脸，见九凤还在被窝里偷偷地看着自己，就说："睡不着你就过来吧。"九凤跳下床，钻进七凤的被窝里，撅着小屁股往床里边挤七凤："七姐，往里点，再往里点。"

七凤往床里挪了挪身子，背过脸去。九凤说："七姐，给我讲讲你在北大荒的故事呗。"

"姐累了，明天吧。"

九凤搂着七凤的脖子撒娇："七姐，讲一个嘛。"

"不讲，姐要睡觉了，说明天就明天！"

九凤不肯罢休："不，我要你讲。"说着伸手胳肢七凤，两个人笑着疯作一团。

九凤唔老太太的奶惯了，驾轻就熟，一伸手掀开七凤的衬衣抓奶子，摸到了七凤滚瓜圆的肚子，惊叫道："七姐，你肚子怎么这么大呀？像个大西瓜！"七凤猛然一惊，翻身给了九凤一巴掌，裹紧被子说："不要乱说，赶紧睡觉！"又背过身子。九凤转着锃亮的小眼珠子说："哼，你不说我也知道，肚子里一准是有小孩儿了。"

七凤蓦地转过身捂住九凤的嘴，气喘吁吁地说："九凤，姐肚子里没有小孩儿，千万不要对人乱说，更不能告诉妈和姐姐们，听见没？"九凤忽闪着眼睛问："为什么呢？"七凤气急败坏地说："告诉你别乱讲就别乱讲，要是讲出去七姐饶不了你，撕烂你的嘴巴。听见没？"

见九凤惊恐地点了头，七凤放软了口气，连哄带骗："九凤，只要你嘴严，以后想吃什么告诉姐，姐给你买，要什么给你买什么，好不好？"九凤点点头说："好，我不乱讲。"

七凤长长叹了口气："九凤啊，你要是讲出去，姐就没脸活人了，在家里待不住了。你不想七姐跟你在一块儿吗？"九凤点点头："七姐，我保证，向毛主席保证，要是说出去砸烂我的小狗头。"

七凤紧紧地把九凤搂在怀里，眼里的泪水簌簌地滚到枕巾上。

一大早，老太太抡着扫帚扫满院的积雪。五凤戴着红胳膊箍来了。

老太太哈着冻僵了的双手问:"老五,一大早来干什么呀?"五凤倒背着手说:"我来看看老七,跟她谈谈话。她刚回来,有些政策上的事我要向她多交代一下,认清形势,免得愣头愣脑地没个深浅,一脚踩个地雷什么的。"老太太笑了:"好!就你长正经精神,心也细。快去吧,这才叫亲姊热妹。"

五凤看见了雪堆上的瓜子皮儿,问:"妈,家里的瓜子还有没有?没有我送点儿来。"老太太说:"送就送点儿吧,还问什么?这些蝗虫,过年就知道冲瓜子使劲,从三十到初一你知道吃了多少?四簸箕。把留着正月十五、二月二吃的都偷着嗑了,还连吃带抓挠,老六就揣了两布兜走了。到底是群丫头片子,把吃零嘴儿当营生,要是家里有这么一群大老爷们儿,这地上就一个瓜子皮也不会有。"

五凤呱呱笑着:"不嗑瓜子吃什么?副食供应这么紧,都来吃您的,谁舍得动筷子呀?没看那些菜,怎么端上来的又怎么端下去了,哪个不是体谅您?"老太太点着头笑道:"嗯,冲这一点儿,养闺女还是值。"

五凤刚要上楼梯,老太太盯着她的胳膊说:"慢,你把红胳膊箍撸了再上楼,怎么说一百遍也记不住?"五凤挺大度地笑了笑,摘下红袖标揣进兜里上楼了。

西厢屋,七凤正在偷偷喝醋,听见五凤的说话声,慌忙把醋瓶子藏到钟表后。五凤进了屋,抽着鼻子问:"哪来一股子醋味儿?"说着,两眼在屋里警惕地环顾着,又端量七凤。

七凤故作没听见,说:"五姐来了,坐吧,有事呀?"五凤没看出什么问题,坐到床沿说:"啊,有点事儿,你坐。"说着话儿,眼睛在七凤身上打量。七凤坐到床上,斜楞着身子问:"是不是报户口啊?咱这就走?"

"不急,那是咱一句话的事儿。老七,姐跟你说几句话儿,也算谈谈心吧。"

"说吧,姐。"

五凤脱了鞋,盘腿坐到床上,握着七凤的手说:"老七,咱这些姐妹,我最疼最佩服的就是你。"七凤笑了:"姐说哪儿去了。"

"真的。你不多言,但是心里有数;不多语,但是有思想;不诈唬,但是有觉悟,这一点比我强;还有知识,不是上山下乡,你现在早在清华北大念书了是不是?古城一中谁不知道你学习是个尖儿?不过话又说回来了,数数咱全家,也就咱俩是共产党员。我呢,党龄比你长些,我入党六年后你才入的吧?"

七凤笑着点点头。

五凤掐着指头算了算:"对,六年零九个月。说这些什么意思呢?家里外面,咱俩要团结起来,起积极带头作用。要是摞过去战争年代,斗争形势需要的话,咱俩就可以在听雨楼建立一个党小组了,我经受的考验多些,可能就是党小组长了。"七凤松了一口气:"五姐,就这事?"五凤扬了扬手:"这都是随便磨牙。下面,五姐跟你谈点正事……你倒杯水给我喝。"

五凤正和七凤谈正事的时候,九凤给七凤捅了一个大娄子。

九凤这时候正在街上和一群小孩跳皮筋唱着歌:"大雨哗哗下,北京来电话。要我去当兵,我还没长大。爸妈没主意,急坏李小霞……"

八凤和几个男青年走过来,一个个都戴着蛤蟆镜穿着喇叭裤,身上用大红绸子斜挎一个吉他,边走边唱,疯疯癫癫。

九凤见到八姐,颠儿颠儿跑过来。八凤满脸侠气:"怎么了?谁又欺负你了吗?告诉八姐。"九凤头摇得像拨浪鼓:"不是。你过来,告诉你个秘密。"说着把八凤拖到胡同里,踮起脚尖,两只小手围成喇叭状,小嘴贴到八凤耳边,"告诉你个秘密,千万不许对别人说。"

"你说,我不告诉别人。"

"说出去怎么办?"

"剪了我的舌头。"

"那好,我说。昨天晚上我睡觉的时候摸着了七姐的肚子,妈呀,有这么大,像个大西瓜一样,七姐有小孩了!七姐不让我告诉别人,还说,要是说出去她就没脸活人了,在家里也待不下去了;还说,要是我不说给我买好东西吃,要什么买什么;天傍亮我撒尿的时候,还听见七姐蒙着被子哭。"八凤听了,呆呆地不说话。

"八姐,怎么了?"

八凤两眼狠狠地瞪着九凤,咬着牙凶巴巴地说:"我告诉你小老九,跟八姐说完就完了,不能再跟第二个人说。要是说出去,我立马就掐死你,像拧鸡脖子一样,一点声都没有。我告诉你,咱妈宠着你,我可不惯老孩子毛病!"九凤害怕了,嗫嚅道:"知道了……"

八凤恶狠狠地说:"下个保证!"

"我……向毛主席保证!"

这边九凤正在下保证呢,那边五凤还口干舌燥地给七凤上课:"你刚回,没愣过神儿来。咱这儿可不比北大荒,没事儿要多走走,多看看,多想想,遇事儿多问几个为什么。一句话,树欲静而风不止,征途上处处有阶级斗争,要时刻绷紧阶级斗争这根弦儿。这些可不是我的发明,是上面的强调。以后理论方面和政策上的事儿你要多问我,下午我再给你送些内部资料来,先补好形势和理论这一课……你再给我倒杯水。"七凤倒满一杯水递过来,笑吟吟地说:"五姐的理论水平真高,我真得向你好好学习。"

五凤谦虚地摆着手说:"一般,比'两报一刊'还差得很远。唉,咱家我最不放心的就是老三和老八,一个搞投机倒把,一个迷恋资产阶级的生活方式。老八光喇叭裤叫人豁了几条了,就是要穿,还真有点不屈不挠的劲儿;三天两头惹是生非,我管管,还刺儿头疤癞的。她啊,拉一拉,回到毛主席革命路线上,推一推,跑到资产阶级反动路线上,两可之间。老七,咱两个党员责任重大啊!"

"五姐,没那么严重吧?"

"还不严重?千里之堤,毁于蚁穴,针尖大的窟窿能透过斗大的风,这都不是危言耸听,我们切不可以掉以轻心。你也看见咱家的阵线了,老三和老八眼看着是不想走正道了,还联起手来整我。再看那些芸芸众生,老大,和事佬;老二在外地,咱不说;老四呢,穷得提不上裤腰,没主见;老六呢,也是个遇事瞎闹哄的主儿;老九还小。这形势再不整顿,她俩会越走越远,越走越偏,早晚会出事的。为家里,为咱妈,咱也要瞪圆眼珠子,你说是不是?"

七凤笑了笑,对五凤的家庭形势报告不置可否。五凤见自己的谈话没收到预期的效果有些失望,瞄了七凤一眼:"咦?七凤,你挺胖的啊。"

"是吗?"

"胖。看这腰,多粗,这两个东西也大,撅撅着,丑不丑死了,叫男人看见了还不挣出他们的眼珠子来?"

七凤羞得捂住脸:"五姐,你说些什么!"五凤拽开七凤的手,盯着她的眼睛:"害什么臊呀!没在青年点鼓捣个对象?我看不少知青成双成对儿地回城呢。"

七凤板了脸说:"五姐,没什么事儿我出去转一转,给秦大爷捎了根山参,昨天忘了给他了。"说着站起来朝外走。五凤角色还没扮演够,有些意犹未尽,见七凤要走,只好站起来说:"我也该去办案了,最近案子特别多。"

五凤走出听雨楼，又把红胳膊箍戴上，在街上慢慢地走着，看见了还在跳皮筋儿唱儿歌的九凤，训斥道："小老九，光知道疯玩，二姐大老远地回来了，就不能陪她说会儿话？回家去！"九凤梗着脖儿白着小眼珠子说："你管天管地还管人拉屎放屁？"

五凤佯装生气："好你个小老九，看我不收拾你！"说着老鹰扑小鸡般地朝九凤逼去。九凤咯咯笑着跑了，没跑几步被五凤堵在墙根抓着了。

五凤从兜里掏出一盒山楂糕递给九凤："拿去吃吧。"九凤接了揣到兜里，又拍拍空空的两只小手："我还要！""吃完了上姐家拿去，好东西五姐谁也不给，就给我老妹子留着。"说罢欲走。

"五姐，我告诉你个秘密。"

五凤一愣："什么秘密？"

"不告诉了。"九凤说着转身往家走了。五凤追着："九凤，站住，快告诉姐。"绕到九凤面前堵着去路。九凤笑了："你得给我做好东西吃。"

"走，到姐家去，要什么有什么。"

"你可别告诉别人。"

"行。走，回家包饺子去。"

初家的人都知道，对付这个小叛徒，最好的办法就是"糖衣炮弹"。五凤的"糖衣炮弹"就是一碗热气腾腾的酸菜馅儿的饺子。五凤把饺子端到九凤眼前说："老妹子，放开肚子好好吃，把小肚子撑圆了。"九凤狼吞虎咽地吃着。五凤给她编着小辫儿说："五姐最疼小老妹子了，咱小老妹子长得又漂亮又机灵。嘿，等长大了，准保找个大军官，坐吉普车，披军大衣，眼气死人呢。可不能像我，找个烧锅炉的，满身煤烟味儿。唉，你五姐这辈子算瞎了，一朵鲜花插在大烟儿煤上了，真的，死不瞑目。老妹子，你要跟五姐说谁的秘密？"

"再来一碗，真好吃。"九凤也会拿捏人儿。五凤急忙又端过来一碗："老妹子，快告诉我事呀。"九凤嘴里含着饺子，含混不清地说："我倒不出嘴来，撑饱肚子再告诉你。再来一碗放锅里热乎着，我要捎给咱妈吃。"

两碗饺子把九凤的小肚子撑了个溜溜圆，她竹筒倒豆子般的把七凤的秘密全盘说出来了。

五凤听着嘴巴张得大大的："真的？！"九凤抹着小油嘴儿："真的，向毛主席保证！你不信问问七姐去，摸摸她的肚子。"五凤脸色严峻地在屋里来回踱着步，走到衣架前，从衣服里掏出两块钱塞进九凤的兜里："买糖吃。老妹子，这件事千万不要跟别人说，一说出去就坏事了，懂不懂？你还告诉谁了？跟五姐说。"

"没有……"

五凤绷着脸："记住，以后跟谁也不许说！"

"那以后人家再给我好东西吃怎么办？三姐还叫我上她家吃馄饨，说不定一吃馄饨我又说溜嘴了。"

五凤手指头剜着九凤的锛儿头说："馋，馋，馋，你怎么就知道馋？要是长大了还馋，这张嘴早晚要了你的命！"

"那你得天天给我包饺子，要是那样我就不说了。"

邮电局熙熙攘攘人流不断。七凤默默地坐在长椅上等待长途电话叫号，不停地揉着肚子，两眼茫然地看着窗外。扩音器叫到七凤的号。七凤忙从椅子上站起来跑进电话间，抓着话筒喊："六连吗？请找一下卫平。什么？听不清，他走了？上哪儿了？"电话断了。七凤又重拨号，拨了半天接通了，冲着话筒喊："你说什么？他要回讷河农场？喂，喂……"电话又断线了。七凤失望地挂上电话，站了一会儿，慢慢转身，推开电话间的门走出电话局。

街上响着零星的鞭炮声，相识的人们见了面堆着满脸笑褶子互相拜年。七凤失魂落魄地在大街上走着，裹紧身上的军大衣朝车站慢慢地走去。看到有卖糖葫芦的，买了一只。来车了，七凤上了车，找了个座坐下，手里擎着糖葫芦慢慢吃着，望着车窗外熙熙攘攘的人流，一脸的茫然，泪水禁不住从脸颊上滑落下来。

第三章

二月二，龙抬头。老初家一窝子凤，从来不把二月二当节过。过了正月十五家里年的气味早就没有了，可到底是个节，二凤和母亲商量，龙抬完了头就回去。

初家九只凤，二凤的针线活最好，这闺女从小就喜欢拾针捏线。明天要走了，傍晚的时候二凤还趴在缝纫机上给老太太赶做一件新衣裳。收了线儿，二凤把新衣裳咬净了线头，给老太太比试。老太太试着衣裳嘴里不停地念叨："就不能再住一个礼拜！金嘴玉牙啊？来家打个旋儿，晃了我一头，说走就要走？"

"您就是嘴里不拾闲儿。我家里不也是一窝子吗？过年回来一趟，看看家里什么都好也就放心了，过两年春节再回来还不行吗？"二凤安慰母亲。

老太太眼泪巴巴地说："今年明年的，这一晃一年了才回来一趟，再回来就收拾我的老骨头吧。广东到咱这地方光打车票得多少钱？不问了。再多住一天行不行？"老太太巴不得二闺女成天守在身边。闺女远在天边，她够不着挖不着，想闺女想得一宿一宿地睡不着觉。

二凤要走了，大凤在东厢房和三凤收拾东西，准备打点她明天上路。东西也就是些苹果、杂鱼干儿什么的，在这里不起眼，到了广东可都是稀罕物儿。大凤住二楼东厢房，老太太打个嗝儿都能听见，她的饮食起居这些年都是大凤照顾着；三凤住得近，也时不时地过来侍候母亲，姐妹俩走动得就勤。

大凤看了看地上的大包小卷对三凤说："咱五个给你二姐的东西都齐了，就这么多，哪家也不宽绰，也就是个意思；老七和老八没成家，就不用动了，你说呢？"三凤也看着地下的东西问："老四送了什么？我怎么没看见？"大凤说："一包花生米，我都记下了，还给了五块钱。"

三凤不信："大姐，五块钱是你掏的吧？咱妈惯她你也惯，惯得她哪还有点志气？成天悲悲着脸儿哭穷，就知道啃咱妈这块老骨头。不说我也知道，咱妈背地里没少给她钱，都叫她买药了。她现在成天叫药泡着，浑身一股子味儿，人没进门味儿先到了。其实咱妈的钱还不是咱姊妹几个月月拨出来的？你看她，逢年过节回来说是不空手，可都拿了些什么？两个萝卜一棵白菜；跟这个借件衣裳,那个借双鞋,借给借给,借给她就别想要回来,衣裳贴肉上揭不下来,给你招上虱子,鞋不穿飞了不扒下来,一水儿烂。"

大凤瞪了三凤一眼,说:"你怎么那么多话!就为这点事儿看把你屈的。把东西拿回去,你那份儿我出。你和老五一对爪爪鸟儿,就没有消停的时候,拿走!"说着把一包鱼干甩出来。

三凤一见大姐生气了,忙赔上笑脸说:"你看你,说着玩的,较起真儿来了。"说着说着突然敛了笑,朝窗外指了指,"咦,搞政治的来了。怪了,今天怎么没戴红胳膊箍?"

来的是五凤,她满脸沉重地上了楼梯,直奔老太太屋去了。进了屋,见二凤正给老太太试衣服,呱嗒一下换了笑脸儿,拍着巴掌说:"二姐,给咱妈做新衣裳呀,哎呀呀,就是手巧。"

二凤笑模堆儿地说:"下班了?晚上在这里吃吧,我给你们烧两道粤菜尝尝。"五凤说:"好哇,尝尝二姐的手艺。"冲老太太使了个眼色,"妈,您西屋来一下,说点事。"

老太太嘟嘟着说:"成天神神道道的,有什么事儿就不能在灯底下说?非得上小黑屋里不成?"五凤换了严肃脸儿,说:"哎呀,叫您过来就过来,有大事。"领老太太到了西屋,悄悄掩上门,压低了声音,"妈,咱家出大事了,我说出来您可要挺得住呀。"

老太太嘎嘎笑着说:"别吓唬我,你从来说话都得拿簸箕簸一簸才能听,秕子多。"五凤板着脸说:"这回真就要吓着您了。妈,老七怀孕了,快点想个办法吧!"

老太太大惊失色,怕没听真,紧紧抓着五凤的手问道:"你说什么?"五凤在自己肚子上比画着说:"有月份了!"老太太颤了音儿:"这怎么可能?这是哪档子事啊?老五,你是怎么知道的?是真的吗?又跟我撒谎掉猴儿,我去问问她!"说着急火火推门朝外走。

五凤紧蹿一步到门口,挓挲开两臂拦住老太太,说:"妈,不用问了,这是千真万确的。不用慌,有我呢,有我在天就塌不下来!什么嘴巧嘴拙,有用没用,当不当刀使唤就看这时候了。"

老太太恍如做梦,念叨:"老七这次回来我就觉着不大对劲儿,还寻思她病了,左想右想就没敢往这条道上想……果不然,果不然!不能吧?谁都能败坏老初家的名声,老七不能,你们九个,从小我就高看她一眼,我还记着……"

"妈!"五凤打断老太太,"说这些都没有用了,事物都是一分为二的,既对立又统一,这些您不懂。眼下说说怎么办吧,这事不能老捂,要处理就是个快刀斩乱麻,要不然,孩子在听雨楼呱呱一落地,八姐九妹,老亲好友,街坊邻居,同事领导,唾沫星子还不把她淹死!咱全家人上街走道儿也直不起腰杆子。您和我爹要了一辈子强,要是叫她生了,这个脸就腆等着叫人家抽吧,再传到街道去,我都没法训人了。"

老太太还是有些不信,一个劲儿地嘟念:"不能啊,老七不像啊,多精明个人儿……"五凤摇着老太太的肩膀说:"妈,回回神儿吧,这是真的。"

老太太有些拢不住神儿了:"哦,是真的?你说怎么办?"

"怎么办?要不问问大姐?"

"她?瞎厉害,遇事没有主见!"

"要不问问三姐?她行。"

"荒料一块!"

"老八兴许有主见?"

"白扔的货!"

五凤摊开两只手说:"那怎么办呢?"老太太瞅着五凤嘿嘿一笑:"初组长,不就是要我抬抬你吗?这时候就你行,我隆重推出!用不用我给你挂个衔儿?叫老七怀孕紧急处理组组长?你说话,我这就召集她们开会宣布。"

五凤大局为重,顾不得老太太话里含有讥讽的成分,说:"千万别告诉她们,一个也不能告诉,风声一漏就没法收拾了。为了慎重起见,我再上老七那儿摸摸底,没有调查就没有发言权。妈,您要稳住神儿,这件事不是我吓唬您,严重得很,不仅仅关系到咱家的名声、面子,要是把孩子生下来,老七的户口就落不上了,区办工厂也不接收,她还得回乡下去。"

老太太慌了神儿,挓挲着两只手呆呆地看着五凤,眼里也没了光彩。五凤安慰老太太:"妈,这事交给我好了。这个时候我也不计较您和姊妹以前对我的偏见了。好了,不说了,我去找老七。"说着推门要走。

"老五。"老太太声音有些嘶哑了,叫住五凤,"你也千万别说出去,我知道你嘴兜不住舌头,要是传出去,老七就毁了!"五凤沉下脸来道:"妈说哪去了?家里家外亲骨热肉,我还是有分寸的,您放心吧。"

老太太强压着一肚子火说:"和老七慢相应儿说话,别急火雷电地说炸了。唉,论我过去的脾气是要敲断她腿的,现如今牵扯上户口的事儿,我先把火撤一撒，压一压，你去吧。"说着挥了挥手。"妈放心，做思想政治工作咱拿手。"五凤说罢悄悄推开门去找七凤。

二楼西厢房，七凤正在衣柜里挑选衣服，对着镜子比量，忽听门响，慌忙披上一件宽大的衣服，遮住已经出怀的肚子。五凤进了屋，嘎嘎笑着说："哎哟老七，怎么把衣裳都捣腾出来了？身上的不合适？"

七凤往衣柜里塞着衣服说："我看看招虫没有，顺便放几个卫生球。五姐你坐。有事？"五凤没坐，走到七凤跟前，上下端量着她的身子，替她整整领子，抻抻衣襟，说："这件衣裳太咣当了，颜色也老了些。"说着从衣柜里挑出一件衣服，"换这件试试，这件掐腰，利整。"

七凤推脱着说："不换了，就这件了，里面穿件毛衣，正合身。五姐你坐。"五凤拽着七凤的衣襟："换换，别那么土气，这件多鲜亮，穿上我看看，过两天姐给你配条裤子。"说着从兜里掏出皮尺，"来，我量量你的腰。"七凤急了，推开五凤。两个人僵持起来。

不说姐妹俩怎么僵着，再来看老太太。这时候老太太正坐在回廊的太师椅上泡脚，双目微合，老泪扑簌簌滚下两腮。七凤闷声不响惹下这么大的事叫她一下子没了主意。正巧大凤和三凤从东厢房出来，见母亲流泪，慌忙跑过来。大凤不知就里，还以为妈是为二凤要走心里难过，劝道："妈，嫁出去的闺女泼出去的水。回屋歇着吧，天冷，别有个闪失。"

三凤也劝："妈，别难受了，二姐走就走吧，虽说广东离咱这远些，可要想回来，也就是三四天的事儿，想她了，我们姊妹凑钱给她打张火车票不就回来了？"

大凤附和道："老三说的也是。妈，别哭了，您这样叫老二看着更难受。今天过晌给您做衣裳她就悄悄哭了一场，您要是这样叫她怎么出这个门儿？走，咱回屋去。"说着要扶老太太。

老太太抹搭着眼皮儿，挥了挥手说："都散去吧，你们叫我静静心，我想一个人坐着想点事。"三凤朝西厢房努努嘴儿问："妈，老五又跑老七屋里去喳喳什么？"老太太阴着脸说："怎么，你想叫我给你当个侦探？说个价吧。"三凤吐了吐舌头，把嘴闭得紧紧的。

真正当侦探的是五凤。西厢房里，五凤从兜里掏出一盒山楂糕打开，在七凤眼前晃着，引逗七凤："老七，想不想吃山楂糕？来一块吧，甜酸儿，咬一口酸倒牙，来一块。"七凤咽着口水转过脸去说："要吃你自己吃吧。"

"那我就自己吃了啊。"五凤说着咬了一口山楂糕，嘴里不停地哧溜着，

"妈呀，又酸又甜，牙要酸倒了。怎么这么酸？它怎么就这么酸？"眼睛瞄着七凤。七凤使劲地咽着口水，怕忍不住诱惑，扭转身子说："五姐，愿坐你就屋里坐会儿，我要出去。"

五凤急忙咽了山楂糕，一屁股倚住门说："你要上哪儿？大黑的天，我还有些话要问你呢。"七凤没有好气地说："我想上哪儿就上哪儿，你不用管。"

五凤这时可就抹下脸了："老七，我要问你几句话。"七凤突然暴怒，指着五凤的鼻子哭喊道："你想问什么？我早知道你想问什么了！"说着猛地解开衣裳，扯下捆在腰间的一层层布带子，"这下你看见了吧？舒服了吧？满意了吧？过瘾了吧？"

五凤被七凤的举动惊呆了，愣愣地看着她，嘴嗫嚅着不知说什么好了。七凤的哭喊惊动了在回廊上泡脚的老太太。老太太猛地一怔，差点从椅子上跌下来。大凤二凤三凤不知出了什么事，慌忙从老太太的屋跑出来。胡宝亮也听见了动静，从东厢房推门出来，被大凤摁住头推回屋里。

这时满楼都能听到七凤的哭喊声："看吧，使劲看吧，这是我的孩子！可我告诉你，我没干下作事，这是我们的爱情结晶！"

姐妹仨惶惑地看着老太太。老太太闭着眼睛坐在太师椅上纹丝不动。

七凤的哭喊声越来越大："你怎么不看了？你还坐在这儿干什么？快告诉咱妈，告诉姊妹，告诉满街的人！这几天你就拿眼睛叮着我，这回总算叮着块肉了，快报功去吧！"在老太太炕上死睡着的九凤被吵醒了，揉着眼睛怔怔地出了屋子。

西厢房传出五凤的声音："老七，你冷静点，听听你都说了些什么？大伙谁看你的笑话了？不都是爱着你护着你吗？谁往外传？传出去咱姊妹脸上有光吗？你不要有抵触情绪，事儿既然出了，咱们商量商量怎么办吧，多余的话少说。"

七凤还在吼："没什么可商量的！我告诉你，这个孩子我要定了，生下来我养着！"听到这话，老太太腾地站起身来，朝西厢房迈了两步，摇晃了几下栽倒在地，口吐白沫，人事不省。姐妹们明白了一切，哭喊着把老太太扶回屋去。

听雨楼老初家要开内阁会议。一大早四凤六凤就慌慌张张跑回家来，在院子里碰了头。四凤挎着篮子，篮子里是两棵白菜。正巧八凤下楼，四凤慌慌张张地问："老八，咱妈怎么了？叫回来干什么？"

八凤一脸的神秘，悄声道："昨晚背气了，召集开会呢，快上去吧。四姐，你怎么又背白菜来了？"四凤顾不上搭理她，和六凤慌慌张张上了楼。

老太太坐在里屋大炕上，闭着眼睛，头上搭着毛巾。姐妹们围坐在她周围，一个个神情严峻。四凤六凤进来，感觉到空气紧张，悄悄坐下。大凤凑过身子悄声对老太太说："妈，齐了。"

老太太缓缓睁开眼睛，满屋扫视了一圈儿，拿出威严："谁说齐了？我眼还没瞎，老三怎么没到？"大凤赔着笑脸说："老八去叫了。"

老太太又把眼睛闭上说："叫了三遍了吧？怎么还请不动呢？她不来这个会不开。还有，派没派个人看着老七？别叫她跑了。"五凤说："这您放心，家门口我已经布了联防队员，只准进不准出。"

大凤火了："老五，你这是干什么？嫌动静不大吗？怎么能叫外人知道咱家的事！我看你是光腚挤挤子，存心要丢咱家的人！"二凤也不满，责备道："老五，这样做可不好。"

五凤冷笑着说："我还没傻到那种地步，叫你们说得我这些年的治保白搞了。我叫他们在门口巡逻，说一会儿出去拉大网，我说我得罪人不少，恐怕有人报复，叫他们要绝对保证我的安全。怎么，哪点撒汤漏水儿了？"

老太太摆着手道："不说这些了，等老三。"

七凤是被弹劾的逆臣，此时正站在门口外，在冷飕飕的小北风中她等待御前会议的裁决。她知道现在会议还没有开始，因为御前大员三凤还没有进朝，但她不知道目前将相不和，龙国太想召开一个会议也是不太容易的。

在三凤家，八凤传达了老太太的口谕。无奈三凤不肯听宣，她初三凤是要精忠报国的，但对老太太不肯启用忠良意见很大，今天要趁机发难。八凤见调不动三凤，急了，问："三姐，你到底是去还是不去？给个痛快话儿。"

"我不去。我还是要你转达我三点意见。第一，咱妈糊涂，用人不当。为什么叫老五办这件事？她是块什么干粮？她就会兴风作浪，唯恐天下不乱。为什么不安排大姐？为什么？老五除了会整人还会干什么？老八，你回忆回忆，她先是整我，接着又整你，现在又整你七姐，有她在，这个家好不了！她这几天就盯着你七姐，我早就看出来了。亲姊热妹有这么干的吗？满朝忠良咱妈不用，用那么个旋儿头。用吧，叫我去什么？她能就叫她一能到底！"

"第二呢？"

"第二，我支持你七姐。她这叫婚姻自由，别人无权干涉，少操没味儿的心。你七姐为什么不打这个孩子？肯定是对孩子他爸有很深的感情，不，是爱情，不是流氓胡搞。我建议请孩子他爸来一趟，谈一谈，成个家就完了，就这么简单，干什么兴师动众，大眼儿瞪小眼儿的，想瞪出点什么啊！"

"第三呢？"

"这第三，最重要，这是老五一手策划的阴谋，要告诉姊妹们，擦亮眼睛，彻底孤立她，搞臭她，让她像过街老鼠那样，人人喊打。她不退出这个家，家无宁日，咱姊妹还要鸡鸣狗斗的。就这三点，你去汇报吧。"

这边八凤三顾茅庐，那边七凤像武家坡的王三姐，默默地站在小北风里挨冻呢。九凤知道了今天七姐要倒霉了，而且知道这一切都是自己的一张馋嘴巴惹的祸，溜出了堂屋，低着头走到七凤面前，看着她哭了。七凤伸出冰凉的手捧着九凤的小脸蛋儿关切地问道："咱们的九凤怎么了？"

九凤抹着眼泪抽抽搭搭地说："七姐，我错了，我对不起你，你大肚子了是我告诉五姐的。"七凤转过脸，摩挲着九凤的头说："姐不怪九凤，她们知道是早晚的事儿，别哭了。"

九凤道："她们要开会整治你。七姐，你不好过了，咱妈昨晚还气昏了。七姐，你别生我的气好吗？"

"七姐不生气，你还是个孩子，七姐怎么能生孩子的气呢。去吧。"

"七姐，你把小孩生下来吧，我有好吃的省给她吃，和她一块玩儿。你肚子里的一定是个小妹妹，我会护着小妹妹的，谁也别想欺负她。"七凤惨然一笑："净说胡话，弄岔辈儿了，她应该叫你姨，你是她的小姨啊。"

八凤回来向老太太汇报了三请诸葛的经过后，顺便表了态："三姐就这三点意见，我也同意三姐这三点意见。"

"屁！"老太太骂道，"三点意见？我看是三个狗屁，烘臭！"问大伙，"你们没闻到臭味吗？老大，你闻到没有？"大凤忙不迭地点头："是，是有点臭。"

老太太要指鹿为马，考验女儿的忠心，又问："老二，你闻到没有？"二凤不正面回答，曲折地表态："老三也真是，怎么这么说话？我支持五凤。人家图什么？还不是为了老七，为了咱这个家吗？别蜷着舌头说话，这事儿，老五不站出来谁还能站出来？别抽烟耍滑的骂流汗干活的，那样不好，很不好。"

听了二凤的表态，五凤想到自己的委屈，呜呜地哭了："还是二姐站得高看得远，理解我。我怎么能坏老七呢？你们说说，老七要是把孩子生下来，有妈没爹的，叫咱妈怎么出门儿？有了孩子，户口、工作不都完了？这不是秃头上的虱子明摆着的事儿吗？"

老太太一拍炕席说："罢罢罢，不哭了，说说怎么办吧。晴天里炸了一个霹雳，我也慌得不知该怎么好了。老三不来就不来吧，权当她死了！"

九凤不知什么时候悄悄溜进屋，站在墙角听话，两只小眼滴溜溜转，她想打探点有价值的情报告诉七姐，争取立功赎罪。五凤看见了九凤，从兜里掏出两块糖递给她："九儿，吃糖。"

九凤盯了五凤一眼，啪地把两块糖打落在地，骂了一句："甫志高！"她痛恨五姐背信弃义，使自己落到如今尴尬的境地。

一屋子人都在沉默，沉默。四凤用手指头掐算了一会儿，首先打破沉默，说："妈，看来老七这个孩子月份也不小了。要不这样，生下来吧，我养着，我在农村，离这儿远，也没人知道。妈，大姐，你们说呢？"

老太太勃然大怒道："怎么老半天又听了个屁！你养着？你成天撑大药丸子，连孩子的脚丫子也没养出来，还要抱养一个？你能耐不小呀！你那张棉裤腰嘴，从来说话就不咬木头，叫她生下来，那咱老初家成什么人家了？不清不浑，一锅疙瘩汤！初家门上养私生子，还叫不叫我活了！"

四凤真心想要这个孩子，斗胆回嘴："可是老七要是不做呢？非要生下来呢？你们谁能养？一个个说，谁能养？"说话的气势有些咄咄逼人了。

老太太拍着大腿说："你给我闭死那张酱碟子嘴！不做？没那事儿，我有这条老命在这顶着！"

九凤获得了重要情报，悄悄溜出去，流星探马似的报告七凤："七姐，她们开会我听见了，四姐要替你养活孩子。"七凤听了，泪水夺眶而出。九凤见七姐哭了，说："你别哭，可能还有好消息，我再去听听。"又转身跑回屋里。

四凤被呵斥，会议陷入僵局。五凤看看大伙，清了清嗓子说："都不说话了我就说两句，可能还要挨老八的骂，挨骂我也要说。"

八凤从来不吃小话儿，立马堵上："你把话放明白点，怎么知道我要骂你？你说人话做好事儿我能骂你吗？一说话你就捎带着我，再这样我可不客气了！"大凤看出来今天老太太要倚重五凤，呵斥八凤："老八，你给我闭嘴！"

老太太使出威严："叫老五讲。老八，我可告诉你，我现在还腾不出手来拾掇你，等办完你七姐的事，我把你身上这张皮子熟一遍。我给你攒着，老三我也给她攒着！我当舞弄不了你们这几个了？告诉你们，我既然能生下你们九个，就有能养活的道理。我老来老去的叫你们丢人指脊梁骨？没那事儿！告诉你们，有狠心的儿女，也有狠心的爹娘！老五，你讲吧，你有水平，虑事儿长远，先听你白话。"说话一溜嘴又带出了味儿。

五凤在小节上从不和老太太计较，从兜里掏出小本本翻开，看了一眼大伙："咱妈叫我讲我就讲讲。昨晚我一宿没睡，思考了几个问题。对于老七我们不能就事论事，要从深层次考虑几个问题，要抓住要害，也就是抓纲，纲举才能目张。"

老太太有点不耐烦："捞干的。"五凤合上本本："好，那咱就捞干的。首先，我们要搞清楚，男方是谁，是干什么的？这要从老七嘴里抠；再呢，致使老七怀孕的原因究竟是什么，是强奸还是诱奸，是不是阴谋诡计？"

六凤有些糊涂了，问："这话怎么说？"五凤微微一笑："这就是我说的深层次问题了。强奸诱奸是犯罪，这没什么可说的，不学无术，怕就怕是个阴谋诡计。比方说，男方是不是个农民？他有没有可能抓唬老七不懂事，以谈恋爱为名给老七搞上孩子，等老七回城了，他拿孩子当纽带借机进城？这种事咱街道就有。如果是这样麻烦就大了，咱家就会住进一个老农民，还得给他找房子，找工作。如果咱们撵他走，他会闹得满城风雨。当然，这只是一种可能，但不可不防！"屋里静静的，老太太点头称是。

五凤背着手在屋里踱着方步，仰脸看着天棚："还有一种可能，那就是老七怎么入的党的问题了。我听说了不少，有的女知青为了入党、回城，不惜拿身子做本钱，和大队干部搞那个。是不是这么回事，没有调查就没有发言权，仅提出来供大家参考。如果是那样，我是说如果，那就牵扯到老七的品质问题了。要说解决这件事倒不难，难的是对老七长期的思想教育、改造问题，这种思想不铲除，以后还会犯类似错误。"

大凤自言自语："能不能是跟哪个知青搞的？"五凤踱到大凤眼前："哎，这正是我要说的第三个问题。如果是这样，问题就更复杂了。男方目前在哪里？是不是还在北大荒？他的家庭出身是什么？将来怎么办？如果是那样，那么，他俩一定不是一天半天了，应该很有感情；有感情，老七就不会做掉这个孩子，这就难缠了，感情上的事最说不清楚，最难办，最没个头！当务之急是搞清楚这三个问题，并且有一个原则坚决不能变，孩子铁定了不能留，一旦留下来老七这辈子就彻底毁了！"

九凤又获得最新情报，悄悄溜出屋子，跑到七凤跟前，仰起头报告："问你男方是谁？什么出身？"七凤笑了笑说："回屋去吧。"九凤又溜进屋子。

老太太听了五凤的一番分析,不由得赞叹,说:"以前老五说话,我得替她打着补丁。为什么?漏洞太多。可今天说的话,句句贴谱儿,封窗纸贴笊篱,汤水儿不漏,句句为老七,句句为这个家着想,我听了心里热乎,感动。关键时候还是老五,拿得住斤两儿。我可没想到啊,老七惹出这么大的祸来。"气得说不下去了,噎得直仰脖儿。大凤和二凤赶紧替老太太捋胸捶背,老太太这才长出一口气。

老太太喘了口粗气,接着说:"我看老五已经把道儿说得清清楚楚了,眼下最要紧的是立马把孩子做了,要是再拖,月份儿大了就来不及了。老大,你赶紧联系个医院。老五,你想办法给弄张介绍信。老六,叫你家王国臣开车送一趟医院,做完了接回你家。你吃点辛苦,这也是个小月子,你伺候几天,这样的事儿我是不会下呲赖忙前忙后的。老大,老五,你俩找老七,把今天的会议决定告诉她,不做也得做。"

不等老太太话落音儿,五凤插言:"妈,我还有几句话。"老太太点头:"说。"

五凤环顾了大伙一眼,慢条斯理地说:"老七出了这档子事儿,应该在咱家鸣响警钟——这就是放松思想改造的恶果,出现苗头不抓,必成大错!当着姊妹的面,我得说说老三和老八,一个拎着小秤投机倒把,一个成天穿着喇叭裤和一些不三不四的人混在一起,如果现在不抓,任其发展,还不知会弄出什么惊天动地的大事来,我们要提高警惕。"

八凤一听这话火不打一处来:说:"闭死你的腚吧,你就是整人有瘾,越有事你越兴兴。我愿和谁玩就和谁玩,关你屁事儿!"说着,砰的一声摔门走了。五凤摊着双手抱怨道:"你看看,你看看,好心当成驴肝肺,还骂起人来了!"

老太太咬着牙根儿说:"早晚收拾,一个个来!你们先去吧,我累了,想躺一会儿。"说着挥挥手,"把今天会上说的事儿告诉老七吧。"

御前会议结束了,七凤还呆呆地站在那里。大凤走到七凤面前,扶着她的肩轻声说:"老七,会上定了,这个孩子无论如何你也得打掉。"七凤一听是这么个结果,二话没说,转身朝西厢房走去。大凤紧紧跟上来劝道:"老七,听大姐一句话,别犟了,做不做是早晚的事儿,你能拗过咱妈吗?"见七凤不搭话,默默地站住了。

大凤回到老太太屋,见老太太在灯影下照着鸡蛋,说:"妈,会上的决定我都告诉老七了。"老太太把鸡蛋放到炕上的纸箱问:"她怎么说?"大凤回道:"什么也没说就回西厢房去了。"

老太太点点头:"老大,老五,你们再找老七说说吧,这事儿夜长梦多。"

大凤和五凤奉命去找七凤。九凤趴在西厢房屋里的窗前,看见二人朝这边走来,回头喊道:"七姐,来了,她们来了。"

"九凤,把门插上!""哎!"九凤答应一声,飞快跑到门口插上门。大凤一推门,见插上了,轻轻拍着门喊:"老七,睡了吗?开开门,我和你五姐跟你说点事儿,快点把门开开。"

屋里没有应答声。大凤再拍再叫,还是没有声息。五凤推开大凤,砰砰敲着门呼喊:"老七,开门,你这样僵着也不是个事儿,解决不了问题。你开开门儿,咱姊妹好好唠唠。咱妈、姊妹们还不都是为了你好吗?你还年轻,有些事儿看不长远,这样下去会毁了一辈子的。"

老太太站在回廊一声大喊:"把门给我砸开!"二人猛回头,大吃一惊,只见老太太抱着一根顶门杠,怒气冲冲顺着回廊踉跄奔来,呐喊着:"这个孽障,这个不要脸的东西,还给我拿把起来了,好话说尽了,你就是不听,还想怎么着?你今天非要逼我这样做,那我就做个样子给你看看,都给我闪开!"拉开架势要撞门。

大凤紧紧抱住老太太,劝道:"妈,您别这样!"说着哭了,朝里面喊道:"老七,你还不开门吗?你要叫咱妈怎样?你怎么这么不懂事啊!"五凤也哭了,厉声喝道:"老七,你怎么这么犟啊!我可告诉你,再不开门,咱妈就能死在这门口,你能负得了这个责任吗!"二凤、四凤、六凤、八凤都跑过来,一齐拍着门,劝七凤开门。

门开了。众人愣住了,只见九凤握着刀铲子站在门口,小眼儿圆睁,一把刀铲子舞得有模有样,喝道:"都给我滚!谁要是敢动七姐一根毫毛,我叫她死!老五,我先打死你!"哭了,"是你害了七姐,你不是个好东西,你拿山楂糕和饺子来骗我……"老太太挥挥手:"别惊了小老九,抱开她。你们都回屋去,我会会老七!"说罢踏进门去。

第四章

老太太走进西厢房的时候，七凤正背着身躺在床上，两眼满是泪水，听见母亲的脚步声，拖过被来蒙上了头。

老太太搬把椅子到床前坐下，厉声道："老七，你给我坐起来，横竖你先给我讲个礼貌。"七凤不起来，还是大被捂着头，说："妈，您说吧。"

老太太不肯让步："给我坐起来。你是功臣还是东宫娘娘？我看你上北大荒这些年别的没学会，倒学了一身穷毛病。小脸儿勾勾着干什么？你有天大的委屈今天给我倒出来，先告诉我，这孩子究竟是怎么回事？"

七凤拗不过母亲，只好坐起来。"说，"老太太一拍床沿，"给我说清亮！老七呀老七，你姊妹九个，我最高看、最放心的就是你，可我万没想到，把天戳个窟窿的就是你！你叫我这心里绞劲儿地疼啊。话说回来了，是哪个王八羔子欺侮了你，我去和他拼老命；要是你自己惹下的事儿，我可要三娘教子，就得周正你了。"七凤低着头说："妈，是我自己愿意的，不怨别人。"老太太一怔："这话怎么说？给我说清亮了！"

七凤望着窗外，轻声道："说就说。他叫卫平，是讷河人，我俩在一个连队。下乡第八年，刚开春，连队断粮了，同学们把喂马的豆饼都偷着吃了，就是这样，我们还要上兴安岭的青冈子伐木头。有一天在冈上伐木头，我饿昏了，从冈子滚了下来，醒来一看，前面有两只狼盯着我，我吓哭了。这时候卫平跑过来，抡着棒子和狼恶斗了一个多钟头才把狼撵走。狼撵跑了，可他浑身是血，左手小指头叫狼撕去了。"老太太双目微合，长长叹了口气。

"兴安岭的春天冷啊，积雪有两尺厚。卫平背着我深一脚浅一脚回到连队，刚把我放到炕上自己就昏过去了。从那以后，我们俩就有了感情。同学们有钩有门的一个个都回城了，就剩下我俩，这样我们就搬到一块住了。现在我回来了，连里只剩下他一个人了。"

七凤哽咽着说不下去了，沉默了一会儿，突然抬起头，嘶哑着嗓子说："妈，我不是胡来，我们俩相依为命有情有义，谁也拆不散我们，我就是要等他，就是要把孩子生下来，别的我不管，谁说也没有用，你们不要逼我。"

听到这儿,老太太长叹一口气道:"老七,你刚才这些话妈听着揪心啊!妈这些年知道你在北大荒遭罪,可没想到遭这么大的罪,你在信里也没露半个字。年啊节的姊妹们团聚,我就想你,这个家,就把你一个人扔在北大荒……"

这边,老太太做着七凤的工作,自己屋里的大炕上,姐妹们静静地坐着等待结果。三凤和八凤狠狠地盯着五凤,剜了一眼又一眼。五凤把头扭向一边。

四凤从手提袋里掏出一包瓜子说:"嗑会儿瓜子吧,我看这事儿一时半会儿完不了。"说着给姐妹们分瓜子,就是没给五凤。三凤在炕上离她最远,隔着五凤的身子把手伸得老长,四凤把瓜子递到她的手里,五凤眼珠子都不斜,对四凤的举动视而不见。二凤见姐妹们竟生分到如此程度,叹了口气,摇了摇头。大炕上一片嗑瓜子声。五凤高高地抬起头,隔着窗朝西厢房望去,她现在不稀得和她们计较这些,心里装的是家庭的大事。

那边,老太太对七凤软硬兼施,拊着巴掌说:"当妈的心里有本账,白天在心里记着,晚上在被窝里数着:这个家最亏的就是你,最对不起的也是你。妈是过来人,不能不讲道理,你和卫平的事妈也理解,谁没打年轻时候过来?可是有一宗,这个孩子不能留!"见七凤怔怔地看着自己,老太太往床前凑了凑继续说,"我说说道理你听:你和卫平的事,你是看好他了,你愿意,我没什么意见。可卫平什么时候能回城?不回城怎么办?你再跑回北大荒?还有,他没娶你没嫁,生个孩子在家里是怎么回事?听你五姐说,孩子一生,你和孩子的户口就都落不上了,区办工厂更不能要你。怎么办?就这么黑着?什么时候是个头?盼你回来盼了几年,怎么盼来了一堆心事?你不能为了卫平把自己的一辈子毁了!"说着激动了,站起来,在屋里踱着步,"道儿都给你摆布清楚了,现在只有华山一条道,把孩子做了。"

老太太道理说了千千万,只换回来七凤牙缝里的一个字:"不!"老太太不耐烦了,下了命令:"穿上衣裳,跟我上医院!"七凤的执拗劲上来了,摇着头说:"我肯定不去。"

"混账!"老太太勃然大怒,"怎么,你非要往火坑里跳不可了?你就是要我没脸没皮地叫人背后点画是不是?不去也得去,这事由不了你!咱穷,可多少年来干干净净,听雨楼不能要一个不清不白的孩子!"老太太一声高过一声,众姊妹听动静不对,慌忙跑来看究竟。

老太太瞥了姐妹们一眼,指着门说:"跟我来。我告诉你老七,你还年轻,要走的道儿还长,你现在记恨我,二十年后你得谢我。不听我的,我死了你能悔青肠子!"

大凤过来拖七凤:"老七,妈说得对,快起来上医院。"五凤扬了扬手里的一张纸说:"介绍信都开了。别看就一张纸,可难办了,还搭上了一条大前门。"七凤摆脱着大凤的拖曳,哭喊着:"我不去,死也不去!"姐妹们都围过来苦苦相劝。

老太太一声断喝:"都不用劝,给我闭嘴!"姐妹们都住了嘴。老太太一张老脸冷如冰霜:"怎么,老七,还要我给你跪下吗!""妈!"众姐妹一看老太太动了真肝火,呜呜哭起来。

老太太一声怒吼:"都滚一边去!老七你听好了,你妈活了一辈子,穷了一辈子,没混出个什么名堂来,可就混出了这么点儿高贵东西,"拍了拍双膝,"就这儿!旧社会给地主当丫头没跪过,三年自然灾害沿街要饭没跪过;'文化大革命'造反派拉我上台给你爹陪斗,我更是没跪过!如今牙掉了,背驼了,头发白了,可就这儿溜直!今天,我为我闺女,我……给你跪下了!"话音没落,老太太扑通一声跪倒在地上。

众姐妹放声大哭。七凤也哭喊着从床上跳下来,搂着母亲哭道:"妈,您别这样啊!"老太太老泪纵横,哽咽着说:"老七,我要你一句话!"四凤插言:"老七,妈要你说句话,你就说,说了什么事儿都好商量。"

啪的一声,老太太一个耳光打在四凤的脸上,咬着对不齐的牙说:"不,没商量!"四凤无缘无故地挨了一巴掌,捂着脸躲到一旁。

"我要你一句话,做还是不做?做了,我还是你妈,要是不做,就别叫我妈!"老太太不达目的死不罢休。"老七,你要难为死妈吗?"大凤哭得泪人似的。众姐妹也都咧着嘴哭,报庙儿似的。这场面比上酷刑还难熬,七凤纵然是刘胡兰也难过眼泪关,到这份儿上了,也只好含泪点头。

次日天还没亮,听雨楼里戒备森严,七凤要去打胎了,五凤担任行动总指挥。五凤拉开院门,警惕地朝街面上瞅了瞅,又轻轻地关上,回头朝楼上喊:"下来吧。"大凤、四凤扶着七凤下楼,像扶着八路军伤病员到白区医院。五凤一挥手:"快点,走后门,车在后门等着。"一溜小跑带着她们往听雨楼后门转移。

来到医院妇产科,五凤拿出户口簿、介绍信、证明等一大堆证件,从容镇静地自我介绍:"大夫,这是我们革命街道的证明,我是革命街道人保组组长,你们医院这一片儿也是我巡防的地段儿。"大夫仔细看着一个个证件,态度挺和蔼:"好吧,叫产妇进来,我给做做检查。"

大凤四凤扶着七凤进了诊室,安置她躺在一张小床上。大夫把五凤等人请出诊室。七凤闭着眼睛,大夫给她做检查。

"月份不小了。"大夫说。"哎呀,都这么大了,太可惜了。"护士也说。

"看样子像个小子,胎儿还不小呢,再拖几天就引不下来了。起来吧,到手术室,我去找人做手术。"大夫说罢摘下乳胶手套走了。

诊室门口,大凤、四凤和五凤见大夫出来了,迎上前问:"大夫,怎么样?能做吗?""还可以,再晚几天就不行了。马上做引产手术,不能再耽误了。"大夫摘下口罩说。

"大夫,"五凤从兜里掏出两盒红玫瑰烟塞到大夫手里,"一点小意思。"医生接过烟,看看牌子笑了笑,揣到兜里走了。大凤、四凤和五凤见大夫走了,拥进诊室,进了屋大吃一惊——小床上空空如也,七凤早就没了踪影,只见窗扇在风中摆动。五凤一拍大腿:"我的妈呀,跑了!"

夜半时分,一列蒸汽机车吐着浓浓的黑烟,停在黑龙江一个小站的站台上,七凤挺着肚子下了车。小站孤寂清冷,堆着一堆堆的积雪,像一座座小坟头。小站只有她一个下车的旅客,她被浓浓的烟雾裹住了。火车叹着气开走了。

七凤走进冷冷清清没有一个人的候车室,四处看了看,把长椅费力地拖到大火炉前,捅旺了炉子,烤着胸前,搓搓手和脸,躺到长椅上,轻轻地揉着肚子。她关了灯,望着窗外纷纷扬扬的大雪,轻轻地啜泣着。

次日凌晨,七凤雇上一辆雪爬犁赶回连队。连队那排知青住的房子冷冷清清,长长的走廊一片漆黑。七凤点燃一支蜡烛,一边摸索着往前走,一边大声地喊:"有人吗?有人吗?卫平?卫平,你在哪儿?"无人回应。

一个老大爷走过来,问:"谁啊?"

"大爷,是我啊,我是七凤。"

"噢,是七凤啊,你怎么又回来了?青年点解散了,都回城了!"

"卫平呢?"

"昨天才走,回讷河了,他是最后一个。"

七凤懵了,木呆呆地站在那里不知所措。

七凤懵了,但她不知道家里的人也懵了。五凤在街道"革委会"不停地往黑龙江的知青点要长途电话,好不容易要通了,那边告诉她,七凤没回来,知青点最后一个知青也回城了,建边十二连已经解散了。

而这时她千里迢迢寻找的卫平正走出古城火车站,迷茫地看着这座陌生的城市,四处打听到革命街道怎么走。七凤没有考虑回古城,她要去找卫平。在小火车站又熬了一宿,上了一列由兴安岭农场开往讷河的火车。上了火车,七凤一头栽到车座上睡着了,她身心俱疲,熬不住了。

再说卫平拎着包满大街找革命街道。因为是"文革"后改的名,费了好大的事才进了辖区,正碰见五凤在训几个小商小贩。只见五凤挓着腰,唾沫星子乱飞,呶呶不休:"你说说,你们怎么就像菜地里的韭菜似的,割了一茬又冒出一茬,还有完没完?你们都别跟我哭穷,谁家里不困难?就你们家困难吗?要是都像你们这样,那国家还要国营商店干什么?那不乱了套了吗?没说的,秤扣下了,一人罚五块钱。"小商贩们苦苦求五凤开恩。可五凤像黑脸老包,硬是不开面儿。

卫平拎着包过来,朝五凤点点头问道:"同志,麻烦一下,革命街道是在这儿吧?"

"没错儿。你找谁?什么事儿啊?"

"打听一下,听雨楼怎么走?"

"往前面走穿过小胡同再左拐。"

"谢谢。"卫平说着要走。"哎,你站住。"五凤突然愣过神来。卫平望着五凤站住了。五凤上下打量着卫平问:"你上听雨楼找谁?"

"噢,找初桂凤。"

"你是她的知青战友?"

"嗯。"

"你叫卫平吧?"

"嗯。"

五凤四下看了看:"跟我来吧。"五凤扔下小贩儿不管了,和卫平往自己家走去。走到五凤家,卫平愣住了。

五凤说:"不用愣,这是我家,不是听雨楼,我有话要对你说,你的事儿我清清楚楚。"让卫平坐下,两只眼紧紧盯着他。"你是谁?"卫平惊讶地望着五凤。

"我是她五姐。"

"噢,五姐,你好。七凤呢?"

"先不着急,咱们扯点儿别的。"

"五姐，我心里急啊。"卫平的声音低下去了，"也不知道她现在怎么样了，她……生了吗？"

"你这次来就是为这事儿吗？"

"是，我也招工回讷河林场了，这次来是想和你们家商量一下。"

"商量什么？"

"我们俩的事儿。"

"噢，这事儿。"

"五姐，我要见见七凤。"

"先不急。卫平同志，你和我们家老七的爱情故事我都听说了，有些细节也知道，总体来说，生动感人，催人泪下，非常真实。卫平同志，你是个好同志，有理想，有抱负，有坚强的意志品质，我相信你听到任何不幸的消息都能挺得住，是不是这样？卫平同志，我不会看错人吧？"

"怎么了，五姐？出什么事了吗？"

"没什么。卫平同志，你和我们家老七的爱情是真实的；我们家呢，也没有提出什么反对意见，但是你想过以后怎么办了吗？"

"五姐，我来就是商量这事儿，得有个结果。"

"不用商量，结果很简单，一个是你来古城工作，可你能把户口调进来吗？调不进来就属于盲流；另一个呢，你能让老七跟着你去北大荒吗？好，就是到了北大荒；你们一家三口世世代代就是农村人了，对不对？你们不为自己想想，也要为孩子想想吧？难道还有第三个结果吗？"

"七凤现在到底怎么了？"

"老七这次怀着孩子回来惹得我们全家上下都上火，我们家老太太更是气得差点儿死过去，这个孩子不能生在听雨楼。"

"她生了？孩子呢？"

"还没有。不过我要告诉你，为了老七的前途，为了对她这一辈子负责，也为了我们这个家，你们就断了吧。"

"不，五姐，我要见七凤，我要看看她，我有话要和她说。"

"晚了，卫平同志，我不得不告诉你，七凤怀着孩子嫁人了。"

"你说什么？这不可能，绝不可能！"

"卫平同志，冷静些，她确实嫁人了。她对你确实有感情，那天出嫁的时候她哭了。我知道她爱你，可是不嫁人不行啊，不嫁人孩子就得生在听雨楼，这可能吗？卫平同志，我觉得你应该高兴才是，你如果爱她就应该高兴，她总算有个家了，总算能把孩子生下来了，总算把城市户口保住了，是不是？"

卫平双手抱头伏在桌子上沉默不语。

"要哭你就痛快地哭一场吧。"

"不，我不会哭。"

"这就对了，男子汉就应该有男子汉的样儿。"

卫平抬起头来说："五姐，我该走了，想留封信给七凤行不行？""这好吗？她都另嫁人了。唉，可怜见儿的，好，你写吧。"五凤找来纸和笔给卫平。她的眼睛湿润了，打心眼里说，她还是蛮喜欢这个小伙子的。

卫平找到了听雨楼，可七凤却没找到讷河农场。在讷河，七凤沿着铁路往前走，见前面来了一个行人，便上前打听道："同志向您打听个道儿，讷河农场怎么走？"

"讷河农场？"那行人一愣。

"是啊，讷河农场。"

"这讷河可大了，围着城边一共有二十多个农场呢，你要找哪个？"

"就是讷河农场啊。"

"这可不好找，这方圆几百里地呢，你到底找哪个农场，总得有个名吧？"

一听人家这么说，七凤懵了，一屁股坐在铁道边，看着一列列北去的火车默默地流泪。

卫平走后，五凤急忙打开卫平的信看："七凤，我走了，没有想到来古城找你，却是这样一个结局，我的心都要碎了，真想痛哭一场，可在你五姐家我不能哭。好了，不说这些。七凤，我为你高兴，真的为你高兴，你总算有个家了，我们的孩子也可以平平安安地出生了。可是，我心里又有一丝不安——你带着孩子嫁人，以后的生活能平静吗？想起这些，我心里像刀绞一样难受！七凤，不管你将来怎样，我会等着你，如果你过好了就告诉我一声，如果哪一天你生活得不好，也告诉我一声，我会来接你……"

看完信，五凤泪流满面，长叹一声，把信装进信封。小叶不知什么时候回来了，惊奇地看着她问："我说，你在看什么呢？怎么哭成了个泪人儿了？"顺手递过毛巾。五凤接过毛巾擦把脸，说："唉，跟你说了你也不懂啊。"

小叶还想问个究竟："到底是怎么回事儿？"五凤扬了扬手中的信叹道："看了这封信我才发现，年轻时候和你的恋爱太糙了，我冤得慌！"说罢，拿着信走出家门。

来到听雨楼时天已经黑了，五凤进了院门，蹑手蹑脚上了楼梯，来到大凤家门口敲敲门。大凤开门，见五凤满脸泪痕，一愣，问道："老五，这么晚了有什么事儿？""大事儿！""快进屋说话。"

大凤看了五凤带来的卫平的信，眼里含着泪水，默默无语，她不知说什么好。这些日子她做了那么多事，自己也不知是做对了还是做错了，成天心里像塞了一团茅草，堵得她喘不过气来。她天生是个心里装不了大事的人，可她是老大，有些事又不得不出面去办，她的角色是母亲手里的一根棍子，可她天生是根羽毛，这个老大她当得力不从心。

"大姐，反正事儿我都办了，当时太急了，我也就来了个先斩后奏。总之一句话，不能给卫平留下一点儿幻想。"五凤的语气很坚决，她不知大姐心里这阵子想的是什么。"老五啊，这事儿是不是办得有点儿绝了？哪年哪月的，一旦让老七知道了，这不要恨咱一辈子吗？"大凤疑虑重重。

"长痛不如短痛。咱这是为了老七一辈子好。等她上了岁数儿子满地跑的时候才能知道咱们用心良苦。"

"这信怎么办？"

"你拿个主意吧！"

"要不烧了？"

"那就烧了吧。不过，大姐，这事儿天知地知，你知我知，叫它成千古之谜吧，不管什么时候，不管遇到什么情况，刀按在脖子上也不能说。"

"是不是和老太太说一声？"

"糊涂，你整个是一个糊涂虫。"

"也是，老太太现在心事够多的了，那就烧了？"

"烧了！"

第五章

七九河开，八九雁来。大雁飞来的时候二凤来信了。

老太太从小没念过书，解放后参加扫盲班识了不少字，报也读得，书也看得，兴致来了，比比画画还能写两笔："大跃进"那年，钢铁元帅升帐，她写了一首诗：钢铁元帅升大帐，千军万马炼钢忙。钢花飞天九天外，惊坏天上老玉皇。这首诗当时登上了《古城日报》，只是没署名，后来还收到一本民歌集子里，老太太一直没为著作权问题打官司。这些年上年纪了，眼倒不至于花得看不了信，只是闺女大了，她就懒得看，都是叫闺女给念。逢是来信，老太太必是叫闺女搬了太师椅放到院门口，自己抹搭着眼皮儿坐着，叫闺女高门大嗓念。如今七凤这个不争气的闺女跑了，老太太的气势一下子矮了半截，二凤的来信，她叫大凤在回廊上给自己念。

二凤的信是这样写的："妈妈，我已安全到家，请您放心为念。昨晚，我排了一宿队，给您买了一台十四英寸的电视机（黑白的），这两天就给您托运过去，让它晚上给您做个伴儿，给您说话，唱戏，跳舞，就像看着真人儿，非常有意思。妈妈，您为女儿操了太多的心了，该歇歇了……"

老太太听到这儿笑了，打断道："这二丫头，给我想得真周全。电视光听说过，没见过是个什么样儿。"大凤说："我们厂里有一台。"比画着，"就是这么大的一个匣子，面儿上块玻璃，里面还有人说话唱戏，也能演电影。要是不想看了，那边有个小钮儿，一摁，唰的一下，没了。听说小四百来块呢！"

老太太嘎嘎笑道："那可真是个好东西，不过，也就太金贵了，能换好几千斤粮食。老二还说什么？赶紧往下念。"说着往大凤身前凑了凑，"念。"大凤不敢怠慢，又念起来："我们广东这边，一些人已经开始明目张胆地做小生意了，政府也不管了，说这也是放开。告诉老五，以后再少管这样的事儿，干吗非要闹得大家反目、姐妹失和……"

老太太又打断："就是。我看着就不是个事儿。念。"大凤笑着说："一封信叫您掐了好几节股，没有了……哎，这背面还缀了一句：老七现在找到没？要是找到了赶紧给我挂个电话。"

老太太的心情一下子晦暗起来，站起身来，伸出虬筋暴起的两只手扶着栏杆，望着楼下的小院默默不语，泪水模糊了她本已昏花了的两眼。大凤从兜里掏出账本说："妈，我把这个月的账给您报一下。"

老太太抬头看着天上一队南来的雁，叹口气说："鸟儿还都知道归巢呢，她就有那么狠的心？她像谁了？回屋说去吧，如今我有些怕太阳呢。"说着回了屋。大凤看着母亲颤巍巍的背影，泪水滚出了眼窝。

让老太太成天挂在心上的七凤，这时正在讷河顶着飘飞的大雪来到医院。大夫给她做了胎检后非常惊讶，说："哎呀，快生了，你得住院了。"

"还得几天？"

"也就两三天的事儿。"

"我知道了。"

"一会儿拿张表填一下你爱人是谁，家在哪儿，联系电话，我们负责联系。咱们医院可不能随便接生，请你家人带着户口本和介绍信办理住院，要不让派出所来个电话也行。"

七凤想了想，下了床，收拾好东西要走。"你要到哪儿去？"大夫问。七凤笑了笑："时间还来得及，我回婆婆家生，婆家在古城，也就是一天一夜的道。"

万般无奈的七凤，天擦黑的时候回到了听雨楼，但是她没有勇气进这个家门，在门口徘徊。透过敞开的大门，她看见九凤擎着根棒棒糖慢慢走下丁字楼梯。

九凤人小眼尖，一眼看见有个裹着头巾穿着军大衣的人在门口徘徊，她认出了七凤，咚咚咚跑下楼梯，朝大门口奔来。七凤顾不得犹豫，转身就跑。九凤到底人小，跑过来时只能看到七凤远去的背影。九凤破着嗓子喊："七姐，七姐，是你吗？是你吗？"

七凤听到九凤在喊自己，加快脚步跑起来。九凤一路追赶着，哭喊道："七姐，你回家，回家！七姐，我错了还不行吗？"

转过路口七凤不见了。九凤哭着跑起来，见寻找无望，撒开脚丫子哭喊着跑回听雨楼。跑进院，九凤抬起泪脸朝楼上喊："妈，大姐，大姐夫，你们下来，快下来！"老太太和大凤、大女婿胡宝亮慌慌张张从屋里跑出来。

大凤急问："九凤，怎么了？"

"你们快下来，我看见七姐了，朝街头跑了。我要七姐，我要七姐！"

三人慌慌张张跑下楼。老太太一边跑一边对九凤喊:"快去告诉你三姐、五姐、六姐,叫她们上汽车站堵着,告诉你八姐,上火车站候着。一定要把她拖回家,叫她回家……小兔崽子。"她哽咽了,她要在古城布下天罗地网,这一回,老七是插翅难逃!

七凤是跑不了。她在街上游荡了大半夜了,总得找个地方歇歇脚吧。可来到一家小旅馆,人家要介绍信,而且见她拿不出,差点要送她到派出所。她如惊弓之鸟,再也不敢想住店了,只好像个夜游神在古城的大街小巷游荡,实在是疲惫不堪了。

老太太掐掐算算,认准了火车站是七凤暗度陈仓必经之路,便来到这里扎下营盘不走了。大凤和三凤也转到了火车站候车厅和母亲会师。大凤说:"妈,我打听了,最末一班车已经发走了,我们在检票口没看见老七,咱们回家吧,已经十一点了。"

这时五凤和六凤也跑过来。六凤说:"妈,汽车站早就关门了,我们没看见老七。"

老太太在心里码算了一会儿,自言自语道:"这个小祖宗,能上哪儿去了呢?"大凤劝道:"妈,回去吧。"老太太闭上眼睛说:"不,我在这儿坐会儿,你们再到小旅馆查一查。"

三凤打着哈欠说:"妈,找不着了,咱们明天再找不行吗?"老太太口气坚决:"找,我就不信她能飞出古城。"五凤这阵子也蔫了神儿,说:"妈,别犟了,老七是铁翅膀,这翅子又飞远了。"

"不!"老太太摇摇头,"我不信她不回家,我就要在这等她,我就要问问她,咱娘儿俩这是结了几世冤仇?怎么就这么铁石心肠!我还要问问,她想叫我怎么的?她不就是想要我一句话吗?那我告诉她,什么时候回来妈都欢迎,可要我看见那个没有爹的孩子,门儿都没有!"

大凤捅了捅母亲:"妈,小点声,有人朝这看呢。"老太太梗着皮肉松弛的脖子道:"随便!要回家你们回,我就在这儿会会她,我就要她一句话!"大伙无奈,只好走出车站分头寻找七凤。

火车站响起夜半钟声。七凤挺着大肚子,手里擎着一块干面包,慢慢地走进候车室,她坐到长椅上,大口地啃着,一会儿便吃了个干干净净。吃完面包,觉得口渴,她抬起头来寻找饮水处,突然愣住了——老太太威严地站在她面前!

七凤被押回听雨楼，老太太拿来一把铁锁，咔嚓一声把她锁进西厢房。锁罢了门，老太太找来斧子，奔到楼外，不由分说砸断了水溜子。

　　翌日一大早，天还没大亮，五凤来报告大凤："大姐，医院的人已经找好了。赶快走吧，大夫说了，早晨上班以前必须做完手术。"

　　"老五，这事儿真难为你了。"

　　"这个时候说这些还有什么用？快点儿走吧，天亮了就出不了这个门了。"五凤说着拿出几个大口罩，"都戴上口罩，别让联防队碰上。"

　　老太太忙下炕，穿上鞋道："我也去。"大凤说："妈，您就在家待着吧，有我们领老七去医院就行了。"

　　老太太把眼一瞪："都歇着吧，你们领着去？上回不是你们领着去的吗？不是让她跑了吗？今天谁也不许去，就我一个人。"大凤不放心："妈，多个人也是个帮手。"老太太一挥手："也好，送到医院你们都给我撤回家。"说着下了楼。

　　老太太背着手站在院当中，威严地朝楼梯上看着，压低声音喊："老七，你给我出来！"

　　西厢房门开了，七凤挺着肚子慢慢走下楼梯，来到老太太面前，一张平静的脸看着母亲。经过这段时间的折腾她身心俱疲，像一只飞累了的鸟趴在巢里，只能看着蓝天，再也没有力气自由翱翔。

　　老太太威严地盯着七凤，跨步上前，一把抓住她的手，领着出了院子。大凤姐妹都穿着军大衣戴着大口罩，一个个胳膊上还戴着红袖标，她们故意散乱地跟着老太太和七凤，以免引起别人的怀疑。

　　透过薄薄的晨雾，大凤看见迎面有几个人影晃动，再细看是联防队员，不由得心里一紧，回过头悄声对五凤说："坏了，碰上联防队了。"

　　五凤很镇静，紧紧地捏了一下她的手，跨步上前，悄悄地说："别慌，听我的。"先发制人，朝前面低声发问，"口令！"对方朗声答道："谷子。回令！"

　　五凤仍是低声："麦穗。"说着打开手电朝对面照去，并呵斥，"警惕性哪儿去了？这么大的声还不叫敌人掌握了口令啊。你们到北三街看看去，抄近道，走胡同，我陪区里联防办的同志在这条街看看。"联防队员们一看是顶头上司，不敢怠慢，拐进一条小胡同。

　　五凤朝跟在后面的大伙一挥手："赶紧转移！"七凤突然哎哟地叫了一声，

慢慢地蹲下身子。老太太急得直跺脚:"老大,赶紧走,老七怕是破水了。"

众姊妹簇拥着七凤来到医院产房门口,五凤拨开众人进去,不一会儿又推开门出来,附着老太太的耳朵说:"妈,都说好了,快进去吧。"

大凤扶着七凤刚要进门,老太太一抬手道:"慢!"大凤一愣。老太太掀开袖子,把她和七凤手腕上绑着在一起的红袖标解开。原来,老太太一道上是和七凤捆在一起的!

昨儿老太太一宿没敢合眼,今天又起得太早,这工夫坐在产房门口的长椅上打着盹儿。五凤过来挨着母亲坐下,悄声告诉她,孩子找到主儿了,这家人出身好,男女双方都是党员,政治上绝对可靠,还是双职工,经济上还可以。

老太太对这些条件都满意,又不放心对方的人品,问:"两口子的心眼儿怎么样?"

"那没说的,女方没有生育能力,对孩子能不好吗?"

突然产房传来一阵婴儿的哭声。老太太侧楞着耳朵,静静地听着婴儿的啼哭声,脸上绽出一丝笑容。婴儿的哭声一声比一声响亮。

老太太骂道:"好大的脾气,又是一个犟种,十八道关卡也没拦住你!"说着慢慢地站起来,把耳朵侧了又侧,一拍大腿惊呼道,"天爷呀,真真亮亮的,多少年没听到这样的动静了,难道是真的?"说罢,疾步推开产房门。五凤呆呆地看着老太太的背影,不知道妈妈又是怎么了。她长这么大个人了,自恃能掐会算,可经常猜不透母亲的心事。

老太太只在产房打了一个旋儿,不一会儿就出来了,脚步匆匆地往楼下走去。五凤一溜小跑在后边撵着,喘着粗气问:"妈,怎么了?出了什么事儿了?"

老太太笑得满脸菊花开,眼神儿有些迷离,像是在梦里还没醒来,说:"没什么事儿,你去照看老七吧,她身边这工夫需要人。"

五凤停住脚步还问:"妈,你这是要去上哪儿去啊?"老太太也不答话,朝前指了指,笑模嘎地消失在楼梯口。

老太太后来回忆说,当时自己也不知道怎么来到院子里,双膝一跪,抡起巴掌朝自己脸上拍打着,泪水就止不住了,一个劲儿地磕着头念叨,念叨了些什么也记不清了。

五凤说:"还有脸儿说,您说:天爷啊,你总算睁眼了,你让我生了九个闺女,闺女又生闺女,现在听雨楼总算有了爷们儿了,我盼他盼得快瞎了眼,我的天爷啊！"

"后来呢？"

"后来您叫我给要孩子的主儿打电话，告诉人家对不起，孩子不送人了。妈，我办了这么些年的事儿，那是头一回坐蜡。"

那天，老太太汗流浃背地回到听雨楼院里，关上大门，直着嗓子朝楼上喊："老大，你给我下来！"其时，大凤正回来给七凤熬小米粥。大凤急匆匆地推开门跑到回廊上问："妈，又出了什么事儿？"

老太太双手拍着大腿，笑着说："大事儿，天大的事儿，七凤生了个小老爷们儿，咱听雨楼有男人了！"老太太举着双手比画，"你没看见，那小蛋儿有葡萄粒儿那么大，那小雀儿冲天那么梗梗着，天爷呀，一股冲天的豪气，用不了几年，咱听雨楼大门口就会走出一个顶天立地的大老爷们儿！"

大凤也笑了："妈，看把你乐的。"老太太上着楼梯，仰着脖颈道："怎么能不乐？多少年没这么乐过了。不是说我住了这听雨楼冲了地煞，这屋里再也养不出爷们儿了吗？怎么样？来了，说来就来了！老大，从今天开始，小老九可以留辫子了，别成天剃着个小子头，烦人！"

大凤指着母亲笑道："把小老九当小子养，那还不是你的主意呀。"老太太一挥手："俱往矣，而今迈步从头越！我得告诉你爹一声去，叫他也乐一乐。"说着来到二楼堂屋，燃起三炷香，望着老爷子的遗像，嘴里念念有词："孩子他爹，听雨楼有小老爷们儿，苍天开眼了！孩子他爹，我知道你人走了，可眼睛没闭啊，心事没完呐，这回你可以放心了。"

应了那句老话，乐极生悲！第二天傍晚，老太太亲自去产房给七凤送饭的时候，发现七凤和孩子没有了，侍候月子的五凤趴在床头柜上睡着了。天爷啊，七凤抱着孩子跑了！

七凤没跑远，这阵子她抱着孩子来到城东一家门前坐下，茫然地看着万家灯火，一时不知该到哪里栖身。她哪里知道母亲一辈子发了无数的誓言，对孩子们却从来不认真；她不知道母亲因为她给初家生了个外孙已经在心里修改了政策，她怕母亲把孩子送人。孩子已经呱呱落地了，自从瞥到孩子第一眼开始，她就在自己心里刻上一句话：儿子，妈妈和你同在！所以，她又一次出走。她累了，困了，毕竟是年轻人，困意袭来时，就是天上滚惊雷也能睡得着。

夜已经很深了。这时候，杨为健骑着自行车下班回家了，挂在车把手上的饭盒子咣当咣当直响，他的家就在这儿。七凤不知道她生命中的第二个男人，这时正扶着车子盯着她看。

杨为健支稳了自行车，走近前轻声叫道："喂，醒醒，你是干什么的？怎么坐在这里呀，多冷啊！"七凤一愣，揉揉眼睛站起来说："啊，对不起，走累了歇一歇，耽误您进门了。"

杨为健没在意，说："没关系。"扛着自行车进了门，又用脚往后一蹬把门关上了。七凤又坐下，用大衣裹紧了孩子。

门吱呀一声又开了，杨为健探出半个脑袋仔细地打量着七凤，刚才他借着星光看到的是一张俊俏的脸庞。俊俏的脸庞对男人总是有吸引力的。

七凤看着他笑了笑："对不起，我们坐一会儿就走。"杨为健不好再说什么，点点头，又关上门。

过了一会儿，杨为健又打开门，探出整个脑袋问："喂，你是当地人吧？是老知青？"七凤点点头。

杨为健笑了笑道："我从军大衣能看出来，还能闻出一股特殊的味儿，信不信？"七凤也笑了，问："你也是老知青？"

杨为健说："咱们身上都有一股味儿，一闻就闻出来了。你怎么还不抱着孩子回家呢？"七凤低着头不说话。杨为健看七凤不愿搭话，不想自讨没趣，又关上门。

谁知过了一会儿门又开了，杨为健探出半个身子问："要不进来暖和一会儿？别把孩子冻坏了。我这里还有半包奶粉，冲冲给小孩儿喝吧，你听，小孩儿直吭叽，准是饿了。"见七凤在犹豫，杨为健邀请："进来吧，这房子就我一个人住。"拍了一下自己的脑袋，"哦，你害怕？别怕，我不是坏人。"

七凤乐了："不怕，我在北大荒和狼打过仗。"杨为健有些不信地看着七凤："你还会两下子？"七凤伸出胳膊比画了几下，说："通背长拳都会两下。"

杨为健伸了伸舌头说："我的天，你不是孙二娘吧？你放心，我不是菜园子张青，不会沾你的便宜。进来吧。"七凤随杨为健进了屋，见东西各一间屋，中间是灶间，家里果然没有别人。

杨为健说："到这屋暖和吧。看，这是我自己做的土暖气儿，炉子封着的，温度还可以吧？待会儿捅开，一会儿你就穿不住这身了。进屋呀，我烧点水冲奶粉给小孩儿。没吃饭吧？我做点儿？"说着把七凤娘儿俩让进东屋。七凤进了屋，四下端量了一番，把孩子放到热乎乎的炕上，自己不停地搓着手。

杨为健在外屋一边忙活一边说："这屋是我一个人的，你随便。我爸'文革'一开始就死了，我妈死得更早，也没兄妹。哎，对了，你要是会做饭，就过来帮我一把呗。"

七凤走出屋子问："帮你做点儿什么？"

杨为健笑了笑，挺神秘地说："咱有好东西。"说着伸手从怀里掏出一根猪大肠，"你看油水多大，包了三层油纸，到底把衬衣油了。"

七凤一愣："哎呀，你怎么把这种东西放在怀里？多脏啊！"杨为健白了七凤一眼，说："喊，不放在这里能出厂门吗？"挤挤眼儿，"明白了吧？"

七凤点了点头。杨为健说："明白了就好，不会有损我的形象吧？"七凤笑了。

七凤帮着杨为健收拾猪大肠。水烧开了，杨为健还没找到奶粉，箱子里，饭橱里翻了个遍也没有，摸着脑袋喃喃自语："怪了，那半袋奶粉放哪儿去了呢？"

七凤说："不用找了，孩子喝点大肠汤也行吧？"杨为健急了："那不行，明天，后天呢？"七凤说："说不定那时候奶就下来了，也不在这儿住下，我们暖和一会儿就走。"

杨为健说："别忙着走啊，你先等一会儿，我上工友家借点，去去就来。"七凤忙阻拦："哎，不用，我们……"话没说完，杨为健已经推着车子出了屋，顶着寒风骑上自行车。

夜深了，杨为健扛着自行车进了屋，手里拎着一袋奶粉。他放下车子，推开东屋门喊道："嗨，奶粉来了，快给孩子冲了喝。"

进屋后杨为健一愣：桌上摆着两碟咸菜，一个玉米饼，一碗稀饭，七凤却在炕上搂着孩子睡着了。

杨为健过来轻轻地给七凤盖上被子，又冲好奶粉，灌进瓶里，放在土暖气上热着。看七凤睡得很熟，悄悄拉了灯，关上门，来到西屋，爬到炕上躺下，抽出一支烟默默地吸着，吸了几口掐了烟头，裹紧被子蒙上头。小伙子哪里能睡得着啊，炕凉不说，东屋还睡着个大姑娘，聪俊的大姑娘，还挺忧郁的。要是七仙女下凡就好了，可怎么带了个孩子？想着想着迷迷糊糊睡着了。

天傍亮的时候杨为健睡醒了，迷迷瞪瞪地来到外间，打了个哈欠，伸了伸懒腰，打了一盆水扑噜扑噜地洗起来。拿起毛巾擦着脸望东屋一看，东屋炕桌上摆着一桌饭菜。杨为健一惊，歪着头往里瞧着，慢慢地走进去。炕桌摆在热炕头上，上边摆着饼子、稀饭、几碟翠绿的小菜儿。

七凤站在当地，笑盈盈地说道："你坐炕上，吃完了赶紧上班吧，我们也该走了。"杨为健故作惊讶："差点把你娘儿俩给忘了。你炕上请，我坐炕沿就行。"他心里在笑：敢情我遇见画中人了？

七凤说："你坐炕上，这是你的家啊。真对不起，昨晚我太累了，睡着了，害得你睡西屋没有烟火的凉炕；还要谢谢你给孩子冲的那一瓶奶，半夜起来喂孩子，一摸还是热的。"

杨为健被七凤推到炕头上，他也就没再客气，举起筷子说："那就吃？来，一块吃。"说着大口吃起饼子来。他吃饭的样子很香，吃得直吧唧嘴。七凤挨着炕沿坐下，默默地吃着饭。

杨为健喝完一碗粥，伸过空碗笑着说："麻烦你再来一碗。"七凤接过碗盛了稀饭双手递过去。杨为健没有伸手接，呆呆地看着那碗饭，眼圈儿红了。

"你……怎么了？"

杨为健没回话，接过饭碗大口地喝粥，眼泪却吧嗒吧嗒掉下来。

"你这是怎么了？"

杨为健擦擦眼泪，轻声道："没什么，这心里不知道是怎么回事儿。十四年了，这屋里就我一个人；十四年了，没有人在这屋里和我说过话儿，更没有一个人给我盛过一碗饭。"说着不好意思地笑了笑，"我是不是太闹人了？今天这是怎么了？"

七凤能体会到他的心情，但她能说什么呢？顿了一会儿，说："我一会儿就走，谢谢你。"杨为健放下碗，沉默了一会儿，说："我想，眼下你一定是挺难的。跟你说了，我也是知青，咱知青见了知青，热乎！我也不问你从哪里来，我想咱们俩商量一下，你要是没地方去，就暂时住我这儿，大冬天的，我的土暖气多好哇，别再四处漂泊了，别冻着孩子。我呢，也不叫你白住，我少收点房费。"

"我没有钱，也不能在这儿住。"

"我们可以变通一下：房费变成工钱怎么样？你早晚做点饭，这不就两顶了？我虽然工资不高，够你俩吃喝的了。你是不是怕邻居看着不好看？没事儿，我爸挨斗的时候白眼儿我见得多了，早就习惯了。谁要问我就说：你们是我的老婆我的孩儿，管得着吗？当然，这不是真的，你可别骂我呀。"杨为健一边说着一边看着七凤的脸子。

七凤不置可否，眼泪不断溜儿地落进碗里。

"别哭，我是不是吓着你了？没事儿，你看我这个光辉形象就应该放心，我这个条件，残疾姑娘都不稀要我。跟你说件事儿，有一次，人家给我介绍了个斜眼儿，谁知见了面，把人家气得眼睛更斜了。"

七凤扑哧一笑。

"好了，不说了，我得上班了。你要是不愿意在这儿就锁上门，把钥匙压门口花盆底下。"杨为健说着下了炕，拿起饭盒子，一愣，"你给我饭盒装上了？"

七凤没有看他，低着头说："装上了。你快上班吧。你就不怕你前脚走我后脚把你家偷光了？"杨为健笑了："不怕，我相信我的眼力。"说罢扛着自行车走出门。七凤送到门口，看着杨为健上了自行车。杨为健冲她招了招手，吹着口哨去了。

那挂猪大肠早就告诉了我们杨为健是在屠宰场工作。这工夫杨为健正在熟练地掏猪肠，抬起头朝正在拾掇猪蹄儿的一个女工看了一眼。那个人是六凤！天哪，他和六凤是工友，而且在一个车间。

下班的铃声响了。杨为健暗暗地瞄着六凤。六凤四下看了看，又看了一眼杨为健。杨为健注意到了六凤的目光，佯装没看见。见没人注意，六凤飞快地把一个猪蹄儿放进大手套里。刚把猪蹄塞进饭盒里，杨为健过来了。六凤慌忙把饭盒用大手套盖上，脸上挤出紧张的笑容：问："小杨，还不回家呀？"

"回什么家呀，家里一点儿热乎气儿都没有。初师傅，咱们屠宰场的人都说你是个大红娘，你给人家介绍成了那么多对象，猪头吃了不少吧？"

六凤撇着嘴说："什么猪头啊，这年头给挂猪大肠就不错了。"

"净瞎说，你这个人啊，从来都是藏而不露。"

"我赚你一个猪头吃吃？"

"拉倒吧，我浑身上下都是自然灾害，就不麻烦你喽，留着猪头自己吃。初师傅，你这个人也挺神的。"杨为健说着上下打量六凤。

"你今天这是怎么了？怎么神神道道的？"

"咱俩还不知道谁神呢。"

"你什么意思？"

"没什么意思。我是说这人不一定谁犯到谁的手里，初师傅，你说是不是？"

"不明白你的意思，我得回家了。"

"慢！"

六凤一愣，神情有些慌乱地看着杨为健。

"初师傅，别急着走啊，我想借你的饭盒用一下喝口水。"

六凤紧张起来，捂着饭盒自说："不借，不借，我得回家。"

"你可别后悔啊。我刚刚听说，今天下班门岗要检查饭盒，最近厂里的猪蹄子可丢了不少啊。"

"小杨，你别吓唬我。"

"那好。"杨为健一把抓过六凤的饭盒摇了摇，听到里面咣当咣当直响，笑着说，"初师傅，我也不问里面是什么，我也不会告诉别人，哥们儿对你怎么样？你应该心里有个数儿，往后看着办吧。"

"小杨，你真没有对象？我给你介绍个怎么样？"

杨为健一拍饭盒："我不想找对象。"

"别呀，你都这么大岁数了，也该成个家了。我帮你介绍一个吧，不过，你要求的条件可不能太高。"

"初师傅，那好吗？得了，咱别谈这事了。我说，这几只小手儿别放骨灰盒里，这招儿都叫人用烂了，过不了门岗，这样才行，叫它们拉拉手儿。"杨为健把猪蹄掖在六凤的裤脚里。

七凤的这次出走给老太太的打击比上次还大，从医院回来，她一头拱炕上就再也没说一句话，成天看着炕上的那些快要出壳的鸡蛋愣神儿。四凤回家劝了母亲几句，老太太连个白眼儿也没赏，讨了个没趣儿，拎着几包中药从堂屋里走出来。大凤站在外屋，轻声问道："咱妈还是不说话？"四凤摇了摇头。

大凤一急就要掉眼泪，带着哭音儿说："哎呀，你说这可怎么好啊？直溜溜三天了，就是不说话，也不出屋，就坐在炕上看着那些孵鸡蛋，我的心里急得火上房了啊！"四凤抹着眼泪说："我知道咱妈想什么，她是想老七的孩子了。"

老太太是在想孩子，现时她正坐在炕沿，两眼直勾勾地看着一个个小鸡出壳，脑子里装的却是七凤给她生出来的那个小老爷们儿。那天她进产房，一眼就看见了那孩子裆里的小雀儿，当时她身上的血液几乎凝固了，激动得浑身发抖。她记起老初临终的叮嘱——以后不管哪个闺女生了小子，他就是听雨楼的楼主。可是该死的老七拐着小楼主跑了，她心里恨死了七凤，这丫头到底跑哪儿去了呢？

七凤此时正抱着孩子在打公用电话，她是打给在屠宰场工作的六凤。电话叫通了，她擎着话筒听见了六凤的喘息声："喂？你找谁？说话。"七凤擎着电话一时不知说什么好。

六凤在那边问："你是谁呀？说话呀。"

"六姐，是我。"

"老七？是你？你在哪儿？七姑奶奶，你叫家里急死呀！咱妈三天没说话了，连最爱吃的猪蹄也不吃了。老七，快回家！"

"不，我肯定不回去！我相信你才给你打电话。你谁也别告诉，千万别告诉，答应我。"

"我答应，我盼着你好！"

"我挺好的。求你件事儿，你赶紧叫六姐夫帮我买几袋奶粉，他门路多，肯定能办到，晚上我再给你打电话。六姐，千万别告诉别人啊！"

"你放心，七妹。"

六凤放下电话，擦去脸上的泪水，又赶忙拨电话和男人联系。她心里在喊："面包会有的，牛奶也会有的，可是七凤同志，你抱着瓦西里同志快回来呀，列宁同志在冬宫想他想得都魔怔了！"

胖五鬼头鬼脑地走进听雨楼院里，两指伸进嘴里打了个口哨儿。大凤走出二楼堂屋，扶栏骂道："小胖五，又来叼着我们老八？你们这群死猫烂狗狼眼兔子头，早晚要惹出大事来，你给我麻溜地滚！"

胖五嬉皮笑脸地说："大姐，你这就说错了，我找老八来学习毛主席著作的，我俩是一帮一，一对红。"

大凤恨恨地说："我看是一帮一，一对黑！老八的喇叭裤不是你给裁的料？脸上架着的蛤蟆镜不是你二舅从上海捎的？我告诉你胖五，你五姐说这两天要拉大网，你可别撞网眼里去。"大凤说话的当儿，老八已经悄悄从她身后绕过去，下了楼，贴着墙根出了院。

胖五瞥见了八凤，故作没看见，继续和大凤磨牙，以转移她的视线："大姐，麻烦叫一下老八，我真的有急事儿，有两个生字要问问她。"

大凤没好气儿地说："在家睡觉。你问她生字？你可找着人儿了，你小学没毕业，她初中没念完，一对儿荒料在社会上打溜溜，早晚要出事。"胖五严肃着脸儿说："唉，都是叫'四人帮'给害的，想起来我就咬牙切齿，我这辈子和'四人帮'没完！"见八凤已经安全逃离封锁区，捂着嘴溜出院子。

胖五溜出院子，对贴着墙根儿站着的八凤说："老八，我怎么看着你大姐像你妈似的。"

"管那些干什么。什么事儿？"

"有笔好买卖，快跟我走。"

"行，叫着我三姐。"

"你这把手，什么事叫着你三姐。"

"这你就不懂了，我三姐是老手，咱得跟人家学着点，不吃亏。"

"这么说她是老投机倒把分子了？"

八凤踹了胖五一脚："再胡说一脚踹你马葫芦里去！"

黄昏时分，七凤抱着瓦西里同志急匆匆地来到屠宰场见捷尔任斯基。六凤见老七过来了，从传达室窗户伸出头来招呼："老七，等我一下，我马上出去。"

七凤在厂门口抱着孩子不在行地哄着。没有牛奶瓦西里同志非常不耐烦儿。这时六凤从厂大门跑出来，喊了句："老七！"搂住她哭了，"你跑哪儿去了？你要叫妈和姐姐想死吗？你真是铁石心肠啊！"七凤也哭了，但她没说话。

六凤赶紧抱过孩子，掀开小被儿，说："来，叫姨看看。哎呀，孩子熬糟得像只小猫似的，奶水还没下来？"七凤眼里含着泪水点点头。六凤赶紧把几袋奶粉装进七凤的包里，又把一叠尿布递过来，说："我刚缝好的，换得勤点儿，别淹了孩子的腚。"

"六姐，妈挺好？"七凤问。

"挺好的。心里挂记着你，就是嘴硬。老七，别犟了，回家吧，我们一块做做咱妈的工作，妈会叫你回去的。"

七凤摇了摇头。

"老七，不是姐说你，你怎么这么犟呀！"六凤抹了把眼泪说。

"姐，别说了，我不回去。咱妈不是想让我回去，她是要孩子回去，她眼里没有我，只有孩子。六姐，我要是生了个女孩儿，这孩子早被咱妈送人了，我想起这事儿心里就过不来。你不要劝了，也不要告诉别人我见着你，我自己会养活自己的。"

六凤长长地叹一口气,问道:"姐问你件事儿,也不知道问得对不对。"

"什么对不对的,说吧,姐。"

六凤怕戳痛了妹妹的伤疤,小心翼翼地问:"你和那个人怎么样了?"

"我上讷河找他了,可是没找着他家。"

"唉,这事儿,就断了吧。"

"嗯,应该断了。"七凤点点头。

"这话怎么说?他又有了?"六凤有些吃惊了。

"不,是我应该断了。"

"也好。老七,我说句话不知你愿不愿听,既然这样,你长期这样下去也不是个事儿,是不是?你没个住处,又没有经济来源,还拖着个孩子,户口也报不上。户口报不上,粮票布票副食品票什么的也就没有了,怎么生活呀?你别犟,一天两天,行,半年八个月的,也行,可以后怎么办?听你刚才的话儿,我知道你在心里还恋着那个人儿,这不是苦上加苦干折磨自己吗?你说是不是?"

七凤心乱如麻,闭着嘴没有话。她还能有什么话?话都是有道理的人说的,她自己还有什么道理?只有怀里这个嗷嗷待哺的孩子。

"所以,你得赶紧成个家,忘了那个人,再找个依靠。你说我说得对不对?"六凤试探着问。

七凤苦苦一笑,说:"现在我这个条件谁还能要?"

"也不一定,很多老知青返城,岁数大了不好找对象,条件就不敢讲得太多了。我们单位就有个小伙儿,不错,就是人长得将将能拿出手,个儿又矮,不过心眼倒挺实诚,我和他一块儿工友五六年了,给你俩掺和掺和?老七,你得赶紧有个家。"

七凤低着头没回话。

"就这么定下来吧,到时候我给你们约个时间,看不好,拔腿儿走人。有什么呢?"

七凤心里太乱,一下子理不出个头绪,说:"不急,让我再想想。"

"也行。哎,对了,你现在住在哪儿?要是不嫌弃就住我那儿吧,你六姐夫好个人,好说话。"

"不麻烦了,我住那个地挺好。"

六凤劝七凤嫁人的当儿，八凤正领着胖五在三凤家听她布置商战。三凤在桌子上把茶缸、破旧玩具蹾得咚咚直响，说得嘴角冒沫子："我们在这儿、这儿、这儿三个地方卖，一旦发现联防队员，往三个不同方向跑。老八，你从这儿穿过王麻子家小胡同，靠这儿有个小偏厦子，直接可以上房，跳到老马婶子小院里，从后门上街；胖五，你从新乐天饭馆子煤堆上跳到这儿，这儿也有个小胡同，通过老齐太太的后门儿，从她家后门穿到对面澡堂子就没事儿了。眼睛都抓点色，最近投机倒把抓得厉害，千万小心，东西不能轻易往外露。"

胖五听完三凤的战略部署，佩服得五体投地，说："还是三姐厉害！"

三凤是一捧就喘的主儿，喝口大茶缸里的水，润了润嗓子道："哼，我六岁卖花生，七岁卖地瓜，耍秤杆子在咱这街面上也有年头了，不信问问你妈。娘的个臭脚，这么些年了，也就是前些日子栽在老五手里，我这口气儿还没咽下去呢，这笔账我早晚得算！我不是这些年倒腾点小买卖还不穷死啊？我看这政策早晚得变，以后用不着偷偷摸摸的了，不信到时候你们看，到那时候穷掉锅底的就是老五那样的。'四人帮'倒了，他们的政策能不倒？要是不倒还打倒'四人帮'干什么？"

三凤是胡咧咧，我们看报纸是怎么说的。这时，五凤正在领着大伙政治学习，操着夹生的普通话高声朗诵《人民日报》社论。报上说要坚持两个"凡是"，坚持以阶级斗争为纲。正念着报，一个联防队员悄悄进来在她耳边窃语了几句。五凤把报纸交给另一个读，随联防队员出了办公室。联防队员报告说，在胜利桥一带发现有人倒卖建筑材料。

"卖的是什么？"

"市面上短缺的计划物资，三个毫米厚的玻璃。"

五凤一拍大腿说："这还了得！怎么不赶紧抓？"联防队员挺为难，说："三凤和八凤在里面，还有那个胖五，要是只抓胖五恐怕交代不过去；抓三凤吧，老油条了，抓抓放放人们意见很大；八凤更是个横主儿，您看……"

五凤没话了，寻思了片刻，一挥手说："你继续监视，不要打草惊蛇。这回，我们得抓条大鱼！"

第六章

　　胜利广场是古城的繁华地儿，店铺林立，人气很旺。此时，八凤在广场一角招揽生意，悄悄地问一个行人要不要三个毫米厚的玻璃。那人大喜过望，说要哇，我家门上的玻璃碎了半年了到处买不到。八凤低声说，跟我往前走，不要两边看。带那人来到胖五跟前，用眼睛打了个招呼。胖五又带那人来到阅报栏下正在看报的三凤跟前。三凤朝那人点点头，带着他进了小胡同。这一切像地下党接头。

　　这时，一个戴着绒线帽捂着大口罩拄着拐棍的老太太来到阅报栏下看报。不一会儿，三凤从小胡同出来，又回阅报栏下，佯装看报，警惕地观察着四周。老太太看着报，凑近三凤，低声说道"三凤，还不快跑，你们已经被盯上了。"三凤一惊，仔细一看老太太，竟哈哈地笑了："大姐！你这是干什么？笑不笑死人了，真能闹。"

　　大凤悄声道："别笑，有人捎信来，说你们已经被盯上了，赶快叫八凤和胖五走。你们胆儿怎么这么大，竟敢倒卖建筑材料，快走！"

　　三凤感到情况严重，嗯了一声，刚转身要撤离，只见几个联防队员已经悄悄围上八凤。八凤看到自己已经陷入包围，不忘掩护同志，刚喊了一声"老三快跑"就被人扭住了。

　　八凤被扭送到街道人保组，办公室的地上放着整整两箱玻璃。八凤被推到墙边站着，五凤披着军大衣坐在办公桌后办案。靠门口的椅子上坐着一个联防队员，手里擎着一张报纸，两只眼睛不老老实实地看报，透过报缝在八凤的屁股上游弋，一只手借报纸遮掩伸进裤裆。

　　五凤眼不看八凤，望着天花板说："我首先声明一点，你我虽然是亲姐妹，但是在这里我不是你姐，你也不是我妹，我代表'革委会'，你是投机倒把分子，亲不亲，咱们线儿上分。倒卖建筑材料是违法的，并且你倒卖的数量相当巨大，错误性质比较严重。"八凤也仰头看着天花板不说话。

　　"你不是不知道，玻璃是国家严格控制的一类物资，咱们城市居民每户每年只按小账儿买一块三个毫米的玻璃，可你们整整倒卖两箱。我问你几个问题必须老实回答：第一，玻璃是从哪里搞来的？是什么人搞来的？第二，通过什么手段搞来的？第三，你们的背景是什么？背后指使人是谁？是不是有一个投机倒把集团在操纵？你必须回答而且必须立即回答。受蒙蔽无罪，反戈一击有功，何去何从，你自己选择！"

这时，那个看报的联防队员站起来，弓着腰对五凤说道："初主任，我上趟厕所，去去就来。"五凤鄙夷地一笑："谁还限制你了？快去吧。"

见联防队员离去，五凤急忙靠到八凤跟前悄声说："老八，事儿已经闹大了，你赶快交代，只要交代了我就能保你过关。你再不说，派出所要带人了！老八，我求求你了，快说吧，听我的，你这样说……"

八凤没等她说完，鼻子一哼道："像个人儿似的，你说你在这里装什么灯？谁不知道你呀，吃里爬外，白天打手电检查树洞里的蚂蚁耍没耍流氓，晚上趴窗根儿听人家搞没搞'恶攻'，不整点事儿你不舒服，专门在背地里下黑手。你逼走了我七姐，现在又把我抓进来，你说你多能耐，多辉煌！过两天你都能把咱妈抓进来上老虎凳，灌辣椒水儿。"

五凤这阵子顾不得和八凤计较，悄声说："你说些什么啊！听我的，你就说……"八凤脖子一扬："我什么也不说，你不用教我！"五凤刚要再说些什么，听到走廊有脚步声，清了清嗓子把话咽下去了。

那个联防队员又坐到门口的椅子上。"放肆！"五凤立马换了一副面孔，一拍桌子，"你必须老实交代！"

这时候门口已经站着两个联防队员了。五凤已经是骑在老虎身上了，不得不继续审八凤："我再问你一遍，玻璃是从哪儿来的？你现在交代问题还不算晚，要是还不说，送到派出所那儿我可管不了啦。你说不说？"

八凤早就把这儿当成白公馆了，她要坚贞不屈："我说了，我不知道！"五凤警告道："你这样继续顽抗下去是没有好下场的。"八凤闭上眼睛什么话也不说了。

五凤叹了口气，悄悄地瞄着门口的两个联防队员，真有点不知所措了。一个联防队员进来报告："初组长，派出所来电话了，一会儿他们要来带人。"五凤一愣，旋即又冷静下来，说："知道了。"坐了一会儿，起身朝厕所走去。

五凤进了厕所，透过气窗往外面看了看，悄悄地关上门，又看了看窗栏杆，伸手试了试，锈迹斑斑的铁条被她拧弯了。五凤拉了下水箱，借着哗哗作响的流水声作掩护，一只手把着一个栏杆，咬着牙，拼命把两根铁条之间的空隙拉大了。忙活了一阵，擦着脸上的汗呼呼地喘着。

五凤回到办公室，看了八凤一眼说："一会儿派出所就要来带人，你想不想上厕所？"

"我没那么多屎尿。"

五凤斜着看了一眼门口的两个联防队员，不动声色地说："还是去一趟吧。"

"我说不去就不去！"

"还是去一趟吧。"五凤说着暗暗地冲八凤使了个眼色。

八凤嘿嘿冷笑："看你那个倒霉样儿，谁跟你挤眉弄眼的，该抓该判该杀该剐随便！"五凤气得心里乱颤，说："好，是你不要去，我可是话说到了，你现在要去我还不让了呢。""你不让我去我还偏要去！"八凤是老太太吃麻花，要的是劲儿，说着朝厕所走去。

五凤轻轻地长出了一口气，得意自己的激将法得逞，嘴里轻轻地哼起了样板戏："这个女人啊不寻常……"她这是放虎归山，她相信，凭着八凤的身手和精神头一定会金蝉脱壳。正得意地哼着，就听厕所门咣当一声响了。五凤一惊，往窗外一看，只见八凤整理着裤腰带走出厕所，回到了办公室。

五凤恨得咬牙切齿，轻轻地骂了句："傻狍子！"八凤正好一步插进屋子，立着眼睛问："你骂谁？谁是傻狍子？你以为我听不见？看你个倒霉样儿！"五凤冷笑道："咱俩不知谁倒霉呢，我原来还以为你有两下子，其实呢，满肚子六十四，徒有其表！"

八凤愣了："什么六十四？谁满肚子六十四？""说你，满肚子屁屁，八八六十四。眼瞎啊！"她恨八凤没有看出自己的良苦用心。

八凤突然仰天大笑，说："你那些猫盖屎的把戏早看到了。"昂着脖子高声朗诵叶挺的《囚歌》："为人进出的门紧锁着，为狗爬出的洞敞开着，一个声音高叫着：——爬出来吧，给你自由！我渴望自由，但也深知道，人的身躯哪能由狗的洞子爬出……"五凤叫这个小祖宗气得差点背过气去。

大凤把三凤带回自己家，三凤惊魂未定，呼呼喘着说："大姐，一准儿是老五搞的鬼。老八怎么办？你快拿个主意。这个倒霉的老五，我和她这辈子没完！"

大凤皱着脑门儿思索着说："也不能么说，老五再怎么要求进步也不至于拿咱姐妹开刀，三凤，你千万别这么想。我倒纳闷儿了，怎么一个不认不识的人通知我赶紧上胜利广场叫你们撤退呢？还叮嘱我一定要化装，说怕叫联防队员看出来。是不是老五派的人？我琢磨着像。"

"屁！"三凤愤愤地骂道，"你怎么这么糊涂？她是个什么人你还不知道？为了当官她早就六亲不认了，我叫她抓多少回了？罚了多少东西？丢了多少人？你数数，她从办事员升到人保组副组长、组长，现在又兼了街道'革委会'副主任，一步步不都是因为抓我和老八赚了个大义灭亲才升上来的吗？她拿我们俩说事儿到处讲用，捞取政治资本，这次抓住老八她再大义灭一回，我看还能升。老七是怎么走的？还不是她撺掇咱妈逼走的吗？大姐，你怎么还糊涂呀！"

大凤说："有些事儿我也看不上老五，但是我看老五还不至于那样。老天爷叫咱姐妹一场不容易，你可别和老五搅翻了。八凤的事儿等我找找老五，看看问题有多严重，叫她给掂量掂量。"

三凤分析道："这回可不是一般的问题，千万别去找她，一找，她就更得意了，恐怕要不知道屁眼儿天生是冲下的了，她就等着咱求她呢，这个脸儿不赏给她。"

三凤和大凤正在说着话，外面楼梯有脚步声，听动静慌慌的。两人隔窗一看，只见五凤惶惶地跑上楼来，边跑边喊："妈，可不好了，老八把联防队员打了，跑了，问题升级了，派出所到处抓她呢！"三凤和大凤一听也慌了，赶忙跑到老太太的屋里。

老太太和大凤三凤听完五凤说的情况，大眼儿瞪小眼儿没了主意。三凤狠狠地盯着五凤，学着电影里捷尔任斯基的腔调，咬着牙根说："看着我的眼睛！"五凤躲避着她的目光说："少跟我来这一套，我都玩够了。"

老太太沉吟良久，怪样地一笑，道："又跑了一个，又跑了一个啊。你们说，打从老七从北大荒回来咱家多热闹啊，闹出多少风景啊，你们看着像不像演小戏儿？过去日子再怎么苦，也没听着咱家有动静儿，怎么日子刚要有起色，这个呼风唤雨，那个就搅浑水儿，一个个都不安分了，按下葫芦瓢起来，这到底是怎么回事儿？"

五凤这回可觉得自己屈死了，说："妈，这事儿您和姊妹们可不能怨我啊，我为做买卖的事说了三姐和老八多少回了？嘴皮子都磨破了，她俩就是当耳旁风。这不，到底惹下这么大的事来！刚才我就是出去倒杯水的工夫，老八就放倒了两个联防队员跳窗跑了。这事儿真的闹大了，派出所都插手了，我不好办了。她要是来家，你劝她投案自首争取从宽吧。"

老太太立着眼睛道："你先不用忙着择巴自己，再怎么说老七老八到底是走了，走了！我估摸着老八这一翅子也不能扇乎近便了。这个家到底是怎么了？谁能把我的老七老八找回来……"说着声泪俱下。大凤也陪着抹眼泪。

三凤阴阳怪气地说："妈，用不着哭，您哭有人听着高兴哩，她又能升官了；没听见她的鼻孔眼子直翘吼？腚也坐不住了。"大凤直拨拉三凤："老三，别这么说话。"

三凤哭了："我就这么说！老七是怎么走的？老八是怎么走的？这事得捋清楚，不能葫芦搅茄子。妈，不是我说，在老七这件事上，您就是听从了有的人的屁话，糊涂了，把老七逼急眼了才走人。她为什么这么做您还不明白是不是？她怕老七的事抖搂出去影响她的形象，影响她当官。"大凤拽着三凤的胳膊呵斥，"老三！"

三凤上来了驴性子："你少拿眼睛瞪我，我没看见！有你这么当大姐的？劝这个护那个的，不管什么事从来就不敢表个态，从来都是一句话：听咱妈的。怎么样？长了她人的志气灭了自己的威风，一块臭肉坏了满锅汤！老八怎么跑的？也是她逼的！这是她一手精心策划的陷阱！咱家最近出了这么多事儿，难道我们就不应该问几个为什么吗？"

五凤终于按捺不住了："三姐，说话听声，锣鼓听音儿，你就直点我老五的名字好了。老七老八怎么走的跟我无关，她俩之所以到今天就是因为没有站稳立场，怨自己。老七要是能洁身自好至于有今天吗？老八要是听我劝能惹下这么大的乱子吗？就说你，为投机倒把的事儿我还少说了吗？你听吗？你是把好心当成驴肝肺，我倒里外不是人了。我为了谁？还不是为了这个家吗？"

三凤擤着鼻涕说："都听听，说得多好听，你这不成了大善人了吗？你为了当官谁都可以出卖，什么事儿都能干出来！'文化大革命'你就是个红卫兵头头儿，咱姥爷的鬼头是谁给剃的？咱爸挨斗的时候谁在台下喊口号？这本老账我本不想翻，这可是你逼的！"

五凤气得脸白了："不错，是我干的，大潮来了谁不发蒙？你还轻嘚瑟了？是谁在胸脯子上刺那个祝那个倒霉蛋儿永远健康，三十好几了嫁不出去，没办法跟个死了老婆的走资派？豁嘴吃肉，肥也别说肥，翻翻老账哪个没二乎过？可我告诉你三姐，这都过去了，我不稀的挨个儿戳你们的伤疤取乐儿。现在我每天都在全力保护咱这个家，有时候，我还为你们丧失了党性原则。我现在不能跟你说，怕你这张破嘴给我捅出去，早晚有一天我会告诉你们，为了你们，我难得……哭了多少回！"说到这里呜呜地哭了。

三凤冷笑了一声说:"哼,猫哭耗子装得倒像,怎么装也是吃人不吐骨头的东西。妈,您可不能听她的,她是您身边的定时炸弹,可要小心!"

老太太被吵得烦躁,背着手踱出堂屋,来到回廊,扶着栏杆啊啊地喊着,长长吐着心中的闷气。回廊上的小鸡雏儿在老太太周围喳喳叫着,转着。她在回廊上慢慢地走着,仰起头瞅了瞅天,轻声自语道:"唉,我的小老爷们儿哪儿去了?他该回来了。"

屠宰场下班的铃声响过了,杨为健站在更衣箱前换上衣裳,听到背后有脚步声,一回头,见六凤正看着他神秘地笑着,自己也就笑了笑,问:"初师傅,怎么还没走啊?"六凤还是神秘地笑着。杨为健有些心虚,问:"你笑什么?"神情不免有一丝慌乱。

"我刚从门岗路过,今天晚上大门又加了一道岗。"

"加不加岗和我有什么关系?"

"最近厂里猪大肠丢了不少,你可要小心点儿啊。"

"该我什么事?"

"咱俩是不是应该扯平了?"

"怎么回事儿?"

"还用我说吗?"

"什么意思你?你把话给我说清楚。"

"那好,你把衣服脱下来。"

"大冷的天脱衣服干吗?你有想法啊?真是的,我得走了。"

"你给我站住!你腰里捆的是什么?"

杨为健一惊,软了下来,说:"家里有点难事儿,有点儿用向。好,初师傅,咱俩扯平了。"六凤一笑:"这还差不多。"说罢朝门口走去,走到门口又回过头来,"别忘了明晚和人家见面。"

杨为健一愣:"初师傅,这事儿还是真的啊?"

"谁跟你玩儿啊?别忘了。"

杨为健回到家,扛着自行车进了门,放下车子往院里一看,愣了——只见满院铁丝上晾晒着衣服、炕单儿。拎着包进了屋,家里收拾得干干净净。这当儿七凤正忙着做饭,见杨为健回来,微微一笑,说:"快上炕吧,饭菜马上就好。"

杨为健脱下外衣,七凤不由得一愣,她看到他是用猪大肠作裤腰带,裤腰上油渍麻花的。

"哎呀，你怎么用猪大肠作裤腰带啊？多脏啊！"

杨为健挺尴尬地笑了，说："老招儿不灵了，这猪大肠越来越难弄了，不想点儿新招儿根本过不了门岗。我要不想点儿法子，这家里一点儿油水也没有。真不容易啊。好了，做了吧，猪大肠熬白菜汤，嘿，满锅漂油星子！"

七凤心里怦怦直跳，捂着心口窝说："以后别弄了，别让人抓住，吓死人了。"杨为健大咧咧地说："抓我的人还没出生呢，在他妈的腿肚子里转筋儿。你和孩子需要大补，没猪肠子不灵。"说着又从提包里掏出一只烧鸡放到案板上，"给你的，补补身子。"安排完就进东屋逗孩子玩去了。

饭做好了，两个人在炕上坐着吃饭。杨为健整了一壶小酒儿，已经喝得飘飘然了，红扑扑着脸儿问七凤："怎么样，不走了吧？"七凤摇摇头说："也不是，我先借西屋住几天吧。我没有租房钱，按你说的拿工换吧。"

杨为健点点头说："唔，也算公平。"环视着屋子感叹道，"啊，家里有个人真好，还没进门口就觉着暖和气直往胸口上扑，小热炕上一坐，小酒盅一端，这也就是共产主义了……咦，你怎么光瞅着，吃鸡。"

七凤推让道："干了一天活够辛苦的，你吃吧。"杨为健把眼一瞪："叫你吃你就吃，哪那么多客气！你现在最需要补，要不奶水下不来孩子干遭罪。明天我再顺两个七星的猪蹄子给你炜炜——七星的知道不？就是蹄子上有七个窝儿，那玩意儿下奶，就是不太好寻摸。吃啊，一会儿我还有好事儿告诉你呢。"

七凤歪着脖子笑问道："是吗？说给我听听。"样子俏皮可爱。杨为健笑着，喝了口酒，刚要说又笑个不停。

"你笑什么，是不是喝醉了？"

"没有，没有……那我告诉你，有人给我介绍对象了。我为什么笑？告诉你，加上这个，我一共看了八个了。我忽然想起阿尔巴尼亚的一个电影——《第八个是铜像》，你说有意思没有？这一个肯定是冷冰冰的，铜疙瘩一个。"七凤也笑了："对，是有那么个电影，我也看过。"

杨为健仰头寻思了一会儿，说道："第八个……第八个要不是铜像呢？"七凤敛了笑容说："那我先向你表示祝贺，祝你成功，那样，我们明天就走。"杨为健晃着头说："不碍事，不碍事。"

"不，我们还是走好，这样对你影响不好，一旦女方知道了我们住在这儿，恐怕要耽误你的事儿，我们明天一早就走，说定了。"

杨为健心里一动，看着七凤说："你没听我说完，第八个也成不了，我有数。凭我的条件，猪八戒他二姨都看不上。前几个都是我剃头挑子一头热，白忙活。你安心在这儿住，我就是有福和她成了，也叫你在这儿住，什么时候你找到人家了再走。她要是不答应，我就跟她吹灯拔蜡，你信不信？那个人要是没有颗善良的心还要她干吗？"

听杨为健这么说，七凤的泪水涌上眼眶，怕他看见，赶紧低头吃饭。杨为健了她一眼没说什么，也埋头吃饭。收音机里正在播送《毛泽东选集》第五卷出版发行的特大喜讯。

第二天一早，瞅杨为健上班了。七凤找了一个公用电话给六凤通信儿，说六姐，我跟你说，你给我介绍的那个人我不想看了。原来前两天六凤给七凤也介绍了一个对象，约了今天晚上见面。我们一猜就知道那个人是杨为健，可七凤不知道；同样，杨为健也不知道六凤是把七凤介绍给自己。

六凤在电话里一听七凤不想看亲了，有些急了，说："为什么？都跟人家说好了，也不是黄花闺女，还拖了个孩子，人家不挑你就不错了。听我的！我今晚加班就不能陪你去了，记住了，见面是在劳动公园荷花池从左边数第三个长椅上，不认识不要紧，记住我给你接头的暗号。"

傍晚时分，雪，纷纷扬扬地落着。七凤如约来到劳动公园荷花池旁，她穿着那件军大衣，戴着大口罩，慢慢朝说好的长椅走过来。朝前看去，见一个人背对着她坐在长椅上，也穿着大衣，戴着棉帽，捂着口罩，还在专心地看一本书——不会是别的，那是一本"毛选"。古人程门立雪就够叫人感动的了，这位老兄在纷纷扬扬的大雪中苦读，还真有些黑色幽默的味道。

七凤慢慢来到那人后面站下，嘴在口罩后面嚅动："同志，您读的是什么书？"那人没回头，也没摘口罩，答道："'毛选'第五卷，刚出版的。"

"毛主席的书，我最爱读。"

"一字一句下功夫。"

七凤一怔，听口音有点熟，歪着头瞅那个人。

那个人也扭过头来瞅她。"杨为健！"七凤惊诧地喊出来。

"小初同志！"那人摘下口罩和棉帽，正是杨为健。

七凤也赶紧摘下围巾和口罩，两个人同时放声大笑。两个人笑瘫了，一屁股坐到地上。杨为健把棉帽和口罩高高地抛进冰封的荷花池里，一个高蹦起来，嚷道："我的天啊，竟有这么巧的事，这是哪国电影！"

夜深沉。听雨楼进入了从影像了解外部世界的新纪元，老太太屋里，一台黑白电视机正在播放新闻。老太太、大凤、九凤、胡宝亮正在看着电视说着话。大凤对新闻不感兴趣，叮嘱老太太："妈，老八在二凤那里躲着的事儿千万别告诉老五呀。"

　　老太太看着电视说："知道知道，老二信上不是提着耳朵嘱咐过吗？不用你交代。这回我可放心了。快看电视，这玩意儿真是个好东西，谁能想到啊，人家就坐在跟前和咱说话，这都是真的吗？我现在这心里还怦怦直跳。"

　　胡宝亮说："妈，还有比这个大的呢。那回我给人家办婚宴，看见这么大的。"用手比量着，"我炒着菜，歪着头看电视，把一盘海杂拌儿给烧煳了。好日子还在后头呢，什么稀奇古怪的东西你都能看见，不信你瞅着。"

　　老太太笑着说："我信，我可要好好活着，看完这世界的好光景再走道儿。人活一辈子图什么？还不是吃口粮食看看光景！"

　　五凤来了，端着一盘饺子。九凤把头狠狠扭向一边，五姐的饺子让她当了一回叛徒，对此她耿耿于怀。"妈，牛肉馅儿的，刚出锅，尝尝。"五凤的声音都带着一股牛肉味儿。

　　老太太这时候眼睛没工夫从电视上拔出来，头也没回，说："先搁桌子上，来，一块儿坐下看电视，你二姐刚从广东捎来的。可好看哩。"说着递给五凤一包瓜子，"嗑着瓜子儿慢相应儿看。"

　　五凤刚坐下，电视里出现一片"雪花儿"，胡宝亮怎么调也调不好。九凤呼地站起来，说："我知道是怎么回事儿，在老高大婶家见过这个毛病，知道怎么调理。"说着，把羊角天线递给五凤，"五姐，你到外面举着这个，一会儿就好了，等好了你再进来，一会儿有电影。"

　　五凤知道为七凤的事小老妹子对自己有芥蒂，就有意讨好她，说："好，一会儿好了你赶紧叫我，我还要看电影呢。"说着举着羊角天线走出屋。九凤关上门，转着按钮啪啪啪换了个频道，电视清晰了。胡宝亮看出九凤是有意调理老五，捂着嘴笑。

　　老太太不明就里，不住嘴地夸："咱小老九就是聪明，什么东西一学就会，看把她巧的。快叫你五姐进来吧。"九凤做了个手势："嘘！"

　　五凤在回廊上擎着羊角天线朝屋里问道："九凤，电视好没好？累死我胳膊了，擎得怪酸的。"九凤在屋里喊："还没好呢，你擎高点，再高点，再高，胳膊擎直了，哎，好点了。"喊完捂着小嘴儿乐。五凤两胳膊伸直，举过头顶，踮起脚尖,问:"这下更好点了吧?哎哟,看个电视怎么这么难呀。"屋里没有动静儿。

五凤喊了几声,没听到回音儿,就有些纳闷儿,举着羊角天线回到堂屋门口,见屋里人在说说笑笑看电视,电视画面清亮如水。再看九凤,一边看着一边坏笑。五凤推开门,气哼哼地把羊角天线往电视上一放,掉下脸子道:"九凤,你以为你五姐是个孩子呀?怎么能耍弄当姐的!"九凤哪怕五凤生气,笑得前仰后合。

五凤掉过脸对老太太说:"妈,您怎么也不管管小老九,她从小就学着耍弄人,长大了还能成块好干粮?从小偷针,长大偷金,这个道理还不懂吗?"老太太不愿听了:"你这是唱的哪一出儿呀?她怎么耍弄你了?我怎么不知道?"

胡宝亮忍不住笑,捂着嘴跑进里屋。五凤受不了羞辱,阴着脸子说:"您看俺大姐夫笑的,抬头纹都开了。不说了,您就成天护小犊吧。有什么了不起的,过两天我买一台就是了!"说完气哼哼地推门走了。

老太太莫名其妙地问大凤:"五凤这是怎么了?风一阵雨一阵的,闹的什么阵势?"说着摇摇头,"不是又要升了?"大凤一直憋着没笑,这时用手点画着九凤,终于忍不住笑出了声。里屋,胡宝亮这才敢大笑出声。老太太愣愣地看看这个,又看看那个,也笑起来:"都怎么了,你们笑什么?"

五凤打着手电刚下楼梯,听到了堂屋的笑声,回头瞅了瞅,气得咚咚下楼,走下楼梯,见一个黑影躲到仓房后。"谁?"五凤用手电朝小仓房射去。无人应声。

"说话,到底是谁?不应声我可要喊联防队了,给我出来!"

"五姐呀?"是六凤的声音。话音没落,六凤现身了。"你吓我一大跳!"五凤上下打量着六凤,"这么晚了你来干什么?"

"你话说的,这么晚了我就不兴来看看咱妈?你管得也太宽了吧?把手电先关了,朝我乱晃什么。"

"那你看着我躲什么?真是的。"

"我不想看见你。"六凤说着噔噔上楼去了。五凤看着六凤的背影又犯开了嘀咕。六凤是来告诉大凤七凤的行踪的,她把大凤叫到回廊,一五一十地说了七凤的情况。大凤听了大吃一惊,紧紧抓住六凤的手说:"这么说老七找着了?我的天,快告诉咱妈去。"就要往屋里走。

六凤一把拽住大凤说"千万别!老七叫我不告诉家里人,你一说出去就坏了。老七那脾气你还不知道？非把我骂死不可。"

"她在哪儿？孩子怎么样了？"

"大人孩子都挺好。我来告诉你，我给她介绍了个对象，两人看上了，最近就要结婚。"

大凤拍了拍六凤的肩膀，不无感激地说："老六，你可做了件好事啊，这下子，老七有家了，咱妈的心也就放下了。什么时候结婚？咱得帮她忙活忙活。"

"快了，正在准备呢。大姐，好事归好事儿，可麻烦事也接着来了。"

"这话怎么讲？"

"你想啊，老七这是一辈子的终身大事，告不告诉咱妈？不告诉吧，你我也没有这个胆儿，日后她要是知道了能轻饶了咱？告诉吧，你不是不知道，老七还在记恨咱妈，你忘了她走的时候那封绝情信了？告诉咱妈，咱妈就要操办，发送闺女。老七要是不愿意怎么办？"

大凤点着头，眉头皱出了个大疙瘩："也是，难！"

"还有头疼的事呢！"

"说。"

"你想啊，不管怎么样这是老七一辈子的大事儿，咱娘家人还能不去壮壮声势？可告诉谁？不告诉谁？老三和老五一对儿死冤家，要是在人家婚礼上打起来怎么办？再说了，老七不是为孩子的事儿也跟老五犯了叽叽吗？我说句直话，要是瞒住老五一个人，这事儿还能好办些。大姐你说呢？"

大凤长叹了一口气，说："我是没有主意了，这么大的事，还得跟咱妈商量，听她的吧。"六凤见大姐也说不出子丑寅卯来，也长长地叹了口气，从兜里摸出两张带着大印的纸壳片，"这是二斤包子票，王国臣开车加班挣的，你买给咱妈吃吧。"大凤接过包子票说："这事千万别告诉你五姐，她是三儿的妹子。"

六凤笑了："大姐，她是老五。"大凤也笑了："你没听明白，她是个事儿精，虱子掉锅里也少不了她一条腿。"

（四）

一大早，大凤端着一盆热气腾腾的包子从外面回到院里。九凤正要出去玩，与大凤撞了个满怀，小鼻子翅孔着，闻到味儿了，问："大姐，什么好东西直冒热乎气？"

大凤掀开盆上的屉布，说："小老九就是眼尖鼻子长，包子，拿两个吃吧。先去洗洗手。"九凤两手在腿上一蹭，算洗手了，嘴里叼一个，一手拿一个，还要拿，却腾不出手来。

大凤掉转身来说："好了，好了，还要给咱妈呢。"九凤嘻嘻笑着："再给我兜里揣两个，早晚都是我肚子里的货。"

老太太喝着稀饭，香香甜甜地吃着六凤送的包子，由衷地赞道："好几年没吃这么好的包子了，肉蛋儿的，一咬就拉拉油儿，给小九凤留几个。"大凤笑道："不用了，半道就劫了五个去，看您把她惯的，没个样了。妈，我还得跟您说个事儿，小九凤的奶该掐了，这是个坏毛病，大了可不得了。"

老太太又护开犊子了："不是还小吗？谁没打小时候过过？还轮不到你说她。老大，今天我怎么觉着你脸上挂着事儿？说嘛，不要对我封锁消息。《水浒传》不是批了吗？宋江架空晁盖，最后弄了个投降主义的帽子戴上了，何苦呢？"大凤笑了："妈这些话怎么说的？"

老太太抹搭了眼皮儿说："说吧，昨晚老六不是到你屋里了吗？你寻思我不知道？肉包子没白喂小狗儿，我手底下也有个耳目，听使唤。你说！"大凤一惊："又是小九凤？"

老太太哈哈乐了："不比个小狗儿强？说！"大凤没笑，心事重重，欲言又止。老太太睁开眼道："说嘛，什么话我都赔得住。"

"妈，我说出来，您可别生气。"

"我生的哪国气？要气早就气死了。"

"妈，老七找着了。"大凤嗫嚅道。"往下说！"老太太眼睛睁得老大，突然又一摆手，"先不说别的，我的小老爷们儿怎么样？"

"孩子也挺好。老六给她介绍了个对象，人挺老实，是老六单位的，过些天就要结婚。老六昨晚找我商量结婚那天怎么办。我跟老六说，这事得听妈的。妈，您别生气，老七就那么个烈性子。"老太太不接大凤的话茬儿："小老爷们儿的名字起了吗？"

"这我不知道。"

"赶紧告诉老七，名字早就定了，叫黑虎。这名字还是当年我和你爹定的，谁也改不了，你赶紧告诉她！"

"妈，老七能听咱的吗？你俩这个扣儿还没解开呢。"

老太太没有话了，她望着院子，眼光迷离了。

"妈，您撂个话儿，怎么办？"

老太太如释重负般长吁一口气，好久才说出一句话："好事儿，天大的好事啊，老七总算有个落脚的地方了，我这颗悬着的心也放平了，我怎么能生气呢？高兴还高兴不过来呢。她这个条件，人家能收容已经不容易了，咱得好好谢谢人家。"

大凤落泪了："是啊，您看这样办好不好，结婚那天我们姐妹一块凑点儿钱去热闹热闹，给娘家人壮壮声势。""老七怎么走？"老太太突然冒出这么一句。大凤怔怔地看着母亲不知什么意思。

老太太瞅了大凤一眼说："我是说，老七结婚那天得从家里走，又不是没有娘家，不从家里走理不顺，要叫街坊亲戚笑掉大牙的。"大凤松了一口气，说："是啊。这好办，我和老七商量一下。"

老太太口气非常坚决："不是商量，是必须从娘家走。头天晚上回家住一宿，第二天晌午咱摆几桌，请请亲戚邻居，热热闹闹地发送闺女，弄出点动静儿，我这心事儿也算了啦。那天一定要弄热闹点儿，把小老爷们儿抱来，咱也和亲戚邻居显摆显摆。不是说我冲了地煞了吗？不是说我一口气生了九个闺女，闺女还生闺女吗？我要把窝了几十年的这口气倒出来，还要叫小老爷们儿给大伙儿撒泡尿看看。老大，这样做不好吗？这个光景我想了几十年了！"

大凤笑眯眯地说："好，我这就准备。不过那天老五和老三怎么办？您得背着一个，闹不好再打起来怎么收拾？再说老七也不想看见老五，她俩为孩子的事您都知道。"老太太也有些犯难，寻思了一会儿说："倒是个事儿，再议。"

大凤刚要走，老太太喊住她，嘱咐道："你们凑份子就不要难为老四了，她在农村，家里连拖带拽的，不易，钱我给她拿，别叫别人知道。"

有了老太君的布摆，大凤办老七的事就有了底气。这天大凤和六凤到商店买了送七凤的东西，大包小卷拎着正在街上走着，迎面碰见了五凤。六凤低声嘀咕了一句："妈呀，又碰上鬼了。"刚想绕道走，被五凤喊住了。

"大姐，这是和老六上哪儿去呢？还大包小卷儿的，去看的可不是个一般的人儿。"五凤说着，眼睛盯着大凤和五凤手里拎的东西。

"哦，去串个门儿。"大凤说。

"看谁呢？"

"一个老亲戚。"六凤应付。

"哪个老亲戚？"

"咱妈的三舅母。"大凤顶上来。

"咱妈哪来的三舅母？咱该叫什么？"

"咱该叫三舅姥娘。走吧，大姐。"六凤给排了辈儿就急忙拉着大凤走了。五凤站在那里，狐疑地望着两人远去的背影，自言自语道："什么舅姥娘，还不知道玩什么道道儿呢。"

大凤和六凤来到杨为健家门口。六凤看着门牌说："好像就在这一块儿，我敲门问问。"说着去敲门。门开了，开门的是七凤。她扎着围裙，挽着袖子，胳膊冻得通红，院里满是烫好待渍的酸菜。"大姐!"七凤哭着扑进大凤的怀里。"老七，想死姐了!"大凤哭喊着把七凤紧紧搂在怀里。

两个姐姐来到杨为健家坐下。大凤笑眯眯地说："咱妈一听说你要结婚，那个高兴劲儿就别提了，她说你总算有个家了，这颗心也放下了。你结婚那天要好好弄一弄，妈叫我告诉你一声。"六凤也说："还要摆几桌，把老亲老邻都请来。"

七凤冷着脸子说："我可没那么大的谱儿，还是免了吧。我和小杨商量了，就在自己家里放两桌，请请他的工友就行了。六姐，你得来，其他姊妹就不用来了，我结这个婚也不是什么光彩的事儿。"

大凤说："老七，咱妈的意思是结婚头天晚上你回家住一宿，第二天在听雨楼摆几桌。你是有娘家的人，怎么说也要从娘家出门，是不是？"

七凤态度很坚决："我不回去，不回去！"说着哽咽了，"大姐，你说我算有娘家的人吗？我怀着孩子从北大荒回来，一肚子苦水没地方倒，咱妈就和老五来审我逼我，还把我拉到医院要做了孩子。我知道咱妈是为了我好，为了我的前途着想，可说到根儿，咱妈是为了自己的面子、门风。我也是为了咱妈为了这个家才离家出走的，那天我是怀着孩子顶着漫天大雪出的门啊。"

听到这儿，大凤和六凤止不住眼泪流下来。

七凤越说越伤心，呜呜哭着说："我怀着孩子回到北大荒，又到了讷河，没有介绍信，叫人撵得大冬天的晚上到处转悠。那个时候我就咬着牙发了誓——这辈子绝不回家，我不连累听雨楼！"说着泣不成声了，"姐，你们还不知道，生孩子那天，咱妈就坐在产房门口，她和老五商量好了，这孩子一出生就抱给人家。后来生了个男孩儿，咱妈抱着孩子就不撒手了。我的心都碎了！姐，我要是生个女孩儿呢？那会是个什么下场？"

大凤不住地点着头，她对老太太的重男轻女也颇不以为然，只是从来不敢说罢了。七凤擦了擦满脸的泪水，继续说："我不说这些了，你告诉咱妈，用不着了，我现在有人家了，过得挺好，结不结婚和咱妈没有关系。姐，你就这样回咱妈吧，孩子也不回听雨楼。"

大凤陪着七凤掉了一阵子眼泪，她既同情七凤，又得想着妈，转着脑子掂量着词儿："老七，你说的这些姐真不知道，不知道你遭了这么多罪，姐听着心里也老难受了。可是你得听姐说一句是不是？咱妈这样做还不是为你以后着想吗？"七凤主意已定："姐，别说了，我不回去！"

这时，杨为健擎着一对儿玻璃鱼回来了，见姐妹三个哭作了一团，愣愣地竖在那里。六凤忙起身打招呼："小杨回来了，你坐。"

杨为健不认识大凤，不知道家里发生了什么，问："初师傅，这是怎么了？"七凤擦干眼泪说："小杨，我来介绍一下，这是我大姐。大姐，这就是小杨。"

杨为健忙热情地和大凤打招呼："哦，是大姐。大姐你好。"大凤笑着打量杨为健，说："你坐，我们正和七凤商量结婚的事呢，你来了正好，咱们一块儿说说。"六凤把老太太的打算对杨为健说了。

杨为健闷着头抽烟不表态。大凤说："小杨，这个事你得表个态，就叫七凤从家里走，好不好？你做做七凤的工作，不从娘家出门，老太太这口气儿顺不过来。"

杨为健瞅了一眼七凤，说："她顺不过来，我也顺不过来。你们家的事儿我本不应该插嘴，可老太太做得也太不像话了。七凤跟我讲了事情的原委，当时她都那个样了，老太太怎么还能那样逼她呢？有这样做母亲的吗？哦，今天七凤要结婚了，她又非得叫闺女从家里走不可。她说了算了，太霸道了吧？不回去，我更不能去接她，我心里根本就没有这个丈母娘！"七凤在屋外收拾着酸菜，也说道："对，不回去！"

杨为健又说："对，我听七凤的。"大凤一看说不到一块儿去了，退一步道："我看都在火头上，过两天消消气儿咱们再好好商量商量。我们先走。"

杨为健说："大姐，我和七凤已经表过态了，你们不用再来了，没有什么好商量的。"大凤有点不乐意了："怎么这么说话？还没过门呢，这个家你就一手遮天了？"

杨为健口气有些软了，说："不是我一手遮天，是我们俩商量的结果。你们姊妹要是来我们欢迎，我们再穷，添一张桌是没有问题的。"话虽软，可把大凤和六凤都噎那儿了。

大凤和六凤出了屋子，对还在渍酸菜的七凤说："七凤，我们走了，刚出月子，别沾凉水，小心身子。"七凤对大姐一向是尊敬的，打招呼说："两个姐，那天你们可要过来啊。"大凤长叹一口气，拍拍七凤，拖着六凤出了门。

七凤追出来叮嘱："姐，那天一定过来呀！"

长这么大头一回听说自己还有个三舅姥娘，五凤心里直犯嘀咕，到了听雨楼就问老太太："妈，我还有个三舅姥娘吗？""三舅老娘？有哇，那是我三舅母，你们当然该叫舅姥娘了。"老太太说。

"她现在多大岁数了？"

老太太掐算了一阵子，说："唔，一百好几了。"

"现在身体挺好？"

"呸！死了好三十年了。"

五凤冷冷一笑："哦，这么说，我大姐和六凤去给她上坟去了，装得那个像啊。""你说什么呢？云山雾罩的。"老太太堕进五里云雾中了。

五凤说："妈，都不用背着我，这两天家里是不是有什么事儿？"老太太装着挺坦然地说："没什么事儿啊。就你鼻子尖，成天爱捕个风捉个影儿的，也不嫌累得慌，你这个毛病什么时候能改改？老七走了，老八也走了，你不问问自己，就没有一点责任？"

五凤觉得冤死大天了，说："哎呀妈，怎么这么说话？好事儿都是旁人的，一有屎盆子就往我头上扣，这不公平吧？是不是谁又在您面前下蛆了？我两天不来家，听雨楼就出事儿。"

老太太没好气儿地说："没人在我跟前念叨你，是我自己琢磨的，总觉着，有时候你热心肠子帮倒忙；有时候，我脑子一热，你就给我加柴火，就不能给我头上按块冰块儿？"五凤委屈得简直要哭了，带着哭音儿说："妈，我可是一片忠心为家里，您可别一清静了就琢磨着滥杀忠臣！"

普天下有狠心的儿女没有狠心的爹娘，七凤再不是东西，老太太也要像模像样地发送闺女。这不，瞅着天好，她请来了两个老太太坐在院里铺的大炕席上给七凤絮结婚用的被褥。这阵子老太太君子动口不动手，坐在楼梯台阶上不停地下指示："她马婶，被头絮薄点儿，被尾絮厚一点儿，老七的脚在北大荒得过冻疮，絮厚点儿不透风。"

马婶花俏老太太："你看你，絮个被你的话儿比棉花还多，一下午光听你喳喳了。"宋婶也帮腔："老初家的，你别的毛病没有，就是絮叨。眼下说你七个闺女结婚，哪个的被褥不是我俩絮的？二五眼吗？这回你借我的三斤棉花票我也不要了，权当随礼了，不过七凤出门子那天你得好好请请我。"

老太太一辈子为人清气，说："请是要请的，棉花票我可得还，这礼份子可太重了，我可担待不起。"九凤在大炕席边儿上玩着羊骨拐，对母亲说："妈，光叫马婶宋婶干活儿，您怎么不干呢？"

老太太抚着九凤的头说："这你就不懂喽，做结婚的被褥得请全乎人儿。什么是全乎人儿？我告诉你，就是做被褥的人必须儿女全、夫妻全、夫妻两口子爹妈全，图个吉利。这可不好找呀，等你出嫁的时候，还叫马婶和宋婶做，做一床大花被，一辈子盖着都神气儿。唉，就是不知道那个时候还要不要布票线票棉花票了，要是还要，我现在就得给你攒了。"又问马婶，"她马婶，你说老七结婚那天三斤糖豆够不？"

马婶码算了一会儿，仰起脸来说："将就吧。是不是糖票不够？我再给你两张？唉，现在还是什么都要票儿，难！"

大凤和六凤从七凤那儿回来了。六凤从大院门朝里探头一看，忙缩回头说："姐，咱妈请人给老七做被褥呢。"大凤也探头朝院里看了一眼，眼圈儿红了，说："唉，你看咱妈欢气的，这嘴怎么张？一说，咱妈别像上回那样气昏过去。"

六凤也愁了，头抵着门框子，眼泪巴擦地说："老赖着也不是个事呀。"大凤一跺脚说："这事儿我做主了，先不告诉咱妈，就说老七答应从家里走。你呢，再做做小杨的工作，他是个突破口，只要小杨松了口，老七那边就好办了。你说呢？"

六凤有些吃不准，丝丝拉拉地说："行倒是行，就怕最后弄砸了。"大凤决心已定："也就得这样了。你看咱妈现在这个样，咱能忍心把老七的话原原本本地告诉她？咱妈老说我没主意，这回，我就拿定了这个主意。不过老五那边你提防着点儿！"

第七章

七凤结婚的日子一天天临近，老太太这些日子可没轻忙活。晚上，老太太戴着花镜捧着小本本和大凤、胡宝亮念叨："你们看这么操持行不行，院里放四桌，楼上放四桌，一桌四凉六热，十个菜，成双，取个十字，就是它十全十美。老大女婿，你掌勺，拉个菜单子，肉票儿我给老大了，全凭着你掂对。"胡宝亮说："没问题，咱来个经济实惠，为七小姨子掌勺咱来劲。"

老太太翻着小本本继续说："请哪些客呢？老大，单子都在这里，你和老三去下帖子，我就不管了；门口呢，那天要挂灯笼贴喜字；喜糖呢，头天晚上就该包好了，用水红纸，我看五块儿一包吧；女婿进门的压腰钱，老大，你掌着，十块钱吧，也图个十全十美；女婿进门得吃饺子，老大，你安排老四一旁数着，别叫他吃单数，单数儿以后日子不平坦，千万记住了。老大，老七那天几点到家？早点，不能过了晌，这是个讲究，头午就得进门；你叫老三带着她烫个头……老大，谁又惹你了？怎么背着身子不说话？"

大凤开始还一笔一笔地在小本上记着，听老太太这么问，再也止不住满眼的泪水，捂着脸跑出去。老太太纳闷儿："老大今天这是怎么了？以前没有这个毛病。"胡宝亮说："妈，不用管她，老七出门子，成了别家的人了，她这是心里难受。"

大凤跑到自己住的东厢房，一头拱在炕上捂着嘴哭起来。母亲为七凤的婚事在胸膛里燃起了一盆火，这盆火烧化了她对七凤的怨恨，她要好好发送闺女，让她体体面面地嫁人；但是老人家不知道，七凤并不领情，而且准备了一桶冰冷的水准备给她浇到头上。作为大姐她两头为难，局面将会怎样发展，将会是怎样一个结果，她心中一点数也没有，她觉得自己就像一条被推进老洋里的舢板子，任凭漩涡摆布。这时她越发觉得，尽管老五多事，姊妹九个能够拿住事的还数她。

趁屠宰场吃午饭的时候，杨为健对工友们公布了自己要结婚的特大喜讯。工友们朝杨为健起哄。一个小伙嚷嚷道："好哇杨为健，你不显山不露水的，这下老婆孩子全齐了，你小子挺有道行啊！"另一个小伙嬉皮笑脸地问："杨为健，什么时候尝的鲜？如实招来。"

杨为健被大伙推来搡去，四圈作揖，说："我招，我招，我和她一年前就那个了，嘻嘻，地下的。头次上岗不熟悉操作规程，没管住跑冒滴漏，这不，孩子都满月了，不结婚人家不干了。都去捧场呀，好好热闹热闹。"

大伙还在闹着，逼着杨为健交代跑冒滴漏的具体情节。六凤拿个小本子过来了，说别闹了，说点正经的吧，大伙给小杨凑点份子，我记账。于是大伙根据自己和杨为健关系的深度、感情的浓度以及经济实力的厚度综合考虑，各自交了随份子的钱。收完钱，六凤宣布：交五块钱的上席面，两块钱的就免了，给块糖豆抽根烟就行了。

六凤把收好的钱交到杨为健手里说："一共是七十六块钱，你拿好，缺什么赶快去买。我呢，交二十，也拿好。"杨为健接过钱说："谢谢六姐。"

六凤说："小杨，我说点事儿。我们家可是忙活开了，院里大棚子支上了，炉灶也砌好了，结婚的时候你无论如何叫七凤回家，她得从娘家走。好不好？"杨为健说："六姐，你说别的什么都行，就这件事不行，咱没商量，我的话都说尽了，我和七凤意见一致，不回家。"六凤恨恨地跺了跺脚说："你俩怎么拳一块儿去了呢？"

这时，杨为健家里也来了一位说客，就是四凤。七凤坐在炕上剪喜字。四凤满屋看了看，指着墙上挂的一张照片说："这就是小杨吧？挺不错个人儿，就是脑门儿有点秃，这叫贵人不顶重发。"说着就坐在炕沿上，转了话题，劝道，"老七，你不是不知道咱妈这个人，什么事儿擎上去就下不来，客请了，帖子收不回来，你叫她怎么收场？凭她那性子，你这不是要她的老命吗？她为拉扯咱姊妹九个，一辈子咬钢嚼铁和谁低过头？能在这件事上栽你手里吗？你不为别人着想也得为咱妈想想啊，她要是真为这件事病了，一旦有个好歹，你这辈子能过得来吗？"

七凤抽抽搭搭地哭着："四姐，我不回去，心里屈得慌。"四凤拍打着炕沿："你屈得慌？你一个人不回去能伤多少人心知不知道？大姐为这事现在就撂倒了，爬不起炕，满嘴烧得净是泡，一天到晚就是个泪人儿了。"

"大姐怎么了？"

"你不是说不回去嘛，大姐怕咱妈伤心病了，就跟她说你能回来。这个谎一撒咱妈忙活开了，收不了场了。大姐越想后果越害怕，一股子火撂倒在炕上了。你不想想，你一旦不回去，那天会乱成什么样子？大姐怎么活人？她那个闷灶人儿什么事儿都能做出来，真叫人不敢想啊，这不是把她架在火上烤吗？"

七凤呆呆地看着四凤，说："四姐，大姐不会想不开吧？"

"那可不好说？你再想想大姐那个人，能走个极端。"

"四姐，我跟你说，那天大姐来说咱妈的事儿，勾起我的心酸，我说了坚决不回去的气话。可是晚上睡不着觉，想想心里也挺难受的，大姐又这么样了，我心里更不是个滋味儿了。可是四姐，我现在也是上了架下不来了，也有难处啊。"

"这是怎么个话呢？"

"当时是我说不回去的，真的，我有气，也没有脸回去，小杨支持我，说坚决不回去。现在我再对小杨怎么改这个口？叫他怎么看我呢？四姐，凭我现在这个样子能找着小杨这样的已经不容易了，真的不容易了。我有了家，孩子也有了依靠，难道为这事我再和小杨翻脸？那以后的日子怎么过？他这个人犟得很，话一出口就像泼出去的水，别想再收回来。我昨晚试着跟他说了几句，他的脸就阴出雨了，你叫我怎么办？"说着扭过脸擦眼泪。

四凤长叹了一口气："唉，也不知你六姐和小杨谈得怎么样了？瞅着吧，看这台大戏怎么唱。"说着从兜里掏出一副手镯子，"这是我借人家的，是件老货，有年数了，别看样儿不济，都说乾隆爷戴过，有灵气，明天你戴上。我找大仙儿许了愿的，祝你和小杨一辈子恩恩爱爱，白头到老。"七凤谢了，又问老八在二姐那儿怎么样。四凤道，二姐来信说也不省心。

听雨楼院里已经搭上大棚，人来人往，进进出出。初家人各自忙活着，刷盘子的，择青菜的，熄鸡毛的，挂灯笼的，楼上楼下热气腾腾。

秦大爷来了，俨然一个主事儿的，指派着大女婿胡宝亮、三女婿孟传礼、六女婿王国臣干这干那。九凤啃着猪蹄子走出院子，小嘴儿开成了喇叭花。

二楼东厢房炕上躺着大凤。她额头满是火罐印子，满嘴燎泡，躺不住了，趴在窗上看着楼下，眼里的泪水淌得像小溪流。三凤劝她说："姐，别巴望了，你赶紧躺一会儿吧，我琢磨着老六准能说成，老七要是听说你为她的事病成这样，怎么也能回来。"大凤擦着泪水说："一旦不回来怎么办？天爷呀，我头遭闯下这么大的祸，这道坎过不去了。"

这阵子五凤在干什么？五凤正在读刚刚出版的"毛选"五卷呢，一边读一边嗑着瓜子儿。小叶端过一盆热气腾腾的洗脚水，放到她脚下说："我说，你已经看了两个多钟头了还纹丝不动，洗洗脚吧。"五凤无限感慨地说："毛主席的书我最爱读，怎么也读不够，读着心里像打开两扇窗子，透亮。"

小叶说："我怎么看你两个多点儿了还没翻弄一页呢？想什么心事吧？"五凤不屑地瞅了小叶一眼说："叫你说的，毛主席的五卷，字字重千斤，得慢慢消化，两个月读一页就不错了。一会儿我写篇心得笔记你看看，看有没有高度。别看你是大学毕业生，可只重业务不重学习，要不一个工程师怎么下去烧锅炉？"

小叶说："这不前两天我又当上技术员了吗？"五凤一惊："真的？怎么不早说？我的天，副股级吧？和我平级了？"

小叶笑了笑说："这有什么，看形势，我回到工程师岗位上也是早晚的事儿。没听说？三凤女婿孟传礼也快回到厂长的位置上了。"五凤有些恼怒了："别提她家的事，一提我心里堵得慌。"吩咐小叶，"我说，你上咱妈家转一转。"

"没什么事儿去听雨楼干什么？"

"怎么能没事儿？我这两天就估摸着有事儿，还不是一般的事儿，是大事儿！我不便常溜达，你去看看，赶紧回来向我汇报……不，通报一声，你也是副股级了，以后我得尊重你一点儿。快去啊，我这心里老放不下。"

"我不去，我还要画图呢。"

"哎呀妈呀，官升脾气长，过两天我得给你端洗脚水了。"

"到时候看吧，我给你端了有些年了，风水该转一转了。"

这当儿老太太盘腿坐在炕上，用水红纸一包一包地包着喜糖喜烟，身旁已经包好了一堆了。三凤、四凤、六凤来了，和母亲一块儿忙活。

老太太问大凤病怎么样了，说："这个老大，最没出息，一到过年过节，遇到大事儿就掉链子趴窝子。每年进了腊月门儿忙活年，你看她龙睛虎眼的；可到了腊月二十八走油，叫你们随便吃个够儿，她就不行了，又呕又吐，趴炕上起不来。你们一个个吃得嘴里冒油，她在炕上吭叽。嘿，等腊月二十九油炸的东西封了缸不准动了，她的病又好了。"说着哈哈笑起来，"哼，不是个有福的人儿，一辈子穷抓揪。"姊妹三个谁也没接腔。

老太太用指头戳戳窗外："天过晌了老七怎么还不回来？明天就办事儿了，该回来了，洗个澡，烫烫头，试试新衣裳，都得花费点工夫，要不来不及。晚上，咱全家也得一块儿吃顿饭，多年传下来的老规矩可不能破了。老四，她到底几点来？"四凤道："快，快了。"

老太太推着四凤说："数你腿勤快，再去催催。闺女从娘家走这是自古的正理儿，到现在还不回来，她能顶着星星进门？"

听雨楼在忙活，杨为健家也挺热闹，门口也支起大棚，砌了炉灶，工友们里里外外忙活着。屋里七凤也在包糖。杨为健进了屋把一个红包递给她说："七凤，把这个收好，这是工友们凑的份子，我看你再添件新衣裳吧。"

七凤说："攒着吧，这个钱可不能动，将来得给人还礼的。人家给两块，咱还礼的时候得三块五块的。"杨为健笑了："还是咱吃亏。"

七凤说："什么吃亏不吃亏的。哎，四姐你还没见吧？来过了。"说着晃了晃手腕上的镯子，"给我借了一副镯子戴，还叫大仙儿许了愿儿，祝咱俩幸福美满白头到老。好看不？"杨为健脸子呱嗒一下掉下来了："一说你四姐我就来气，简直就是一个老巫婆。"

七凤不乐意了："再怎么说她是我姐，不许你这么糟蹋她。"杨为健换了笑脸，把着七凤的手摩挲着说："你这双手，圈根草绳子都好看。"说着捧起来亲了一口。

七凤脸红了，缩回手红着脸说："急了？再等一晚上，反正都是你的。"杨为健讪讪地放下手说："你可小心点，给人家弄打了咱可赔不起。"说着转身要走。

"为健。"

"还有事？"

"大姐病了，病得挺厉害，都是为我的事上的火，我想回去看看。"

"你要回听雨楼？"

"我……想看看大姐，你不知道，我父亲死后我们还小，我妈还有病，我大姐又当爹又当妈，我和大姐的感情很深。"

"那得去看看，快去快回。"

"为健，我还想在大姐家住一宿。"

"七凤，我听明白了，是不是叫我明天去听雨楼接你？"

七凤低声道："那边，我妈……挺难的。"杨为健挺生气地说："七凤，你怎么说变就变？当初是你告诉我永远不回听雨楼的，我支持了你，现在你又变卦了，这不把我弄个猪八戒照镜子里外不是人了？我都说了绝话，死也不回去，你这一回，不把我坑了吗？你回去吧，这个婚事不办了！"

七凤勉强地笑道："你看你这个人，我就是随便说说，哪来这么大火？不回就不回呗。好，算我没说行不行？你忙吧。"杨为健说："七凤，听我的，不想那些烦人的事了，咱俩过好了比什么都强。这辈子只要你对我好，我会对你更好，不信你看着。"

"别说了，我知道。"

杨为健俯下身看看熟睡的孩子，说："该喂奶了，明天我就是他的爸爸了。"说着小心翼翼地亲一口孩子。

直到太阳落山，听雨楼院里人们还在忙活。老太太下了楼，和人们笑着打着招呼走出院门，手搭凉棚朝街头望着。望了一会儿，老太太又慢慢走到街口，面朝西边手搭凉棚凝视。

掌灯时分，老太太也没盼回七凤，她来到西厢房，坐在七凤的床上，呆呆地看着窗外。床上摆满她给闺女准备的出嫁的包袱。直到夜里，老太太就这么坐着。

东厢房，大凤趴在炕上哭，三凤、六凤一直在劝。四凤推门进来报告说："大姐，咱妈在老七的床上已经坐了两个钟头了，送去的饭也不吃，看样子她心里明白了。"大凤爬起炕说："我去看看咱妈，老七是肯定不回来了，我就招了吧。"说着要下炕。

三凤急忙挡住说："大姐，我看还是先不说的好，明天不是还有一头午时间吗？事情也可能有转机，你现在去一说，咱妈肯定会出事。"六凤蓦地站起来说："你们先看着妈，我豁上了，再去小杨家说一说。"

三凤骂道："妈个腿的，不行把老七抢回来，我也去！"大凤慌忙拦挡："你别去，你个翻脸猴子一碰就出火，别把事情闹大了。老六，你辛苦一趟，事儿是我惹下的，叫你们受累了。"

西厢房，老太太坐在七凤的床上，打开粉红色的包袱，逐件检查着。包袱里的镜子、面鱼、莲子、桃子什么的都是一对儿一对儿，她摆来摆去仔细端详。三凤和四凤悄悄进屋了。老太太没抬头："老七还没回来？"

三凤嗫嚅道："今晚……不一定，刚才打发人捎信儿来了，说头叫理发馆给烫坏了，还得重新烫，明天结婚的特别多，得下半夜才能烫完，明天能回来。妈，您早点歇息吧，明天还要早起。"

老太太长叹一声，声音有些悲凉地说："我什么都明白了，早该明白了，老七还在记恨我,她不愿来家,这个家伤了她。"忽又厉声喊道,"可她没伤我吗?明天她不是要出我的洋相吗?老七你听着,没有你这个婚要照样结,我打掉牙往肚子里咽,就是不向闺女低头,只要我这口老气在听雨楼就乱不了。明天你们瞅着,我脸上挂得住,又是秧歌又是戏!"朝东厢房喊道,"老大,你给我出来!"大凤哆哆嗦嗦地出了屋。

老太太喝道:"你做了件好事!"大凤只有低头认错的份儿了,说:"妈,我错了,我给您丢人了,帖子都发出去收不回来了。"说着哭起来。

老太太竟然和颜悦色地说:"收不回来又怎么样?咱不丢人,丢人的是老七。她能耐,她把全家人都治了,能耐得很!老大,不要划背自己,你的一番心思妈领了,妈不怨你,妈谁也不怨,只怨自己掉了威风。老七敢翻天,老八能跳墙,老三老五就敢在我面前耍大刀,老四就能遭老三老八骂穷,不是我掉了威风吗?就说你,一个畏懦的人儿,虽说为了我好,不是也敢撒了一个天老爷也不敢撒的谎吗?"

这时,六凤慌慌张张跑了回来。老太太接着训:"老六,还有你,整天瞎忙活。你说你胆子有多大,老七回来找的是你,你竟敢隐瞒军情不报,你们联起手来蒙我呀!一个个翅膀硬了,要挟着煽风了,听雨楼装不下你们了,我看你们能飞哪儿去?翅膀硬了你们就飞出去,可早晚哪天折了翅子还要飞回来,不信你们瞅着!"

老太太说着摇摇晃晃回到堂屋,砰的一声关上了门。过了好大一会儿,屋里传出老太太的哭声,那声音苍老低沉,呜呜咽咽,犹如一只困兽发出的,听着撕心裂肺。姐妹几个呆呆地立在门口,母亲的哭声使她们感到不安、羞愧、惶惑,甚至是自责。结了婚的这六个姊妹,脾气暴的有,性子绵的也有,有能文的,有会武的,有章程大的,有能力弱的,但是一个个在老太太面前,是虎都卧着,是龙都盘着,没有一个敢起刺儿的。可七姐八妹九郎当儿就不一样了,她们不仅敢对老太太说不,而且要叫板,她们的行为让当姐姐的也无奈,因为老太太的所作所为毕竟不是圣人,有些值得商榷。可七凤的做法她们也觉得有些过了。

六凤眼里含着泪水,呆立了一会儿,猛一跺脚,蹬蹬蹬跑下楼去。三凤看着老六远去的背影大感不解:"老六能上哪儿去呢?也许是又上小杨家?"

四凤说:"往西去了,我怎么觉着是到老五家去了,也许是去搬动老五?""呸!"三凤狠狠地啐了一口,"有病乱投医,臊子狼子挂听诊器,没有好心！告诉她！还嫌听雨楼乱得不够呀？这个老六，非把这事搅成一锅粥不可，就赡好吧！"

不错，六凤是去杨波府请救兵了，她看了，目前这个局面，安邦定国非五凤出马不可了。

来到五凤家，六凤一五一十把情况对五凤说了。五凤披着军大衣在屋里踱着步，一句话不说。六凤急了，催促说："五姐，快拿个主意吧，要不明天非出事儿不可，快说句话呀！"

五凤朝老六冷冷一笑："那天你和老大不是去看咱妈的三舅母，也就是咱的三舅姥娘了吗？应该找她老人家拿个主意，老人识多见广该问问她。"六凤满脸通红地说："五姐，现在就别提那一出儿了。"

五凤猛地抖掉军大衣，说："为什么不提？这些天你们就背着我一个人忙活老七的事儿，全家人为什么单单把我撇下画在圈儿外？我怎么了？太叫人寒心了！你们想干什么？要联起手来孤立我吗？"六凤想解释："五姐，不是……"

五凤把手一挥说："什么不是，你懂个什么！这早就是有计划有组织的，是阴谋。我伤心啊，这叫小人得志忠良受辱！儿女们糊涂，可咱妈也糊涂吗？儿女们不清楚，咱妈心里也没数吗？惹出事找我来了，找老大呀，找老三呀，都哪儿去了？能请神就自己去安神。我告诉你老六，我不管。这些天我就琢磨着家里要出事儿，出大事儿，果不其然！"

"五姐，你说得都对，可眼下不是讨论谁对谁错的时候，这事完了再理论，现在你得赶紧拿个主意。明天怎么办？你见多识广智勇双全，现在就全靠你了。"

"哼，用着我的时候把我捧上天，不用的时候说我连泡狗屎都不如，就连小老九也敢欺侮我，熊我擎着电视天线站了一晚上。家里必须整顿，好人要叫她香，坏人要叫她臭，要讲正气，听雨楼不能光让歪嘴子吹风，吹出来的是一溜斜气！"

"五姐，讲讲正题吧，不看别人你还得看着咱妈吧？她要是有个好歹……"

"没那么严重。咱妈是什么人？什么风浪没见过？三年自然灾害那一年……"

"别讲那一年了，今晚咱妈就在家里放了悲声，哭得惊天动地。"

五凤一惊，说："真的？唉，咱妈真是老了，这么点事儿就不抗折腾了？

可怜见儿，老太太……老六你回去吧，我现在需要睡觉。"

六凤真是急眼了，跺着脚说："五姐，你真能下了这个狠心？真能睡得着？行，我走，我今天权当嗷嗷了一晚上牲口，叫你捡笑声听吧！"推开门气哼哼地走了。

六凤走后，五凤坐下来对忙活一堆图纸的丈夫说："小叶，给我烧盆洗脚水。"

"深更半夜的你干什么？"

"我要思考几个问题。"

小叶端来一盆热水。五凤闭着眼睛泡脚，突然想起了什么，急忙擦了擦脚，穿上鞋，一溜小跑地跑出门。小叶看着她的背影叹口气："记吃不记打的东西，不管好事儿坏事儿，有事就惺惺。"

翌日上午，七凤和杨为健结婚，两口子在门口迎接客人。两人穿戴一新，忙活着给客人点烟剥糖，说着一些感谢话儿。灶上，大师傅在门口支起的大棚里颠起了炒勺。

而这时的听雨楼，楼下楼上也一溜摆了十桌。桌上放着茶水、糖、烟、瓜子。院门贴着大红喜字，还挂上了大红灯笼。大凤姐妹忙如穿梭。

马婶急着看新娘子，问四凤："老四，怎么老半天了没看见老七？还在屋里画呀描的？快叫她下楼给我们瞅瞅。"宋婶也嚷嚷："对，快叫老七下楼。"秦大爷笑了："嘿，老七架子还不小哩，四凤，叫她下来，你秦大爷这儿还备着礼呢。"四凤装着笑脸说："快了，快了。"忙朝门口跑去。

这时候，大凤三凤站在门口朝街头巴望着。四凤跑过来悄声说："姐，大伙要看老七呢，这可怎么办呀？你快进去支应吧，我抗不了啦。"三凤说："大姐，老七肯定来不了啦，快十一点了，咱就死了这份心吧，看咱妈怎么唱这台戏。"

老太太手里没有金刚钻这回揽了个瓷器活，我们且看她怎么唱这台大戏。

这阵子她正在屋里热水泡脚。泡完了脚，对着镜子细细地梳理头发，还抹了点头油，这才整整新衣裳出屋。

老太太满面春风地走在楼梯上，朝院里来客抱拳高声打招呼："她秦大爷、马婶、宋婶、大友他爹、她三姨夫、老舅，都来了？我下楼晚一步多多包涵，快请坐，楼上摆不开，屈就各位亲戚高邻在院里了。"

马婶上了楼梯，把一朵灯笼花插到她头上说："闺女出嫁当妈的头上得戴朵花，你怎么忘了呢？"

宋婶拍着巴掌呱呱地笑道："她老初大娘，你戴上花可俊死了，快扭两步给我们看看。我还记着，当年欢送志愿军过鸭绿江，你舞着一条红绸带，扭得那个欢呀，把志愿军一个小排长扭得两眼直勾勾的，盒子枪都掉地上了。有没有这档子事儿？"

满院子人笑起来，都拍着巴掌起哄："扭两步，扭两步！"老太太一拍廊柱，朗声道："好，老七今天出嫁我高兴，我给你们扭两步。"说着，一把扯下两位来客的红围巾，扎到腰上欢快地扭起来。大伙拍掌击节，院里一片喝彩声。

再说七凤这边，杨为健的工友正在闹婚宴。杨为健扛着七凤给客人剥糖纸、点香烟。有个工友使坏儿，叼着烟卷儿往外吹气儿，烟怎么也点不着。七凤划着了火柴，往那人的胡子上一燎，吓得那人赶紧吸一口气把烟点着了，引起大伙一阵哄笑。

婚礼主持人大声喊道："好了，十一点了，大师傅，走菜！"大棚里立马响起了锅碗瓢盆交响曲。

这时的听雨楼院里，老太太停下秧歌，吼一声："时辰到了，她大姐夫，走菜！"听雨楼也响起了锅碗瓢盆交响曲。

第八章

　　杨为健家婚宴渐趋高潮，杨为健和七凤满脸堆笑给客人点烟敬酒。七凤抽空不时地悄悄看表，像有什么心事，过不一会儿就朝窗外张望两眼。这时一个小青年站在窗外冲她摇了摇手里的口罩，她愣了一下，朝他点了点头，转身把杨为健拉到外屋，摘下手里的玉镯道："为健，我得赶紧把玉镯还给人家，还有一家结婚的等着用，四姐叫我十二点前送到万民巷老魏家。我去一趟马上回来。"

　　杨为健说："还是我去吧，我跑得快，千万别耽误了人家。"七凤说："这里都是你的客人，你在家先招呼着，再说你不认识人家。来不及了，我得赶快走，二十分钟就回来了。"杨为健抓起一包糖："给人家送包糖，好好谢谢人家。"七凤答应一声就跑了。

　　七凤跑到街头四处撒目，见道边停着一辆面包车。五凤坐在面包车里，见七凤跑来，赶紧拉开车门喊："老七，快上车！"七凤跳进车里，大口喘着气说不出话来。

　　五凤在她脑门子上剜了一指头说："死老七，你想死五姐了！"抹抹眼泪冲司机道，"快开车。"又对七凤说，"我算了，二十分钟够用。今早我找人告诉你的话都记住了？"七凤喘着点点头。五凤叮嘱："后门进，前门迎，假新郎我都给你找好了，动作要快，在院里最多停留十分钟。"

　　听雨楼的宾客这阵子正吵着闹着问老七怎么还不下来，说老七的谱儿也太大点了吧，赶紧下绣楼点烟敬酒，要不没完没了。一个小青年喊道："七凤姐再不下楼我们可要上去抬了！"一帮年轻人跟着喊："对，上楼抬七姐去。"吆儿把火要上楼。

　　大凤躲在楼梯下，一见这阵势，在嗓子眼里咕噜了一声："我的妈呀。"倒在四凤的怀里。老太太毕竟是老太太，这时准备揭锅盖儿，放下酒杯，一抹老脸说："都坐下，坐下，我有话说。"小青年们见老太太要说话，一个个都坐下了。

　　老太太神色凝重，慢慢给大伙斟着酒，笑得勉强，肺管子呼哧呼哧直响。

大伙面面相觑，不知老太太要说什么。老太太端起一盅酒，眼里闪着泪花，双手抱拳道："各位亲戚，各位高邻，我在这儿替老七给大伙赔罪了，我先饮了这杯！"说罢一饮而尽杯中酒。院子里静静的，大伙都紧张兮兮地看着老太太。

老太太准备豁上了："我……对不起亲戚、高邻……现在，我只得觍着老脸把实情告诉大家了……"话音没落，门口响起刺耳的刹车声，一个半大小子喊："来了，来了，新郎官接新媳妇了！"

大伙都顾不上听老太太说什么了，朝门口拥去。只见"新郎官"带着两个年轻小伙子进了院门，直扑两眼发呆的老太太面前。"新郎官"给老太太鞠了躬，甜甜地叫了一声："妈，我接七凤来了。"

老太太一家人全惊呆了，怔怔地看着"新郎官"，一个个的嘴就像刚捞上船的黄花鱼，光嘎叭不出声儿。秦大爷呵呵笑着说："弟妹，看你乐得话都不会说了，快叫女婿坐下吃饺子。"

老太太恍若梦里，嘴里嘟囔："老七，老七呢？""七凤出来了，大围女下绣楼了！"有人喊道。大伙的目光齐聚回廊，只见七凤笑着从楼梯上款款走下来，九凤替她扛着包袱。满院子发出一阵喝彩声。

老太太怔怔地看着七凤，嘴哆嗦着，如坠云里雾里，众姐妹一个个也都傻了。七凤疾步朝母亲扑过来，紧紧抱住母亲，喊了声："妈！"哽咽着说不下去了。老太太满眼热泪，哽咽着道："老七，老七，这是怎么了？是怎么了？"

这时，谁也没注意到听雨楼院门外站着一个人。不错，她就是五凤。此时她看着院里的这一幕也哭了。

院子里七凤和"新郎官"拜天地，拜高堂，拜众亲戚邻居。鞭炮响起来。鞭炮声中，大伙簇拥着两位新人出院门。老太太紧紧拽着七凤的手，生怕她跑了。

两位新人上了面包车。七凤拉开车窗玻璃，泪流满面，冲母亲和姐妹们招了招手，车就开走了。老太太跟着车不停地向七凤招着手，招着手，她还像在梦里，以至于走道的脚步都有些飘忽，像踩在棉花上。

而不争气的大凤，这时却一下子晕倒了。三凤喊了一声："不好，大姐昏倒了！"大伙赶紧围过来看大凤，朝她脸上喷水，掐人中，好一顿舞弄，大凤才缓缓地睁开眼睛，喃喃道："妈呀，怎么像看电影一样。"

黄昏时分，一台大戏总算落下了帷幕。老太太在听雨楼自己屋里摆酒庆功，众姐妹围了大炕桌坐着等老太太发话。老太太端起酒杯说："忙了一天了，客也走了，咱娘儿们聚聚。"和女儿们碰杯。

老太太喝下一杯酒，忽然忍不住笑起来，笑得止不住了，扔了酒盅，靠在被垛上，捂着肚子说："天爷呀，你说今天的事儿，像不像演戏？戏也没有这么精彩啊。你说老五多神道？真不愧是搞人保的，她就敢五马换六羊，狸猫换太子。了不得，了不得。咦，老五呢？怎么就没有人叫她来？快，老四，你赶紧给我请她去！"

"我来了！"说曹操曹操到，五凤冷着脸子进了屋。老太太拍打着炕席说："老五你快些，你有功。"

五凤往炕上瞄了一眼说："嚄，都齐了，一个不少，就少我呀？你们怎么下得死眼儿！我有功？我没有功呀。妈，我是千人嫌万人恨的东西。来，我今天高兴，也喝几盅！"说着，凑近炕沿端起一盅酒扔进嘴里，"喝呀，怎么都不喝？怎么，不高兴吗？大姐病好了吧？老三怎么不说话？老六不害怕了吧？妈，您的面子保住了吗？满意了吧？"说着又给自己斟了一盅酒，一口灌进嘴里。

老太太说："老五，你给我少喝点。大伙能忘了你吗？我正要打发老四去叫你呢。你给我坐下，有话儿慢相应儿说。"五凤口气酸溜溜地说："说什么？妈，我是忠臣吧？"

"你是家里的忠臣。"

"忠臣就这个倒霉样儿？"

"老五，别计较这些。再说，自古忠良多磨难。快坐下。"

几杯急酒下肚，五凤有些醉了，朝炕桌上指了指说："妈，哪有我的位子呀？我哪能坐呀？哪敢坐吗？你瞅瞅呀妈，哪个眼神儿不是冷飕飕的？这个家有我插脚的地方吗？她们看我一眼都后悔小半辈子，我没有自知之明吗？"

大凤说："老五，不要这么说话。"

"我怎么说话？你病好了是不是？现在有章程了是不是？一个个闲着没事儿你们就在咱妈面前卖乖，一到来真格的就无踪无影。你们就会抓虎我这个不长记性的傻蛋。"说着哭了，"妈，您说说，老七结婚的事儿你们为什么单单背着我？为什么？我不是她的姐姐？不是您的亲闺女？你们不让我寒心吗？更寒心的是你们惹了事摆弄不了啦才找我。我给摆弄好了，老七顺顺当当从娘家出阁了，你们吃饭又不叫我。你们高兴啊，我刚进院就听见你们的笑声了。告诉你们，我听着心里都凉透了！我怎么了！就那么招你们讨厌吗？妈，她们之所以敢欺侮我就是您的事儿，您一碗水没有端平！"

老太太自知有点理亏，说："老五，你有话说就都倒出来，这屋里没有外人，你痛痛快快倒个够，倒完了我再好好说一说。你说吧。"五凤哭得岔了音儿："说就说，我憋了也不是一天两天了。妈，您数一数，咱家这些年遇到的沟沟坎坎哪一回不是我挺身而出？俺爹进了造反派的牛棚，谁也不敢沾边儿，天天谁去送的饭？我！"

三凤撇着嘴说："斗咱爹的时候你还喊过口号呢，还有脸儿说！"五凤说："谁还没有个年轻的时候？你那……算了，给你留张脸皮。咱再说说城市人口下乡那档子事，咱爹单位逼着咱全家下乡，都没了主意，哭的哭，叫的叫，还不是我找着下乡办的李主任谈了半宿话，人家才点了头，要不咱全家现在还在农村待着。"

三凤说："这谁不知道？当时下乡办的李主任看上了你，你也一个劲儿地追人家，咱家那点好吃的东西都叫你送给他了，炸酱、鱼干儿、猪头脸子肉你还少送了吗？一人三两豆油，你每月都给人家送一斤去。"

五凤拍着大腿叫屈道："妈，您听见了吗？谁看上他了？谁给他送东西了？这不是斗争的策略吗？不是舔着他不叫咱家下乡吗？你们懂什么！老六，你说说，你的户口是怎么从农村转到城里来的？那是我攒了十二个工业券换来的！为了你，我结婚馋挂手表都没买上。工业券都为你送人了，我结婚的时候连挂座钟也没买上，满屋里没有一件带响儿的东西。老六，你仔细想一想是不是这么回事？"六凤低下了头，五凤说的是事实。

五凤又喝了一盅酒，砰地摔了酒盅，拍着炕桌说："出力的是我，里里外外不是人的还是我。我怎么了？你们为什么这样对待我？我冤呐！"

三凤可是个不惯老孩子毛病的主儿，早就怒不可遏了，一拍桌子喝道："你冤什么？说两句得了，还没完没了啦？你摆什么功劳？你把这个家祸祸得还轻吗？我做点小买卖叫你抓了多少回？老七是怎么走的？老八又是怎么跑的？就连小九凤你也不放过，包饺子套她的话儿。我告诉你，你这样做姊妹们就是瞧不起，这个家就是不欢迎，你走！"

老太太一看有人要逼走功臣，拍着桌子喝道："这个家是我的，谁敢撵老五走？一个个想翻天吗？我还没死！"冲五凤说，"老五，你给我坐下。"五凤挂着满脸泪蛋蛋惨笑了："妈，我不坐了，我不敢坐，我走了，这个家不容我，我再不来了不行吗?你们今后有什么事也别再找我了,权当没有我这么个人。"

三凤脖子还是梗梗得老高:"咱家没什么理可讲!"

"你再说一遍?"

"就是不讲理!"

老太太忽地长起身形,迅雷不及掩耳,一掌把三凤打倒在炕,又反手一掌拍在她的背上,三凤当时就岔过气去,捂着肚子在炕上翻来滚去说不出话来。她光知道佘太君笤帚疙瘩使得十分了得,没料到老太太掌法也如此精到。老太太收了势,自言自语道:"看来我武家庄的铁砂掌还灵验。"瞪着五凤,厉声喝道,"还有你,来家就起事儿,没一个好东西!"

话音没落,一声响雷在听雨楼上炸响。一屋的人都惊呆了,一起看着老太太。老太太伸出手来掐算了一会儿自语道:"惊蛰了,百虫睡够了,该活动活动筋骨伸伸懒腰了。"一拍巴掌,"算了,都滚自己窝去。打从过了年就没消停,该煞戏了。"

寒来暑往,春去秋来,转眼上秋了。七凤的孩子黑虎会满地跑了,这不,老太太肩上扛着他在大街上兴冲冲地走着。

老曹大婶正和几个老太太在街头聊天,见了喊道:"老初婶子,这是谁家的孩子,真虎势。"老太太自豪地回道:"话叫你说的,谁家的?俺家的。老七的孩子,俺们听雨楼的小老爷们儿。"老曹大婶拍着巴掌哈哈笑道:"嗨,孩子都这么大了头一回见到,听雨楼这下可旺兴了。"说着,颠儿颠儿地过来逗孩子玩。

老太太展扬极了,嘎嘎笑道:"你说说我们家小老爷们儿,才多大的孩子,两个小铁蛋儿把我的肩膀硌得生疼,还托掌着小手一个劲儿往上蹿,不是我使劲儿拽着都能蹿到天上去。你们看看他这两个小蛋儿。"

老太太从脖子上举下孩子向大伙展示他的小雀儿。老曹大婶说:"看这孩子有两岁模样了。"老太太道:"叫你说的,才一岁多点儿,长的胎儿大。叫你这么说我家七凤没结婚就生孩子了是不是?不是看在老邻居的面儿上,我一巴掌扇你脸上!"

大伙笑了,笑得明白。老太太笑了,笑得装糊涂。

街上溜够了,老太太抱着外孙回到听雨楼院里,把他一双小脚往水盆里放。大凤过来说:"妈,他才多大呀,这点儿就教他泡脚?"

老太太给黑虎洗着脚说:"这还晚了呢,我刚生下来你姥爷就抱着我泡脚。

多大？用不了几年这楼梯得顶根梁子，屋顶上的老瓦就得换一换，别叫咱们小老爷们儿的粗声大气喊塌了楼梯震碎了老瓦，到时候砸谁头上我可不管。"大凤笑了，从兜里掏出小本本说："妈，这个月的账得对一对了。"

暂不提大凤和老太太对账，且到七凤家看看。七凤正在做饭，杨为健回来了，环顾了一下屋子问道："孩子呢？"

"哦，叫我妈接走了，她说要带孩子玩两天再送回来。"

"你就叫她接走了？"

"啊，老人想孩子，就让她带两天吧。"

"那不行！"杨为健说着，转身朝门外走去，他要把孩子接回来。

"为健，叫孩子在那儿吧，我妈一辈子咬钢嚼铁，可就为了孩子在我面前说软话了，不容易啊，我从来没看她这样低三下四过。"

"你想没想过，孩子要是在她手里咱俩就得常去登门，这是老太太的策略，你愿意我还不愿意呢，这口气儿我没倒过来。"

"唉，都快一年了，你还忘不了啊？"

"我这个人记仇！"杨为健说着走了。七凤看着他的背影轻轻地叹了口气。

黑虎给听雨楼带来了活气，这工夫老太太和大凤、胡宝亮、九凤正在吃饭。老太太抱着黑虎，拍拍身边的椅子对大凤说："老大，以后小老爷们儿吃饭就坐这个座，别忘了。"大凤笑道："这么点个人儿就给他留座？"

老太太举着黑虎说："不小了，三天不见他就长牙。"九凤狠狠地剜了黑虎一眼，她已经看到了潜在的危机，预感到了自己会在老太太面前失宠。

老太太佯装没看见，笑了笑，用筷子在酒盅里蘸了一下送到黑虎嘴里。黑虎一咂，辣，哇的一声哭了。老太太哈哈大笑。

杨为健推门进来了，手里拎着一挂大肠。老太太一愣："哦，是老七女婿。没吃饭吧，坐下吃。大凤，添一双筷子。"

大凤刚要站起来，杨为健摆了摆手，不冷不热地说："不用了，七凤叫我来送一副大肠头儿。"老太太笑着推让："你们自己留着吃吧，叫老七别挂着我。你坐下。"

杨为健把大肠头儿放到桌上的盆里，冷冷地说："另外，我要来抱孩子。"老太太一怔，没说出话来。

"那我就抱走了。"杨为健说着抱起孩子就走。老太太呆呆地看着杨为健，她没想到老七女婿给她来这一手儿。杨为健走到门口又停下脚，头也不回地说:"以后不要再到我家抱孩子了。"说罢走出屋子。

老太太坐在那里,嗫嚅着嘴说不出话来。"妈,吃饭吧。"大凤轻声慢语地说。老太太难过地摇着头说:"唉,晃了我一下,看来这个小杨还生我的气。"

九凤抓过大肠头儿一口咬去,摇头晃脑地赞美:"妈,真香啊!"大凤瞪了九凤一眼:"就你嘴急!妈,这大肠头儿怎么办?"

老太太扬扬手,没精打采地说:"拿剪子铰铰一家分一截儿,谁家不缺油水啊?不管怎么说这是老七的一份心意。"说罢,朝门外走去。走到回廊上,老太太背着手,仰起头瞅了瞅天,又拿起笤帚扫着回廊上的落叶。落叶从回廊上纷纷扬扬地飘落到院里。

七凤结婚以后一直没找到工作,杨为健一直在为她忙活,最近终于给她找到了一个单位。这一天杨为健和七凤大街上骑着自行车说着话,他这是送七凤头一天上班。黑虎坐在七凤车梁上的小筐里。

杨为健说:"七凤,给你找这个活儿可真不容易,一定要好好干,先点吃辛苦,等咱有了钱也请个人照看黑虎。"七凤信心百倍地说:"瞧我的吧,错不了。这个月开了工资我给你买一瓶好酒,还想给黑虎买一辆小车儿。"杨为健不同意,说:"黑虎才多大呀,骑不了,你还是买双皮鞋吧,你连双换的鞋都没有。"

一家子来到街道环卫队门口,两口子下了自行车。七凤说:"为健,我上班了,你上班慢点骑。"杨为健抱过黑虎,趁七凤没注意顺手把两人的饭盒调了个儿,亲了一下孩子说:"黑虎,跟爸爸再见。"又把孩子交给七凤,骑车走了。七凤目送他远去,一低头发现饭盒不对,打开一看,饭盒里有几片肥肉,幸福地笑了。

卫生队的曹队长把背着孩子的七凤介绍给大伙说:"她叫初桂凤,北大荒的下乡知青,还是党员哩。小初家里有些困难,所以经领导们研究,同意她带着孩子来上班,暂时的,过一阵等她找到看孩子的就好了。大家都是姐妹,能帮的伸把手帮她多扫几扫帚。小初,你说两句,你年轻,有水平,你的档案我都看了。"

七凤谦恭地给工友们鞠了个躬说:"各位大姐,我吧,家里姐妹九个,我老七,以后叫我七凤就行了。给大家添麻烦了,不用帮我,我包的那片儿路段保证完成任务,干干净净。过去的就过去了,不提了,我要从今天重新开始。

我就是你们的妹妹，有什么不对的地方大家多批评。"几句话说得挺得体，一下子就获得了大伙的好感。

七凤很敬业，扫大街的时候把孩子捆在背上，简直像个朝鲜族妇女。杨为健不放心，经常工作时间蹬着自行车偷偷跑出来看望七凤。七凤说你这样很不好，在北大荒我什么罪没遭过？一个老爷们儿成天围着媳妇转是叫人家瞧不起的，以后别来了。杨为健说，我不管别人瞧得起瞧不起，你是我媳妇，让你背着孩子上班我心里难受，常来看看对你也是个安慰。七凤听着杨为健这番话，心里暖乎乎的。

这天黄昏，七凤背着孩子正在扫街，一个中年男人擎着半导体收音机从她身边走过。收音机里的一条新闻吸引了七凤，她扔下扫帚慢慢地跟在中年男人身后侧着耳朵听。收音机里正播送恢复高考的消息。听到这则消息七凤很激动，泪水充盈了眼眶。

那个中年男人见七凤总是跟着自己，站住了，警惕地看着七凤问："你要干什么？为什么总是跟着我，我有什么不对吗？"七凤也觉得自己有些唐突，指指他手里的半导体收音机不好意思地说："同志您别误会，我想听听新闻。"中年男人笑了，说："哦，那就听吧。"说着增大了收音机的音量。

七凤仔细地听着中央有关恢复高考的决定，眼里的泪水止不住了，背着孩子就往家跑。回到家时见杨为健正在做饭，七凤竟像个孩子似的蹦着，热泪盈眶地说："为健，中央决定恢复高考了！"

杨为健懵懵懂懂地站在那里，不知道七凤为什么这么激动。七凤放下孩子，搬来梯子搭在吊铺上，翻出自己念过的书本往炕上扔。杨为健木呆呆地看着她，不知她要干什么。

七凤从梯子上下来，顾不得掸去身上的灰尘，一屁股坐到炕上整理着已经久违了的课本，眼含热泪对杨为健说："真没想到还会有这一天。可是应该有这一天。十年前我们正做着大学梦，毛主席一席令下'文化大革命'了，跟着闹哄了一场后上山下乡了。这些年来我的大学梦就没有断过。"杨为健大吃一惊，问："七凤，你要考大学？"

七凤没有注意杨为健的神情，兴奋地说："当然了，多少年了我等的就是这一天。为什么不考？我绝不放过这个机会。怎么，你以为我考不上？"杨为健笑了笑没说什么。

"你看你，不相信我能考上是吧？"七凤说着从课本里翻出几张奖状和成绩单举起来,"杨为健同志你好好看看,这是初桂凤同学当年的辉煌,我的数理化从没有掉过九十分,三年名列古城一中第一名;参加古城作文竞赛获得过第一名。我们班主任吴老师当年给我确定的目标是:非北大清华不考。相信我吧,只要开科,状元就是你媳妇。"杨为健并没有被七凤的情绪所感染,倒反而显得忧心忡忡。

七凤低头整理着书本说:"我要制订一个复习计划。时间不多了,从今天起我住西屋复习功课,别影响你休息。"说着抱起书本进了西屋。

夜深了。七凤仍在灯下双手撑着头,认真复习功课。东屋,杨为健也没睡,坐在炕沿默默地吸烟。他心里很乱,他不怀疑七凤能成为女状元,可是她要成了女状元自己怎么办?女状元的男人能是杀猪的吗?他对自己婚姻的未来突然产生了一种危机感,这让他很不安,他想知道七凤对这个问题是怎么想的,于是倒了一杯水来到西屋。

杨为健进了西屋,默默地看着七凤的侧影,七凤没有发现他进屋。他把水杯轻轻地放到炕桌上,七凤抬起头来冲他笑了笑。

"睡吧,不早了。"

七凤低头看着书说:"你先睡吧。"杨为健挨着她坐下,沉默有顷,轻声问道:"你考上了,我们怎么办?"七凤一怔,言道:"为健,要不咱们俩一块考,我帮你复习。"

"别开玩笑了,我才念到初一的课程就念不下去了,一看见课本就头疼,哪是考大学的料。你考吧,考上了我也跟着展扬,将来的日子也能好过些。你说是不是?"

"是啊,只要我念出来咱的日子就好过了。我考上以后你得多吃点苦了,孩子你要多操点心。放心,我一辈子不会忘了你,我不会当女陈世美。"

杨为健心里一块石头落了地。

"我想考咱本市的大学,离家近,我骑着自行车来回跑,我身边不能没有你。"

"不,想考就往北京考,上名牌大学,就看你有没有那个水平了。"

"为健,你舍得让我离你那么远吗?"七凤扑进他的怀里。

杨为健拍拍她的脸蛋儿说:"舍得,你还真把自己当七仙女了?好了,不耽误你了,抓紧学吧。别熬得太晚,明天还要上班呢。"

杨为健回到东屋,给黑虎披好被子,又坐在炕沿上点燃一支烟,默默地吸着。冷静下来，他在心里把刚才落地的石头又捡起来了。生活教会了人们不能轻信许诺，他也不例外。

这时，他听到西屋有动静，推门看，见七凤捂住嘴朝院里跑去，也跟着跑出来。七凤跑到自来水龙头前蹲下，勾嘎地呕吐。杨为健给她捶着背，关切地问道："七凤，你这是怎么了？吃什么东西了？用不用上医院？"

七凤摇摇头说："不用，可能是上火了。你回屋吧。"见杨为健回了屋，七凤直起身子，轻轻地揉着肚子呆立了许久。七凤是真上火了吗？鬼才相信，只有一个傻狍子杨为健相信。

听雨楼的老太太可是真的上火了，她是为老七女婿抱走了小老爷们儿。老太太一上火就放躺，不说话不吃饭，不惊天却动地。这不，大凤端着一碗面条劝躺在炕上的老太太吃饭："妈，吃点东西吧。"老太太一如既往地抹搭着眼皮儿说不吃。

大凤心疼母亲，指出不吃饭的害处："您两天都没吃东西了，再这样下去扛不住啊。您以往都是怎么劝我们吃饭的？人是铁饭是钢，一顿不吃饿得慌，两顿不吃身打晃，三顿不吃准放躺。您就这么躺着不吃不喝想变成木乃伊啊！"大凤有时候说话挺黑色幽默的。老太太平时说话就嘎咕，九个闺女都跟着学得会掉抹嘴滑抹舌，可公理公道讲，大凤这时真不该风凉老太太，她老人家现时心里着实难受。

老太太实话实说："唉，我就是想小老爷们儿啊。"大凤说："我去抱来给您看看？"老太太不是不通情理的人，事儿看得开："那样不好，就是老七同意了咱也不能那样做，别搅得两口子不和，他俩走到今天这一步也不容易。"

"那怎么办啊？"

"不管怎么样小老爷们儿早晚都得回听雨楼，我和小杨的疙瘩早晚会解开，不急，慢慢来，我也有对不住小杨的地方。"尽管如此，老太太对前景的展望是乐观的，对自己的评价也是客观的。这些年什么一分为二呀，人贵有自知之明呀，批《水浒传》呀，《反杜林论》呀，老太太没少学，她虽然文化不高，学而不倦，脑子里孔孟之道，程朱理学，辩证唯物主义，无产阶级专政下继续革命的理论，什么都有，融会贯通，而且自成体系。

九凤在门口踢毽子，见杨为健骑着自行车慢慢地过来了，转身一阵旋风似的跑回院里。大凤和三凤正在抻被单儿，九凤跑回来喊道："来了，来了！"

三凤问："谁来了？"九凤朝门口指着说："送猪大肠的来了！""真的呀？"

三凤冲大凤说道,"你别说,这个杨为健犟是犟了点儿,可心眼儿挺好使,亏了他常送来猪大肠儿,要不咱肚子亏老了油水了。"

大凤也有同感:"可不,三天两头地送,也不知他从哪儿捣鼓来的。""管那么多干什么。九凤,没看见是生的还是熟的?"三凤对猪大肠儿总是热情洋溢。九凤说:"看不见。"

这时,杨为健推着自行车进了院,支好车,从后座儿一个油渍渍的包里掏出两副猪大肠放到水泥台上,也不言声,推着自行车就要走。"老七女婿,你慢一步走。"大凤喊道。杨为健没回头,说:"大姐,有事儿就说吧。"

"黑虎这两天怎么样?"

"挺好。以后你们不要叫他黑虎了,他有自己的大名,叫杨锦峰。"

大凤说:"乳名怎么能不叫?哎,老七女婿,有件事儿想和你商量一下,咱听雨楼还闲着房子,你和老七就带着孩子回来住吧,早晚也有个照应,不好吗?这也是咱妈的主意。""谢谢了,我们不回来。"杨为健说罢推着自行车出了院子。老太太听到动静了,推开堂屋门出来望着杨为健的背影直摇头。

三凤仰起头问:"妈,这猪大肠儿怎么办啊?"老太太道:"拿盐卤一卤,留着吧。"说罢回了屋。三凤拿起猪大肠儿闻了闻由衷地赞道:"哎呀,真香。"对大凤说,"大姐,我拽一截儿回家吧,孟传礼这两天胃口不好,给他补一补。"

"拿吧,别叫咱妈看见。"

"你帮我拽一下。"

"你不会上楼拿剪子吗?"

"叫咱妈看见又不让拿了。快,帮帮忙。"

大凤无奈,扯起猪大肠的另一头,和三凤拽起来。"哎呀妈呀!"三凤拽得用力过猛,手一滑一个腚蹲儿坐地上,尾巴根子差点儿坐断。

夜里一场秋雨一场风,一大早街上落满金黄的树叶,最难扫的是槐树叶。七凤要苦读攻关顾不得劳动纪律了,扫着落叶停下来,从兜里掏出一本数学课本站在那里,在脑子里和欧几里得掰腕子。黑虎坐在树下一辆小童车里独自玩耍,嘴里咿咿呀呀,看趋势将来是个演说家的料。

一个男青年骑着自行车过来了,不看道儿凝神望天儿,嘴里叽里咕噜地背着什么,骑车的武艺不精,一家伙撞到七凤身上,自己摔了个四爪朝天,饭盒里面的饼子咸菜撒了一地,咸菜围着饼子,看起来像八路军包围鬼子的炮楼。

男青年爬起来，看了看地上的饼子和咸菜，炮楼还行，八路军毁了，怒火中烧，冲七凤骂道："你眼瞎啊？不扫大街站在这看什么书，你是路灯啊？"七凤揉着被撞疼的胳膊据理力争："你怎么骂人呢？怨我吗？你骑着车子瞅着天，我在路边叫你撞了，你说怪谁？不是我挡一下你早撞树上了。"

"你还有理了，是不是？你……"男青年突然不说话了，直瞪瞪地看着七凤，惊喜地喊道："初桂凤？你是初桂凤吗？"

"哎呀，张大军，是你呀！"

"对不起，对不起，大水冲了龙王庙，老同学不认识老同学了。你从北大荒回来了？干这活儿啊？"

"回来一年了。你这是上班呀？"

"不，我上咱吴老师家复习功课。你是不是也在备考？"

见七凤点了头，张大军说："我说嘛，刚才差点撞坏你。刚才正背政治题呢。哎，你怎么不上吴老师家去？咱班不少同学都在他家复习呢。你一个人复习不行，吴老师家里复习资料多，还有复习大纲。快去吧，他还住老地方。"

"太好了，等我去看看。哎，张大军，我说你脸皮也够厚的啊？"

"我怎么了？"

"当年给吴老师戴高帽游街的不是你？现在还好意思叫老师辅导啊？"

张大军不好意思地笑了："咱老师好像忘了，从来没提这事。快去吧。"

"好，我下班就去。"

"那我走了。"张大军说着拾起饭盒，把那块饼子扑撸一下装进饭盒，冲七凤笑笑，"可惜我的咸萝卜条了，早上我妈特意加了一勺大油蒸的。"

第九章

下班后,七凤回家急三火四地做好了饭,胡乱扒了两口,在饭桌上给杨为健留了张字条,告诉他自己到吴老师家复习备考了,孩子带着,饭菜焐在锅里。写完就蹬着自行车,带着儿子黑虎来到吴老师家。

吴老师家里已经坐满了同学,其中也有几个抱着孩子的女同学。七凤背着孩子进了老师家,屋里的同学愣怔了片刻才认出她,立即欢呼起来:"嗨,班长来了!"

七凤热情地和同学们握手,叫着他们的绰号,环顾了一圈不见班主任老师,问:"吴老师呢?吴老师在哪儿?""我在这儿。"吴老师摇着轮椅从里屋出来了,"是我的清华苗子来了吧?"

七凤趋步上前紧紧握住吴老师的手,惊问道:"吴老师,您的腿怎么了?"吴老师淡然一笑,说:"从那个年代里走过来的人哪能没有点创伤呢?不谈它了,上课吧。"

开讲之前吴老师说了几句感人肺腑的话:"同学们,你们被整整耽误了十年。十年前你们离开学校上山下乡的时候,我心里非常难受,因为你们都是好学生,特别是初桂凤、张彩莲,铁定是清华北大的苗子,务农太可惜。我们无力改变那个时代,但是,时代又给了我们机会,你们一定要抓住这个机会考上大学改变自己的命运。你们中间有不少同学结了婚有了孩子,背上了家庭的包袱,备考有困难,但不要泄气,不要认命,更不要满足于做一个贤妻良母好丈夫,要有更高的志向,把损失了十年的青春夺回来,做一个无愧于时代无愧于国家的有用人才。"说到这里他落泪了。同学们为老师的讲话鼓掌,而我们的小老爷们儿黑虎听不懂这些忧国忧民的话,他不知道这些人要干什么,为什么不逗自己玩,于是哭起来了。七凤赶紧抱起孩子朝同学们歉意地笑了笑出了屋子。她把黑虎放进走廊不知谁家的一辆小童车里,塞给他一个小玩具匆匆忙忙回到屋里听吴老师讲作文。刚坐下,黑虎的哭声又从外面传来。她又悄悄起身,嘱咐张彩莲:"彩莲,你帮我记着点。"

张彩莲低声埋怨她说:"不会找个人看孩子?你这样怎么备考呢?"七凤

笑了笑走出屋关上门，抱着孩子慢慢踱着步哄着。待黑虎不哭了，她来到屋门口，把门拉开一条缝儿听吴老师讲课。还没听上几句，她突然又感到一阵恶心，忙捂住嘴抱着黑虎朝楼下跑去，蹲在马路牙子上呕吐，她的眼里贮满了泪水。

那个年代求学的年轻人不易，那个年代下乡知识青年求学更不易，那个年代带着一个孩子又怀着一个孩子的回城女知青求学就更是不易中的不易了。那个年代啊！

白天干活，下班听课，晚上还得复习。深夜了，七凤还在西屋做数学题。杨为健也没睡，来到西屋坐到七凤身后的炕沿上，双手抚着她的肩问道："今天到吴老师家复习得怎么样？"七凤的思路被打断，索性停下笔说："我没听多少，黑虎闹得厉害。唉，愁人呢。"

愁人的事还有呢。杨为健从兜里拿出个小本子说："说个事儿，小范二十二号结婚，大周二十八号结婚，全凑一块儿了。我这上面有账，咱结婚的时候小范给了四块咱得回六块吧？大周给了五块得回八块吧？你看这样处理行不行？"

七凤看着书说："行，你看着办。"杨为健说："这下子就出去十四块，这个月咱的日子就要紧一紧了。"七凤说："那咱就咬咬牙紧一紧吧。"

杨为健见和七凤就过日子道儿说不出子丑寅卯来，出屋端一碗热汤回来说："骨头汤，趁热喝下去，补补脑子。"他虽然念书脑子不灵，可是这些年的政治学习中他坚信一条被实践所证明了的真理，就是物质可以变精神。一副大肠头儿就让他从被爱情遗忘的角落里爬出来，几副大肠头儿就使他在听雨楼人气指数飙升，他还明显感觉到，每当有大肠头儿吃的晚上，七凤在他身下涌动得就特别厉害，他就特别特别幸福，他就知道物质开始变精神了。至于精神怎么可以变物质他一直搞得不太明白。

七凤闻着香味了，从书本拔出眼睛，看了一眼热气腾腾的骨头汤，问："哪来的？咱的肉票不是都用完了吗？"杨为健看到骨头汤开始变精神了，龇龇牙道："在厂里顺的。没多少肉，喝吧，这个月骨头汤我还是供得起的。"

七凤媚媚地看了杨为健一眼说："你也喝吧，成天出力最多的是你。以后别在厂里小摸小拿了。"杨为健笑了："我喝有什么用？你现在正是用劲的时候。毛主席说吃红烧肉补脑子，咱吃不起，骨头汤照样补脑。"

七凤也笑了，她的笑隐隐有一丝苦涩。她已经到了另一个层次，一个精神可以变物质的层次。

早晨，听雨楼老太太屋里的收音机正在播送《新闻和报纸摘要》，说美国国务卿万斯访华了，中国外长黄华到北京机场迎接。这时，九凤背着书包叼着奶嘴儿走下楼梯。老太太追出屋门喊道："小九凤，把这封信念念给我听，我没戴花镜。"

九凤回来接过信瞄了一眼说："这是给我七姐的，怎么能随便拆人家的信看？不行，我得给七姐送去。"老太太急了，说："不行，不能送给你七姐。"

九凤抗旨不尊，把信别到身后歪着脖子说："就送给七姐。"说着一溜烟儿跑出院子。老太太撵出院门喊道："九凤，你给我回来，你又要给我惹祸！"

黄昏时分，七凤骑着自行车载着黑虎来到吴老师家。黑虎如今已经有了专座儿，杨为健求人做了个挂在自行车上的童车。七凤把儿子连同童车放进吴老师家走廊里，哄儿子道："黑虎乖，今天别哭了，让妈妈好好上一堂课好吗？"黑虎今天看来情绪不错，没哭。

吴老师今天还是讲作文。作文占语文卷的六十分，大家都很重视。吴老师给同学们押了几篇作文，还让七凤写了一篇范文，题目是《我爱十月》，请她读读。

七凤擎着作文本站起来，认真且又满怀深情地朗读起来："我爱十月，她是一个金色的十月，一个成熟的十月，更是一个难忘的十月……"文章写得正经不错，虽然还有点帮八股的味道，基本做到了文从句顺，立意较深远，结构也不俗。七凤的作文获得大伙的掌声。

上完语文课，七凤又带着孩子赶到刘老师家补物理，韩老师家补数学，赶场一般。黑虎纵然是个好孩子也架不住七凤拖着这么折腾，在韩老师家，黑虎在小童车里已经哭哑了嗓子。正在认真做题的七凤听见黑虎的哭声赶紧跑到走廊，一摸孩子的头大惊失色——孩子发烧。七凤背起黑虎跑医院打吊针。打过吊针后孩子睡了，疲倦已极的七凤也伏在床边睡着了，放在床边的数学复习大纲已经被她的口水浸湿了。唉，可怜的小妈妈！

杨为健得知孩子病了的消息时，已是深夜了，他提着饭盒面色冷峻地进了输液室，见七凤和孩子都睡了，坐在走廊的长椅子上闷闷地抽烟。

七凤大约做梦了，一个愣怔醒了，看到长椅上的杨为健笑了笑说："你来了，黑虎发高烧，打了针已经退烧了。"杨为健觉得不能不说话了，站起来，两眼紧紧地盯着七凤说："你不能为了自己连孩子也不顾吧？这可是你的孩子！"

"你这话什么意思？"七凤岂能不明白这话的意思？她不明白的是为什么他这时候在这种情况下说这话，而且是这样一种口气。是的，一样的话时间地点口气不同意思就迥然不同。"吃了吗？"在中国绝对是句好话，在提出"五讲四美"口号之前应当说是通行全国的文明用语；但倘若把这话在厕所跟老外讲，再带那么点油腔滑调，一准要吃国际官司。

"没什么意思。"杨为健见孩子的吊针已经打完了，喊来护士拔了吊针，抱起孩子径直走了。七凤撵上来说："为健，你今天怎么了？是不是遇到不顺心的事了？你慢点走。"杨为健走得更快了，没好气儿地大声喊："我很好，哪儿都挺好，一切正常！"

杨为健回到家，坐在厨房冷着脸子喝闷酒。七凤拿个小板凳坐到他跟前，问："为健，你跟我说，今天到底怎么了？"

"没事儿。"

"你是个装不住事儿的人，肯定出了什么问题，跟我说说好吗？"

"没事儿！"

"为健，你不要这样。"

"我不这样还要怎样？有人都欺侮我到头上来了！没想到你和讷河那个叫卫平的还没断，又找来了！"杨为健说着把一封信拍到桌子上，"你九妹送来的，看看吧！"七凤看着那封信一愣。

杨为健抿口酒，说："信我没拆，我还不至于那么卑鄙下作，但是信皮儿太薄了，对着灯只要不瞎都能看清楚几行字，他问你们的儿子怎么样了，很想念你，还要约你在什么地方见面。我他妈忙活了一顿算干什么的？那玩意儿全他妈露在外边！"说着又仰起脖灌了一口酒："我他妈窝囊！这叫什么？叫光腚推磨转圈丢人！"

七凤拿起信，说："为健，我理解你的心情，不过要向你讲清楚，我们早就断了，再也没有联系过。我一心一意和你一块生活，一辈子都感谢你，不是你，我和黑虎没有今天。这封信来得很突然，我也不知道怎么回事儿。既然信还没拆，咱俩一块看看不好吗？不能为这封信结下疙瘩啊！"说着撕开信。杨为健吼道："我不听，我怕受刺激！"踢了凳子回屋去了。

卫平的信是这样写的："七凤，你好！一年多没有写信了，也不知这封信是否能转到你的手里。一年前，我招工回讷河前到你们古城，可是没能见到你。古城之行使我知道你回城以后就嫁人了，我放弃了和你见面的机会，给你留了一封信不知收到没有。从你没有给我来信猜测想必是收到了。七凤，我无时无刻不在惦念着你，你究竟在哪里？我们的孩子呢？是夭折了还是依偎在你的怀里？我对你的惦念是一生的，无论如何你该给我写封信啊！我还没有成家，也不想成家了，因为我不配有个家。一想起你带着孩子嫁了人，我的心就疼啊，这都是我的错，这种疼痛将会伴随我一生！我在等待，冥冥之中我有一种预感——我们会团聚，那时候，我会把对你的所有歉疚凝聚成一种爱奉还给你……有什么困难就给我写信，我会竭尽全力地帮助你。听到恢复高考的消息了吗？我想你一定在备考，我也是。前天，我做了个奇怪的梦，梦见我考上了哈军工，正在学生处报到，忽然有人狠狠地拍了我的肩膀说：嘿，你这家伙也在这里！我回头一看是你，戴着哈军工的校徽，脖子上还围了一条鲜红的围巾。梦醒后我想了很多，很久。莫不是我们的真情感动了上苍，老天是在给我们暗示？所以我决定报考哈军工，你也一定要报考这个学校，我们一定会考上的，让我们在哈军工相见！"

看着卫平的来信七凤苦苦地笑了。命运捉弄了她，她是幸运的弃儿，她不再相信命运会青睐自己。她来到大街上，把卫平的信撕成片片儿抛向空中，纸片儿在瑟瑟的秋风中飞舞，在昏黄的路灯下，像一群失去方向的蝴蝶。她叹了口气回到家里，她已经感觉到家里的篱笆墙开了口子，她想尽力修补，她想保护好这个家。

第二天一早，杨为健来到班组，坐在更衣箱前闷头吸烟。六凤拎着一铁筐饭盒过来了，问："小杨，怎么一个人闷头抽烟，怎么了？"

"没怎么。"

"说谎。看你一脑门子官司。和七凤闹不愉快了？"

"咱敢吗？人家马上就是大学生了，现在野得连孩子都不管了。"

"七凤要是能考大学是好事呀，你可得支持着点儿。哎，问你件事儿，七凤还没怀上吗？"

杨为健冷冷一笑说："她现在这个样能怀上吗？人家正拼死拼命地考大学呢。"

"七凤的意思呢？"

"她没说。六姐，讷河那个人给她来信了，我看着不大对头。"

"你可别埋汰我妹,来信就来信呗,七凤绝不会再和他打恋恋。我可告诉你,这些事儿当时可没瞒你,咱都谈好了,你俩愿意,可别怨我,别弄得我没吃着猪头沾一身腥气。"

"真闹得慌,那人又提起了黑虎的事儿。本来我对孩子挺有感情的,叫他这么一提,我看着黑虎就闹心。唉,说什么也没有用了,当初就不该要这个孩子,以后还不知道会是怎么个结果呢。只要有这个孩子他们就断不了。"

"你这是什么意思?你要对黑虎不好我们姊妹八个可饶不了你,我们家老太太更得跟你拼老命。还有什么话儿你跟我说。"

杨为健不说话。鞋是自己穿的,道是自己走的,脚上的泡是自己磨的,打掉牙自己咽,没有什么好说的。六凤给他出主意:"现在说别的没有用,当务之急是你们俩赶紧要个孩子,有了孩子什么愁事儿都没有了,你说是不是?别像个傻狍子似的,炕上多下点功夫。"说着自己也嘻嘻笑。

杨为健的确是个傻狍子,自己老婆怀了孕不知道,张彩莲却看出来了。这天晚上在吴老师家听完课,张彩莲问七凤怀孕了是不是?七凤告诉她已经三个多月了。张彩莲问她打算怎么办。七凤说还没想好,到时候再说吧。张彩莲急了,告诉她大学不允许孕妇上课,更不允许坐月子,劝她赶快打掉;还告诉她本班的姜小红、玉苹为考大学已经把孩子做了。

七凤说:"彩莲,你不知道,我有些特殊情况,一旦……"皇帝不急太监急,张彩莲跺着脚说:"什么一旦两旦,到时候和录取你的大学说去!考大学这是我们最后的机会,你还糊涂啊!不是有黑虎了吗,已经有个兔子别腰后了,实在想要等毕业后,怎么凭着精细使糊涂!"

七凤嗫嚅道:"可是,我不能做,我的情况你不了解……"张彩莲火了,说同学一场该说的已经说了,主意你自己拿。说完气得骑着车子走了。

这天晚上,吃着饭黑虎又闹人,哭着非要伸手抓饭不可,七凤怎么哄也不行。杨为健用筷子捋了黑虎嫩嫩的小手,黑虎哭得更凶了。七凤火了:"为健,这是干什么?孩子不懂事儿,你怎么能用筷子捋他?有气就往我身上撒,你真下得了手!"杨为健更火:"闹,闹,闹!吃饭就没有不哭的时候,看他一眼就闹得慌。像谁呢,这么爱哭?要哭出去哭!"

七凤抱着孩子到外屋,拍着悠着哄孩子,眼泪像断了线的珠子滚满脸颊。七凤边哄孩子边对里屋的杨为健诉说心中的委屈:"我带孩子嫁给你不是来受屈的,更不是请求你怜悯的,你看着不顺眼我们走,我既然敢走进你的门,也敢走出去，我不信没有我们母子遮风挡雨的地方！"杨为健说："我不是这个意思。"

七凤说："说了归齐还不是为了那封信吗？道理我跟你讲了，我不愿重复，我希望你像个男子汉把胸怀敞开点，不要没事儿找事自寻烦恼。我初桂凤走得直坐得正，你什么时候把心放安稳了这个家就好了！"

夜很深了，在西屋复习功课的七凤把书本收拾好，关了灯躺到炕上，轻轻地抚着肚子想心事。温习功课的时候她的一颗心脱得光溜溜的在知识的海洋里游泳，没有苦恼，没有痛苦，只有愉悦，一种征服的愉悦；可爬上岸来面对生活，她有一种被征服的压抑与屈辱感。张彩莲的分析是客观的，指出的路是正确的，但她不知道自己的苦衷。面对现实她不知应当如何去应付，和母亲、姐妹近在咫尺却不能沟通，身边只有一个一开始就注定他们之间有一排拆不掉的篱笆墙的丈夫，面对理想、未来、现实、丈夫、孩子还有一个正在形成的生命，她不知该做出怎样的选择。人活着为什么这样难？可是再难也要面对生活的考验做出选择，她已经在心里做出了选择，为了这个选择，她痛苦、内疚，甚至觉得自己有些卑鄙，因此，泪水从她的脸上汩汩而落。

她把被子扯过来，紧紧蒙住了头。不像有些人所想象的那样，七凤没有偷偷地去医院做掉孩子，她采取了一个极端而又危险的方法。第二天她背着黑虎来到一幢大楼前的高高的台阶上，慢慢闭上双眼，深深地吸了一口气，一阶儿一阶朝下蹦去，她咬着牙，忍受着腹内剧痛加快了节奏。

她要用自虐的方式毁掉孩子！背上的黑虎咯咯地笑起来，他以为妈妈是在哄自己玩，没想到她是在谋杀自己的弟弟或妹妹。

七凤的目的达到了，晚上在吴老师家复习完功课，七凤忽然间满头大汗，捂着肚子慢慢地蹲下了。同学们围拢上来。七凤痛苦地喘息着说了一句："快把我抬出去，不要弄脏地板。"然后昏了过去。大伙把她送到医院。

当杨为健和六凤得知消息慌慌张张跑来时，一切都结束了，大夫告知杨为健，他的妻子因为剧烈运动引起小产。杨为健呆了。

六凤伏在七凤的病床前问这问那。我们的傻铊子一下子明白过来了，背起七凤就走，暴怒道："不用问了，我知道怎么回事，出院，回家！"

回到家里，脸色苍白的七凤躺在炕上不言不语。杨为健在外屋炖着鸡，跳着高咆哮："说，为什么一直瞒着我？你早就不想要这个孩子是不是？我看你是早就预谋好了！"七凤不能不内疚了，轻声道："为健，我对不起你。"

"我早就知道你不想跟我要孩子，以为我傻吗？我知道你在想什么！"

"为健，你听我说……"

"我不听！你故意自己蹦掉孩子，你太狠了！不就是怕我有了孩子以后对黑虎不好吗？不就是想和黑虎他亲爸爸在哈军工重圆旧梦吗？你说呀！"

黑虎吓哭了，直往七凤怀里拱。七凤紧紧搂住黑虎，哽咽道："为健，我这样做就是想上大学，我就想圆我的梦。我对不起你，我先欠着你的不行吗？等大学毕了业我给你生一个胖小子。"

杨为健的声音也哽咽了："我等不到那一天，我知道你大学毕了业这个家就没有了，你就看不起我了。七凤，咱不考大学不行吗？我求求你还不行吗？"

"不，我要考，一定要考，你放心，大学毕业后咱们这个家也散不了，我一辈子欠你的，我有良心。"

听雨楼当天晚上就知道了七凤的事。众姊妹对七凤的举动不以为然，纷纷口诛。老太太却另有见地："老七和你们不一样，她从小就心气高，遇事就愿拔个尖儿。小时候你们成天就知道在街上疯跑，就老七坐在炕上看书，那书看得，就像吃好饭一样香甜，有时候十天半月不下楼，就像坐小月子。那时候我就知道，将来她是个读大书的人，你们姐妹九个，我就对她高看一眼。"接着，老太太吩咐老大老六明天拿几扎挂面拾点儿鸡蛋给七凤送过去。

不管怎么说老婆坐小月子，杨为健请了假，反正不请白不请，请假也不扣工资。

这当儿黑虎在院里的小车上玩耍。杨为健吸着烟盯着黑虎，眼神有些毒毒的。通过前面的叙述我们已经看出来了，他是个很俗很俗的人，如今对黑虎有这样的眼神不足为怪，他毕竟还只是处在物质变精神阶段，我们不能对他要求过高。

大凤和六凤拎着鸡蛋挂面来了。六凤刚要进院门，忽然撤出来，紧张地用胳膊肘儿碰了碰大凤，冲她使了个眼色。两个人朝里看去，禁不住面面相觑。只见杨为健抱着黑虎在院里烦躁地乱转。黑虎哇哇地哭着。杨为健大声喊："七凤，七凤，你在哪儿呢？孩子哭成这样你也不管？"见黑虎哭得更厉害了，杨为健啪啪地拍着黑虎的屁股骂道："妈的，你再哭，再哭我把你送人！"

六凤说："大姐，看小杨这个样子，黑虎在他手里危险。"大凤满脸的忧虑："我琢磨着，只要黑虎横在他们两口子中间，两个人的仗少打不了，老七这一辈子也好不了。老七要是考上大学，黑虎这四年怎么办？还不掉小杨手里？老七呢，也得叫黑虎拖死。咱妈想孩子，杨为健就是不给，不知道他安的什么心。还是回去告诉咱妈一声吧，上回为老七结婚的事儿我做了回主捅了多大的娄子。比起咱妈我真是差远了，还是咱妈拿主意吧。"

老太太断事果然见识超人，听完大凤和六凤的汇报，闭着眼睛半天不说话。六凤急了："妈，快拿个主意吧。"老太太仰起头看着天棚角的蜘蛛网，琢磨了半晌，道："我看小杨不是那种人，这孩子脾气归脾气，心眼儿还挺好使，别做蠢事。我说过，小老爷们儿早晚回听雨楼，不信你们试试看。"

大凤不放心，说："万一……"老太太口气非常坚决地说："没有万一，我相信我的眼力见儿，这事就不再议了。天上云彩起来了，要下雪了。老大，捎早买过冬的白菜吧，今年酸菜多渍点儿，我估摸着明年春天老七一家人要回听雨楼住了。"

大凤将信将疑："能吗？"

"不信，你们看着。"

大雪覆盖了古城。这场雪下得瓷实，不像去年腊月那场那么虚张声势，雪片子肥肥大大，落在地上厚厚实实，太阳一出来就化了，也没化多少水。这场雪下的是雪粒子，一粒一粒都实沉，落到地上结成硬硬的壳儿；等开春儿看吧，一化开保管沟满壕平，受益的是地里的庄稼。

雪后初霁，杨为健骑自行车载着七凤去赶考。杨为健说："七凤，你安心上考场，我请了两天假，孩子我照看着。上了考场你可别慌啊，这叫养兵千日用兵一时，是骡子是马咱上场溜溜，可不能关键时候掉链子。"

七凤搂着杨为健的腰，眼里贮满泪水，慢慢地把头靠在他的后背上哭了。杨为健的眼睛也湿润了，轻声道："你看你，这是怎么了？别这样，你得带个好心情上考场。别哭，听见了吗？"

七凤喃喃道："为健，我要跟你说，我就是考上大学也离不开你。你看这满世界的雪，一年前也是这么大的雪，那天晚上我抱着黑虎浑身冻得发抖，无依无靠地坐在咱家门口，是你把我们母子俩接到屋里，打那以后我们母子就有了落脚的地方。这辈子我怎么能忘呢？"

杨为健眼里泪光闪闪，说："那都过去了。七凤，我今天高兴，咱说点儿高兴的话。考上了你就安心上你的学，我你就不用牵挂了，咱是工人阶级，到哪儿都有饭吃，就算你大学毕业看不上我了，我也会高兴地说一声再见。"

"不，我不会离开你，你也不能离开我。不论我将来怎么样，只要你愿意，我永远都是你的老婆，咱们这个家就不能散。"

"不说了，我们去考场。"杨为健说着下力地蹬着自行车，昂着头唱起来："咱们工人有力量，每日每夜工作忙，嗨，每日每夜工作忙……"

考场围满了人，有老婆婆抱着孙子送媳妇的，有丈夫领着孩子送妻子的，有妻子背着孩子送丈夫的。中华人民共和国那一年的大考场，绝对是人类社会发展史的一大奇观。

考试的铃声响了。七凤对杨为健说别犯傻，不要在考场外等，天太冷。说着就要进考场。"等等。"杨为健叫住七凤，警惕地四下瞅了瞅，把一张纸字折叠了一下塞进她衣领下。

七凤问你这是干什么。杨为健神秘地说："我给你在'两报一刊'社论里抄了几段话，你写议论文的时候能用得着，你得学会引经据典，社论里的话水平蛮高呢。看的时候你这样……"做了个示范动作，"装着挠痒痒，然后悄悄抓到手里。记住，抓的时候要抓成个团儿，攥在手心里，然后拿到座位下悄悄展开。纸保准出不了动静儿，我已经用喷壶把字条润湿了。要是发现了往腿裆里一夹，谁敢搜？嘻嘻。"

七凤笑了，笑得眼圈含泪，打了他一拳，把字条从衣领下抽出来塞进他的兜里说："把它好好保存着，留个纪念。我相信我自己的实力。"

考生都是"老三届"，一个个坐得板儿板儿的，沧桑而自信。

第一科考语文，作文题是两个：《在沸腾的日子里》《谈青年时代》，任选一题。七凤略作思考，拔出笔来唰唰地写起来，写着写着泪水盈满眼眶，擦了擦，泪水更是控制不住了，洒满脸颊。监考老师过来问她是不是病了。七凤摇摇头，又低下头唰唰地写起来，任止不住的泪水洒落到试卷上。

杨为健没有回家，在学校操场吸着烟，专找雪地上没人走过的地方慢慢踱着步子，踩出一个个清晰的脚印，组成了一个"？"号。他的心情很复杂，操场上这个巨大的"？"号应该是他复杂心情的写照吧。

全部考完了。晚上杨为健问七凤考得怎么样。七凤说没问题，估计最少也能考三百分，进重点大学没问题。杨为健努力地笑了笑："好，那咱应该庆贺庆贺，你等着，我掂对两个菜喝一盅。"

"当然。"七凤从背后拿出一瓶白酒，"你看，高粱烧，咱俩今晚把它全喝光。""好，一醉方休。我多少年没这么高兴了！"杨为健刚站起来，见七凤倒在炕沿前，忙将她抱起，呼喊："七凤，七凤，你这是怎么了？"七凤缓缓地睁开眼睛，勉强笑了笑："我太累了。"

七凤累病了，在炕上躺了两天。第三天早上爬起炕，两眼痴痴地看着窗外。杨为健到饭馆端来一碗面条，劝七凤说："吃口饭吧，两天没有吃东西了。"七凤看着杨为健，默默无语。

"我琢磨着，你这两天就是火大，过两天会好的。"

七凤仍然不说话，看着杨为健。

"怎么了？怎么这样看着我？有话你就说，别窝在心里。"

七凤仍在凝视杨为健，就是不开口。

"七凤，是不是担心你上大学以后我会对孩子不好？"

七凤笑着摇了摇头。

"肯定是这样。不过请你相信，我虽然恨卫平，并且自从他来信以后我开始烦黑虎，但不至于做出虐待孩子的事来。请你相信我，不管怎么样孩子是无辜的，这笔账不应该算到他的头上。"

七凤终于开口了："不要说了，我相信你。我是觉得对不起你，为了上这个大学，我把咱俩的孩子流了。我们应该有一个孩子，那样你心里会平衡些，就是自己在家也会有些安慰。我真是太自私了。为健，说句真心话，现在我真的有点儿后悔了，我不应该考这个大学，真的不应该考。"说罢拖过被子蒙住头，失声痛哭。

考试成绩张榜公布是在一个夜晚。本来决定第二天公布，但是考生听说成绩已经从省里下来了，围着招生办大楼不肯离去，只好连夜公布。

公布成绩的傍晚，老太太在听雨楼二楼堂屋给老头子的遗像上了三炷香，双手合十，求老头子在阴曹地府保佑七凤金榜题名。祷告完毕吩咐大凤把太师椅摆到堂屋中央，稳稳地坐下，只等报子来报，她腰里已经准备了一大把钢镚儿作赏钱。

这时，杨为健搀扶着病中的七凤来到古城一中院里。大榜将在这里公布。学校的墙上贴满大红纸。万头攒动，人们携妻抱子，或父母相陪，在墙下看榜。墙下，烛光一片。杨为健和七凤一人举着一支蜡烛，仔细地看着榜上的名单、分数。

"为健，我怎么找不到，我的名字在哪儿？"七凤举着蜡烛看名单，这时候她心里也有些慌张。杨为健也四下寻找，突然在一张大红纸下愣住了——初桂凤，362分。

七凤举着蜡烛从人流里挤到他的面前，问："为健，找着了吗？"杨为健两眼盯着七凤的考分只是发愣。七凤顺着杨为健的目光看去，发现了自己的姓名和考分。她久久地端详着自己的名字和分数，突然扔下蜡烛紧紧地抱住杨为健，无声地哭了。

在听雨楼，老太太稳坐钓鱼台，单等流星探马来报前方大捷。九凤打前站，立在大院门口朝街头探头探脑，突然发现杨为健和七凤推着自行车抱着黑虎走来，拔腿朝院里跑去，举着双手喊："来了，他们来了！"

此时，老太太站在堂屋老头子的遗像前，竟是泪流满面，轻声念叨着："老头子，咱家喜事多啊，老七就要考上大学了，初家多少辈这可是头一回啊，我给你斟上一杯酒，这可是喜酒啊，你一个人慢慢喝，慢慢品吧。"

九凤一阵旋风似的跑来："妈，七姐和姐夫来了！"老太太猛然一怔，慌忙朝外走去，走了几步又停下了，慢慢地走回堂屋，坐到太师椅上，闭上眼睛，长长地舒了一口气。七凤和杨为健跟姐妹们寒暄罢，抱着黑虎进屋了。

七凤见老太太坐在当屋，双目微闭，叫一声："妈。"老太太没睁眼。

"妈，我和杨为健来看您来了。"

老太太还是没睁眼。

七凤愣了片刻突然省悟，对孩子说："黑虎，叫姥姥。"黑虎奶声奶气地喊了声："姥姥。"有点老爷们儿的味道。两行老泪慢慢地从老太太的脸颊滚落。

听雨楼老初家今天是合家大团圆。大凤一晚上嘴咧到耳根子后边去了，胡宝亮怕她的嘴以后收缩不回来，不时地提醒她把嘴收一收，再收一收，被她踢了一脚。

大凤说："今天是大喜的日子，老七铁定要上大学了，照这个分数还不是一般的大学。今天除了老二和老八外都到齐了，咱们一块庆贺庆贺。下面请咱妈说几句。来，大伙一块呱唧呱唧。"大伙就呱唧起来。

老太太搂着黑虎，笑得满脸都是横道道，说："喜庆的话大伙说得都差不多了，我呢，就不多说了，一句话，老七能考上大学，还是感谢国家的政策好。照这么下去，咱们老百姓的日子也会更好。"五凤拍着巴掌说："咱妈挺有理论高度。"一屋子人笑了，杨为健也笑了。

老太太国际上的事不太掺和，分析完了国内形势讲家庭，说："说完了帽儿再说点儿实际的事儿。老七上大学，老七女婿一个人带着孩子可不容易啊。老七，你这四年大学下来，小杨得吃多少苦！没有他撑着，你这个大学也读不了，这一笔你该记着。"七凤不住地点头。

杨为健笑了，说："应该的，这是高兴的事儿。"老太太看了一眼杨为健说："老七女婿，我有个想法也不知道对不对，老七上了大学我看你们就搬回家住吧，早晚得有个照应。孩子放在我手里，你们就瞧好吧。你看行吗？"杨为健看着七凤说："我听她的。"

七凤说："要是妈不嫌，"朝杨为健努努嘴，"还得你表个态。"杨为健说："就这么办吧。"大伙鼓起掌来。

大学录取工作开始了。晚上七凤买回来一张报纸，上面是各院校的录取分数线，她在研究到底应该报哪个高校。杨为健说："报清华吧，你的分数一点没问题，报清华。"

七凤摇摇头说："不，离家太远了，再说住在北京得花多少钱啊。就报咱古城师范吧，那儿吃饭免费。在家门口念书家里还能照应上，你也不用太累了。你说呢？"

"那你不太吃亏了吗？"

"就这么定了。为健，我想开了，你出去一会儿。"

"怎么了？"

"叫你先出去一会儿。"

杨为健看了七凤一眼，不知她有什么想法，悄悄地走出屋子。

夜很深了，杨为健站在窗下，抬头凝视着深沉而漫长的夜。他突然听到屋里传来七凤压抑的哭声。

他什么都明白了，没有进屋劝慰，就让她哭个够吧，念古城师范是太委屈她了，可有什么办法呢？七凤被古城师范录取了，师范捡了个大便宜。报到这天，杨为健推着自行车给七凤送行，自行车后架上驮着行李。走到街头，七凤和杨为健愣住了，只见老太太带着一窝凤儿，拎着大包小卷站在那里。老太太带着全家给七凤送行，她们每个人的脸上都挂着灿烂的笑容。

第十章

还是这座古城，可如今和过去不一样了，膨胀了，好像一把苞米放进膨化器里叫火燎着，嘭的一声变成了苞米花儿。也不知从哪里一下子涌出那么多人，把大街塞得满满的，街上那个热闹啊；贪睡的人早晨起来睁眼一看，嚙，街上冒出了那么多牌匾，有新商号，有老字号，还有打公私合营以后就不见了踪影的各式各样的幌子，酒幌子、饭庄幌子、理发馆幌子……就像一场好雨后长出一茬肥头大耳的蘑菇；最叫人吃惊的是满大街的公司，牌头大得吓人，除了"寰宇"就是"五洲"，顶不济也是个"东亚"；人们的嗓门儿也大起来了，肆无忌惮地在大街上谈钱，谈生财之道，谈时间就是金钱，一点也没有羞羞答答的表情，气势得很。发生过这么一档子事，公交车塞车了，一个小伙子大叫大嚷：时间就是金钱，本经理急着和外商谈笔生意，误了洽谈算谁的？竟要和交通公司打官司。用老太太的话说，这世道真的要变了，一个个人儿像踩在弹簧上似的，走道都一耸一耸的。

雨后的一个下午。大街上呼啦啦长出一茬小蘑菇，就是那杂七杂八的小摊贩——卖鱼的，卖菜的，卖小吃的，卖古玩的，卖针头线脑的……卖的大都是国营商店见不到的紧缺货，他们的货都是从二道贩子手里进的。报纸对这些小摊贩和二道贩子们或抨击，或叫好，或态度暧昧，而因工作需要，职务做了调整的初祥凤同志态度很坚决：取缔！

这工夫，胸前挂着市场管理所工作卡的五凤，在繁华的大街上巡视着过来了，她的目标是街头的自由市场。现在她走进了自由市场，来到一个摊位前。摊贩满脸堆着笑说："初主任，您买点什么？"五凤捡起一只河蟹闻了闻，皱着眉头说："你的螃蟹有味儿了，赶紧给我扔了，再卖我可要送你去市场管理所。告诉你几遍了？"

摊贩辩驳说："这是我刚从河口抓回来的螃蟹，怎么会有味儿呢？怕是你鼻子不好使吧？"听出来了吧？口气竟有些不恭。五凤岂能容自己的权威受到挑战，立着眼睛说："你说什么？"

摊贩相当梗梗："我说你鼻子不好使，有问题！"五凤火了，指着摊贩的鼻子喝道:"我看你简直无法无天了。谁给你这么大的胆?跟我到管理所去一趟!"

摊贩根本不买账,瞪着眼珠子说:"你少来,我凭什么跟你去!我按章交税遵纪守法,你能把我怎样?我告诉你,这是自由市场,愿买愿卖。谁给我这么大的胆子?告诉你,中央有政策。过去我怕你,见了你就没命地跑,现在我不怕你了,没事儿一边待着去,别耽误我做生意。""不用你狂。"五凤气得浑身发抖,"这政策还不知哪天变,有你拎着秤杆子钻胡同的时候。你不读书不看报懂几个问题?我也不和你多费口舌,回去翻翻历史,再抽着鼻子闻闻味儿,有好处。"摊贩有点慌了,口气也软了:"初主任,有小道儿消息吗?政策真能变?"

五凤挺神秘地说:"不知道。你就狂吧。"说罢背着手慢悠悠地走了。

三凤在街头卖鲤鱼,见五凤走过来故意拔高了嗓门儿喊道:"卖鱼唻,卖鲤鱼唻,又肥又大的鲤鱼,快来买呀。你看这鱼,小眼锃亮,俊不俊死了,拎起来直打挺儿,刚才还跟我说话哩。买吧,活鲜的鲤鱼一炖,大米干饭一焖,撑得肚子胀屁儿响。有钱的买吧,没钱的你干瞪眼!"一边喊着拿眼直瞟五凤。五凤低下头装聋作哑,加快了脚步掠过三凤的摊儿。

三凤又喊起来:"嘿,你说这条鱼呀,刚才还好好的,怎么一眨眼就破肚子了?哦,气得呀?你生的什么气呀?真是的,看见人家过好了生的什么气呀?气吧,我就气死你,活活气死你。我打你,摔你,给你扔臭水沟里!"五凤岂能听不出三凤是在指桑骂槐,又不好撕破脸皮,气得脸色十分难看,快走了几步离开这条母大虫。

这时,一辆轿车在她身边停下来,小叶从车窗里探出头来。五凤一愣,旋即又笑了,说:"北京开会回来了?怎么也不打个招呼,我好去车站接你。走,快回家吧。"说着要拉车门。

此小叶已非彼小叶了,不但没有了成天像尿了炕准备挨打的架势,而且是西装革履倜傥气宇轩昂满面红光,看了五凤一眼,面无表情地说:"不了,我还要开三天会,这两天就不回家了。"话没落音轿车启动了。五凤跟定轿车喊道:"小叶,你可要注意身体啊,别忘了吃药,早点儿回来。"

五凤在市场巡视一圈憋了一肚子气,悠荡到听雨楼。进了院门刚走到回廊下,楼上洒下一股水儿溅她一脸。仰脸看了看天,没下雨啊,摸了摸脸又闻了闻,仰起头往回廊上一看,差点儿气出癫痫病,原来小老爷们儿黑虎正站在回廊上，两手掐着小雀儿往楼下撒尿呢。

五凤喊道："哎呀妈呀，你们快过来看看呀，这孩子怎么大白天的往人头上撒尿啊？真是有娘养没娘教的东西。你给我憋回去，憋回去！"黑虎已是箭在弦上不得不发，再说在听雨楼他怕谁，撒得更欢实了。

五凤呼喊着，两手护着头顺着楼梯往回廊上跑，身子在楼梯上长起来，不由得一愣，只见老太太坐在回廊上择菜，看着黑虎撒尿嘎嘎笑着。见五凤来了，老太太笑道："你看看咱这小老爷们儿，才多大点儿的孩子，这泡尿多长，又粗又急，不停溜儿，好赶上水龙管子了。"

五凤擦着脸埋怨道："妈，孩子没有您这么惯的，明明看见他往人家头上撒尿就是不管，这以后还不把孩子惯死。"

老太太不乐意了，说："净说些不吉利的话。你就不知道咱小老爷们儿长了多大能耐，我说你听听吧，昨天他一泡尿灌了三个蚂蚁窝，留下一杆儿还浇了一个老鼠洞，演了一出水淹七军，好赶上关云长了。将来是不是条汉子看尿就有个大概其了。"

"你就惯吧。"五凤白挨了一顿浇，知道在老太太这儿讨不到公道，朝楼下七凤家看了看问道："老七出差还没回来？"

老太太说："肯定没回来，我看她家的烟筒三天没冒烟儿了。晌午头儿我想着给老七女婿送点儿饭去。"五凤瞅了一眼黑虎，低声问："老七和小杨过得挺好？没动静儿？"

老太太摇摇头说："不知道，怕是一时半会儿还没戏，叫你失望了。我说老五啊，你怎么精神头儿这么足？没有累的时候？你家小叶挺好？"五凤扬着脖儿说："挺好的，升种子站站长了，正处级。"

老太太又问："你家枝子有两年没回来了吧？"五凤的神情一下子黯淡了："两年零三个月。哎呀，想得抓心挠肝，后悔当初把她送上海去了。这孩子现在成了地地道道的上海人，不是咱北边的鸟了。"

老太太在心里码算了一会儿，说："老大的闺女也有一年没回来了。"五凤白了老太太一眼："人家搞军事工程呢，保密，不能随便来家。"

老太太叹了口气说："都忙，就我不忙。"

都说士别三日当刮目相看，一搞改革开放了，这句老话在中国九百六十万平方公里大地上处处应验。多少年来一直穷势势的四凤如今可了不得了，这不，今天开着拖拉机进城了，一直开到自由市场三凤的摊位前，停下车。

/ 121 /

"老四，置上拖拉机了？这是到哪儿啊？"

"刚卖完中药材回来，正想上你家串个门儿呢，老远看见你在这儿。"

"发了吧？一车中药材卖多少钱啊？"

"发什么发。走，三姐，收摊，上你家去。"

"有什么急事儿吗？我还有五条鱼没卖完呢。"

"鱼我包了，正愁着回家没买菜呢。"

三凤还在犹豫，四凤跳下座儿把鱼一包扔进车厢，拉着三凤上了拖拉机。

来到家，三凤问："什么事儿叫你急三火四的？"四凤笑着说："给你送样东西。"说着打开手里拎着的包儿。三凤眼睛一亮，她看见四凤把一件貂皮大衣拿出来。四凤把大衣塞到三凤怀里，说："三姐，穿穿试试。"

"我的天啊，貂皮大衣！老四，你这是干什么？我可承受不起。我知道，这一件貂皮大衣万儿八千块钱呢。你别吓着我，拿走，拿走！"

"三姐你这就不对了，我就是特意为你买的，你要是不给面子我就扔炉子里烧了。快，穿上试试。"

三凤盯着貂皮大衣，嘴里呜噜着："这好吗？你说说这好吗？老四啊，我知道你现在过得好一点儿，可也不容易啊，这万儿八千块钱的你得卖多少车药材啊？还是不稀的吧，你的心意三姐领了，好不好？"四凤瞪了三姐一眼，说："你怎么这么絮叨？我扔炉子里了！"说着抱起大衣朝炉子走去。

三凤慌忙阻拦道："别别别，伤天害理啊？我穿，我穿！"四凤帮着三凤把大衣穿上。三凤在镜子前左端量右端量，前端量后端量，上端量下端量，美得被风吹得黑了的脸笑成一朵墨菊。

四凤说："三姐，真好看，这衣服一上你的身满屋子里都亮堂了。"三凤说："可不是嘛，这衣服没上身脸上还穷势势的，一穿上满脸都是血染的风采。哎呀妈呀，身上的肉儿软绵绵的，骨头缝儿痒痒缕缕的，脚底下飘轻，就觉得一下子成了高档人儿了。这要往街面上一站，就觉着咱古城所有的房子都该扒了。"说着转过身一下子搂住四凤，眼圈儿红了，声音也哽咽了，"谢谢你老四。你三姐混了一辈子，这满屋上上下下不值你一件貂皮大衣的钱，我这心里怪难受的。唉，白活了，不是你老四，你三姐临死也穿不上这件大衣。"

四凤说："三姐别说了，这都是应该的。我该走了，没什么心思了。"说完推开门走了。三凤紧跟几步送走妹妹："老四慢走啊，三姐这辈子忘不了你。"送走四凤又在镜子跟前左照右看。

这时候，四凤眼里含着泪水开着拖拉机往家赶路，她想起了以前自己那些屈辱的日子。一件貂皮大衣花去她不少钱，她也心疼，但她觉得这笔钱花得值。多少年前她就在心里发过毒誓，将来一定要给三姐买一件最贵的衣服，在她的眼里，那不是一件衣服，是一个宣言，它有嘴，它会告诉这个世界：四凤不是一个天生的可怜虫，是命运把她抛到穷苦的山区，是环境把她这匹好马作索得满身老长的毛，成为别人取笑的对象，那时她没有办法向命运争斗。她感谢改革开放，感谢党的富民好政策，坚信将来的日子会越来越好。她觉得自己就像一条鱼儿，一下子游进了大海。她突然想起了鱼，一回头，车厢里的鱼早不知什么时候颠道上了。她笑了。

黄昏的时候，九凤正在听雨楼院门外玩呼啦圈，老远看见杨为健骑着自行车出现在街头，捂着鼻子跑进院里喊道："来了，来了，猪大肠回来了！"听一听吧，这一声喊，喊出了世态炎凉，也喊出了杨为健目前的窘境。

杨为健老远推着自行车来到听雨楼院门口，进了院门，正巧碰到大凤和六凤，从包里掏出一个油渍渍的纸包，说："大姐、六姐，这两根猪肠子拿去做了吧。"大凤直摆手："别别别，怎么又弄猪肠子了？前天拿的还没吃呢，都变味儿了，今早儿才扔了。送给别人吧，以后再别往家里拿了，没人吃。"

杨为健尴尬地笑了笑："那好，我自己做着吃吧。"说罢进了一楼自己的屋里。大凤瞅着杨为健的背影说："真是的，就知道成天往家里拿猪肠子，浑身一股猪大肠味儿。你说老七成天和他睡一个被窝熏不熏死了。"六凤说："小杨人挺好的，就这么大点儿能耐。猪肉不要票了，我们厂的效益就不好，也没什么活了，以后怎么样还不好说呢。"

杨为健回到屋里躺在炕上正瞅着天棚愣神儿，老太太拎着一个饭屉慢慢下楼，一直来到七凤的屋里。见杨为健一脸木孜孜的样子，老太太说："老七女婿，我给你送饭来了。"杨为健急忙坐起来说："哦，我吃了。"

老太太从饭屉里拿出饭菜摆到桌上说："吃什么吃，你们家烟筒三天没冒烟了，我在楼上都看见了。过日子哪能这样？你看这屋里乱的，老七才走了半个月，屋里就锅朝天瓢扣地的。老七什么时候回来？也没来个信儿？"杨为健说："没呢。再说了，"冷冷一笑，"她怎么能给我来信儿？"

老太太把脸一嘟噜："这话怎么说的？像两口子说的话吗？怎么着，俩人又闹脸儿了？"

杨为健阴着脸说："没有。现在我哪敢跟她闹脸儿啊。"老太太挨着炕沿坐下说："这话我听出意思来了，她大学毕了业又当了干部，眼力见儿高了是不是？一准是。没事儿，老七女婿，她要是敢对你往上翻眼皮子那就是忘本，我不答应！她能有今天还不亏了你？我心里有杆秤，她要是敢对你怎么地就告诉我，我拾掇她！"

杨为健忙说："没，没那么严重。"老太太说："看来她还是往上翻眼皮子了是不是？"杨为健说："没有。妈，七凤要是回来你可千万别说她。"老太太说："好，这事儿先撂这儿，那你得给我吃饭。"

杨为健端起碗大口地吃起饭来。老太太不走，看着他吃饭，说："老七女婿，我说句话不知道你愿听不愿听。"

"您说。"

"你和七凤，实话实说吧，现在是有距离了，不过别害怕。可是你不能就这么下去，你得学啊，不学不行，要不，这距离就越来越远了；学一点儿是一点儿，能学多少是多少，书不压人啊孩子。"

"我这脑子不行啊。"

"脑子不好你条件好啊，守着这么一个大学问人叫她教呗。"

杨为健苦笑着说："行。"

上班的上班了，上学的上学了，听雨楼二楼堂屋半头晌就老太太和小老爷们儿黑虎在吃饭。老太太没行事，用筷子在酒盅里蘸了一下，又把筷头放进黑虎嘴里。黑虎咂了一下，又张开嘴。老太太又蘸了一下，黑虎夺过筷子捅进嘴里使劲儿咂。

老太太拍着巴掌笑了，说："快喽，快抢我的酒壶喽。"笑够了，端起酒盅，不料啪的一声酒盅落地摔了个粉碎。老太太怔怔地看着摔碎的酒盅，自言自语道："又要来人了？"念叨着出了堂屋门，下了楼，刚走到院里，见一辆拖拉机停在门门口。

穿戴一新的四凤走进院来，正碰见母亲，就甜甜地叫了声"妈"，扬了扬手中拎的包儿说："我给您买了件新衣服。"老太太揉了揉眼睛，仔细地端量四凤，说："穿得这么鲜亮，我还寻思从哪来了个光彩的人儿？不年不节的给我买什么衣裳？"

四凤拉着老太太上楼坐下来，说："往后不年不节的您也得穿好衣裳，看中了哪件吱一声我去给您拎来。"老太太呱呱笑着说："好大的口气，你是挖着金山了还是抢了银行？够冲的！我还寻思又跟我借钱来了呢。门口那辆电驴子也是你的？"

四凤说："什么眼神儿，是拖拉机，我的。咱农村不是搞土地承包吗，我没种粮食，扣了塑料大棚种中药材，收入挺好的。"老太太吃惊了："种药材？你想得真蹊跷，真是久病成医，吃了这些年的中药，孩子没怀上倒怀了一肚子主意。种药材政府让？"

四凤说："都放开了，愿种什么种什么。哪天我拉你上农村看看我家的大棚好不好？"老太太乐颠颠儿地说："好，好，富裕了就好。以前戏匣子里天天吹牛皮，都吹出了什么咱没亲眼得见，这回我是看真亮了，咱家老四能富起来说明日子真好了。"说着把两个巴掌拍得呱嗒呱嗒响，"看真亮了，咱老四还有专车了，坐上电驴子了。走，带我转一圈儿，我也跟俺四闺女展扬展扬。哎呀，还养上车了，撂到过去你就是资本家，该打倒了。不过你可得稳当点儿，别冒富，不是说了吗，历史的经验往往值得注意，你姥爷就是个例子，那阵子上面号召发展工商业，你姥爷发展来发展去发展了一顶资本家的帽子。"

四凤说："妈，我知道。"老太太急火火换衣服，嘴里不停地嘟囔："我说嘛，刚才摔碎了酒盅，估摸着就要有人来，原来是你，一开门儿就迎来了一个富贵人儿。走，带我转转去，也坐坐电驴子。"

母女俩刚要动身，一个戴着墨镜、身着异服、派头十足的漂亮女人，进了院子。老太太站在回廊眯起眼睛往院里看，问四凤："这是从哪儿冒出个洋人儿？怎么这么一身俏儿？"朝楼下喊，"同志你找谁？"

漂亮女人看着老太太，鼻子抽动着，突然疾步上楼，扑进老太太的怀里喊了声"妈"，就哽咽不止了。四凤愣了。

老太太闭着眼睛，拍着漂亮女人的肩头，哽咽了半晌才说："老八，我听出来了，是你，是你呀孩子，总算回家了！"不速之客正是八凤，这时她摘下墨镜擦着泪水。四凤也哭着过来抱住八凤。

老太太擦着泪水点划着八凤的额头说："你这个八猴子，这不是从天而降吗？老四，别哭了，快告诉你大姐一声，叫姊妹们赶紧回家，今天咱得聚一聚。"

听雨楼又演出一回凤还巢。晚上，老太太屋摆满了丰盛的菜肴为八凤接风洗尘。小老爷们儿黑虎端坐在老太太身边，小大人儿似的。大凤、三凤、四凤、六凤、八凤和九凤围坐在桌前。四凤冲三凤笑了笑，三凤狠狠地剜了她一眼，两个人为貂皮大衣事件心照不宣。

老太太道:"老大,要开席了,老七出差了,可老五怎么还没到呢?到电话亭挂个电话再催一催。又是几年光景了,人能活多少年?聚一次不容易。"大凤迟迟疑疑地问:"老五那儿……还告诉吗?"

老太太脸一沉,说:"怎么不告诉?你这个人办事总是丢锅漏勺子。告诉你几遍了?今后凡是聚会不能漏了老五,怎么就是不听?你忘了上一回老七结婚没告诉她,叫她吃味儿了,闹了多少光景!喝醉了酒耍羊角风,你们在炕上滚成球儿,一个个披头散发,活像一个母夜叉。你这把手就是不长记性,快去叫呀!"

大凤刚站起来,三凤说道:"叫什么叫?没她还不成席了?少了臭鸡蛋,照样做出槽子糕。一叫来摸着酒瓶就喝,喝醉了就数她的贡献,烦不烦死人了。老八当年怎么跑广东的?她一来老八再喝出气儿来,还不知能闹出什么光景呢?"八凤笑了笑说:"不会的,都过去了,叫吧。"

老太太啧啧称赞:"看人家老八的水平,哪像你们,一个个乌眼儿鸡似的,一见面就啄个一地鸡毛。我可告诉你们,今天谁要是再提那些倒霉的事儿,我这巴掌可不认人儿!大凤,叫去。"

八凤说:"大姐,请五姐过来吧,我还正想和她好好唠唠呢,她那些观念不变不行了,早晚会被时代抛弃。"大凤正要出屋门儿,老太太补了一句:"给老七也挂个电话,叫她赶快回来。"

四凤坐着,腚直咕涌,说:"妈,能不能快点开席啊?"老太太问:"你有什么事儿?"四凤说:"村里晚上开会,要成立一个公司。"老太太笑了,说:"一场雨一茬蘑菇,现如今公司满地开花,也不知能烤出个什么大点心来,这世道现在变得晃眼。"

这时候,五凤家小叶正伏在桌上写实验报告,五凤端着一盆热气腾腾的洗脚水来他脚前,放下盆,给他脱了袜子,把他的双脚放进热水盆里。小叶挺烦躁,说:"烦不烦人,人家正在思考问题,叫你一下子给打乱了。不洗了。"

五凤和颜悦色地说:"好好好。哎呀呀,自从你不烧锅炉回到工程师岗位上,又当了种子站站长,脾气一天天见长。好,待会儿再洗吧。饿不饿?我给你下碗馄饨?"

小叶说:"我没时间吃饭,这份实验报告站里正急着要呢。"说着用脚把盆推到一边。五凤笑了笑说:"不洗就不洗,我挂个电话。"说着拿起电话。

"你把电话放下。"

"打个电话怎么了?"

"这是站里给我安的,别随便乱打占公家的便宜。"

"哎呀我的天,你还挺政治的。当年我有权的时候你怎么不政治?罚没小贩子的那些花生米、剔骨肉、大腿棒儿、猪头脸儿肉你少吃了?怎么掉腔就忘了?现在跟我玩起政治脸儿来了,快了点儿吧?你别狂,跳得多高跌得多重,我有教训。说实在的,当年不是因为你会照相我能看上你?"

"少说那些,你没照照镜子看看自己长什么样儿!"

"哎呀,多少年了你怎么呼啦冒出这么一句?看来早有思想准备。"

"不跟你说了,我要工作。"

电话铃响了。五凤看了一眼小叶,小心翼翼地伸手把话筒拿起来。小叶夺过电话对着话筒说:"谁呀?这是公家电话,没事儿别往这儿打。"突然改了口气,"噢,大姐啊,你等一下。"把电话塞给五凤。

一听是老八回来了,母亲叫她回去,五凤踌躇了,说不想去。大凤说咱妈让我叫你,怎么能不来?老八好几年了才回家一趟,你不来好看吗?叫老八怎么想?还惦着那件事是不是?人家老八说了,都过去了,欢迎五姐回家。人家都不记仇,你还有什么不好意思的?五凤说不是那个意思。你不是不知道,随着这两年形势的发展,我这样的人有点吃不开了,大家都富起来了,有谁还能瞧得起我?我都觉着自己落伍了,干什么事儿都不那么硬气了。大凤说你都说了些什么,不管怎么样咱还是亲姊热妹,谁敢欺侮你我和咱妈决不让。快来吧,我在门口等你,不见不散。听大姐这么说,五凤抓起衣服走了。

这时候,在老太太家,八凤从旅行箱里拿出一份份礼物,喊着姐妹们的名字分发,有衣裳、电子表、小电器。三凤擎着一挂表说:"妈呀,这叫什么表怪好看的。"

八凤说:"这叫电子表,不用上弦也能跑个一年两年的,从香港那边过来的,我就是捣腾这个发了点财。过去坐飞机不让带,抓着就没收,现在一人让带四块了。人人有份儿,在这呢。"说着掀开自己的外衣,身上捆着两串电子表。

三凤惊呼:"哎呀,你看老八鬼的!"老太太哈哈笑道:"你个八猴子,没有鬼过你的,天生一副豹子胆儿!"

八凤又拿出一条小牛仔裤,擎着说:"这是给咱小老爷们儿的,他是咱听雨楼的希望,我可不敢得罪啊。我都听说了,咱妈把他惯得可不轻。"老太太剜了她一眼道："没有你不知道的事儿，就是耳朵长。"

谁也没注意，这时候，九凤坐在角落里在画夹上给八凤画肖像。

大凤在大门口迎来五凤。五凤犹豫了，抓住门框又不想进门了，说："大姐，我还是不进去吧，别酒桌上大家都闹得不愉快，我有自知之明。""五姐，进来吧！"楼上有人喊。五凤抬头一看，见八凤站在二楼回廊上冲她招着手笑。眼泪一下子涌出五凤的眼眶，到底是亲姊热妹，打死一窝烂死一块。

五凤出席聚会，老太太心里高兴，举起酒杯说："除了老二在广东老七出差没回来，咱家这回又差不多齐整了。几年前咱聚过齐，那是迎接老七从北大荒回来，现在咱又迎老八从广东回来。一晃多少年了？这生活越过好了，日子就越觉得快。你们都旺兴我高兴，你们回来一个，我就觉着年轻了不少。来，都把这杯酒给我干了再慢慢说话。"举起杯，忽然想起了什么，转过头问黑虎，"我说爷们儿，开始吧，时候不早了。"

黑虎正在玩八凤带给他的玩具，头都没抬起来。老太太擎着杯不动，说："别光顾玩啊，说句话，开始吧？"黑虎还是不说话。

大凤看不惯了，说："妈，别那么多讲究了，喝吧，他懂什么啊？"老太太白了大凤一眼："就你懂？哪那么多话！"

黑虎玩够了，伸手拿过一盅酒在桌子上蹾了蹾，说："喝吧，别客气。"还真有点儿爷们儿派头。一屋子人哈哈大笑。老太太摸着黑虎的头对大伙说："怎么样？咱小老爷们儿知情达理，不到时候不说话，说出句话来严丝合缝，不带掉板的，可别小瞧他。"

一家人举杯干了酒。老太太放下酒盅，不停地吸着鼻子问："谁的脚这么臭？老六，不是你那双汗脚昨晚没洗吧？"大伙笑了。

"妈，您真能糟践人。"

"要不就是老三，我闻着像，打小就是这股味儿，现在也没变。"

"妈，我的脚什么味儿？"

"就这股味儿，辣蒿蒿的呛鼻子，像下水道拱出来的味儿。"

众姐妹哈哈大笑。八凤一拍脑门子，说："哎呀，我忘了，是榴莲的臭味儿。"说着从包里拿出两个榴莲放到桌上，"大伙儿看看，这就是南方的臭榴莲，闻起来臭，吃起来可甜呢，营养成分高，是水果之王。来来来，大伙都尝尝。"

榴莲的臭味弥满屋子，大伙捂着鼻子挥手嚷："拿下去，拿下去。"大凤把榴莲拿到屋外。

老太太看了五凤一眼说:"老五你不说几句?从来都是我敲开场锣鼓你做重要指示。说两句。"五凤一笑,道:"妈,我不讲了,都什么年代了,还兴那一套?还是听听老八讲讲广东那边的新鲜事儿,这才是真的。"

老太太动员说:"讲两句,你不讲话不热闹,你要不讲我还觉着少点什么。闺女多了,要是讲话都顺丝儿就没有什么意思了。"五凤笑着摆摆手,躲到大凤背后。

八凤斟满一杯酒站起来说:"五姐,我敬你一杯,咱俩干了。"五凤一愣,慌忙站出来端起酒杯,说:"老八,我早想跟你说句话,五姐对不住你!"

八凤笑道:"姐,说哪儿去了。当年你也是为了我好,我小,不懂事儿,长大后就慢慢懂了。五姐,要说对不起,是我对不起你,老妹子在这里向你赔礼了。"说完一饮而尽。五凤含着泪陪八凤喝了。

老太太拍着巴掌说:"好好好,我就愿听这样的话。你们看看,多少年的恩怨,一杯酒就解了,嘎嘎一笑就过去了。怎么说得来?哦,相逢一笑泯恩仇,来,给我再斟上一杯,今儿个我高兴,要喝个痛快。"

大凤正要斟酒,楼下响起一阵哇啦哇啦的说话声。老太太一愣:"这么晚了谁在院里大声说话?我怎么听着有点耳熟呢?"八凤道:"哎呀,我忘了。"说罢站起来往外跑,"我下去一趟,给你们介绍个人。"

过不一会儿八凤领着一个胡须头发都很长的外国人进屋来。满屋子人一愣。八凤说:"我给你们介绍一下,这是我的男朋友。"

老太太一惊,磕巴着问:"你,你说什么?"八凤说:"我的男朋友。我们在广东相处一年多了,他叫谢里普霍夫斯科依,俄罗斯人,俄罗斯远东国际贸易总公司的老总,我的生意伙伴儿。喂,"冲那个老外道,"谢里普霍夫斯科依,我们姊妹相聚把你忘在酒店里了。"

谢里呜里哇啦地说了一大堆谁也听不懂的话。八凤用俄语对谢里说:"哦,你忘了带礼物?没关系,你有一颗心就行了,哦,鲜红鲜红的?我给你介绍一下,这是咱妈。"

谢里张开臂膀要拥抱老太太。老太太厉声喝道:"滚一边子去,我不认识你!"谢里歪着头,笑眯眯地看着八凤。

八凤说俄语:"哦,亲爱的谢里普霍夫斯科依,你不要惊慌,她老人家嫌你的胡子太长了,扎人。这是我大姐,这是我二姐、三姐……"

"你们好,我的天使们!"谢里张开双臂又要逐个拥抱。众姐妹不知他呜噜了些什么，吓得纷纷逃席跑到外屋。谢里不解地扪着心口用俄语问八凤："为什么？这是为什么？我吓着她们了吗？我的心是火热的。亲爱的，我可以吃点东西吗？"

八凤也说俄语："你吃吧，这就是你的家。"谢里坐下，狼吞虎咽地吃起来，旁若无人。老太太看着谢里，指着八凤，半天说不出一句话来，光着脚下了地，继续指着八凤，哆嗦了半天还是没说出话来，跟跟跄跄奔出屋。

老太太跑到东厢房一头栽到炕上，大凤三凤替老太太抚着胸口，半天她才呼出一口长气。众姐妹如释重负，也叹了口气。

老太太圆睁双目，语不成句："晴天霹雳啊，晴天霹雳！我这是怎么了？迎来一个闺女就给我头顶炸个响雷，是我到寿限了吗？老八你给我过来！"三凤说："妈，他俩正在吃饭呢。"

老太太大感惊奇，道："怎么，还没吃完？这洋人属骆驼的吗？他怎么这么能吃？叫老八过来，我要跟她说话，快点，我等不得了！"九凤报告："妈，一桌子菜都叫那个洋人吃光了，他说还没饱，叫大姐给他炒十个鸡蛋。"

六凤说："这个八猴子，你说她闹的什么妖？看样子两个人早就成了，一两棒子还打不散。"老太太拍打着炕席吼道："打不散？打不散打死，我有老命顶着！"

五凤小声说："妈，历史的经验值得注意，你不能强逼。当年老七不就是个例子吗？什么事儿都要慢慢来，可千万别犯当年的错误啊。"大凤也劝道："妈，老五说得对，不能激，一激她再跟着洋人颠道儿了，叫你摸都摸不着，说不准一跑又是几年。"

老太太抚着胸口大喘着说："难道还要叫我给他们举双手投降吗？""你们在说什么呢？"八凤啃着鸡腿走进屋里，"怎么神神秘秘的，有什么大不了的事？""说你！"老太太一拍大腿，"谁叫你找个洋人儿回来？你想气死我吗？"

八凤不屑地说："就为这不是？看紧张的，有什么了不起呀？改革开放了，什么新鲜事没有啊？广东那边的姑娘嫁给外国人的多了，有的还嫁给七十多岁的老头子，二十岁的小伙儿娶八十岁的老太太，有什么大惊小怪的？咱这儿还是不开放，观念还没有更新。"

老太太有些气急败坏了："放你奶奶的狗臭屁！"八凤笑模嘎地说："老太太骂人的毛病还是没改，这么些年了怎么一点进步也没有呀？还骂起我奶奶来了。我和外国人结婚把您气成这样？不值得，您这么大岁数了别操那么多心，吃点好的喝点好的比什么都强。人有几个好时候呀，您得学会珍惜自己。"

老太太捋着心口说："快给我把他撵走，没什么可商量的！"八凤笑了："哎哟，您可不能这样，知道他是谁吗？告诉你们吓一跳！"

五凤小心翼翼地问："不是克格勃吧？"八凤说："不是。他爷爷是老布尔什维克，妈，就是像中国的老共产党员。他爷爷和勃列日涅夫、戈尔巴乔夫都很熟，他小时候经常上克里姆林宫玩，背景深着呢，要不怎么能当上远东国际贸易总公司的老总？怎么能做上亿美金的大买卖？您把我俩拆散了就是破坏中苏友好关系，那可了不得，中央统战部是要派人来查的。"

三凤问："你这次带他回来是要做买卖？"八凤说："不是咱带他，是他帮咱做个大买卖，说出来能吓晕了你！"

听雨楼来了个老外，邻居奔走相告，虽然是晚上了，都跑到院门口往里看光景，议论纷纷。这阵子谢里喝得红光满面，正站在二楼回廊上唱俄罗斯民歌，唱得忘情忘我。

杨为健在外面喝得二乎乎的回来了，拨拉着一群孩子大声地喊道："都跑这儿干什么？这么晚了还不回家睡觉？"摇摇晃晃地走了两步站住了，回过头来望着还在回廊上高声唱着的谢里。

杨为健问："我说你是谁啊？深更半夜的在这儿唱什么？没事儿回家睡觉去。再唱我上去把你揪下来，听见没有？"谢里热情地用半生不熟的中国话打招呼："啊，朋友，你好！多么美丽的夜晚，我们一起唱吧。"说罢又唱起来。

杨为健听着笑了，突然一仰脖，跺着脚高唱起来："咱们工人有力量，嗨，咱们工人有力量，每日每夜工作忙，嗨，每日每夜工作忙……"大凤三凤还有胡宝亮闻声跑下楼，拉着杨为健劝他回家。

杨为健兴奋起来，不停地挥舞着双手，继续唱着。院里看热闹的人哄堂大笑。杨为健更来了精神，怎么也劝不走了。

二楼堂屋，老太太站在老头子的遗像前，神色黯然地念叨："老头子，乱了，乱了，家里刚过了几天安宁日子又乱了，要出大事儿了！"

第十一章

听雨楼，龙国太又要开御前会议了，研究的当然是有关八凤擅自和外藩联亲的问题。

大凤站在回廊上喊："开会了，开会了！"在家的凤儿都往二楼堂屋聚集。八凤应召却被大凤拦在了门口："老八，开你的会你不能进去，这是规矩，在门口等着听信儿吧。"

"哇噻，历史的一幕何其相似乃尔！那年七姐怀着孩子回家，开会的时候她也站在门口等着听信儿，今天轮到我了。"八凤感慨良多。大凤说："理解万岁吧，有信儿我告诉你。"八凤满不在乎："开吧开吧。我告诉你，不管结果怎么样我们的爱情是牢不可破的，任何人都阻挡不了，开也白开。"

大凤关上门，去开会了。八凤倚在回廊的墙上，点了支烟，噘着嘴练习吐烟圈。谢里寻过来问，她们在做什么，还挺神秘的。八凤告诉他，是开会研究我们的问题。谢里大摇其头，说，会，又是会，国民党的税，八路军的会，你们的会太多了。八凤说这是我们家的规矩。

屋里会议开始了，一屋子凤儿盘腿坐在炕上，围在老太太跟前。"妈，除了老七人齐了。开会吧？"大凤请示老太太。老太太问："老七怎么还不回来？"

大凤解释说："她带着一帮人在南方考察呢，得些日子才能回来。"老太太适时地在众爱卿面前表示自己的不满，以达到敲山震虎的目的："我看她的能耐是越来越大了，眼皮儿不夹听雨楼了，好大个干部！开完会老大负责把会议精神电话给老七传达一下。好，现在开会。"

大凤掏出小本子准备记录。老太太今天气儿就是不顺，说话捎带多："好长时间没开会了，因为你们都忙，就我不忙，我是个闲人；老饭粒儿了，不过牙口儿还好，还能吃东西，昨天晚上就吃了根酥脆的麻花；家里的大事小情还清亮，不糊涂。可你们一个个岁数不大，都在我跟前装糊涂！"

大伙面面相觑，好像在侦察究竟谁在装糊涂。三凤皱着眉头揉着肚子，看样子挺痛苦。老太太扫视了一圈继续说："老八回来有些日子了，她和洋人的事儿怎么一个个都没有态度？我要是不开这个会你们还要装聋作哑，想把这件事儿捂下去是不是?"

众姐妹低头不言声。老太太一语中的,还有什么话好说?这时,六凤也皱着眉头不停地揉肚子,样子也挺痛苦。

"日子好了怪事儿也多了,人的胆子也大了,老八就敢领个洋人回来,就敢说是对象,就敢说要和他成家。这件事儿你们怎么看?"老太太逼大伙表态。

众姐妹还是沉默不语。历史的教训谁不汲取?"七凤事件"历历在目,处理这种大内事务,弄好了被老太太夸一声就完了,弄不好落一身埋怨,甚至身败名裂,凤儿们经过这些年历练渐渐成熟,老太太再想玩她们于股掌之间也不太容易了。这不,三凤未雨绸缪,刚开会就捂着肚子造声势,一看要表态了,屁股朝炕边儿挪去。

老太太沉下脸问她:"你又怎么了?""妈,我来事儿了,肚子绞劲儿地疼,上趟厕所马上回来。"说着下了炕,溜溜地出屋。

六凤开始呻吟了,她已经做了铺垫,现在出点声顺理成章。心有灵犀一点通,五凤看出了门道儿,也把眉头皱着了,捂着肚子。

"说话,你们什么意见?"老太太继续逼着大伙表态。"妈,我们都听您的,您说怎么办就怎么办。"大凤把球回传给老太太。

老太太一个大脚把球又开走:"我想先听听你们的。说话!"大伙又把头低下不说话。

老太太一看靠自由发言不行了,开始罚点球:"老大,你先说。"大凤不能不表态了,玩了个人球分过:"那我就先说说吧,只代表我个人的意见,对事不对人。妈,我看这事儿不能犯急,先缓一缓。"

老太太勃然大怒:"屁话,能不急吗?再不急老八怀上个小二毛子怎么办?你闭嘴吧。老五你说。"大凤被红牌罚下。五凤边路带球:"这事儿吧属于涉外婚姻,事儿虽小,但是得往大处看,涉及两国关系……"

"还是屁话!你这个人今天怎么也没有水平了?今天一个个到底怎么了?不管你们说不说,我先把话撂在这儿,他们俩要是成了,明年的今天就是我的忌日。你们信不信?"老太太使出了撒手锏。

六凤捂着肚子下了炕,说:"妈,我也来了,出去一趟。"不等老太太恩准,捂着肚子咚咚咚下楼往厕所跑。来到厕所砰砰敲门,喊道:"三姐快点儿,我也来了!"

三凤在里面喊:"等等,我还没完呢。真烦人,人家来你也跟着来。"六凤捂着肚子在厕所门口直跺脚,看脸上的表情却挺轻松。

楼上,五凤捂着肚子,脸上大汗淋漓,一副要死要活的样子,随时准备冲出去。四凤看出了门道儿,来不及铺垫,开门见山:"妈呀不好了,我也来了!"

老太太大惑不解:"真是蹊跷事儿,老三来了老六来,老六来了老五来,老五来了老四来。怎么?这东西还传染啊?我看你们是成心不想开这个会。"大凤解释说:"这东西是传染,不来都不来,一来就都来,像赶小潮儿似的,一浪比一浪急。妈,休会吧。"她的比喻不伦不类。

这时,五凤和四凤捂着肚子下炕跑了。"哎呀,说来就来,我也不行了!"大凤也捂着肚子朝外跑。

老太太拍着炕席大发雷霆:"一群荒料!"厕所门口五凤聚会。六凤拍打着厕所喊道:"三姐,你快点儿,我真的不行了!"五凤、四凤、大凤在门口捂着肚子不停地跺着脚,催三凤大开方便之门。

三凤在里面喊:"急什么急?人家还没完呢,慢慢等着吧。开会不急抢厕所急,你们存心想晾老太太的鱿鱼干儿吗?"五凤说:"你这个人干什么事儿都霸道,一个人在里面吃独食吧,我们换个地方。"说罢领着大伙一溜小跑奔出院子。

球员罢赛,二楼堂屋只剩下老太太一个光杆儿司令,下了炕坐在太师椅上发愣。八凤进来问:"妈,会开完了吗?"

"没开完。你怎么进来了?"

"着急啊。妈呀,这事儿您就别管了,说实话,您也管不了。"

"我怎么管不了?你想上天啊?你就是上了天我也会把你拽下来!"

"妈,不是过去那个年代了,我找个老外不丢人,正好相反,是给咱家门争光添彩。古城谁家能招来洋女婿?就咱家。说实在的,多少人嫉妒得眼儿都绿了,您还往外推我,这不是往外推金送银吗?北京、上海、广东那边这都不算新鲜事儿了,您就成全了我吧。"

老太太疑虑重重地说:"老八,我觉得你们俩这事儿像闹着玩似的,不牢靠。"

八凤信誓旦旦地说:"妈,我和谢里普霍夫斯科依的爱情是纯洁的,是经过长期考验的,更是牢不可破的,不是一时心血来潮闹光景。您就别生这个气了好不好？赶明儿我给您生个混血儿小外孙，大鼻子蓝眼睛黄头发，您领着上街一转悠，嘿，那多展扬，您得乐死！"

老太太嗤之以鼻："哼，人家还当我领着小洋狗呢。你别想叫我丢人现眼，昨晚已经丢大人了，你看院子里来了多少人？我这张老脸叫你七姐撕破了，今天你又给我撒了层盐粒儿。这事没商量！"八凤说："那好，这件事咱先不提了。再商量件事儿，想不想发财？"

老太太说："我一辈子都想发财，可我找财财不找我，到底是一辈子刮穷风。"八凤说："这不怪您，怪咱没有赶上好政策。现在好了，只要有胆子就能发大财。"

老太太说："我胆儿够大，当年你和老三搞投机倒把，卖粮票卖玻璃，我管了吗？害怕了吗？不偷不抢不骗，不偷人放火耍流氓，钱来得干净就行。你告诉我个发财的道儿，我心里早就痒痒缕缕的了。告诉你，你妈也是经商的料，当年你姥爷开马车店的时候我就管过账。"

八凤笑了："这就对了。告诉您，这些年我在广东跑买卖发了点财，和谢里普霍夫斯科依回来就是想办个公司，跨国的，全球的。谢里普霍夫斯科依有道眼，他来帮我联系苏联货，咱一倒手就挣海儿去了。我跟他在广东干了几笔买卖，赚了这个数儿。"说着伸出五个手指头。

"五百？"

"涅。"

"说中国话。五千？"

"往大了说！"

"天呐，五万？"

"五十万！我现在身上掉粒渣儿也够四姐全家活一辈子的。"

"我的老天，你现在拔一根汗毛赶上房梁粗了。说，叫我怎么发财？"

"很简单，你把楼下的仓库租给我，我每月给你五百块。干不干？"

"那个仓库有什么用？值这么多钱？"

"我暂时还没租到办公的地方，先将就将就，这儿临街，地角也好。"

"你和全世界做生意，就在这儿办公？"

"公司大小不在房子大小，美国好多大公司办公地点还没有咱这仓库大呢。酒好不怕巷子深，以后你看吧。拿着，这是一年的租金，六千块，收好。"

八凤啪的一声把一捆钱拍到桌子上。老太太大惊："老八，你别吓死我！"

"数数，看有没有差头儿。"

老太太拆了钱捆儿，慌慌地不知怎么才好。

"怎么，不会数钱呐？"

老太太嘿嘿一笑，朝手指上吐口唾沫，拿过钱，唰地捻成扇面，手指一弹，啪的一声脆响，一根指头在钱上飞快地跑着，得意地说道："不知道吧？当年国民党发金圆券，钱毛，一麻袋钱也就能买个顶针儿，我呀，数一麻袋金圆券也就是半个钟点儿，练出来的。"八凤看着母亲飞快的数钱动作，惊得目瞪口呆。

现在该介绍一下七凤的情况了。七凤大学毕业以后分配在市政府工作，搞经济发展研究工作。这个工作是干什么的杨为健至今仍然二二乎乎，不是七凤不告诉他，是说了几回他也没搞明白。

早晨，杨为健骑着自行车来到市政府门前停下，锁上车子进了楼，到传达室打听市政府到南方的考察团回没回来。看传达室的老头说我也不大清楚，你到楼上经济发展中心打听一下吧。杨为健问初桂凤的办公室怎么走。老头说，初桂凤是处长了，在二楼往右拐203房间。杨为健一愣，他这才知道七凤升处长了。老头告诉他升了都小半年了。

杨为健来到七凤的办公室，轻轻地敲了敲门，见没有回应，把门拉开一道缝探头看，见七凤躺在沙发上睡着了，茶几上放着旅行袋，就蹑手蹑脚地走进办公室，坐到七凤对面的沙发上，点了支烟深深地吸了口，抬头看见墙上挂着"请勿吸烟"的牌子，又赶紧把烟掐灭。

七凤大概是闻到烟味，醒了，揉了揉眼坐起来，看到他了，问："为健，你怎么来了？"杨为健笑了笑，故意岔开："你这办公室真大，真好，像宾馆似的。"四处打量着。

"你怎么找到这儿来了？"

"你都升处长小半年了，这么大的事我怎么都不知道啊？这事儿还用保密吗？"

七凤笑了："告诉你有什么意思，职务和工资不挂钩。"

"什么时候回来的？怎么不回家啊？"

"噢，凌晨三点才下了火车，怕回家惊动了你，就在这儿凑合一下，一会儿还要向市长汇报呢。黑虎好吗？"

"好着呢，老太太成天攥在手心里，谁都不许碰。"

七凤站起来来到办公桌前坐下,整理着一堆文件说:"赶快上班去吧,我要起草个报告。"说着低头写报告。杨为健坐在那儿看着七凤,看了很久,悄悄地站起来,蹑手蹑脚地走到门口,轻轻地拉开门走出去,又轻轻地关上门。

杨为健在市政府寂静的走廊上慢慢地走着,脚下是软绵绵的地毯,没有脚步声,这使他似乎感觉不到自己的存在,加重了自卑的心理。

在五凤家,吃罢晚饭小叶正坐在写字台前写科研报告。五凤在梳妆台前描着,画着,脸上红一块儿白一块儿,穿上一件薄薄的睡衣冲镜子练妩媚。你看她照着镜子走,扭着腰正练猫步呢。女为悦己者容,这也算一条颠扑不破的真理。此时五凤觉得可以妖媚惑主了,端起一盆热气腾腾的洗脚水到小叶背后,把盆放下,柔着声说:"写了半天了,泡泡脚吧,温度我都试过了,正好。"

小叶没回头:"放这儿吧。"五凤两手搭在小叶的肩头,张开血红的嘴唇,更加柔声地说道:"哎呀,我以前怎么没发现,你的字写得真好,像哪个领导人写的字来?对,想起来了,像周总理。"

小叶烦了:"睡去吧,没工夫跟你说话。"五凤搂着小叶的脖子撒娇:"一块儿睡嘛,床我都铺好了。叶儿,我买了个聚光灯,能调光,你过来看看感觉怎么样。你看看我嘛,看我买的这件睡衣怎么样,净薄儿净薄儿的,我穿着都有点儿不好意思了。"

小叶一回头,"妈呀"了一声。五凤羞答答地问:"怎么了?"

小叶指着五凤的脸说:"你赶快给我擦了!装什么柔?装什么嫩?多大岁数了知不知道?看你这张脸画得像不像小老虎?你别那样说话,千万别,平常怎么说就怎么说,你刚才说的那些话让我浑身起了三层鸡皮疙瘩。"

"怎么这么说话啊?太叫人伤心了!"

"嗲,还他妈的嗲,简直是遇上活兽儿了!"

"那你要我怎么样?不是嫌我土吗?"

小叶抱着一大堆材料钻厨房去了,回过头撂了一句:"我就是不想看到你!"厨房门砰的一声关上了。

五凤呆呆地定在那里,像只木鸡,委屈的泪水盈满眼眶。她心里不平衡,过去小叶当奴仆自己是这样对待他的吗?俗话说得真对啊,人一阔脸子就变!

这天晚上,八凤在太白楼订了个包间儿,宴请老太太和姐妹们,商谈成立贸易公司有关事宜,小老爷们儿黑虎正式被邀,七凤有个会没能按时出席。酒过三巡菜过五味,大家喝得面红耳赤,听八凤滔滔不绝地讲她的公司发展前景。

八凤说:"我刚才已经讲得不少了,总之,这个公司的前途无量,希望大家投资参与。二姐已经给我投资了,我的原则是有钱咱得叫咱亲姊妹挣,叫咱姊妹先富起来,大伙说对不对?"三凤急不可耐了:"对。我入个股,四千块。"

八凤说:"钱不在多少,重在参与,咱姐妹们一起干,热热闹闹有多好?谁看着不眼馋?我是这样想:我办公司挣了钱吧,要是白给你们呢,你们肯定不好意思要,就是要了心里也不好受;入股拿钱就理直气壮了,是不是?另外我决定,谁入股谁进公司工作,按照职务拿工资,干好了还有奖金。香港那边很时兴这个,这叫家族式企业。"

老太太独自饮着小酒儿,听到这里插了一句:"这不算新鲜,你姥爷当年开马车店的时候就没雇伙计,都是和你几个舅舅合伙干的,那买卖旺兴。"

六凤心活了,说:"老八,我也算一个。""算不算我啊?"说话的是七凤,她是才开完会,匆匆赶来的。

八凤说:"咱们不是说着玩的,谁入股我跟谁签合同,咱得签字画押。"老太太说:"别忘了把我也股在里面,我出了房子。"

八凤笑了:"妈,您那不是股,房租钱我都给了,可别赖账,分钱的时候没你的份儿。再说这里有风险,您担待不起。"老太太说:"我把房钱退给你不就是个股吗?"众人哈哈大笑。

七凤说:"咱妈真聪明,老买卖人儿了。妈,也想发财?"老太太说:"谁不想发财?你不想发财?你刚才说什么?算不算你?也要入股发财?"

七凤笑道:"谁不想发财呀?不过我现在还在政府机关,正忙着呢,入不了。"大凤独自盘算了好一会儿,这时候才说:"老八,我也算一个吧。"老太太嘎嘎大笑:"你们看看,咱家最稳当的人也坐不住了,不信摸摸她的头,保准热了,坐壶凉水一会儿能咕嘟咕嘟开了。"大伙被老太太风趣的语言逗笑了。

八凤又问:"四姐五姐你们入不入?不入到分红的时候可别红眼呀。"四凤说:"我就不入了,家里种的药材还忙活不过来呢。我也在发财,不过是在地里。"

五凤一直默默听着,至此才说:"老八,政策上的事我现在还看不明白,不敢乱发言,不能呼啦一下子变了晃咱一跟头?"八凤说:"变不了。报上不是说了吗,要允许一部分人先富起来。你搞了大半辈子政治这点儿事看不开?放开胆子造!到广东那边看看就知道了,撑死胆大的饿死胆小的,你得赶紧更新观念，要不真要被这个时代落下了。"

七凤说："老八说得有道理，政策上中央不会再变了，再不改革开放中国真的要被开除球籍了。"老太太赞道："你们听听，到底是咱家最有学问的人，说起话来就是有水平。老五真是落伍了，胆儿越来越小。"

五凤笑道："是，我真的有点晕，你看北四街的崔老五，蹲大狱才放出来几天？跑了几趟广州倒腾了几批服装，现在发了，嘴里一溜齐镶了六颗金牙。"八凤说："就是，他都能富咱怎么不能？"

五凤说："老八，我说句话你别不愿意听。"八凤说："五姐你说，没关系。"五凤沉吟了一会儿说："我老琢磨着那个谢……什么里有点叫人不放心，眼珠子滴溜滑，你要小心。"

三凤一听这话就来气，瞪着一对白眼珠子看着天棚说："又来了，又要搞阶级斗争了。什么年代了还成天琢磨人儿？不参加拉倒，少刮风下雨的，这套吃不开了。"落坡的凤凰哪里还敢扎翅儿？五凤闭了嘴默默地喝茶水。

八凤拿出几份合同书说："好了，别说其他的了，我带了几份合同，谁想干谁签。""慢！"老太太一摆手。

大伙看着老太太，不知老太君还有什么高见。老太太说："话我看都说得差不多了，我再啰唆几句。人世间的买卖从来都是你赚我赔我赔你赚，一个愿打一个愿挨，入了伙儿，赚了别欢喜，赔了也怨不着老八，别到时候一口咬不着个豆儿就呱嗒一下翻了小脸儿，你叨我啄咬成一窝血脖儿鸡，要是那样，到听雨楼收拾一地鸡毛吧。"

三凤说："妈，这都知道，不用说了。"六凤说："对，签字啊，我都等不及了。"

老太太又嘱咐："商海凶险，风急浪高，你们姐妹要手扯着手，心贴着心！"大伙都夸老太太说得好。八凤展开合同书，拿出印章。大凤、三凤、六凤都庄严地签了字。

散了席七凤回家，见杨为健还在等自己吃饭，就有些愧疚，说："对不起，老八请客，我吃过了，你自己吃吧。"杨为健没说什么，低头吃饭。听了老太太的劝告他准备苦读寒窗才子配佳人了，吃着饭还看着桌上的书，不时做出思考状。

七凤说："吃饭就别看书，这样对胃不好。什么书看得这么用心？"杨为健擎起书说："数学，初二年级的。"

七凤说:"看它干什么,你用不上。"杨为健长叹着气说:"看形势不学不行了。厂里成立了技改组,有文化水儿的都参加了,很多青工都上了夜大,我觉得心里慌慌的,看来不学习不行了。"

七凤说:"你的基础太差,我看你就别费那个事儿,做一个本本分分的工人不挺好吗?吃饭吧,学习不是一月两月一年两年的事儿。"杨为健看了七凤一眼,扔了书闷头吃饭。

七凤说:"以后吃饭不要等我,机关最近很忙,应酬也多,下班没个早晚。"杨为健不无怨艾地说:"你现在是真忙啊,忙得见你一面赶上见娘娘了。"

七凤淡淡一笑:"这没办法,这年月哪有闲人啊。"杨为健一拍脑门儿:"对了,你不是升处长了吗?咱再喝两盅庆贺庆贺。"

七凤说:"免了吧,我太累了。"杨为健兴致挺高,说:"就喝一杯。你等等,我去整个好菜。"说着跑出屋。

不大工夫,杨为健端着一盘熘肝尖兴冲冲地回了屋,说:"七凤,喝一杯。"上了炕,"我还要跟你商量件事儿,我想上夜大。"举起酒杯怔住了——七凤已经靠在被垛上睡着了。杨为健慢慢放下酒盅,蹑手蹑脚地撤了炕桌,给七凤搭上件衣服,坐在炕沿上默默地吸烟。

再说五凤回家,见小叶正坐在椅子上阴沉着脸,问,怎么了?没吃饭吗?饭留在锅里,老八请客姊妹们都去了,我要是不去不太好,是不是?

小叶指着饭盒说:"你都给我带了些什么晌饭!告诉你几遍了,红烧肉我吃够了,你还给我带,现在哪还兴吃肉?害我啊?你就是赶不上形势。以后不要给我带饭了,我现在应酬多,晌饭多数是在外边吃,再说现在带饭盒上班也太土气了。"

五凤说:"怎么?红烧肉都吃够了?小叶,你可别忘了本,毛主席他老人家在世的时候日理万机,馋了才跟炊事员要碗红烧肉,你说说你才从哪到哪呀?"

小叶啪地拍了一下饭盒,又拎起来摔到地上,咆哮道:"你别再给我来这套,又要说以前过的是什么日子是不是?我听够了!"

五凤冷冷一笑,说:"你们这些知识分子真是不能敬,一敬就歪歪腔儿!"小叶火了,说:"你说什么?再给我说一遍!"

五凤一看小叶真火了,自己先软下来:"对不起,我说秃噜嘴了。"小叶说:"不,你对我们知识分子一直瞧不起,一直蔑视,一直怀恨在心!这些年我在你手底下受了多少侮辱？遭了多少罪？我就是喜儿，你就是黄世仁他妈，咱们俩的婚姻是压迫和被压迫的关系，毫无一个爱字可言。现在我请你仔细考虑一下咱们俩所谓的婚姻是不是名存实亡了，是不是有点牵强附会，是不是已经到了该结束的时候了？"

五凤被小叶的话惊呆了，愣愣地看着他，一句话也说不出来。小叶说："你看我干什么？你仔细想一想，反正我是不想和你过了！"

五凤喷儿地笑了："我的天啊，吓不吓死我了，你以为我害怕了是不是？咱俩婚姻是什么关系？是农夫和蛇的关系。你想一想，仔细想一想，'文化大革命'你倒了霉，被贬到锅炉房烧锅炉，成天像个煤黑子似的，谁没有抛弃你？我，是我这个善良的农夫把你这条冻僵的蛇揣在温暖的怀里。你现在缓过来了是不是？刚缓过来就照着我心口咬一口啊？你想把我踹了是不是？踹吧，东风吹战鼓擂，咱两口子谁怕谁啊。我告诉你，你前脚把我踹出门，我后脚就成家。不是吹的，有两三个老军官早就看上我了。"

小叶说她是拿大家伙吓唬小闺女，抱起被褥到西屋闹分居，说："那好，我恭喜你，从今天开始咱俩井水不犯河水！"说着一个倒踢紫金冠，砰的一声关上门。

五凤呆了，一屁股坐到炕上，抡起巴掌抽自己的脸："这张臭嘴，什么时候才能不臭！"

一大早，听雨楼里"古城国际贸易公司"在鞭炮声中揭匾开张了。宾客如云，亲朋来贺。大凤、三凤、六凤统一着装，里里外外忙着迎接客人，递名片。

还来了一帮记者，八凤和谢里神采奕奕地接受他们的采访。两个人侃侃而谈，口若悬河。

古城国际贸易公司揭匾仪式搞罢，公司召开第一次股东大会。公司设在听雨楼装修一新的仓库内。八凤宣读任命书，任命大凤为公司财会处处长，三凤为公司副总经理，六凤为公司供销处处长，胖五、小林子为副处长。任命宣读完毕，谢里带头鼓掌，接着掌声一片。

八凤宣读完任命说："下面，我谈一下工作。现在本公司手里掌握着一批建筑用的盘圆、罗纹钢，各有七千吨，都是紧俏物资，但是价格相对高一些，因为这批货转到我们手里已经被人家扒了三层皮了。大家要紧急出动找买主儿。我这里有价格表，一会儿大家拿着去分头找客户谈判。"

副总经理三凤问："这么多的货都在哪儿？我怎么连一截……"八凤打断她的话说："你们只管谈，客户要是问货在哪儿就让他们来找我。公司决定，谈成一笔提成百分之一，给对方百分之一的回扣。大家可以算一算，如果你把这批货推出去能拿多少钱？"

六凤伸着十个指头飞快地算着，吓了一跳。三凤算了一下也吓了一跳。八凤笑了，说："不算不知道，一算吓一跳吧？这就是现代商业，一夜之间你就会成为百万富翁。另外，我们还有一个任务，就是要在社会上广泛集资，增加我们的流动资金。我这里有宣传单，大家会后看一下，要大力宣传。"

谢里附耳对八凤说了几句什么。八凤点点头站起来说："还有一件事，我们是国际贸易公司，一切要国际化，要有点国际形象。从今天开始，大家每天要学两句外语，先从俄语说起，以后我们主要是同苏联打交道。"说罢一挥手，"现在统一着装，到院里学外语。"

大伙统一了着装，在院里站成一排。谢里充当教官，他教一句大家乱七八糟学一句，南腔北调。听雨楼一时间成了外语学校。

回廊上，老太太领着黑虎看着大伙学俄语，忍不住乐了，冲楼下喊："看你们笨的，都念了些什么！舌头不会打嘟噜不行，我念几句你们听听，哈拉少，舌头要翘起来，打出嘟噜。"

老太太嘴里往外冒着一个个俄语单词，别说，发音还挺标准。大伙不听谢里的，跟着老太太学起来了。教官谢里有些不悦，冲八凤耸耸肩。八凤仰起头来喊："妈，别给我们添乱行不行呀？我们这是工作。"

老太太捂着嘴朝屋里走去，边走边念叨："工作？还不知你们能烤出什么大点心来呢。"

屠宰场加工车间这阵子活不多，杨为健和大伙坐着抽烟聊天。一个外号叫"臊嘴"的工友对杨为健说："我说你小子行啊，老婆升处长了，还不回家歇着去？在这儿掏猪肠子卸猪肘子多丢人啊，回到家里一股子猪大油味儿，你老婆让你靠身啊？"

杨为健生气了，低着头抽口烟说："你给我打住，再说些放屁辣臊的我可不客气了！"

臊嘴说："装什么严肃脸儿啊？心里还不知道怎么乐呢。"说着蹲到杨为健跟前："杨哥，跟哥们儿说说，你老婆这么大的干部回家是个什么样儿？你俩怎么过日子？晚上搂着个处长什么滋味？让你弄吗？我真觉得挺神秘的。"

"我操你妈！"杨为健一脚踹倒臊嘴。两个人厮打起来。别看臊嘴年轻，打架不是杨为健的对手，用不了两个回合败下阵来，光棍不吃眼前亏，拍马便走。

杨为健抄起一个猪肘子，一边撵一边骂："我操你大爷，你他妈的下套风凉我！谁要是再提这档子事儿，我一猪肘子干死他！"大伙一看杨为健真火了，把他抱紧，好歹才劝住。

第十二章

尽管屠宰场有食堂，但是那些能过日子的工人，还是夹着饭盒子上班。用过午餐，古城国际贸易公司供销处处长六凤刷好饭盒，抹了抹油嘴儿，背剪双手晃晃荡荡来到厂长办公室。

厂长沙德广也刚用过午餐，把双脚搭在办公桌上，直了个曲别针剔牙。今天食堂炜的猪蹄子不烂，塞牙。沙厂长对食堂早有意见，多次指出他们做的菜老是一个味儿，比馆子差老了。食堂的同志不服，说你厂长不拨款净拨些烂肠头下脚料，巧妇难为无米之炊，把他噎得眼儿眼儿的。现在这些工人经历过"'文化大革命'的战斗洗礼"，不好摆弄，一个个都属酸枣刺儿的，拨拉拨拉直梗梗，一点招儿也没有了。这时他看见一个自己叫不上名的女工进来了，就说："哎，怎么不敲门就进来了？哪个车间的？有什么事儿？"

六凤款款地坐到厂长对面，说："大厂长，怎么眼睛总盯着上面不朝下看看？我都不认识了？加工车间的初福凤，大伙都管我叫六凤，认识了吧？"

"哦，有什么事儿？"

"我想问问厂长，咱厂有什么困难没有，要是有您别客气，我想在百忙之中抽出点儿时间帮您办办。"

"你？就你？"

"对，就我，说吧。"

"怎么，你有什么背景吗？"

"什么年头了还谈背景，有章程就是背景。你现在看看，满世界发财的有几个是有背景的？不相信您手下一个普通女工能做出惊天地泣鬼神的大事吧？"

"别吹了，这些天没少上我这儿吹天泡地的，这个说能弄到罗纹钢，那个说能搞到盘圆，结果呢，钢毛也没见着，光饭钱厂里就搭进去两三千。怎么，你能弄着钢材？"

"对！"六凤点点头递过一叠钢材价格表，"品种价格都在上面，什么时候需要打个电话给我妹就行了，生意谈成了有你百分之一的回扣。不信是吧？我现在带你去提货？"沙厂长仔细看了报表，从办公桌上撤下两只脚说："我的天，想起你是谁来了，我没来厂之前，也就是'文革'前，你当过劳模吧？怎么你这么一个老实人也干起这个来了？"

六凤哧了一鼻子："哼，在钱面前谁还能老实了？"说着递过一张名片，"这是我的，请过目。"沙厂长接过名片大吃一惊："怎么？你当处长了？"

六凤谦恭地一笑："徒有虚名。"接着，跟沙厂长谈起公司要在社会上集资的事。沙厂长表示屠宰场现在不行了，也是有病乱投医吧，想把剩下的一点资金做笔不大不小的买卖，可以谈谈。

先不管六凤和沙厂长谈得如何，我们看看古城国际贸易公司副总三凤是如何游说老同学马占光的。马占光也开了一家公司，叫盛达贸易公司，自任公司总经理。三凤来到他的公司拉老同学集资。

马总说："三凤，现在社会上公司多如牛毛，昨天看报纸报道，你猜咱古城前天在工商局注册了多少家公司？六百家！现在经理满街都是，哪个有实力谁看得真？多数都是玩空手道，手头没货，你哄我抬吃对缝儿，一块铁疙瘩熊得五六十家公司满世界跑。没听人说这么个笑话吗？一个六岁的小孩儿在幼儿园跟阿姨说他爸能弄到老鼻子钢了，一传十，十传百，几十家公司明枪暗箭你争我夺，差点把那小孩挣成肉片片儿，最后才知道他爸是个翻砂工，成天和铁疙瘩打交道。"

三凤正色道："我们这个公司是有实力的。我还没告诉你，我们公司的顾问是俄罗斯远东国际贸易总公司的老总，真正的俄罗斯人，背景深着呢，和勃列日涅夫都沾亲戚。不信你到我们公司去看看，眼见为实嘛，走，去看看。"说着拖了马占光回公司。

两个人来到听雨楼院门外，见门口已经停了一辆小轿车。三凤和马总下了车。大凤身着公司服装，满脸笑容迎上前用俄语问好，一个劲儿地"哈拉少，哈拉少"。三凤挺自豪地对马占光说："怎么样，马总，我们公司的职员都会外语，有的会讲七国语，国际贸易公司嘛。里面请！"三凤带着马总来到公司办公室，向八凤介绍道："初总，盛达贸易公司的马总来了。"

八凤过来热情洋溢地握着马总的手，说："欢迎，欢迎！"介绍坐在沙发上的一位先生，"这位是机床厂的钟厂长，我们正在谈一笔生意。马总请坐。"又把谢里从里屋请出来介绍给大家，"这是我们公司的顾问，俄罗斯远东国际贸易总公司的老总，谢里普霍夫斯科依。"

钟厂长和马总一看谢里还真是个大鼻子黄头发洋家伙，都诚惶诚恐地掏出名片递上去。谢里一切按洋过场走，彬彬有礼地与二人拥抱，贴脸儿。接着就坐下谈判。

很快，谈判就进入了实质性阶段。马总说："初总不要说了，不见兔子不撒鹰，我想先看看货，说别的没用。"八凤大度地笑了，说："我知道你对我们这有所怀疑，这很正常。明天我派人陪你去黑河看货，路费我出，这可以了吧？"回头对三凤道，"副总经理，你明天陪马总他们去看货。""是。"三凤微微鞠了个躬。

八凤又回头对马总说："但是我们必须先签个协议，如果价格接受了，但看了货不要，那我可要打官司了。按常规得先交百分之五的预定金。"马总岂能不懂商场游戏规则，点头道："合情合理，这好办，就按规矩来。"

八凤又问钟厂长："您呢？"钟厂长说："我们是国企，实行集体领导，需要开会研究研究。"

谢里不耐烦了，操着外行听着蛮流利的俄语，点画着手里一堆俄文文件说："你们这种办事效率怎么能做生意呢？还是观念问题。你们以为我们的公司小是不是？这完全是一种错误，天大的错误！"八凤把他的话翻译了。

谢里又说："美国、法国很多著名大公司比我们的门面还要小，可他们每年做着上亿美元的生意。你们以为我们是皮包公司是不是？你们说对了，我们就是在对缝儿，我们是中间人，双方成交我们提成，这有什么不好吗？在俄罗斯这样的公司遍地都是。"

见钟、马两位听得投入，谢里来了情绪，指了指头说："还是这里有问题。你们看看这些文件，大买卖还在后面。你们了解世界吗？我打个电话什么买卖都会跑过来。坦克你们要吗？苏联的退役军舰你们要不要？实话跟你们说，经我手已经卖了一个集团军的旧坦克，黑海舰队的两艘退役航空母舰。那全是好钢。怎么样，我弄条航空母舰给你们玩玩？诸位，你们根本不了解世界现在在干什么！"

钟厂长和马总听着谢里的宏论目瞪口呆。电话铃响了。八凤拿起电话，一听对方是朱总要钢材，说不行，早就卖出去了，一个铁钉都没有了。挂上电话对钟、马二人说："二位考虑吧，我们还很忙。"

晚上，杨为健下班推着自行车进院，见八凤正送客商出来，没理会，要进自己的屋子。八凤喊道："七姐夫停一下，跟你说点儿事儿。"杨为健说："什么事儿？你们正忙着，改天吧。"

八凤推开仓库的门说："进公司吧，说点正经事儿，别那么大的架子。"见八凤这么说，杨为健只好支了自行车跟她进了公司。

三凤和六凤一起忙着打电话，一个忙着查价目表。杨为健坐下，对八凤说："说吧，别耽误你们的生意。"八凤笑盈盈地问："七姐夫想不想入股啊？包你发财，给你的是内部股，百分之三十五的红利。怎么样？入吧。"

杨为健苦苦一笑，说："我倒是想发财，可发不了，没钱，等有钱了再说吧。"说着站起来要走。八凤忙拦住，说："别走啊，事儿还没说完呢。"杨为健又坐下。

八凤说："七姐挣几个一脚踢不倒的钱都有数，听说你们厂也快黄了，我琢磨着你还是到我这儿干吧，一个月给你开五百块钱怎么样？"杨为健说："我能干什么？连账都不会记。"

八凤说："用不着你记账，看个门扫扫地，客人来了端茶倒水，这还干不了啊？是不是放不下工人阶级的架子？"杨为健说："不是，工人阶级还有架子吗？你的心意我领了，不过，眼下我还不能干。谁说我们厂快黄了？没那事儿。干厂子和居家过日子一个道理，有时候好点儿，有时候差点儿，有潮涨就有潮落，我可不能在厂子最困难的节骨眼上撂挑子不干了。不管怎么说，咱是老工人。"说罢起身走了，他要回家忙做饭。

七凤下班回家，见炕桌上摆满饭菜，杨为健趴在炕桌上睡着了，桌上摆着一摞摊开的中学课本。七凤叫醒他吃饭，说把书收拾了吧。

杨为健揉着眼睛，说："七凤，跟你商量个事儿，我想念夜大，有空儿你帮我复习复习。"七凤说："上夜大干什么，再说我哪有时间啊。"

杨为健笑了，说："咱俩换工嘛，当年咱俩不是换过工吗？现在倒过来换，家里家外的活儿我全包了，你每天晚上给我补一个钟头的课就行，好不好？"七凤犹豫了一下，说出一句不太跟形势但绝对实际的话："为健，你在屠宰场学这些还有用吗？"

杨为健轻轻叹了口气，说："七凤，我不学真的不行了，叫厂里的青工落下了；我还觉着离你越来越远了，快抓不到你了。"听了这话七凤心里也不太是滋味，说："为健，你的心情我理解，但你不要有自卑心理，两口子过日子千万别有自卑，要是那样我得自卑一辈子。那样行吗？能过好日子吗？为健，我根本不在乎这些，你这样叫我心里真的很难受。不应该这样，要快快乐乐地生活，像原来那样。谁瞧不起你我也不能。"

杨为健苦苦一笑，说："七凤，我知道你没有瞧不起我，可越是这样我心里越难受，上火啊！我成天盼着你下班早来家，可是见着你嘴里有话也说不出来了，我觉得咱俩生分了，我真的很紧张，很害怕，怕有一天……"

七凤打断他的话："别说了，吃饭，我明天出差要起大早。来，喝点酒不好吗？"喝着酒杨为健小心翼翼地问："上哪儿出差？南边还是北边？"

"长春，谈一个合作项目。"

"长春？那地方可够冷的，多穿点儿衣服！"

老太太、八凤和谢里正在听雨楼二楼堂屋吃午饭。谢里笨拙地用筷子夹菜，怎么也夹不起来，扔了筷子嚷："不行，我不会用，我要用我的刀叉。"

老太太脸上冷飕飕地说："谢里……什么同志，你必须用筷子，我的饭桌上不想看你舞刀弄叉的。到什么山唱什么歌，你在这儿得听我的。我要是上你家吃饭你能给我准备筷子吗？笑话！你愿吃就吃，不愿吃给我撂下筷子走人。""我抗议！"谢里梗梗起脖子。

八凤剜了他一眼："你给我少说两句吧。"老太太嘿嘿冷笑："你还抗议？你还给我梗梗脖子？有你好看的时候！吃完了饭我得给你剪剪胡子，把你满头的长毛薅一薅。没看你一进我这院儿后面跟了多少人？我可丢不起这个人！"

谢里哭丧着脸，俄语汉语掺和着说："八凤，亲爱的，我实在忍受不了啦，我们逃难吧！您的母亲太慈祥了，我怕被她伟大的爱融化了。"

老太太呵斥道："吃饭少说话，你以为我听不懂？"八凤笑着问："您说刚才谢里说了些什么？"老太太说："他说他要把我火化。"

"哈……"八凤笑得嘴里的饭都喷出来了。六凤来了，推开门叫了声："老八。"八凤脸色一沉："叫初总。"六凤挺尴尬，忙改口说："初总，副总来电话说她和马总、钟厂长已经到黑河了。"

今日的黑河，改套一句农谚来形容最恰当不过：九九加一九，老总满地走。黑河一家公司的彭总在酒店摆了接风宴款待三凤一行。喝得正酣，彭总带着初副总、马总、钟厂长走上酒店的平台，把两架望远镜递给马总和钟厂长，抬手一指，僵着舌头说："前面就是黑龙江，对面就是布拉戈维申斯克。看见没有，岸边那排报废的坦克马上就要运过来，仔细看，从008号到021号全是咱的，一个电话就运过来。这可是好钢啊，不是谢里我才不伺候你们这样的客户呢。"

马总很兴奋,喊道:"啊,我看见了,看见了!"钟厂长更是兴奋:"我也看见了。嘿,这么多坦克,马总,这坦克身上除了钢还是钢,没别的!"彭总说:"说些废话,有别的那是爬犁。"

三凤说:"看见了就好。彭总,我们马上回去签协议,马上打款。"彭总说:"要快,晚了可别怪我,要货的主儿太多,不是谢里我不愿做这样的小生意。这几天我想托谢里弄艘航空母舰过来拆卸,诸位有意思吗?"

马总连忙点头:"有意思,我们也算一个。"钟厂长不胜感慨:"真想不到,黑河的边境贸易这么红火,真是开了眼了。"

彭总也有些感慨:"不亲眼见谁敢相信?当年咱用一车西瓜从对岸换回一车土豆,两边都觉得有赚头儿,从此就一发不可收拾,双边贸易如火如荼地发展起来了。你们知道黑河现在有多少家国际贸易公司?说出来吓一跳,六千家!你们没看见大道边都打着地铺吗?"马总说:"看见了。我还纳闷呢,沿江一溜道怎么那么多打地铺的?干什么的?"

彭总说:"全国各地来办公司的呗。黑河市内所有住房都满了,连学校都放假了,腾出教室当宾馆,跟着发财。你们可别小看这些地铺,不信去问问,一个地铺就是一家公司,床板就是公司的牌子。南有广州北有黑河,想发财不两头挣那才叫傻蛋呢。"

马总激动了,发财的机会就在眼前,千万不能错过,忙说:"彭总,我们马上签合同。"钟厂长也要马上签。

彭总说:"你们跟谢里签吧,我是他远东国际贸易总公司的分公司,没有权力。另外请各位手下留情,坦克少要几辆,河北几家公司追着我要了好几天了,拜托了。"说着不停地向二位作揖。马总急了:"不不不,我们全要,全要,我们是谢里介绍来的!"

七凤这次到长春来,是受市长的委托谈经济合作项目的。马不停蹄地谈了几天,达成了几个意向,总算不辱使命,饯行宴上就贪了几杯,喝得有些高了。东道主齐总亲自送七凤到火车站,把她从车里扶出来。此时的七凤脸色苍白,一脸倦容,不好意思地朝齐总笑了笑说:"让大家见笑了,喝多了,喝多了。"

"哪里话,初处长是实在人,一端酒杯就知道在北大荒待过,我就是愿和这样的人打交道。"齐总说得很诚恳。

七凤握住齐总的手,使劲地摇着说:"齐总,合作的事就拜托了,到古城我一定好好执行,酒要喝个痛快,咱一人干一瓶!"齐总挺实在,说喝酒归喝酒,合作归合作,还要到古城考察后再做决定;认为这次谈的项目不错,并请她代问姜市长好。最后说了句送君千里终须一别就回去了。

七凤进了站台,突然听身后有人喊自己,不由一愣,转过身来看,见一个男人呼哧呼哧向她跑过来。七凤仔细看了看来人,惊喜地大叫道:"李德玉,是你!"李德玉是她的知青战友。李德玉说:"怎么能在这儿碰见你?我的天呐,拥抱,拥抱!"张开臂膀和七凤拥抱。

"看样子是送人。还好吧?"

"还行。我在长春机床厂,咱们连有六个人在这个厂。我说你别走了,我招呼他们今晚聚聚。"

"不行啊,回去还有事呢。我这里有个项目,以后会经常来的。"

"和卫平还有联系吗?"

七凤摇了摇头。

"他和我常联系。唉,你们俩怎么搞的……不说了。"

"怎么了?"

"卫平从北大荒回到讷河,直到现在也没结婚,说要一直等着你。这个人真迂,痴心不改啊。你怎么样?"

"我挺好的。"

"那你就应该告诉他,别叫他痴等了。"

七凤一时无语,心中顿起波澜。一列开往讷河的火车进站了。七凤看到了车厢上的标牌,犹豫了一下,突然朝停车的站台跑去。李德玉大吃一惊:"我说你要上哪儿去啊!"七凤跳过一道道铁轨,跳上那列已经鸣笛北上的列车。

七凤突然改变行程未能如期回家,令杨为健坐立不安。这天下班回来,他支好自行车,看了眼自家的门口,见门上挂着那把铁锁,叹了口气,来到八凤的公司。朝里望了望,见没有人,拉开门进去,坐到写字台前,拿起一张报纸看着,眼睛不时地望着院里。看了几眼报纸扔了,拖过电话,拿起来拨号,挂通了,就装着北边的口音说话:"是经济研究中心吗?问一下,初桂凤同志在吗?我是她的老同学,对,从外地来,想见见她。出差了?去哪儿了?长春?什么时候回来?她在长春的电话您能告诉我吗?"正说着见六凤下楼朝这儿走来，急忙挂了电话，佯装看报纸。

六凤推门走进来，愣了一下，问："小杨，你怎么在这儿？"

"哦，我来看看报纸。"

"老七还没回来？走了可有些日子了。"

"唔，出差对她来说是家常便饭，现在又调到市里经济研究中心了，更忙了。六姐，你忙着，我出去有点儿事儿。这张报纸我拿去看了。"说着走了。

他能有什么事？就是找个小酒馆喝酒。都说女愁哭、男愁唱，杨为健愁了就有一个去处：小酒馆。

其实，杨为健的坐立不安并非杞人忧天，你看七凤，同学聚会她婉拒了，一听到卫平的消息跳上火车就赶奔讷河卫平的家。要不是李德玉撵上她告诉卫平的具体地址，她还得满讷河转。

中午时分，七凤经人指点找到卫平的家，快到家门口她犹豫了：自己是来干什么的？来了要说什么？她停在离卫平家不远处的一排白杨树后踌躇不前了。卫平家门口聚着很多人，这些人朝西边指画着什么。一个小青年高高举起一根竿子，挑了一挂鞭炮，另一个青年用香烟点燃，一挂鞭炮炸响了。

往西看去，只见几挂大车搅起漫天的雪雾，眨眼的工夫在卫平家门口停下。七凤愣了，趋步来到卫平家院外，贴着木栅栏朝里看，见大门上贴着喜字，大车停在院内，新娘子下了车。而卫平在鞭炮声中抱起新娘子朝屋里走去。看到这一幕，七凤呆了。

新房里，卫平和新娘子给客人剥糖点烟，客人们说着大吉大利的喜庆话。卫平偶一抬头突然愣住了，透过窗户，他分明看见七凤站在院子的栅栏后边。卫平愣愣地像被电住了。新娘子看到了卫平的失常，顺着卫平的目光看见了窗外的七凤。

卫平拨拉开把屋子塞得满满的客人朝外走去。终于在火车站追上了七凤。在小站台设的餐厅里，两个人对坐着谁也没有话。

后来，七凤说话了："今天看见你结婚我真的很高兴。不知道你结婚，没带什么礼物。"卫平很努力地笑出来，问："什么时候到的？怎么不打个电话？"

"对不起，实在是太匆忙了。"

"这么些年了，我一眼就认出你。写了多少封信一封也不回，这个时候你才来，什么都晚了，晚了！"

"卫平，我对不起你。"

"不，是我对不起你。你怎么样？孩子怎么样？男孩儿还是女孩儿？"

"不，你误会了，我是路过这里来看看。我过得挺好，孩子也挺好，是个男孩儿。不谈这些好吗？"

"不，我要谈，我真的对不起你。我曾经对你发过誓，为了等你我终身不娶。可是我违背了自己的诺言。"

"卫平，不要自责了，该自责的应该是我。我万万没有想到你为了等我一直没结婚。这些年你做得还不够吗？还要怎样？为了我你耽误了这些年的婚姻，值得吗？"说着，挥起拳头捶打着卫平的肩膀，呜呜地哭了。

卫平用粗糙的大手抹着眼角的泪水，说："我寻思你带着孩子嫁人不会长远的，过不好会带着孩子来找我，所以一直为你和孩子留着窝，谁知道……"七凤擦着泪水说："别说了，看到你有家了我很高兴，真的。这些年的感情账可以结了。"

卫平默默地看着七凤，说："你是说我们不再见面了？我们的故事结束了？"

"是的，该结束了，太累人了。"

"他对你怎么样？"

"挺好的。"

"真的？"

"真的！"

"有一个请求，把孩子的照片给我留一张好吗？"

七凤点点头，从手提包里拿出一张孩子的照片，轻轻地推到卫平的面前。卫平拿起照片，仔细地端量着，泪水流出了眼窝，轻轻地亲吻了一口，小心翼翼地揣进怀里，迟疑了一下，又掏出来，递到七凤的手里。

"留着吧，留个纪念。"

"不，我怕忍不住想孩子，会到古城去找你们，不该再给你带去麻烦。孩子知道自己的身世吗？"

七凤摇了摇头。

"千万不要告诉孩子。"

七凤点点头，站起来说："我该走了，小火车快来了。"

"你永远不会再来了，是吗？"

"是的，这是最后一次。"七凤说罢提起旅行袋，走了几步又转回身来，把儿子的照片放到卫平的面前，一溜小跑出了餐厅。卫平追了出来，刚要喊住七凤，蓦地发现新娘泪流满面地站在自己的面前。

杨为健正在做晚饭，七凤背着挎包回家来了。他乐了，赶紧接过七凤的包，笑眯眯地说："长春的会刚完？我琢磨着你今天能回来，特意弄了几个好菜。请请请，炕上请！"七凤闪烁其词："啊，刚完，刚完。"说着脱了衣服挂到衣架上，又去外间打水洗脸。

杨为健跟着她在背后观察其神情。智者千虑，愚者也在千虑。七凤只顾洗脸不说话。

"告诉你个好消息，我上夜大了。"

"是吗？考上了？"

"嘻嘻，送了点礼，叫我先当个插班生。我是豁出去了，一定要念下来。"

"你实在要念也是好事儿。我太累了，先睡了，饭就不吃了。"说着低头朝里屋走。

"眼睛怎么肿了？"

"哦，叫风吹的。"七凤说着把门关上了。

杨为健坐在厨房的小板凳上，闷头抽烟、喝酒，侧着耳朵听到了七凤轻声的啜泣，起身进屋，朝大被蒙头的七凤看了一眼，摘下衣挂儿上七凤的风衣来到厨房，在兜里乱掏起来。

他愣住了，盯着手里的车票眉头渐渐聚拢——他发现了讷河的车票。他呆呆地看着手中的车票，猛地摔了风衣，怒气冲冲走到屋门口，想质问，想咆哮，想怒骂。但他止住了脚步，缓缓坐下，举起酒瓶，咕咚咕咚灌下瓶中酒，趔趔趄趄推门而去。

杨为健大醉了，在大街上歪歪斜斜地走着，边走边唱自己心中的歌："咱们工人有力量……"

七凤一觉醒来不见了杨为健，喊了几声不见应答，来到厨房发现了桌上的车票，什么都明白了，怕出什么意外，推门去找杨为健。

次日一大早，七凤把饭做好了，叫起杨为健吃饭，说："我说你以后注意点儿，怎么喝酒喝成那样儿？深更半夜的在街上乱唱，让人看见像什么样儿？"杨为健拥着被默默地看着七凤，就那么两眼直勾勾地看着。

"看什么呢？说你呢。"

"你这次长春行挺好？"

"挺好，过两天人家就来谈投资了。"

"没上别的地方转转？"

"没有，哪有时间呀？"

"没去讷河？"

七凤怔住了，没有回答。

"我，我实在憋不住了。"

"憋不住了你就说，别吞吞吐吐的。"

"我……我不能不说了，你上卫平那里去了，你们俩还没断，还把我当猴儿耍！"

七凤不想隐瞒了，说："为健，我确实到他那去了趟，是路过那里顺便看看，你不要多想，千万不要多想。"

杨为健突然高声道："我怎么能不多想？多少年了你还没忘记他。对，他是黑虎的亲生父亲，你是黑虎的亲生母亲，你们俩坐在一块儿能没有感情？能不碰出火花来？鬼才相信呢！谈孩子了吧？谈未来了吧？谈怎么把我消灭掉了吧？谈你们三个人什么时候合家团圆了吧？我这个武大郎该退出舞台了，《水浒传》没戏了，《金瓶梅》该续上了。"杨为健前几年评《水浒传》时认识了武大郎，前不久又从工友臊嘴那儿借来《金瓶梅》偷偷看过，对这种畸形的三角恋爱颇有研究。

七凤已经意识到自己的讷河行有些孟浪，说："杨为健，我去看他可能是个错误。"

"可能？"

"是的，可能是个错误。但是你想得太多了，近乎无聊了。你应该相信我，相信你自己，什么事也没有发生，你不要无端地猜测。"

"我无端地猜测？你的眼睛怎么肿了？哭的吧！叫感情折磨的吧！难舍难离吧！"

七凤一拍桌子，厉声道："杨为健，你太无耻了，简直是个无赖！"说完，踢开门走了。杨为健一脚把被子蹬下床，赤脚跑到地上，追出去，站在门口喊道："究竟谁无耻？你拍拍良心问一问自己！"

第十三章

尽管老太太瞪眼不稀见谢里，谢里还是登堂入室，取得了和她老人家共进早餐的资格。早晨上班的上学的走得早，老太太和谢里、黑虎的早饭就吃得晚。谢里的筷子使用得有点进步了，老太太要名师出高徒，诲人不倦，不断地给他纠正动作："像我这样，指头捏在这儿，轻点使劲儿。你这是搬道岔呀？你说你怎么这么笨，连块肉都夹不住。"

谢里被训得不耐烦了，说："可以了，可以了，您不是不让人吃饭的时候说话吗？可您一早晨都在说，听您的话就能听饱了，不吃了。"嘟噜着脸子撂下筷子。

"哟嚯，你脾气还不小呢！白吃饭不拿钱还挑三拣四的，别给我来这一套。你以为我不知道呀？你们国家现在正穷着呢，卢布也毛了，不值钱了，你在老家早晨也就是将就着喝碗稀饭吧，还能像这儿四盘儿五碟的？还来了毛病了，你是什么人敢在我面前摆谱儿？"老太太从来不惯老孩子毛病，像呵斥孩子一样呵斥谢里。谢里梗梗着脖子说："我是您女婿。"

"滚一边去，打死我也不认，别做梦了！还有，你这满脸乱七八糟的胡子，满头的长毛，什么时候剪？说了多少回了就是当耳旁风。你不剪我就要动手给你拾掇了。一见你满头满脸的毛我心里就满满的。"

"您敢动手我就敢起诉！"谢里不服。"说什么？要告我？"老太太不信。

谢里狡猾地笑了："哪能呢，您是我的丈母娘，我要是告您八凤就不跟我好了，这个我懂。"老太太最不爱听什么他偏说什么，火了："谁是你丈母娘？快给我走！"

谢里明白，老太太是一家之主，女儿的婚事必须过她这道关，想搞点物质刺激通融一下，从兜里掏出一挂怀表在她眼前晃着说："纯金的，要是允许我和八凤好就送给您，可以吗？"老太太鄙夷地瞥了一眼金表，说："不稀罕。要是我送你一副银镯子，你就立刻给我滚蛋，可以吗？"

俩人正说着，楼外响起一阵锣鼓鞭炮声。原来是钟厂长带着一群工人涌进院里，还挑着一幅锦旗，上书："听雨楼里飞彩凤，神州大地舞蛟龙。"

大凤和六凤站在门口笑脸相迎。大凤说："屋里请，屋里请。"嘴里不断地客气："钟厂长你这是干什么呀，不就是帮着厂里解决了点钢材吗？用不着闹这些光景。"

大伙拥进公司。八凤接过锦旗也一个劲儿地客气："钟厂长，这是本公司正常的业务，你别这样，闹得我都不好意思了。"钟厂长作着揖说："初总经理，黑河的钢材全部到货了，货真价实，你可帮我们厂解了燃眉之急呀，要不我们全厂就要停产了！万万没想到贵公司有如此大的神通，送一面锦旗聊表心意，以后希望多多提携帮助。"

八凤笑盈盈地说："不必客气，以后我们还要精诚合作。你还不知道吧，马总做了这批钢材一转手就赚了十多万，正在家偷着乐呢。这就是改革开放，要感谢还是感谢党的政策吧。"

六凤也说："钟厂长，你们厂要想发财，就得靠我们公司。回去发动发动搞集资吧，投到我们公司，准保叫你们月月吃红利，天天勾嘎儿乐。"钟厂长一个劲儿地点头说："好好好，我这就回去发动群众。我们厂班子正在考虑投入一部分资金。胆子再不大点儿，脑子再不活泛点儿，可真要被这个时代落下了。"

企业被时代落下要倒闭，人要是被时代落下了在婚姻中就要出局。这一天五凤在厨房做晚饭，小叶夹着皮包回来了，告诉她，饭不忙着做，有事儿商量。五凤问什么事儿。小叶从皮包里掏出一张表往桌子上一拍说："你不是说和我过够了吗？还说咱们离婚你会欢天喜地地送我一程，是这话吧？"五凤紧张地盯着桌子上那张表说："我没说过那些话，都是你瞎编排的。"

"你怎么说过就不承认了呢？"

五凤赖账，说："我就是没说过，那都是你说的。"

小叶不和她争执没用的，阴着脸说："好好好，咱们争论这个也没什么意思。我经过反复考虑决定，咱俩离婚吧。这是离婚协议书，你在上面签个字。咱别打别闹，好聚好散。"五凤不动声色地问："真的呀？"小叶严肃地点了点头。

五凤拿起离婚协议书，认认真真地看了看，说："这是真的呀？"

"这事儿谁还敢开玩笑吗？你签个字吧。"

"签就签，没什么大不了的，我眼不眨、笔不抖，写两笔隶书让你开开眼。我的隶书还真不错，都是当年写大字报练出来的。我说小叶，笔墨伺候。"

小叶找来毛笔和墨盒说："那就快签吧。"五凤打开墨盒翻来覆去润笔，在空中比画着。

小叶催促："你就快点儿吧，不就是初祥凤三个字嘛。"五凤放下笔，皱着脑门儿说："这隶书开笔是怎么写来着？我都想不起来了，有几年没写大字报了。"

"不会隶书就草书吧，快点儿。"

"你都想好了？"

"你怎么那么多废话？我的字都签了。你是不是又怕了？"

五凤一摔笔喝道："放屁！"小叶赶紧拿起离婚协议书，见上面已经点了两个大墨点儿，嘴里不住地念叨："坏了坏了，往哪儿摔啊？完了，这张作废了。"

五凤嘿嘿一笑："你再拿出一张来我照样签字，给你写两笔魏碑看看。我害怕？鬼才怕呢。别以为我现在落威了就得成天巴着你的下巴颏儿过日子。我有我的事业，我有我的人格，我有我的心气儿！还是那句话，离了婚，你前脚出门我后脚就放一挂十万响的鞭炮，隆重送你出门！"说着从柜子里拖出一挂鞭炮，放到桌上，"你看看，这是我过年留的，为你留的。知道了吧，我早就下定了决心，你再拿出一张离婚协议书我立马签字，要是不签……"话没落音儿眼睛呆滞了，只见小叶从包里又拿出一张离婚协议书。

五凤头上冒汗了，问："这是怎么回事儿？"小叶冷冷一笑，道："收起那一套吧，你是孙猴子我是二郎神，你尾巴一撅我就知道要变山神庙。刚才那一份是草稿，这一份才是正式的。签字吧。"

五凤被弄了个措手不及，又施缓兵之计，说："小叶你先坐下，不要激动，字我肯定是要签的，在正式签字之前我想和你谈谈。坐下，没有罚你的站。"

"我没有那个耐性，站着听，你快说。"

五凤说："我最近一直想和你谈谈。这些日子晚上睡不着觉，我也回忆了一下咱俩过去的似水年华，那是一段甜蜜的生活，闭上眼睛，一出出一幕幕，在脑海里像过电影，酸甜苦辣涌上心头……"小叶纠正她的说法："什么甜蜜的生活，对我来说那是地狱的生活。"

"我常常想起你的过去。"

"那是一场又一场噩梦。"

"是啊，是啊，由于历史的原因你一直受压迫，我呢，在家里一直主沉浮，多少也给了你点儿气受。哪里有压迫哪里就有反抗，可那时是专政，你反抗不了。现在形势变了，咱俩的地位都变了，换了个个儿，你想专专政发点脾气我也是可以理解的。以后你随便发，我保证没有一点儿动静儿，我会吸收消化，变压力为动力，迅速成长起来，成长为一个你喜欢的人。"

小叶态度很坚决，也很强硬："你签还是不签？不签咱们就分居。你这种人，从历史上看改也是很难的，我是没有信心了。"五凤很有耐性："签是要签的，不过有些话我还要跟你谈谈……"

小叶不想再听了，站起来说："看来你是不想签了，那好，我走。"说着抱起早已捆好的行李要走。五凤再也沉稳不下去了。哭着求饶："小叶别走，我改还不行吗？"小叶头也不回地说："你哪有一点改的样子？都这个时候了你还给我做报告。"摔门而去。

古城国际贸易公司初战告捷，大大地鼓舞了士气。傍晚时八凤召开了会议对前段工作做小结："这次大家干得不错，尤其是三姐、六姐主动出击，给公司带来了可观的经济效益。我决定，各奖励二人一个红包。大姐兢兢业业忠于职守，也奖励一个小红包。"拿出两个大红包给三凤和六凤，给大凤一个小红包。六凤悄悄瞄着三凤那个红包，三凤也斜睨着六凤那个红包，都不知包里有多少钱，赶快揣进自己兜里。

大凤觉得自己是无功受禄，推辞道："老八，我也没干什么事儿，这个红包还是给咱妈吧。不好吗？"八凤说："那是你自己的事儿，反正我给你奖励了。下面说说公司眼下最紧要的两件事，一呢，我们要加强社会集资的力度，要深入群众，发动群众，大打人民战争，宣传集资的好处；二呢，大家请看，"说着把一艘航空母舰的结构图挂到墙上，"这是谢里刚刚搞到的一艘苏联退役的航空母舰，我们决定购买它十分之一的拆卸权。"用手比画着航母的一部分，"这儿，就是我们的，全都是最好的钢。"

三凤惊叹道："妈呀，谢里真行，把航空母舰都舞弄来家了，这下可发了，发大财了！"八凤用手指比量着自己的嘴唇，示意三凤不要说话："要购买这十分之一的拆卸权就需要大量的资金，不是几十万、几百万的问题，而是上千万、数千万的问题。谢里那边的远东国际贸易总公司催得很急，我们要加紧集资，争取更多的投资方联起手来做。同志们，我们虽然取得了初步的胜利，但请同志们务必保持谦虚谨慎的工作态度和艰苦朴素的工作作风，咱们再接再厅。公司提出口号：广集资，不叫苦，一举拿下大航母！"

六凤回到家，一屁股拍到椅子唰唰地点票子，竟没发现丈夫王国臣回来了。

王国臣满脸的惊诧："嘀，哪儿偷这么多钱？"六凤吓了一跳，下意识地把钱藏到背后，嗔道："吓死我了。回来了？怎么一个礼拜也不挂个电话？公司的电话号码不是给了你吗？"

"我在问你哪来这么多钱！"

"老八发的红包。你猜猜多少？"

"多少？"

"妈呀，三千块！你说说，这不像做梦一样吗？我这些天就动了动嘴儿，这钱就摇着尾巴来了，照这么干下去，我真得烧死了。"

王国臣瞪大眼睛说："真的呀？你放个屁赶上我五六年挣的了。赶紧买套沙发。"六凤说："论正理儿是该买，我也馋了多少年了。可咱不能买，我说个道理你听听：咱花钱买了搬回家坐在腚底下，可它是个死东西，不会再挣钱是不是？要是咱把这三千块再投到老八公司里，那就是钱生钱是不是？咱得有一点儿经济头脑是不是？我跟老八学了这些日子也长了些知识，咱再不能稀里糊涂过日子了。"

六凤笑着说："国臣，我越琢磨越不对劲儿。"王国臣说："什么不对劲儿？"

"我是说老八给我和老三的钱不对劲儿，我老觉得她的红包厚，起码能厚出一指。"

"一指？那起码要多出两千。"

六凤猛地掀了被子嚷："凭什么？她不就是去了趟黑河吗？可钟厂长那边是我联系的，凭什么她拿的比我多？不行，我得去问问，再这样下去我还得吃亏。"

王国臣说："对，你第一回掰扯不明白，以后就会稀里糊涂一溜斜气下去了。"六凤咬着牙说："这个老八手挺黑的，你说咱忙活了一大顿，大钱儿还是叫她挣去了，横看竖看，怎么看她都像个资本家，这不是剥削是什么？不行，我明天得找她！"

第二天一大早，六凤来到公司找八凤把事情说清楚。八凤头不抬眼不睁地听六凤讲完，冷冷说："你都说完了？"六凤说："说完了，不对的地方你多包涵。"

八凤说:"我不包涵。我是总经理、法人,我愿给谁多少就给多少,你管得着吗?对于你这种小家子思想我非常反感。你违反了公司的纪律,打听奖金,又胡乱猜疑,公司绝不允许。现在我郑重向你宣布,我不用你这样的人,你可以回家了,到大姐那儿拿走你的股份。"六凤懵了,像离了水的鱼儿,嘴光嘎嗷不出声。

八凤站起身来:"我还有事,没工夫陪你了,你回去吧,明天不要再来了。"说着走进里屋,砰的一声关上门儿。六凤缓过神儿来,急忙追上去,敲着门,哭咧咧地喊道:"老八,老八,我错了还不行吗?我真的不懂公司的规矩,你给我一次改正错误的机会不行吗?"

不管六凤怎么哭怎么喊里屋没有回声。见哭不出个所以然来,六凤打了个哈欠停止了哭泣,狠狠地踹了一脚门,咬牙切齿地骂道:"好你个八猴子,推完磨杀驴吃,也太狠了!"掉腚儿就走。六凤没去上班,她已经办了停薪留职,也没回家,她去找五凤,想跟她讨个主意。在她眼里,五凤虽然像个大尾巴狼,可关键时刻她能拿出主意。

听了六凤的倾诉,五凤拍案而起,背剪双手在屋里踱着步子,瞅着红肿了眼睛还在哭哭啼啼的六凤说:"我很久没有讲话了,我也曾发过誓,听雨楼的事再也不管了。可是冷酷的现实逼得哑巴也要说话,不能不管了。是可忍,孰不可忍!这叫什么?剥削,赤裸裸的剥削,血淋淋的剥削!可你怎么能默默地忍受?你要理直气壮地和她斗争!改革开放总的形势是好的,但是大河奔流免不了泥沙俱下,打开窗户也会飞进苍蝇,而且还是洋苍蝇,我早就闻着味儿不对了!"六凤赞同五凤的见地:"对,我瞅着那个谢里就像一只肥头大耳的绿豆蝇。"

五凤说:"嗯,确实不是个好东西,我早晚要揭了他的洋皮儿。我早就感觉到咱们家又处在危险之中,要出事儿,而且是大事儿!不是吗?凭我搞了多少年政治的经验判断:第一,这个谢里来路不明,有待考察、调查;第二,什么航空母舰,纯是瞎扯,这后面肯定有一个阴谋;第三,这种买空卖空的做法本身就是一种商业欺诈;第四……这第四说了你也不懂。你现在退出来就对了,算你万幸。但我还是希望你回去,一定要回去!"六凤大惑不解:"我回去干什么?"

"为了咱姊妹不再受骗,为了咱家的安全,为了不使老八越滑越远上当受伤,咱们亲姊热妹一场,这个时候不能看她们的笑话。"

"我回去怎么办？"

"我教你怎么办：你回去要多长个心眼儿，要多听多看多记，有重要的情况赶紧向我报告。"

"你要让我当叛徒？你可不能干伤天害理的事。"

"这怎么叫伤天害理呢？这是斗争的策略，是斗争的需要，是为救咱们全家啊。老六，咱们能眼看着亲姊热妹上当受骗往火坑里跳吗？那不太自私、太无情了吗？那样会对得起谁？我这样做她们是不会理解的，要招骂招打，甚至招致她们群起而攻之，我会更孤独，可能还会遍体鳞伤。但是我不怕，早晚有一天她们会理解我，感谢我。"

"五姐，事情有这么严重吗？"

"是的，你要有充分的思想准备。"

"五姐，我……"六凤面有难色。

"站直了，别趴下！"五凤鼓励道。

"五姐，我听你的。"

"早听我的早好了。"

"好些日子没看见五姐夫了，出差了？"

"升了，升到北京农业部种子总站当站长去了。"

"妈呀，升得真快啊。"

"多少事，从来急，一万年太久，只争朝夕。"五凤惯会在处于尴尬的时候甩出一句名言把人抛进五里云雾中。

杨为健在市工会办的夜大唱了一出《春香闹学》。程老师正在讲解一道数学题，学员突然爆发了一阵哄笑声。程老师愣了，问大伙："怎么回事？你们笑什么？"学员们笑得更厉害了。

程老师拿出师道尊严："不要笑。有什么可笑的？你们都是三四十岁的人了，今天能坐在这念夜大已经很不容易了，都有工作，有老婆孩子，大家要珍惜时间，多学一点……咦，什么声音？"老夫子侧耳静听。教室后排座传来杨为健抑扬顿挫的鼾声。

程老师下了讲台径直走到后排，来到杨为健跟前，不无幽默地说："噢，找到问题喽，有人把这儿当成了卧室。"杨为健趴在课桌上，鼾声如雷，课本被涎水浸湿了，桌上放着一个饭包，油渍斑斑。"这位同学醒一醒，醒一醒，睡得够可以的了,要睡觉回家睡去好吗?"程老师哭笑不得。

杨为健一个愣怔醒了,赶紧站起来,拿起书大声朗读起来:"庆历四年春,滕子京谪守巴陵郡。越明年,政通人和,百废俱兴,乃……"学员们哄堂大笑,乐得前仰后合。

杨为健怔怔地站在那里,不知大伙笑什么。程老师摇着头说:"你们看看,他已经睡了两节课了,还在上语文课呢。"杨为健脸红了:"对不起老师,这两天加班,实在太累了。"

"你叫杨为健对不对?插班生?"

"是,我是插班代培生,不是正式学员。"

"哦,怪不得,怪不得,昨天考卷我刚批完,你知道你得了多少分吗?"

"不知道。"

"十二分。你得努力呀。"

"我一定努力,希望老师不要让我离开这个班级。"

"你基础这样差还要上夜大?"

"我下班……没地方去。"

放学后,杨为健推着自行车慢慢地往家走,来到街心花园,坐在花坛边默默地吸烟。课堂蒙羞让他的心情晦暗极了。他不想回家,找到一家小酒馆,喝得酩酊大醉。

古城国际贸易公司里,墙上还挂着那艘航空母舰的挂图,桌上摆着一个航母模型。屋里坐满人,都洗耳恭听谢里神采飞扬的讲话。

八凤翻译道:"这是黑海舰队的一艘刚刚退役的航空母舰,俄罗斯远东国际贸易总公司买断了它的全部拆卸权。现在我们把这艘航母分成十段,这一段给古城分公司。这个大铁锚五十吨,也给古城分公司。如果诸位想做请与他们联系,他们是我们的全权代表。"

钟厂长问:"我们能不能到俄罗斯看一下这艘航空母舰?"八凤翻译给谢里。谢里说了几句。八凤翻译道:"完全可以。不过黑海舰队那边最近要来人,俄罗斯远东国际贸易总公司一个高级代表团最近也要来,我们完全可以在这里解决问题。现在重要的是,你们必须尽快筹措资金。应该知道,这些特种钢材到了这里是非常抢手的,利润也是巨大的。"

大伙听了兴奋不已,盘算着,议论着。发财的机会就在眼前,在座的人都很激动。大凤和三凤满面春风地给客人斟茶，点烟。

这时，老太太领着黑虎走出二楼堂屋门，见六凤躲在公司旁的角落里站着，问道："老六，你竖在那儿干什么？怎么不进去发财？里边捣鼓着卖航空母舰呢。"六凤满脸委屈地说："妈，老八把我开除了。"

"为个什么事儿？"

"就因为对她分配奖金不公平呛呛了几句就把我开了。"

"你也是的，挣钱挣红眼了。老八给你两个钱儿就得了，挣多少是多？你也不懂规矩，这分红包的事儿不能跟老板打听，犯忌。当年你姥爷开大车店，过年给伙计们分红包也是不许互相打听的。这点儿道理不懂？不怪人家老八。我给你说说去，叫她原谅你这一回。我说嘛，没有见钱不眼红的，一口咬不着个豆儿，小脸儿呱嗒一下就翻过来了。"说着，领了黑虎慢慢下楼。这时候，屋里散会了，大伙谈笑风生出了院子。

公司散了大会又开个内部会议。八凤说："好了，现在我们开第二个会。"说着拿出几个红包摆到桌上。大伙的眼睛唰地亮了。八凤咳嗽了一声说："最近大家很辛苦，公司的效益也不错，胖五拉了几家投资，三姐也集了三千多块钱的资，大姐忙里忙外的也不容易，再给你们发个红包，接着。"把红包分给大伙。

发完红包，八凤说："下面我谈一下为什么要开除六姐的事儿。大姐说了不少好话，求了不少情，但我不同意她回来。谁坏了公司的规矩我就开除谁。"

这时，老太太领着黑虎进来了，说："嘿，又发红包。我看我们的生意真是芝麻开花节节高，可要小心，别叫早霜打了腰。"八凤嗔道："妈，我们在开会呢。再说了，怎么净说些不吉利的话？"

老太太一腚拍到沙发上，说："有什么怕人的吗？我也来听听，开开眼，长长见识。咦，"四下瞅了瞅道，"我怎么觉着少了个人，老六呢？"八凤说："叫我开除了。"

"好，你有章程。为什么？"

八凤说："跟您说不清楚。"三凤接腔："对，跟您怎么说也说不明白。"

老太太不服："我怎么听不明白？就你们这点道道我听不明白？八凤你板着个小脸儿像那么回事似的，不就是因为冒犯了你，你就想来个杀鸡给猴看吗？你们在这儿分红包，就没有看见外面还站着个泪人儿？怎么能下得了这个死眼儿！"说着起身猛地推开门，往外一指，"你们看！"大伙看六凤站在门口哭得伤心，淌了满脸的荒山泪。

老太太说："这可是你们的亲姊热妹，为了几个臭钱你们就六亲不认？就叫她竖在门外哭出六月雪？过去好好的，今天这是怎么了？钱是你们的爹还是你们的妈？你们要是为了钱薄情寡义，就都从这个院子给我滚出去！"黑虎也抡着小拳头说："对，都给我滚出去！"

老太太道："看，咱们的小老爷们儿都不乐意了！"八凤说："妈，这是我们公司内部的事儿，您别跟着乱掺和。"说着笑了，"老太太也太霸道了，没有不管的事儿。"

老太太说："我再不掺和，下一步你们为了钱都能卖姐姐卖妹妹了。给我把老六请进来！杀人不过头点地，认错就行了。你把她一脚踢出去，她上哪儿活人？她连厂子也回不去了。快点，给我往屋里请！"八凤没说什么。大凤见帆已扯起，赶紧使舵，把六凤领进来。

八凤铁青着脸对六凤说："六姐，看在咱妈的面上回来可以，但是你要做深刻的检查。讲吧。"老太太领着黑虎走了，边走边说："这就是你们的事了，我不听。"八凤阴沉着脸对六凤说："讲吧。还真能，一有事儿就搬老太太来压我。以后少来这一套！"

第十四章

秦大爷光临听雨楼,一进楼院,老太太拿过两个板凳,二人坐下。听到八凤的公司里热热闹闹,秦大爷说:"弟妹,早听说老八开公司发了财,一直没过来看看,看样挺红火,听这屋里,鳖吵湾一样。"

老太太嗔道:"听你嘴巧的,俺那是一窝凤儿。发财?别听那些,她们两手攥空拳,我看是指山卖磨,牵驴卖马,没有这样做生意的,自古没有。"秦大爷笑了,说:"她们发不发我都不借钱,你也不用害怕。也别不信服她们,这都是些新鲜事儿,兴许咱看不懂。不管发没发财,八凤的公司在咱这块儿闹得动静不小,昨天有个小伙儿动员我上这儿来集资,我还有两个闲钱儿,想投给老八。"

老太太说:"你这么一个稳成人儿怎么脑子也发起烧来了?留着钱吃点喝点吧,千万别上这个当。她秦大爷,这你可得听我的。"两个老人正拉呱着话儿,公司里吵嚷起来了。秦大爷一惊:"怎么?屋里吵起来了?"说着站起来要去拉架。

老太太微微一笑,说:"没什么,她秦大爷,你把钓鱼台坐稳了。人家说三个女人一台戏,我们家是九个闺女三台戏,天天小戏不断流儿,抢不上台子。叫她们唱吧,有唱累的那一天,也有唱老的那一天,不惊怪,接着说咱的话儿。"

其实公司里没吵架。起先是六凤泪流满面地做检讨,说自己的错误是十分严重的,希望大家严厉批评帮助,还反戈一击有功,揭发老五对公司的刻骨之恨以及对谢里的恶毒攻击。

三凤勃然大怒,说:"怎么样?怎么样?看着老五最近像是老实了,其实完全是一种假象,一直在搞地下活动,她是池塘里的鸭子,表面挺安静,可水里的两个爪子一直在不停地抓挠。老六,你继续讲,原原本本地讲,彻底揭开她的画皮,叫她暴露在光天化日之下!"大凤拍拍巴掌说:"就不说了吧,咱该干活了。"她想把这件事压下去。

三凤把眼一瞪说:"不,叫老六讲,大姐你别和稀泥,别光知道忙活,也得提防背后的黑枪。你这个样到时候叫人撂倒了还不知道打黑枪的是谁。"六凤继续揭发说："她说老八这是剥削，赤裸裸的剥削，血淋淋的剥削；说谢里是只洋苍蝇，早晚要扒掉他这层洋皮儿；还说咱们干的是商业欺诈，叫我在公司里多看、多想、多记，有重要情况要向她汇报。"

听到这里，八凤拍着桌子动了粗口："我操她的……"打了个唔儿，又骂，"她是个什么东西！当年她逼得我跑到广东十年没敢回家。十年了，我还当她早改了，怎么还这样啊！非得把我置于死地而后快吗？她是不是有什么病？有病，肯定有病，是'文化大革命'让她中的病，现在还没有好，越发厉害了。她还有一种病你们知道吗？叫红眼儿病，一看见别人富了，过好了，她的脑瓜子就发烧，眼睛就发红，出血。你们千万要警惕这样的人！"越说越激动，在屋里踱着步，气得呼哧呼哧直喘。

三凤挽胳膊撸腿，蹦着高叫嚷："反了，简直反了，我这就去会会她！吃不着肉就想扒灰儿，我把她那张嘴给缝上！"大凤过来安抚她，说："老三，你别这样，压压火儿，叫外人听见笑话。"

八凤在屋里走了几圈稳住了神儿，说："三姐，听大姐的，我们先不动，看她还要干什么，我暂时还没有工夫摆弄她，等腾出手来再说。大姐，你给六姐发个红包，奖励五百。"大凤愣了，看着八凤，似乎有些不相信；三凤也瞪大眼睛。

八凤说："谁对公司忠诚、有贡献我们就要奖励。刚才六姐提供的信息很有价值，要不我们还在这睡大觉呢。如果六姐跟别人说了，那叫传瞎话嚼舌头，可跟我说了就可以转化成有价值的商业信息，该奖！同志们，形势非常好，但也非常严峻。我们要精诚团结、同心同德，一定要把这艘航空母舰搞到手，使本公司的经济效益再上一个新台阶！好，散会。"

五凤并不知道自己被老六出卖了，抽空神秘地来到谢里下榻的富丽华大酒店，她要对谢里进行秘密的内查外调。进了大堂她就戴上茶色墨镜，警惕地四下看了看，慢慢走到服务台前，压低声音问服务小姐是否有个叫谢里普霍夫斯科依的俄罗斯商人住在这里。服务小姐查了一下底账，说："有，您有什么事吗？"

五凤自我介绍说："我是街道搞保卫工作的，这一片治安保卫归我管，和你们保卫科赵科长都很熟。这个谢里普霍夫斯科依经常在听雨楼一带活动，有必要了解一下他的情况。"服务小姐说我能帮你做点什么。

五凤提出要看一下他的住宿登记，还有他的护照印章、编号什么的。服务小姐察看了一下说："护照验对过，没有问题，唉，编号在这儿，给你张纸记下吧。"五凤瞥了一眼谢里的护照编号说："不用，我过目不忘。"

五凤验谢里的护照时，七凤正蹬着自行车在街上跑。这时一辆轿车紧贴着她慢慢停下了，八凤从车窗里探出头来招呼她，一定要请她吃饭。七凤说："我还有事，下次吧。"

八凤二话没说，下车把七凤的自行车扛到轿车后备厢里，不由分说，拉着她进了轿车，来到一家新开业的餐馆。姐妹俩吃着饭，八凤对五凤发了不少牢骚。

七凤开导她说："对你五姐的话不要太在意，她就是说说而已。她确实和这个时代有点距离，这有她自身的原因，也有我们的原因，这些年，大家离她都很远，一直在孤立她。大家和她多接触一些她会慢慢好的。"八凤说："我老是那么宽容她，咱俩当年还不是被她逼走的？这个人胎里坏。"

七凤笑了，说："你这不是怨咱爸咱妈了吗？咱家没有这样的遗传基因，都是时代造成的。不说这些了，不掺和你们的事，我自己的事还忙不过来呢。"八凤问："你在机关里怎么样？"

七凤叹道："一个字，难。我负责招商引资这一摊儿，可能我书生气太足了，想法也太浪漫了，很难找到合作者，找到了也是些目光短浅、三天两头逼你立刻见效益的主儿。"

八凤说："现在是见效益就抓，谁像你这样放长线啊？你们这批人就是太老实，办什么事儿都四平八稳的，等你们想好了，黄花菜都凉了。"

七凤笑了笑说："你说得也许对，我们这批人或多或少有些隔路，在你们看来，是一种病，我这样的，五姐那样的，你们很难看惯。我也知道，我在生活中经常明明白白地吃亏，但是，一笑就过去了，人这辈子不能总和自己算账。"八凤说："你是个理想主义者，但有时候也不乏实际，是不是？"

七凤笑了："这话怎么说的呢？"八凤说："你和卫平是理想主义加浪漫主义，但和杨为健又是非常实际的。"

七凤沉默了片刻，说："人有时候是无法选择自己命运的，好在我的选择还没错。杨为健对我还是不错的，这辈子，我得感谢他，没有他，我现在还不知道会走到哪一步呢。你不知道，那时候我死的心都有了。"

八凤说："没有他，你的下一步或许更好，或许更坏，但我听出来了，你对杨为健除了感谢没有感情，是不是？"七凤无语，怔怔地看着八凤。

"真的，你不用这么看着我，我对你们这茬人最了解。你们对社会很理解，对信仰很真诚，但是对于自己的感情生活太能凑合了。"

见七凤还在发呆，八凤挥挥手说："不说这些了，早晚你得重新进行一次选择！"

杨为健念大学最怕的就是考试。这天晚课上罢赶上单元测验，程老师要求学员们把书放到课桌里。杨为健捅捅身旁的学员讨好地笑道："哥们儿，一会儿考试多照应着点儿。"

那个学员说："没事儿，都不容易。咱在最后一排，搞点小动作老师看不见，我给你掩护着点，可别翻书都找不着地方。"

谁知程老师防范打小抄的经验越来越丰富了，来了个突然袭击，要求学员们起立，向后转，把课桌调过来。调了课桌，最后一排变成了最前排，原先身处大后方的杨为健到了前沿阵地，简直就像到了鬼子的炮楼底下。杨为健低声地骂了句："操！"

试卷发下来。杨为健看了看试卷，题不难，都是老师布置的复习题，可对他来说就很难了。他原准备在课桌里做点文章，看来这条方案行不通了，好在他杨为健从不打无准备之仗，另有一套方案。此刻他伏在桌上，悄悄地四下观察着，双手支颊做出痛苦的思考状。他注意到了，站在课桌前的程老师正默默地注视着后排，他认为时机到了，果断地采取行动。可惜他太投入了，没料到程老师明修栈道，暗度陈仓，悄悄地绕到他背后。杨为健正从袖子里抻出一个拴着松紧带儿的卡片，卡片上写满了题。程老师咳嗽了一声，杨为健的手一哆嗦，啪的一声，松紧带儿缩回去，卡片却被袖子阻挡，豁了鼻儿，落到程老师脚下。杨为健抬起头，冲程老师尴尬地笑了。

程老师捡起卡片，又从杨为健的袖筒里搜出松紧带儿，两手抻拉开，仔细地研究了半天，由衷地赞叹："发明，一大发明！"学员们都停止答卷，眼光齐刷刷地看着杨为健。杨为健纵然脸皮再厚，也挡不住眼光似箭，两臂抱头，恨不能变成一只土拨鼠，唰唰唰挖个洞钻进地底下。

程老师摇着头说："我教书四十余载，阅历不可谓不多，这是头一次看到如此高明的舞弊，佩服，佩服。哎呀，幸亏你出生得晚，不然的话，科举时代要出现多少假状元。"杨为健尴尬地站起身来，忙做检讨："程老师，我错了。"

程老师铁青着脸说:"杨为健同学,明天你不用来了。"

杨为健考试舞弊事发东窗,心情十分沮丧,跑到小酒馆喝得东倒西歪,踉踉跄跄地往家走,在街头和一个行人撞了个满怀,书包里的书哗啦一声掉在地上。杨为健弯下腰一边划拉着书,一边骂道:"眼瞎呀?站在那儿看什么?你是纪念碑啊?想找踹呀?没看见人吗?想看回家看你爸去!"

那人好不恼怒,说:"你这人怎么张口骂人呢?背着书包像个文化人,可说话怎么这么没文化。"正在捡书的杨为健听到这儿,腾地站起来,上前揪住那人吼道:"你骂谁!"

"我没骂你呀。"

"骂了!"

"我骂你什么了?"

"你骂我是文化人!"

"这怎么叫骂人呢?"

"这还不叫骂人?你他妈讽刺我,看我的笑话。你知道我是个杀猪的,是不是?我他妈揍死你!"说着抡起一拳朝那人打去。那人慌忙躲避,杨为健的老拳走了个空,一腚坐在地上。

杨为健索性坐在地上骂:"他妈的,没一个好东西,想看我的笑话?你们看不着。我没醉,你们一个个狼眼兔子头的,都在阴暗的角落里干着不可告人的勾当!"骂着爬起身,背着书包又趔趔趄趄走进一家酒馆。

而这时,在富丽华大酒店,谢里的笑声就更像一只猫头鹰,八凤正和谢里在俄罗斯餐厅共进晚餐。谢里嘎嘎笑着说了最近和老太太斗法的事儿,说过几句收了笑:"八凤,你们的效率实在不敢叫人恭维,为什么还不集资打预付金?再拖下去航空母舰要跑掉的,赶紧打款。"

八凤说:"这可不是件小事儿,一旦集资款进来,万一有个闪失我是要进监狱的。你容我再想一想。"谢里的脸色阴沉了:"你还不相信我,是吗?我们在广东合作了一年,哪一笔生意有过闪失?哪一回不是你赚了?我深深地爱你,才跟你跑到古城做这种小生意,这是很丢人的。航空母舰算什么,难道我把黑海舰队全卖了你才相信我吗?是这样吗?"

"你扯哪儿去了!"

"这个时代,每天都会发生一些我们难以想象的事儿,你我的想象力真的是远远不够的。你看看这张报纸,这可是在你们中国昨天才发生的事儿,你敢相信吗？"谢里说着把一张报纸推到八凤面前。

八凤看了看标题惊呼："我的天，有人要买鸭绿江的半截大桥做旅游生意？这怎么可能！这半截桥是抗美援朝的时候叫美国飞机炸的，是历史文物啊。这是真的吗？"

"你们中国的报纸还会说假话吗？这样吧，为了打消你的疑虑，我把原黑海舰队的司令官请来和你们面谈吧，我现在就去挂电话。"

"那好，让他尽快来。谢谢。"

谢里耸了耸肩说："亲爱的，你要怎样谢我呢？"

"谢里，我不走了，今晚，是属于我们两个人的，这样的感谢可以吗？"

"当然。"谢里张开两臂，把八凤紧紧搂在怀里。这个小美人儿床上的表现很优秀，也很积极，让他这个水手流连忘返。

也就是这个晚上，六凤回了家饭也不吃，伏在桌上哭成个泪人儿。王国臣说："你说你今天这是怎么了？从进了门就坐在那发呆，饭刚端上来你又哭上了。到底为了什么，你倒是跟我说说呀！"

六凤越发哭得厉害了，说："我不是人，不是人啊！"王国臣笑了，说："怎么不是人了？你是傻大姐一个，天塌下来也不知道愁，天生一挂热肠子，助人为乐，就是有时候帮个倒忙什么的，不挺可爱的吗？"

六凤抬起泪眼，抬起手来很实在地抽着自己的嘴巴，一个又一个，抽得很响亮。王国臣慌忙抱住她的胳膊说："你抽什么疯？有什么话就跟我说，拿自己脸蛋撒什么气，抽烂了我怎么使唤？"

六凤号啕大哭，说："王国臣，我这是怎么了？真是人穷志短，马瘦毛长，叫钱迷住眼了吗？为了能回公司，我把五姐跟我说的话都告诉了老八。我本来不想说，可为了讨好老八，一走嘴都说出来了，你说我还叫人吗？连个三岁的孩子都不如啊！我这辈子真的没脸见五姐了，我知道，她也为了姊妹们好哇。"听六凤说了这些话，王国臣一时无语。

六凤良心发现，说："人怎么这个时候就坏了良心？我当年从农村转成城市户口是五姐帮的忙，没有她就没有我的今天，我这是怎么了？"哭着，又抽自己的嘴巴。

不管是被臭骂也好，误解也好，讥讽也好，告密也好，五凤仍是一如既往地行事，就在六凤为自己的变节行为而懊悔而哭泣而拿自己无辜的脸蛋子撒气的时候，她又踏着月色来到听雨楼大凤家。

大凤和胡宝亮正在吃饭。五凤说:"大姐,跟你说点事儿,你出来一下。"大凤放下筷子,跟着走出来。姐妹俩来到门口,大凤问:"老五,这么晚了有什么事?"

五凤说:"大姐,四姐在我家里,我想请你到我家坐坐,咱姊妹一块聚聚。"大凤知道凤儿们一扎堆儿就要闹事,推辞道:"没有什么大事儿我就不去了吧。"

"不,有大事儿!"

来到五凤家,四凤果然在,姐妹三个坐下。五凤说:"我想这个会早就该开了,再不开就来不及了,现在咱家又要出大事儿了!人贵有自知之明,我知道我这个人现在很臭,更知道我在家里是个不受欢迎的人,我从来都是好心赚了个驴肝肺,可还记吃不记打。我本来不想管这事儿,但是咱家现在确实是危机四伏,到了最危险的时候了!"

五凤家里开会的事儿尽管机密,到底走漏了风声。三凤足不出茅庐便知天下事,对孟传礼说:"我知道她们正在召开秘密的三中全会。"

"什么三中全会,净说疯话。"

"三个人开会呗。"

"哪三个人?开什么会?"

"老大、老四、老五,现在正在老五家开见不得人的会。傍晚黑儿我看见老四上老五家去了,紧接着,老五出了门儿,上了听雨楼,一会儿,带着老大钻进她那个小鳖屋里。她又要搞阴谋了,又要咬人了!"

冬子插言说:"妈,其实五姨挺好的,你有点欺侮人了。小时候我出麻疹,不是五姨大半夜背着我上医院,我早就憋死了。这两年五姨老想和你说话,你就是不搭理人家,有点过分了。"

三凤嗔道:"你懂个屁!她这两年看着精神头不比往常了是不是?你懂什么,她没老实,装样儿呢。她是冬天的大葱,根烂叶黄心不死,有点暖和气儿就会返绿,咬一口活活辣死你。她有丰富的斗争经验,我们绑一块儿也不是她的对手,知道吗?"

五凤确实有丰富的斗争经验,这阵子她正神情严肃地对大凤和四凤说:"凭着多年的政治经验,我认为这个谢里疑点很多,不像正路货。为什么这么说?我调查了,他住酒店的时候,有很多两混水儿来找他。"四凤不解地问:"什么叫两混水儿?"

大凤见识广，解释说："就是当年苏联红军解放咱古城和中国女人生的孩子，他们撤退的时候，这些孩子都留在古城；这些孩子再生孩子那就叫三混水儿。老五，你接着说。"

五凤说："还有，他来两个多月了，他的签证为什么时间这么长？我跟公安机关打听过，没有这么长时间签证的。这是问题二。第三，为什么他的鞋垫儿上绣着鸳鸯？显然是中国鞋垫儿。"四凤非常惊讶，问："这些你是怎么知道的？"

五凤笑了："我是干什么的？他住的大酒店里有我们的人。还有，为什么他在咱家不会使筷子？但是在酒店里使得那么溜儿？"大凤紧张起来，说："难道他不是俄罗斯人？"

五凤说："我不敢下断言，我的侦察还在继续深入，你们也不要乱讲，免得打草惊蛇。我只想提醒你们，别光顾着发财，要提高警惕性，要一只眼看钱一只眼看人，两只眼都要聚光，都要亮！不过也用不着那么紧张，有我就不用慌，只不过我可能又要得罪人，又要挨骂，但为了咱们姊妹，我不计较这些，一定要挺身而出！大姐、四姐，这些年我冤啊，希望你俩能理解我、支持我，我不能看着姊妹们瞪着眼往火坑里跳啊。"四凤叹道："唉，我一回来家里就有事儿。也管不了那么多了，埋头看好我的塑料大棚吧。"

大凤说："唉，都这个时候了，八凤也听不进去，我也难；还有老三，她一听这事还不得疯吗？我也没什么主意了。老五，你多长点精神，但不要过了，看发展吧。这话到此为止，不要再往外传了。"五凤说："对，让事实教育她们吧，跌一个跟头掉几颗牙就知道还是苞米稀饭好喝。"

门外好像有动静，四凤蹑脚到门口，侧耳细听。大凤问："怎么了，老四？"四凤压低声音说："我听着门外有动静儿。"五凤手疾眼快，拉了灯，猛地推开门。只见一个人影迅疾闪进对面的门洞里。五凤冷冷一笑："我听出是谁的脚步了。"大凤说："老四，你回去吧，我和老五还有几句话说。"

四凤刚出门，一盆水泼到脚下。四凤一愣，只见三凤站在门口，手里端着个盆喊道："哎呀，我差一点儿泼着人，这是谁啊？深更半夜的还在外面溜达？"四凤没搭话，急匆匆走了。

三凤不肯罢休，大着嗓门儿喊："嘿，这人风格还挺高的啊，吃了哑巴亏就这么不声不响地走了？回来啊，我给你洗洗衣裳，熨熨裤子，你不知道这盆儿里是什么水吧，说出来你还别恶心，是我刚刚洗完腚的脏水。"

见四凤走了，大凤对五凤说："你给我说实话，小叶到底上哪儿去了？我可是有日子没看见他了。"

"这事儿我跟你说说就得了，你可别往外传。"

"我不会传的。"

"你要是传出去我可招架不了。"

"有这么严重？"

"可不，一传出去，我这家里就要被挤破门，连正常的生活都要受到干扰，咱听雨楼也不会平静了。"

"我料到了，你俩早晚会有这么一天。你是个打掉牙往肚子里咽的主儿，出门是笑脸儿，关上门是泪脸儿。别上火，要挺得住，我相信你会渡过难关的。"

"说什么啊，我们家小叶高升了，调到北京农业部当种子总站站长了，司级干部，出门坐小轿车，乘飞机坐头等舱，要是回到咱古城这小地方来，前面警车开道，后面是医疗保健车，市长都得在门口候着，二级警卫，连我想见他一面都很难。咱姊妹要想见他，顶多是隔着马路打个招呼。"大凤笑了笑没说什么。

"这个人也真没出息，打从上了北京，一天一个长途电话，娘们叽叽的，说些让人脸红心跳的话，一天一嘱咐：水龙头要关好，晚上睡觉注意煤烟，菜要买好的，别不舍得吃……"

大凤打断她的话："老五，你这个人怎么这么虚荣？昨天我还看见小叶和个年轻姑娘挽着胳膊在大街上溜达；我打听了，他在北京的学习早就结束了。你这个家现在很危险，你家的门只要稍留一点缝儿，一条带着香水味儿的大白腿就会插进来，还一个劲儿地给我编呢。"

五凤的泪水哗哗地流出了眼窝，哽咽道："大姐都知道了？"大凤点点头说："嗯，你得赶紧想个法子？"

"我正在想。大姐，这事只有你知我知，千万别让老三和老八知道，她俩要是知道了，还不笑话死我？也别让咱妈知道，我在咱妈面前虽说没赚个好人儿，也从来没掉过架。"

大凤抚着五凤的肩头说："你啊，老五，叫我说句什么好呢？"

翌日晨，老太太和黑虎正在吃早饭，大凤来了。

老太太说："没吃早饭吧？坐下一块儿吃吧。"

"不了，一会儿公司还要开会呢。妈，昨儿晚忘了跟您说个事儿，老五和小叶正在闹离婚，小叶搬出去住了好长时间了。老五不让我告诉您，可是我想，这样的大事儿还是应该告诉您。是吧？妈。"

"确实是这么回事儿？"

"嗯，看样子很严重，很难拉到一块儿去了。"

"老五可是够刚强的，都到了这一步了才传出点儿动静儿来，这把手是够能吃能装的。小叶翻身了，老五的委屈不能少受了，还是开个会吧。"

大凤到楼下公司，八凤正在会上说事儿："最近，我听到了一些不利于我们公司的言论，也知道有人做了些不利于我们公司的事，背后里开小会，嘀嘀咕咕，叽叽喳喳，不要以为我不知道！"

八凤这一敲山震虎，大凤有点紧张，六凤则有些迷惘。三凤有些得意地瞅着大凤说："这可不大好，拿着公司里的钱还说公司的瞎话，真是老头票养肥了家贼，开始吃里爬外了。这是谁呀？"大凤悄悄地低下了头。

八凤说："社会上有能耐的人多了，我为什么不用他们单单请你们进来？我的良苦用心你们不知道吗？不就是要你们多挣两个先富起来吗？你们吃肥肉不说肥，还要择巴我这个干家雀儿吗？我太伤心了，真的，我图个什么劲儿呢！"

三凤拍着屁股蛋子说："就是，这是干什么，我看还是穷得轻了，口袋里刚有两个钱就来毛病了！"

八凤不怒自威，继续说："你们真是逼得我不得不说这句话：愿干的，你老老实实干活儿；不愿干的，你爽爽快快走人！吃我的喝我的背后还给我捅刀子，你们怎么能下得眼儿！我告诉你们，不用老五在阴影里给我猖狂，我早晚要面对面眼对眼地跟她算这笔账！我够大度的了，可大度不是一味地忍让！你们不要以为她手里握着什么真理，打着小旗儿跟她腚后跑，我告诉你们，她手里攥的是一团穷风！想发财的跟我走，想回头再过穷日子的跟她跑好了！"

三凤举起双拳说："我铁心跟老八走，谁想回头过穷日子那才叫傻蛋呢！"六凤也慢慢举起手说："我也是。"

大伙看着一直低头不语的大凤。大凤慢慢抬起头来说："我说两句行吗？"八凤点头批准："大姐你说。"

"实话跟你们说，昨天晚上我上老五那儿去了，老四也在。"

大伙的目光唰地凝聚到大凤脸上。

"我们也没说什么，就是说说谢里的事儿。老五也是好心，怕谢里靠不住，怕老八和姊妹们吃亏，怕家里出事儿。你们想想，这十来年咱家出了多少事？

咱妈添了多少心事？看把她老人家熬煎的，精神头也一天不如一天了，要是家里再出个大事，我怕她老人家再也抗不住了。她年轻守寡，拉扯咱们姊妹九个容易吗？我就想叫她晚年少添点心事，多一点幸福。我总觉着，这些年咱们姊妹生分了，不像小时候那么亲热了，咱们姊妹对老五有些地方不太公平，有时候老五说得也有道理。对谢里这笔买卖我看还是稳当点好。"

三凤拍着桌子呵斥："糊涂，你糊涂哇我的老大姐！老五是个什么东西？从历史上看她就是搞运动起家的，那个时候她多展扬？现在形势变了吃不开了，她就嫉妒咱这些奔富日子的人。她恨不得咱跟着她一块受穷才高兴，她这是拉拢、腐蚀、分裂咱们姊妹，你这个老实人怎么就上当了呢？"

八凤说："三姐说得对，她的最终目的是要搞垮我，搞垮公司。大姐，你的心地太善良了。咱家谁最穷？谁到现在还没有房住妈家？你！为什么？最大的问题是你这一辈子都没主意，软弱，胆小，怕事儿！"大凤擦拭着泪水无话可说，老八说的是实情。

八凤继续说："我是又同情你又恨你，这叫哀其不幸怒其不争！你遇到事就摇摆，谁拉你一下你就给人帮腔说话，有时候咱妈犯糊涂你还是咱妈的帮手。不是吗？你什么时候对咱妈说个不字？你明明知道咱妈错了还帮着喊口号助威。你不可恨吗？你这就叫孝顺吗？现在你又学会背着人开黑会传瞎话了，真是应了那句话：可怜之人必有可恨之处！"大凤被八凤训得趴到桌上呜呜地哭起来。

八凤不满意了："哭什么哭？你是老大就不兴别人批评两句了？都是咱妈给你惯的！你不想想，老太太要是哪天不在了，谁还能听你的？"三凤帮腔："就是的，还老虎屁股摸不得了。老八这么说不是为你好吗？不是叫你赶紧富起来吗？你还帮着老五说话，你说你有没有良心！"

"你俩要干什么！"一直沉默不语的六凤终于忍不住了，"大姐都哭成这样了，还不松口吗？"三凤说："这不是帮助大姐嘛。"

六凤气不忿儿："你们这叫帮助吗？叫批斗！还说老五呢，你们这不像她当年批斗咱姥爷一样吗？你们不就是叫两个钱架的吗？"八凤厉声喝道："六姐，你说了些什么！"六凤见八凤真生气了，扭过头不放声了。

第十五章

傍晚时分，听雨楼院门口停了一排崭新的进口轿车，一色的伏尔加。原来是来了一群老外。老外是谢里请的，一色的俄罗斯人，他的生意伙伴，他要用事实粉碎关于他的谣传。

这是一拨儿头发花白、胸前挂满奖章的老人，他们绊绊磕磕地下了车，还有的拄着手杖。谢里、八凤、三凤等人满面春风地把客人迎进院门。八凤操着熟练的俄语寒暄："老英雄们，一路辛苦，一路辛苦，欢迎光临。"老人们都很热情，抢着和凤儿们拥抱，箍得那个紧啊，特别是八凤，差点儿没叫他们给箍爆了。

老太太站在回廊上凭栏俯瞰，眼看着这些嘴里咕噜着俄语的老人们说说笑笑走进院里，眼睛竟有些湿润了。她想起了四十多年前，想起了当年"老毛子下地"在古城闹的那些故事。那都是些毛头小伙子，不怕死，热情大方，也敢惹事儿；高兴了就嘎嘎乐，想家了就大口灌酒，鼻涕一把泪一把地躺在地上打着滚儿呜呜哭。记得有一回，一个老毛子把她堵到小胡同，非要她脱下鞋看看小脚是怎么回事。她不肯，那个老毛子跪在地上磕头恳求，她到底没拗过，让了步。想起这件事，仿佛就在眼前，一晃，不觉景儿四十多年过去了，这怎能不叫老太太感慨万千呢！

老人们一进院儿就不停地拍照听雨楼。一个秃顶的老人指着小楼兴奋地说："这里我很熟悉，四十多年前我来过这里，那时候我还是苏联红军的一个下士。"他看见了二楼回廊上的老太太，问八凤，"她就是这个房子的主人？"八凤笑盈盈地回答："那是我老妈儿。"

老人哈哈笑道："哦，那她就是历史。"说着冲老太太笑着，抛了个飞吻。老太太笑着打招呼："塔瓦里斯，哈啦少，哈啦少。"

老人大感惊奇，喊道："喂，你会俄语？"老太太哈哈笑着说："哎呀，又闻着你们当年的味儿了，臊烘烘的。哈啦少，多少年不见了，见了你们觉得格外亲哪。"满院子的老人们不知听没听懂，可都笑了。

公司里开了个茶话会，请来了马总、钟厂长，和有些业务往来的姜总、潘总等人，大伙围坐在一起，一家人似的热烈交谈。忙坏了当翻译的八凤。

见热乎得差不多了，谢里看了下手表，对一个挺有派头的老人说："安德彼洛夫将军，今天是不是就谈到这里？咱们一块到富丽华大酒店用餐吧，我的胃口已经提意见了。"

那个被称作安德彼洛夫将军、长着酒糟鼻子的老头子，操着熟练的汉语说："不要拘泥于形式，亲爱的谢里普霍夫斯科依同志，哪里都可以吃饭，我们就在这里随意地用一点好了。你们年轻人总是这样，把吃饭看得太重要。你们吃饭也太浪费了，那么多好东西都要扔掉，这样做，在卫国战争期间是要被统统枪毙的。年轻人，我们在这里吃饭，一样解决问题，一样能做出惊天动地的大事。还是谈谈我的猎鹰号航空母舰这块大蛋糕怎么分配吧。一谈到它我很伤心，这个小家伙陪伴我四十多年了，现在它退役了，就要被拆卸了，我是难舍难离啊！"老将军说到这儿哭了，擦拭着满脸黏糊糊的老泪。

八凤悄悄地把大凤叫到门外盼咐道："赶紧叫大姐夫做菜，我们就在这宴请贵宾。海参鲍鱼全上！"大凤点着头慌慌张张跑出去。

谢里趁晚宴前这点闲谈点业务："诸位，初总的古城国际贸易公司和我们俄罗斯远东国际贸易总公司是猎鹰号航空母舰拆卸的总代理，我们吞不下这个大家伙，只能吞下它的十分之一，这恐怕也要胀坏我们的胃，还需要你们的热情参与。下面我们谈一下协议细节、价格、运费、你们的到款时间。来吧，让我们共同享用这块美丽的蛋糕！"

胡宝亮不愧是群英楼的大厨，一桌好菜立马就得。这群老外也许是旅途劳顿饥寒交迫，见到大鱼大肉觉得格外亲，吃得六亲不认昏天黑地满头大汗不依不饶！

这又是一个难眠的夜。和听雨楼热闹的吃喝场面相比，在小酒馆里喝酒的杨为健就显得寒酸了。桌上一壶酒，独酌无相亲，此时杨为健已经醉了。酒馆老板劝道："杨师傅，不能再喝了，再喝就找不到家了，打住吧。"

杨为健的舌头不太会拿弯儿了："我没醉，我……没有家，不用回……家，再来半斤，咱俩一块喝……喝完睡觉。"老板娘职业道德不错，不是个见利忘义的主儿，耐心地劝导他："你看你，醉了吧？你刚才不是说有家吗？说你老婆漂亮，有风度，还是个处长呢，怎么一会儿就忘了？听我的，别喝了。"

杨为健努力地搬弄着嘴里的舌头："我没说，我没有家……老婆我有，可那是别人的，真的，别人的……"老板和酒客笑起来，这一笑把杨为健惹火了，拍着桌子高声喝道："笑什么笑？有什么好笑的！"

听雨楼，楼下喝得乌烟瘴气，楼上老太太正和九凤站在堂屋门前，往楼下看光景说话儿。老太太问："小九凤，高三的课程紧不？"

九凤说："还行。妈，我怎么觉着八姐买航空母舰的事儿玄。你说说，那么大的航空母舰人家怎么能卖呢？可能吗？"老太太说："现在的事难说，前些天你八姐不是把苏联旧坦克都买来家了吗？这些人能耐大着呢，三岁孩子都能看出谎儿的事儿，可他们就是做成了，你不得不佩服。这改革开放的门一打开，嗨，百兽出笼，什么能事都有，往后你就腾等着看好光景吧！"

九凤突然朝院门一指说："妈，五姐。"老太太朝门口看，哪有个人影，问："在哪儿？"

"刚才进来，影儿一晃就没了。"

"没看走眼？"

"她那两步走我一眼就能看出来，像猫似的，贴着墙根走，脚步落地无声。"

"唉，到底是小人儿眼尖。还和你五姐不说话？不好这样。"

"谁稀搭理她！从小拿饺子熊我，骗我话儿，把七姐都害苦了，我现在看着七姐还不好意思，要不七姐能找七姐夫这样的男人？"

"小小人儿眼皮子轻薄，以后不许这么说话。没有你七姐夫也没有你七姐的今天，咱家，这辈子欠人家的。"

娘儿俩正说着七凤，七凤骑着自行车回家了。她进了屋拉开灯，挽起袖子忙着做饭。洗完了手朝里屋望去突然怔住了：里屋的钟表玻璃上，一封信镶在里面。一看信封的字迹她就明白了，是卫平的来信。她把信捧在手里，像捧着一块热铁。她想马上打开看看，她多么想知道卫平的消息啊，哪怕是一点点。但是她知道，不能现在打开，她必须当着杨为健的面打开，否则又会产生误会。可杨为健没回来，加班了还是有夜课？她拿起电话给屠宰场打电话。人家告诉她，杨为健已经两天没有上班了，再不来就要被开除了。

七凤拿着卫平的信，呆呆地坐在炕沿上。电话铃突然响了，把她吓了一跳。电话是小酒馆打来的，要求她赶紧去一趟。七凤问发生了什么事。人家告诉她，你们家的喝醉了，回不去家了，赶紧来把他弄走。七凤放下电话，慌慌张张跑出屋子，蹬上自行车来到小酒馆。

杨为健不在小酒馆。老板告诉她，杨师傅听说你要来，骂了我一顿，扶着墙朝大铁桥那边去了。不用细问，七凤就知道杨为健去哪儿了，她骑着车子径直来到杨为健的老屋。果然屋里的灯亮着，杨为健躺在凉炕上酣睡。她来到杨为健面前坐下，环视着这间给她带来无限温暖的小屋。她把杨为健推醒了。

杨为健睁开醉眼说："你来干什么？你不是忙吗？你走吧，我就在这儿睡。"

"你说些什么呀？喝成这样丢不丢人？回家！"

"丢什么人？我已经不怕丢人了，我不知道什么叫丢人，可我脑子还好使，谁也别想耍弄我，我……我是个小人物，可我也要尊严，你懂吗？谁要是冒犯了我，我绝不客气，绝不！你听明白了吗？听明白了吗！"说着说着站起来，突然脚下一滑摔倒在地，挣扎着要爬起来。七凤赶紧上前搀扶。杨为健抓着胸口喊道："我难受，我心里烧得慌啊！"

七凤扶着他出了门，安慰他："我知道你难受，回家醒醒酒，把心里难受的话都倒出来，别窝在心里，咱还得过日子啊。"杨为健嘟噜道："你想和谁过日子……我知道。"

杨为健一觉醒来，发现自己躺在家里的炕上，坐起来愣住了，见七凤伏在桌上看卫平的来信，眼里盈满泪水。

杨为健已经醒了酒，问："七凤，怎么还不睡？"七凤没抬头，轻声道："你不想看看这封信吗？"杨为健长叹一口气说："我知道是卫平来的，我看过。"七凤一惊："信你打开过？"

"是的，你不用惊奇，我知道我很卑鄙，但请你理解，这是一个弱者的自我保护。"

"为健，你别胡说，你不会这样，这信明明封得好好的。"

"七凤，信我的确是打开过，这都是雕虫小技，不值得一提。"

"这么说卫平在信里写了什么你都知道了？"

"知道。我还知道上一回你们是在讷河小火车站分的手，你把孩子的照片给了他；我也知道，卫平每天看着孩子的照片睡不着觉。你为什么这样做？什么意思？你就解释一个问题，为什么把孩子的照片留给他？"

"其实卫平没跟我要孩子的照片，是我把照片给了他，他不要，是我硬给的。怎么了，这有什么不妥吗？"

杨为健闷着头抽烟，一声不吱。

"你就为这事生气是不是？"

"你说对了，要不是卫平来信我怎么能知道这些？临死还要被蒙在鼓里呢。"

你们俩是不是没断？要不然是不会这样做的。"

"为健，我再告诉你一遍，他是孩子的亲生父亲，我给他一张孩子的照片并不算过分。"

"那不是一张照片，那是一个念想儿，你把一个希望放到他手里了，他会紧紧地攥着一辈子都不撒手的。你看看，这信是一封接着一封地来，我都看过。"杨为健说着把头拱进衣箱底下，费了好大的劲掏出几封信，一封一封地拍到炕沿上。

七凤惊呆了，她已经出离愤怒了："你把信都看了？你怎么能这样？杨为健，你太过分了，真的太过分了！我怎么能眼睁睁地找了你这么个人？"说着哭了，"杨为健，就这么点儿事儿你说了能有八百遍了，再这样下去我们真的无法生活了。你成天都干什么？翻天覆地就惦记着这么点儿破事儿，除了这点儿破事儿你还会干什么？我把孩子的照片给他怎么了？他是孩子的亲生父亲，我这样做不过分！你知道吗？那一年他从北大荒来到古城找过我，是五姐把他骗了，我当时不知道，要是知道了就不会嫁给你，根本就没有你的份儿！"

杨为健也火了，反唇相讥："当时我还有用，还有两间破房子，还能掏弄到猪大肠，何况你那时候还带着孩子，要不你会找我吗？我现在没用了，你就想起他来了，不是吗？"

"这是两码事儿，你的好处我永远记着，可是我们现在不能这样生活，你不能成天把这些破事儿挂在嘴边！"

"我他妈冤得慌，你们俩设好了扣儿骗我！"

"你不要太过分，你都说了些什么！"

杨为健跳下炕，像一只困兽在地上逡巡，直着脖子嚷："我没有过分，我知道你在精神上每天都和他生活在一起。他妈的，晚上就是搂着我也不过是搭个桥，当我心里没数啊！你不觉得我现在说话挺有水平吗？我虽说叫夜大开除了，可也多少学了点东西，不敢说能掐会算，也有个预感——我知道，早晚你要离开这个家，你们三个人生活在一起！"说着气得浑身乱抖，满地乱转，看见了炕上的那几封信，一把抓过来。

"你放下！"七凤扑上去争夺。两人撕扯着，信被撕成两半，一人手里攥着一把。七凤气憷了，哭着跑出家。杨为健身子一挺躺到炕上，捂着脸呜呜地哭了，哭声像一匹荒郊的老狼。

七凤跑到城郊的大铁桥上，伏着栏杆，看着桥下的铁道上一列火车鸣着汽笛朝远处开去。她的眼里没有泪水了，但心里的泪水在哗哗流淌，她不知道这样的日子应该如何维持下去，还该不该维持下去？心里很乱，乱得像一团理不清的麻。

这天中午，听雨楼老太太屋里，老太太坐在炕上正和小老爷们儿黑虎喝小酒儿。祖孙两个推杯换盏饮刘伶。

老太太笑得满脸褶子，举起一杯酒言道："我说爷们儿，你最近的酒量可见长啊，一顿没有小二两？"黑虎说："叫你惯的呗，现在我一天不喝都难受，吃不下饭。"

老太太咧着嘴笑道："这就对了，上道儿了。当年你姥爷吃饭，没有个小半斤儿酒是不动筷子的，你差远了。爷们儿家酒要喝得爽，尿要尿得响，可不能不阴不阳不男不女的。来，喝酒。"

祖孙俩碰杯，老太太一失手酒盅落到炕上。黑虎一拍桌子说："不好，姥姥，又要出事儿了！"老太太也是一惊，道："你也知道了？酒盅儿掉，怕是事情不太妙。来事儿了，不信你看着。"这时九凤回来吃响儿，对老太太说："妈，快到院里看看吧，这下子可热闹了！"

"怎么个热闹法儿？出事儿了吧！"

"我刚上楼就来了一群人，把院子都塞满了，现在出不去了，您快去看看吧。"

"又出什么事了？"老太太慌慌张张上了回廊，往院子里一看，大惊失色——院子里挤满了人，院门外排了长队，吵闹声一片，像鳖吵湾。胖五和大凤三凤六凤等几个公司骨干正在维持秩序。大凤被挤在院门上，成了一张揭不下来的门神，举着电喇叭大声喊："排好队，再不排队集资券就停发了！"

三凤在院里喊破了嗓子："后三十名就不要排了，明天再来吧。大姐，关上门，快关门呀！"九凤头一回在听雨楼看到这么热闹的场面，有些激动地说："妈，这是八姐搞集资买航空母舰吧？八姐厉害，能耐！"

老太太愣愣地看着院子，自言自语道："这回算错了？不是坏事儿？怎么这些天一算一个错呢？不灵了？"九凤对八凤佩服有加："妈，我可真服八姐了，能耐大了！"

老太太当了一辈子怀疑派，面对事实也不得不服："是能耐大了，才几天的工夫人家就把上面头头脑脑关关卡卡顺通了肠子。老九啊，我怎么觉着有点晕道了呢？要不咱也算一股搞点集资？"九凤一拍栏杆："搞，再不搞就晚了！"

楼院里，公司老总八凤被几个人护着从公司里走出来，站在一个小板凳上说："各位，各位，今天就集到这儿了，明天再来吧。一月红利百分之三十五，这一点我们毫不动摇。等航空母舰一买回来，红利可以提到百分之三十八。好了，大家退了吧。"

人们吵着，骂着，求着，不肯离去。胖五带人把院里的人轰走，关了大门。公司里，桌上堆满了集资的钱，大伙唰唰地数着钱向大凤报账。大凤点验着钞票，手有些发抖。三凤问："怎么了，大姐？"

"我……怎么慌得不行了。怎么一下子滚来这么多钱？这不是做梦吧？"

三凤笑道："做梦也梦不到这么多钱。咱跟老八好好干，用不上两年咱也披金戴银，手指头套它几个金镏子，跟人打个招呼，手指头这么一扥撑，满天金光！"六凤数着钱心里也惶惶的，说："三姐，不会出什么事吧？我怎么眼皮直跳，心里空空的，就像在往没底儿的洞里掉。"

三凤掉下脸子，骂道："活丧门，说些什么话！这才从哪儿到哪儿呀？明天这钱就得拿麻袋扛了。慌张什么？没见过钱怎么的？"

老太太来公司看光景，一见桌上的钱大吃一惊："我的天，这是钱吗？"八凤喝着一瓶罐装啤酒从里屋走出来，笑眯眯地说："妈，您怎么也来了？坐不住龙墩了吧？快坐下。怎么，也想集点资？"

老太太惊魂未定地瞅着桌上的钱问："它不咬手？"三凤嗔道："看您说的，是咬手，专咬穷人的手。妈，叫老八给你个大红利，集点吧。"

老太太不明白："老八，怎么个大红利？"八凤说："别听三姐的，您不用集，我送您一股就行了，够您和九凤吃一辈子的。"

老太太忙摇手："那我可不要，我得自己发财致富。"说着回身就走。老太太回到自己屋里翻箱倒柜，找出一只描金的紫檀木宝盒，取出盒里一对金手镯子仔细端量着。正在画画儿的九凤看到了，凑过来嚷道："妈呀，您原来是个老地主，还藏着这东西！"

老太太举起手镯，在阳光下仔细看着，慢声说道："九儿，这是我为闺女的时候你姥姥给我的嫁妆。为了置这点东西，你姥姥成天在灯底下给人家做针线营生，做了一辈子，熬瞎了一双老眼也没攒够，没办法跟你姥爷要，惹得他好一顿泼骂。他撅着山羊胡子说：闺女早晚是泼出去的水，你这不是给她婆家攒包袱吗？有钱我再置一挂大车。打那以后我就不稀搭理他，记了他一辈子仇。唉，'文化大革命'他挨斗，抗不了啦，跑到咱家来躲避。我说：你找我来干什么？你还记得以前说的那些话吗？你姥爷说：闺女，我都没家可投了，你怎么还说这样的话！说完，老脸一沉拔腿就走。"

"妈，你该叫姥爷住家里啊！"

"怎么叫他住？那时候你爹也在挨整呢，我敢收留你姥爷？唉，我记着那是在腊月里，是个大黑天，见我不肯收留，你姥爷提着电棒儿走了，当时我的心里酸得流泪啊，可是没留他。后来，人家在山沟里看见了你姥爷，他捧着电棒儿坐在一棵老槐树底下，浑身是雪，活活地冻死了，电棒儿还亮着，照着你姥爷漆青的脸，笑模嘎的，吓死个人。"老太太说到这儿，眼窝里的热泪奔涌而出，抽搭着鼻子继续说，"一辈子，这事活活折磨了我一辈子！我欠了你姥爷这笔账，等到了阴曹地府再还吧，等我去了一定要好好侍候你姥爷。"

九凤静静地听着，被这个令人心酸的故事感动了。老太太捧起宝盒说："走吧，走吧，这东西，'文化大革命'也没有闪失，今天跟着我发财去吧，发了财，我给你姥爷姥姥打个新坟，换间新屋，树个花岗岩的新碑。"说着，颤颤巍巍地下了楼。

这时候，听雨楼人满为患，人们披着雨衣打着雨伞聚在公司门口，可怜巴巴地等待接受集资。

邮递员顶着雨推着车子进了听雨楼院里，把几张报纸放到信箱里。九凤冒雨跑下楼取回报纸。老太太打着伞拎着一筐青菜回来了。等待集资的人们看见她，一下子拥上来，把她团团围住，央求她给公司说个话，放他们进去，让他们入股，说现在只有老寿星能拉他们一把了。

老太太挥着手说："别抬举我了，找我也没用，我闺女的事我做不了主。我想入个股她也不让，现在她连亲妈都不认了。诸位高邻闪个道儿叫我回家吧，我家老九还等我做饭呢。"说着摆脱了众人的纠缠。

邻居宋婶和马婶把老太太拽到一边，悄悄地说："老姐姐，我们也想集点资入几股，你帮着给我说个话吧。"老太太悄声说："你俩半夜来。"宋婶和马婶美滋滋地去了。

老太太回了屋子坐卧不宁，犹豫了半天，打开炕上的老箱子，从箱子底里掏出一个铁盒打开，里面是一些布票、豆腐票、工业券什么的。老太太捡着，自语道："唉，当年这可是些好东西呀，现如今都没有用喽，留着吧，做个念想；看着这些东西呀，就知道那些日子一天天是怎么熬过来的。"念叨着，从铁盒底层取出房照，找了花镜戴上看着，仔细地翻弄着，又把房照揣进怀里，念念叨叨，打着伞出了门儿。

院里人已经散去。老太太慢慢下了楼，走到公司门口，停顿片刻，拉门进去。公司里，几大要员还在理钱算账。老太太进来，默不作声地找了个角落坐下来，许久没话。八凤从里屋走出来，看见老太太来了，不由得一愣，问："妈，您又来干什么？还要集资呀？"

"集！"

"妈，您把为闺女时候的首饰都押上了，还有什么呀？"

老太太把房照往桌上一拍："还有这个！""房照！"众人惊呼。八凤说："妈，这可使不得，您赶紧拿走！"

"不，给我算算能抵多少钱。"

八凤口气坚决地说："多少钱也不能收。妈，集资也是有风险的，一旦……我说一旦有个差池我怎么向您交代？姊妹们还不把我生吃了？再说了，您有首饰押在这就行了，每月给您三百块钱利息不够花的呀？老太太，别太贪心了，要置房子置地呀？"说着推着老太太朝外走。

老太太赖着不走，说："别推我，我就是要押上，我就是要买处房子，这个心思也不是一天半天了，这老房子我是住够了，夏天招臭虫，冬天没暖气，天天摆弄土炉子，呛得我嗓眼儿也粗了。我不用你们，我要自己养活自己，自己给自己买新房！"

八凤说："看您那些心思，买房子留给谁呀？老了我养活您，带您到外国去。"老太太把眼一瞪："指望谁也不能指望你个八猴子，上回一跑我十来年没有见你的模样儿，再来他个十年我坟上的老草都比你高了。收着，给我算算抵多少钱？"

大凤急了，过来劝说老太太："妈，您怎么要来真的？别二乎了，赶紧拿走，这可不是闹着玩的。"老太太呶呶不休："你这个老大，光兴你们发财？我知道，看你蔫了吧唧的，谁不知也发了，还天天给胡宝亮发海参吃，顶得他两眼放光，粗嗓大气的，昨天下楼，两手顶着腰眼打了个喷嚏，把房檐下的燕窝儿都震掉了，你寻思我没看见？"

听老太太说话这么夸张，屋里的人哈哈大笑。八凤实在无奈了，说："行行行，妈，我先收下，叫您发财行吧？再说了，赔谁也不能赔您的。"

三凤也说："赔我的也不能赔咱妈的。"老太太却不领情，说："我这是周瑜打黄盖，不关你们事。"

从公司出来，老太太笑眯眯地上了丁字楼梯，兴之所至，收了雨伞竟舞弄了几下拳脚。舞着舞着，蓦地停下，呆呆地望着小院，旋又慌忙撑起雨伞下了楼梯，奔出院门。

老太太慌慌张张进了五凤家的门，吓了五凤一跳。五凤问："妈，您这是怎么了？快坐下。"老太太坐下，喘了几口说："搞人保的，我问你件事儿。"

"妈，您慢相应儿地说，到底怎么了？长这么大我头一遭见您这么慌过。"

"我把听雨楼押给老八了。"

五凤惊得眼珠子差点掉出来："您说什么！房照呢？"

"在老八手里。怎么，有事？"

五凤以拳击掌，疾呼道："坏了，坏了，这下子掉狼嘴里了。妈，您怎么这么糊涂呀！您这辈子是个多稳成的人儿，什么大风大浪没见过？怎么今天就赗不住了呢？这不像您做的事儿呀！"

老太太说："我活了大半辈子，哪见过这阵势？老八那儿钱打着旋儿往手里滚，谁看着不乱了脑子？谁能拿捏得住自己？老五，不会有事吧？你有水平，帮我分析分析。"

五凤跺着脚说："房照都在人家手里了，分析还有什么用？妈，我早说过，老八做的不是正经生意，她们这是打狼套虎，买空卖空。改革开放了，党的政策好，可咱发家致富也得走正道儿。您就不想想，老八一旦栽了您怎么办？大姐怎么办？你们连个落脚插棍子的地方也没有了！再说了，什么都能押，就是房子不能押呀。小时候您就告诉我们：金窝头银窝头，不如自己的热炕头，能卖衣能卖粮，死也不卖自己的房。怎么您都忘了？"

老太太一拍大腿道："看我二乎的，怎么把老理儿都忘了呢？我这是怎么了？老五，你说老八真的能栽了？我看着不像。"五凤说："栽，肯定得栽！"

老太太急了，说："那你得帮帮她，可不能袖手旁观！"五凤说："您又要拿我当枪使？叫我去得罪人？我傻得不吃食了？我谁也不管了，就管您。"

老太太说："不行，你还得管！"五凤摊开双手说："我怎么管？现在她们一个个看着钱眼睛都绿了，汗毛都扠挈起来了，我要是反对的话一出口，她们还不像一群狼似的把我扑倒？一阵工夫我连个囫囵身子也没有了，我可再不傻了。"

老太太稳下神儿来说："我听说你和老大老四开了个三中全会，还听说你要从谢里那儿下手，这是真的？"五凤叹口气道："唉，您说怎么办？咱全家就老七是个大学生，人家现在忙自己的，对这事儿不问不管，扒拉指头算一算，咱家有点儿理论水平的也只有我了，我不管谁管？刚才说的都是气话，我还真能眼睁睁地看着她们跳火坑吗？谁叫我看出来了呢？有时候，深刻了也是一件挺倒霉的事情，这个理儿您不懂！"

老太太笑了："你这么做就对了。"五凤苦着脸子说："可我知道，我又要倒霉了。"说着，凑近老太太悄声道："妈，我正在暗地里调查谢里。"老太太一惊："你报官了？"

"暂时还没，到时候他跑不了。"

"你又要搞阶级斗争？"

"不说这些了，你赶紧把房照要回来，我在院门口等着。快走吧，这是眼下的大事。"

老太太又有些迷惑了："神来鬼去的，你俩到底谁对？"五凤严肃地说："历史将做出回答！"老太太又想起另一件事："对了，小叶还没回来？我可是给了他十天的期限。"五凤说："不管他的事儿了，您的事儿要紧！"老太太由衷地赞叹道："还是老五大气！"

老太太顶风冒雨回到听雨楼公司里，找到八凤说："老八，赶紧把房照还给我，资我不集了。"公司里的人都莫名惊诧。八凤笑道："怎么样，害怕了吧？"

三凤也笑："这才撒泡尿的工夫咱妈就变卦了，又听谁点画了吧？"老太太不说话，接过八凤找出来的房照匆匆跑了。

五凤在院门口等着。老太太慌慌张张跑出来，把房照递到她手里说："你给我拿好，我怕放家里叫谁再一忽悠又押上了。唉，我也不知道谁是神仙谁是小鬼儿了。"五凤接过房照，转身就走。二人的举动被站在公司门后的三凤看得真真亮亮。三凤狠狠地骂了句，转身回到公司，拿了把伞去追五凤。

五凤回到家，刚把房照锁进柜里，门就被敲得咚咚直响。她赶紧走到门口，拉开门，只见三凤像一尊怒目金刚站在门口。五凤不由得一愣："三姐，你怎么来了？屋里坐。"三凤一步跨进屋，砰的一声关上门，冷笑道："我来干什么你不清楚吗？"

"我不清楚。三姐，坐。"

"不坐,我怕脏了腚!小样儿你,装得倒挺像,把咱妈的房照给我拿出来!"

"咱妈的房照怎么会在我手里?"

"还装!拿还是不拿?不拿我可要翻箱倒柜了。姊妹们发财你红眼,咱妈跟着发点财你也难受,撺掇咱妈把房照要回来你藏着。你想干什么?想老太太百年之后独吞听雨楼吗?"

"你这就说远了。你们穷折腾我不管,可咱妈我得管,听雨楼我也得管!你们东骗西骗骗到咱妈头上了,你们要是栽了咱妈连立脚插棍子的地方也没有了,叫她扛着包袱到处流浪啊?她那脾性能住闺女家吗?亏你们能想得出!"

"咱妈愿意!你算干什么的?她刚刚押了房照又叫你骗回来了,你就是想吞听雨楼!给不给?不给我可真不客气了!告诉你,我什么事都做得出来!十多年了,我看你一眼就闹得慌,做梦都琢磨着下了你的口条,你可别惹急了我!"

五凤冷冷一笑:"你给我少来这一套。我告诉你老三,我不怕这个。你要是真能抓破脸儿,我指甲留得比你长!我一忍再忍,你步步不让,我的忍耐也是有限的,你要是敢在我家里撒野,我叫你身上丢点零件儿再出这个门!"

三凤跨一步逼上前来,狞笑道:"好,我可听到你这句话了!我再问你一句,你给还是不给?""三姐……你是要来真的?"五凤的声音一下子低下去了,她自己知道,自己是鹰嘴鸭子爪儿,论武功不如老三。

三凤挽胳膊撸袖子:"谁给你来假的!给不给?我最后再问你一句!""不给!"五凤昂起不屈的头颅。

三凤一个搂风掌把五凤打到床边上。五凤"妈呀"一声哭喊,撒开泼和三凤扭打在一起。三凤到底是身手不凡,不到三个回合就把五凤摁到床边,扼着她的脖子问:"你给还是不给?你是不是想独吞听雨楼?你给我说说!"

五凤梗着脖子喊道:"就是不给!我堂堂一个共产党员、国家干部,绝不能在你这个二道贩子面前低下高贵的头!来吧,老虎凳辣椒水儿我也不怕,为了咱妈,我豁上了!"三凤气得松了手,呼呼直喘。

五凤脱离了魔掌,更加气壮如牛,说:"怎么样,害怕了吧?腿发抖了吧?知道惹事了吧?你这个法盲,你这叫私闯民宅殴打国家干部,我一个电话警车就'威儿威儿'地来,赏你一副银手镯子,进笆篱子吃几天小饼子。看在亲姊热妹的情分饶了你,要是外人我早就报警了。"

三凤见没治得了老五,气得直掉眼泪。五凤整整头发坐到椅子上,一脸威严地说："给我说，是谁指使你来的？党的政策历来是坦白从宽，抗拒从严，首恶必办，胁从不问，受蒙蔽者无罪，反戈一击有功！"

三凤急得在屋里乱转，见屋里没有什么抓挠，跑到外屋抓起一个蒜臼子，砰的一声把灶上的锅砸了。五凤惊呆了，没想到老三使出绝户计，不知该怎么办好了，捂着脸大哭："我的妈呀，塌天了，老三不让我过了！妈呀，老妈妈呀，您可得给我做主啊！"撒了泼，伸出擒龙爪向三凤扑去。姐妹俩又滚作一球。

这里二马战犹酣，听雨楼九凤背着书包一路狂奔呼喊着上了楼，流星探马来报老太太："妈，不好了，我刚才放学看见五姐家门口围了些人，五姐坐在屋里，披头散发哭破了天。听人说三姐把五姐家的锅给砸了。"比画着，"这么大个窟窿！""什么！"老太太拍案而起，"这个畜生，怎么能下死手！砸了人家的锅就是不让人过日子，和起人家的老祖坟一样！"

老太太火了，在屋里乱转，见物就拍，不住嘴地骂："畜生，畜生啊！你给我把老三叫来，我今天……"说着操起顶门杠，"要开刀问斩了！"九凤得令，一溜烟跑下楼，来到三凤家传达了老太太的旨意。三凤抗旨不遵："你告诉咱妈，我不去！"九凤说："你敢不去？咱妈能饶了你？"

冬子站在理儿上说话："妈，你这事本来就做得不对。五姨怎么了？她对咱家有恩啊。你有理讲理，砸人家锅干什么？小姨，我说得对不对？"

三凤把眼珠子瞪得像牛蛋子，朝冬子吼道："闭死你那张酱碟子嘴，没有你插不上的话儿。九凤，你告诉咱妈，我病了。"九凤说："这么回话能行吗？"

"行，我说不去就不去！"

第十六章

九凤请不动三将军，觉得自己脸上很没有面子，一溜烟儿跑回听雨楼，添油加醋地向老太太做了汇报。

老太太怒火三千丈，拍着炕沿大耍威风："她病了？什么病？抽风病，抽得还不轻！老九，爽溜地去告诉她，她要是敢不来，我就坐在这儿一夜不睡，天亮就去砸她家的锅，这口老气儿不拔出来我跪地喊她一声妈！"九凤领了老太太的口谕，又一溜烟跑了。

听说老太太为老三和老五的事动了肝火，大凤和胡宝亮两口子双双出动前来劝架。不管两口子怎么劝说，老太太坐在回廊的太师椅上，微合双目，任白发在夜风中飘动，就是不说话。见大凤两口子说个没完，老太太闭着眼挥挥手说："不要说了，烦！老大，这口气我要是窝住了，人就活不成了。这个人不治住她，听雨楼就要大乱。我还没死，这口气就得拔。我告诉你老大，不管这世界怎么花花，咱这个家有我这口老气儿在，就乱不了，乱不了！"老太太正使着威风，大凤朝院里一指说："咦，那不是冬子和老九吗？"

是她俩，冬子双手还捧着一件衣服，上面搭了条皮带。冬子走到老太太面前说："姥姥，俺妈病得实在爬不起炕了，她知道惹了祸，叫我把这个送来。"说着把衣服挂到回廊栏杆上，又把皮带放到老太太的太师椅扶手上，指指衣服说，"俺妈说了，这就是她，请姥姥使劲抽她，她认罪，保证怎么抽也一声不吭。姥姥，您抽吧。"

老太太冷冷一笑："这不成了打龙袍吗？亏你妈能想得出，我就是抽烂了它，它会应一声吗？"冬子说："俺妈说了，您在这儿抽一鞭子，她在家里就一哆嗦，身上就能起一道血绺子。"

胡宝亮捂着嘴不敢笑。大凤捅了他一下，狠狠地瞪了一眼。老太太说："我要是不抽呢？"冬子说："那俺妈在家就睡着了。"

老太太说："哦，我明白了，叫了一晚上叫不动，你妈这是叫我去看看她。那我就去拜会拜会。冬子，前面带路。"说罢，呼地一下站起来就朝外走。"妈，您不能去！"大凤情知事情不妙，给胡宝亮递了个眼色，两口子动手拽住她。

老太太一甩胳膊把二人闪了个趔趄，咬着活了根儿的老牙道："都给我闪开，现在三五个人还近不了我的身。她能砸老五的锅，今晚我就砸她的锅！"说罢，噔噔地下了楼。冬子举着电棒儿跟在后面说："姥姥慢点儿走，我给您照个亮儿。"这孩子，看眼儿不怕乱子大。大凤不敢怠慢，提上一直趿着的鞋，一溜小跑跟了去。

老太太气哼哼来到三凤家门口。孟传礼隔着门玻璃见老太太来者不善，慌忙朝里屋喊道："老三，不好了，老太太杀上门了，你赶紧准备准备，决不能打无准备之仗。那什么，家里酱油没有了，我打酱油去。"说着关上门，一溜烟地跑了。历史的经验值得注意，老初家娘儿们打架，外姓人最好远点儿站着，人家臭死一窝，烂死一块，今天拧成血脖鸡，明天就好得搂着脖子箍着腰，谁掺和她们的事谁挨骂。

老太太雄赳赳，气昂昂，大步跨进三凤的房。三凤蒙着头躺在炕上学司马懿诈病，爹一声妈一声喊个不休："哎呀妈呀，疼死了，烧死了，我过不去这个坎儿了！"

"你妈来了！"老太太高声喝道，"给我爬起来。蒙个小脸儿就能躲过去了？休想！""哎呀妈呀，不行了，不行了！"三凤的表演不亚于专业演员。

老太太嘿嘿一声冷笑："知道你得的是什么病吗？羊角风！你是毒气太大邪火攻心六亲不认见人就咬！"说着从桌上端过一缸子水，"我有一招儿，镇脑解疼祛邪避火，一天叫你认爹妈，两天叫你认东西，三天叫你知道大小，接招！"吸足一口水，掀开三凤的被头，噗的一声喷了她个雨霖铃。

"阿嚏！"三凤痛快淋漓地打了个喷嚏，浑身一激灵，像是大仙儿附体，喃喃自语道，"妈呀，下雨了吗？真凉快。前两天老四来说庄稼旱了，啊，这下可有救了，农民种点粮食不容易呀。"

老太太眯着眼说："看来你真的病了，烧得不轻，睁着眼说胡话。好，水淹七军不成，再给你来个火烧连营，拔个罐儿，包你手到病除。"拿起一张黄表纸点燃，塞进痰盂里，照着三凤的肚子就要扣去。

三凤一个鲤鱼打挺坐起来，喊道："干什么！妈，想烧死我呀？"冬子看到妈妈的狼狈相，乐得嘻嘻直笑。

老太太扔了痰盂，哈哈大笑："哦，看来你还会说人话，还没真的学会装疯卖傻。麻溜儿地滚下炕给老五赔礼道歉去，牙崩半个不字，我今天就砸你的锅。你信不信？"三凤装病不成撒开了泼："我不去！她凭什么要藏房照？还不明白吗？她要独吞听雨楼，锅砸轻了！"

老太太冷下脸子，说："这话当真？就是不去？"

"不去就是不去！"

"好，好，好！那我可要砸锅了！"老太太说着奔向外屋。"妈，不能这样啊！"跟来的大凤抱住母亲苦苦哀求。

老太太威严地瞪了大凤一眼，大凤松了手。老太太来到外屋，高高举起铁锅。三凤捂住眼，大凤闭上眼。

外屋许久无声。大凤掀开门帘，三凤悄悄从指缝间看母亲。只见老太太轻轻地把举过头顶的铁锅慢慢放下。

老太太背对屋里的人，声音悲怆地说道："罢，罢，罢，你们俩的怨仇自己去解吧，不管了，从今往后再也不管了，都有岁数了，自己慢慢掂量吧。"说着，抹一把脸上的老泪，推开门，踽踽而去，夜色里，留下了老太太一个凄惶的背影。

在听雨楼上，九凤正在给老太太画肖像。

老太太坐在太师椅上，打着哈欠说："九儿，我说你就别让我活受罪了，两个钟头了，还叫我一动不动，谁能遭得了这个罪？"

"别着急，马上就好，别动，别动，把脸抬起来。"

老太太把脸抬起来，把胸也挺起来问："是这个姿势吧？"

"对，别动啊。"

老太太笑道："我懂，我是模特儿，现在模特儿赚钱，小两个钟头了，还不赚个四十五十的？"

"不止。坐好，嘴别歪歪着像个破瓢似的。"

"用你老娘不花钱，你也心疼？赶明儿我上街上当老模特儿去，咱可不能让人白使唤。"

"好了，过来看看吧。"

老太太接过漫画肖像，哈哈大笑："我的天啊，怎么像个……"

"像个什么？"

老太太笑着摇头不说了。

"不用说，像白骨精她妈，要的就是这个效果！"

九凤指着肖像，对老太太说："我今天郑重地宣布，我要考大学了，我的目标只有一个，考美术学院。"说罢扭着杨柳小蛮腰走了。

楼下公司敞着门，三凤、六凤、八凤在屋里哇啦哇啦吵什么。

老太太站起来，活动活动坐麻了的腿，大声喊道："我宣布个消息，九儿要考美术学院了，以后你们出出进进小点动静，别影响她学习；公司晚上八点就得关灯，这可是咱全家的大事，都得给我听明白！"

富丽华大酒店大堂来了个不速之客，此人乃初家的福尔摩斯五凤。五凤戴着茶色眼镜坐在沙发上看报纸，眼睛却斜睨着大门口。这时谢里和几个俄罗斯老头说说笑笑地进了旋转门，上了电梯。

大堂那个五凤认识的女服务员悄悄地来到她眼前的茶几旁，装着摆放烟缸，压低声音道："初主任，你交代的事儿完成了。"说着迅即把一盘录音带塞给五凤，"这是他们在餐厅吃饭时录下的，不知有没有用。"

"唔，好，很好。"五凤说着从包里拿出块布料，借着报纸的掩护递给服务员，"姨给你买的，做件衣裳吧，这可不是拉拢腐蚀你，是对你工作的奖励。"

"初主任，我有点害怕，这是不是违法呀？我真的拿不准。"

"对于那些招摇撞骗者，这是我们必要的手段和武器。什么外国人，一群骗子！只许他们肆无忌惮地诈骗，不许我们揭穿他们的嘴脸吗？放心吧，我已经报告有关方面了，是他们派我搞调查。他们跑不了，早晚一网打尽！"五凤说罢站起来，款款朝旋转门走去。沉重的责任感凝聚在她沉重的脚步上，在这宽敞华丽的大堂里，她觉得自己很崇高。

五凤回到家马上就放录音。录音机沙沙转动，放出俄语的说笑声。五凤皱着眉头，把耳朵紧贴在录音机上悉心听辨。

有人敲门。五凤赶紧关上录音机。九凤端着一小盆饺子来了。五凤笑了："哎呀呀，小老九这是干什么呀？"

九凤把饺子放到桌子上说："咱妈叫我送的，说给你压压惊，让我代表她并通过你我五姐夫表示慰问。你们受惊了，你们辛苦了！"五凤得到老太太的关怀，感动得差一点儿哭出声来，更激发出无穷的斗志："没事儿，请你转告咱妈，我是吓不倒的，更是打不烂的！任她们围攻谩骂，砸锅抄家，我自岿然不动！"

九凤说："锅都没了还嘴硬，赶紧吃吧。"五凤很幸福地吃着御膳，问：

"哎，九凤，今天怎么没上学？"

"我考艺术院校，有些课可以不听。"

五凤打开录音机："你帮我听听这里都说了些什么，我听不懂。"九凤侧耳听了一会儿说"我都听不懂，你还能听懂？这是俄语。我在学校学了三年了也听不懂。你摆弄这个干什么？"

五凤神秘地说："有用。我快揪住狐狸尾巴了，可别给我出去说。"

"你又要搞阶级斗争？拉倒吧，你说说这些年得罪了多少人？连我都得罪了。要不是看三姐欺人太甚把你的锅砸了，我才不来呢。"

"老妹子，这事可非同小可！"

"你怎么还不长记性？"

"以往五姐有做得对的地方，也有做得错的地方，可这回五姐没有错，我认准了谢里不是个好东西。你不知道，咱姐妹把活命钱都押在这艘航空母舰上了，咱妈也把传家的首饰押上了，还要把听雨楼押上，多可怕呀！咱全家的命都攥在谢里手心里，我能看着不管吗？我就管这一回，以后八抬大轿抬我也不管，这回就是挨骂挨打我也要管！反正在她们眼里我里里外外不是人了，可我不是鬼！你听着老妹子，历史将证明我是正确的。老妹子，帮我个忙，找你老师帮着听听里面都说了些什么。"

九凤叹道："唉，你怎么干起这些事这么有瘾呀！"

"老妹子，你太不了解我了。好了，不说了，事成之后我给你包饺子吃。"

九凤瞪起眼睛："我还小啊！"

"哎呀呀，看我说了些什么，俺老妹子十七八了，一晃眼儿成大姑娘了。哎呀呀，多少年也没这么仔细看俺老妹子了，现在俊的呀，一张小脸儿粉嘟嘟的，一掐冒浆儿，稀不稀罕死个人儿！"

"得了，你别麻我了，这事儿我帮你忙，我也觉得有点玄乎，她们真是为了发财红眼了！"

老太太正坐在屋里打瞌睡，只见九凤气哼哼地回家了，从书包里掏出一盒录音带摔到桌上，噘着嘴生气。

老太太说："又拎腔摔风，谁又招惹你了？好大的脾气，说给我听听。"九凤气得要掉眼泪："整些什么事？疑神疑鬼，望风捕影，一堆流氓话，俺老师差点要骂我。"

"说了些什么，我怎么听不明白？"

楼院里有人喊九凤。九凤答应一声，取过毛巾擦了把脸跑出去。

老太太眯起眼，端详着那盒录音带，放进录音机里，按下键子听起来。录音机里放着她听不懂的俄语和能分辨出来的笑声：大笑声、狂笑声、淫笑声。

老太太骂道："坏了，这老丫头又搞了个外国对象，准成是，听动静又是个老毛子，再过几天这家里要办成苏联大使馆了。"关了录音机，咬着牙道，"还得周正！"

八凤端着一屉小笼包来尽孝了，没听清她说了些什么，问："妈，又自言自语地说谁呢？来，趁热吃，看能不能堵住你的嘴。跟谁治气呢？"

"老九跟你学坏了，也找了个俄罗斯人谈对象，我说我得周正！"

"怎么可能？她还是学生呀。这事要是真的不用你管，我就管了。"

"怎么你还不信？刚才勾勾着个小脸儿来家，把盘录音带摔到炕上就骂。我琢磨着怕是和人家闹翻了脸，不信你听听。"

"那我听听。"八凤说着打开录音机。听着听着，脸色渐渐沉了下来，取出录音带匆匆跑下楼。老太太追了几步问道："是不是那么回事儿？"

八凤在公司里给大伙放完录音带，问："大家都听明白了吗？"大伙面面相觑，谁也没听懂录音里说的是什么。

八凤说："谢里被人监视了。这是一盘监听的录音。谢里他们吃饭讲笑话的时间他们也不放过，可见他们用心之细致、之险恶！"三凤生了大气，拍着桌子问："这是谁干的？"

楼上九凤也火了，跺着脚对老太太发脾气："妈，怎么能把五姐的录音带交给八姐呢？这下子惹大乱子了！好，你收拾吧，闹不好又是一场血战。"老太太情知做错了事，嘴里直嘟囔："你五姐给你这个干什么？怎么不早告诉我？我还寻思你惹事了呢。"

"等着吧，不是愿看戏吗？一会儿大戏就要开演了，您再过把瘾吧！"

正说着，大凤来了。九凤冷笑道："怎么样？催台的来了。大姐，有什么事儿？"

"上西屋，我跟你说句话。"

姐妹俩来到西屋，大凤说："你八姐叫你下楼问问录音带的事。我估摸着这事和你五姐有瓜葛，如果真的是，老妹子，你千万不要说是你五姐干的，不能再伤你五姐了。听见了吗？"

"我不管那些乱七八糟的事儿！"

"这就对了。唉，咱家这些糟心事什么时候是个完啊，真是愁死了。谁家像咱家这样？"大凤说着哭了，"有时候想想，就觉得姊妹之间一点意思也没有了，这心里干辣辣地疼。"

九凤白了她一眼："你就愿操些没味儿的心！"九凤下楼过堂。八凤问："老九，你说说这盘录音带是从哪儿弄来的？谁给你的？"

"我在大街捡的。怎么了？"

"老九，别这样。我问你，是不是五姐给你的？事情重大，闹不好要影响中苏两国关系，可不是闹着玩的。再说偷录外国人隐私是违法的。你也不小了，应该知道它的严重性。你给我说！"

"你唬谁？吓唬鸟啊？你们还寻思我小呀？我就是不知道，愿怎么地怎么地！你们为了钱一个个像乌眼儿鸡似的，我看了就嫌闹得慌！"说罢推开拦阻的众人走出公司，走出院子。

"我抗议！"话音未落，谢里红着眼睛，挥舞着双手冲着公司，歇斯底里地喊道，"你们搞偷听，你们完全不信任我，我抗议！我要把你们告进法庭！"大伙惊呆了。

谢里气咻咻地说，他刚刚在酒店发现了录音机，录音机放在餐桌下面，是一个服务员干的，已经开除了，她交代是老五让她干的。谢里还说自己太伤心了，从遥远的俄罗斯跑到这里真诚地帮助你们做生意，可你们给我的是什么？是一团冷空气，比西伯利亚的天气还冷。我要向你们政府控告老五，还要撕毁合同，连一个纸片都不留下！

八凤安抚他说："谢里普霍夫斯科依同志，冷静点，老五归老五，但我们还是要和你真诚合作的，我们已经签订了协议，正准备打款，你不要葫芦搅茄子。你坐下来，我们慢慢谈。"

谢里火气没减，说，还要慢慢谈？不，我已经没有耐心了。你们干什么都要慢慢地，这两个月我已经飞来飞去多少趟了？可你们还不打款。我马上订机票，今天就飞走，找别的伙伴。我的签证只有三天时间了，我这回一走就永远不回来了！说罢，提起皮箱就要走。八凤和三凤、胖五等人慌忙拉住谢里。

谢里挣扎着喊："你们要绑架吗？"八凤在屋里踱着步子，手一挥说道："谢里，你不要走。大姐，把我们的款和那三家公司的款，再加上所有的集资款，按照谢里指定的账号发出去。"

大凤惊讶地看着八凤,以为自己听错了。八凤吼道:"看我干什么?发出去!"

"现在就发?"

八凤厉声喝道:"人都要走了,还等什么?发发发!"

月儿弯弯挂树梢。二楼堂屋,老太太盛好一碗面条,浇上卤,端着要出门。

六凤来了,说:"妈,老九是不是不大正常啊?约摸她半个月没下楼了。我刚才扒着她屋的窗看了看,看她在屋里哇啦哇啦背书,又在画板上乱画,画了撕,撕了画,像个傻子。头也不梳,脸也不洗,凳子上扔了四五条裤衩,脏死了。不是得什么病了?她明天就要到省城赶考了,这样可不行。"

老太太说:"她那是用功,是要考美术学院,要练画儿,还要学理论,顾不得别的了。"

"没见过这么用功的,我看是中病了。"

"是吗?我去看看,难道她能修成神仙?"说着,端着面来到西厢房。

九凤披头散发,满脸油彩,旁若无人地在画板前作画。地上到处是废弃的画纸。老太太围着九凤左端量右端量,轻声嘟囔:"我说神仙啊,用饭吧,已经两天两夜没进食了,多少吃一口吧。"

九凤端坐在画板前,两眼直勾勾的,一言不发,就像一座生铁佛。

"我说神仙啊,你不吃饭抗不了啊,明天就要去赶考了,要是在考场上饿晕过去怎么办啊?"

"讨厌,你给我出去!"九凤朝门口一指,"快点儿,出去!"

老太太被呵斥懵了:"你真要疯啊!""出去出去!"九凤把老太太推出门外。

老太太吃了闭门羹,失魂落魄地回了堂屋。六凤问:"妈,怎么样?"老太太摇了摇头,声音哽咽了:"疯了,真疯了,这老丫头,没救了!"

翌日晨,听雨楼院子里站满了凤儿。大家神情严肃,一起仰着头看着西厢房的门口。

三凤悄声说:"时候不早了,去省城就一趟火车,老九怎么还不下绣楼?急都急死人了!"六凤也说:"老七来电话说在省城火车站接她,住宿也安排好了。唉,不是吓趴下了?哪是那块料啊?还考美术学院呢!"

老太太不愿听了:"胡说些什么!耐心点儿,等!"大凤急得在院子里团团转:"可时间有点来不及了。不考就不考吧,别范进中举,考出个疯子来。"

楼上西厢房的门开了,九凤打扮得利利整整,慢慢地下楼了。大伙众星捧月般地跟在她后边。九凤走到院门口,回过头来挥了挥手说:"都回去,跟在我后边干什么?这是进考场还是进法场啊?谁也不许送,你们就等着胜利的捷报吧!"说罢,把院门关上了。

古城国际贸易公司里,气氛凝重。老总八凤嘴里叼着烟,抱着肩膀在屋里来回踱着步子。公司员工的目光随着她转。

八凤俄罗斯式地吐了烟蒂,嘴里嘟囔:"远东国际贸易总公司电话没人接?过去我们挂的就是这个电话呀,发传真用的也是这个号码呀,这是怎么回事?"三凤猜度:"兴许人家度假去了?人家外国人兴这个,哪像咱天天碰头磕命的不会享受。"

大凤的额头沁出了汗珠:"我怎么有点瘆得慌,是不是……"八凤打断她:"没事儿,谢里还在酒店里,他是我们的人,不会出问题,要是有事儿他早跑了。"

电话铃响。大伙心里一哆嗦。八凤赶紧拿起电话:"喂,我是八凤。哦,钟厂长啊?怎么?马经理也在你那儿?还没有消息?不要急,急也没有用,这是国际贸易,手续繁杂得很。你说什么?出了事我负责?没那事儿我们公司只负责牵线搭桥,合同上的字可是大家签的。我们公司投得还少呀?全部集资都投进去了,我们姊妹的家产都押进去了,怎么能不着急?好了,等我的电话吧。"说罢摔了电话,骂道,"一个个狼心兔子胆儿!"

电话又响起来。催命的电话铃声让大伙的心悬得老高。

第十七章

和俄罗斯方面联系不上,古城国际贸易公司众好汉正急得抓耳挠腮,五凤发疯似的跑到听雨楼,一头拱进公司门里,瘫到地上,口里吐着白沫子,语不成句了:"老八,别……打款,谢里是个骗子。我还得去酒店协助公安局抓他。你们千万别……打款啊!"大伙被五凤的话打懵了。

三凤拉下脸子喝道:"怎么,你还想闹什么事儿?"五凤大口喘着说:"那笔款千万不能打,完完全全是个骗局,我一会儿再告诉你们。"

三凤冷笑道:"谢谢你操心。不过,让你失望的是我们的款早打过去了。你该干什么干什么吧。还装灯,还想插一脚,什么东西!"五凤急得哭了:"你们就听我一句吧,我求求你们了!"

"滚滚滚!"三凤把五凤推出门。五凤不肯走,回身推门。门锁上了。见屋里死活不开门,五凤又急忙朝院门口跑去。

公司里,八凤指派三凤:"给谢里住的宾馆打个电话。"三凤拨号,半天无人接听,嘴里嘟囔:"没人接。二十分钟前挂电话他还接呢。怎么回事?"大凤心里犯疑,说:"有点不大对劲儿。"六凤心里也不托底儿:"我看也是。"

八凤轻蔑地一笑,从抽屉里拿出谢里的护照,拍到桌子上说:"他往哪儿走?护照在我手里!还有,我和他的感情是一天两天了吗?"三凤竖起大拇指赞道:"高,实在是高,扣住护照就等于扎了他的翅膀。"

八凤又从兜里掏出一张金卡,拍到桌子上说:"看看这是什么?这是他在俄罗斯的全部资金,好几千万呢,是我们将来结婚买别墅用的。他给我的时候我还不相信,特意请人发传真到俄罗斯银行查了一下,收到对方的传真件后我才放心。你们以为我这些年在广东白混了?不到万不得已,这些底儿我不会告诉你们的。"见八凤交了实底儿,大伙长舒一口气。

三凤拍着手咯咯笑着说:"哎呀,看把老八能的,精的,哎呀呀,你这个八猴子呀!"

五凤到听雨楼报过警,马不停蹄又来到富丽华大酒店大堂,戴着茶色眼镜,用报纸遮着脸,紧盯着电梯门。电梯上上下下走了一拨又一拨人,五凤没发现目标，突然意识到了什么，赶紧朝外跑，转到酒店后门，躲到门柱后。不一会儿，谢里拎着皮箱，像个窃贼走出后门，上了一辆轿车。轿车飞快地开走了。

五凤从门柱后面闪出身形，招了一辆出租车，跳进车里尾随而去。

却说这时公司里，三凤不停地给谢里拨打电话，无奈没人接。八凤叫她打酒店前台。人家告诉她，俄罗斯客人结账刚走，去哪儿了不知道。三凤擎着电话，嘴巴张得大大的，嘎敉着，一句话也说不出来了。

八凤在屋里踱着步子，突然站住，猛地掀翻了茶桌，大声喊道："不可能，不可能！"

谢里来到火车站候车大厅，买去长春的软卧票。售票处告诉他，你不够级别。谢里说我是外国人。人家要看他的护照。谢里笑了，说我的脸就是护照。人家没和他费口舌，扔给了他一张硬座票。

这时候，智勇双全的五凤来到设在火车站候车厅的派出所报了警，领着两个便衣警察来到火车站月台。

谢里检完票上了火车，往行李架上放好背包，坐下来，点燃一支烟吸着，脸上露出狡黠的微笑。谢里吸了几口烟，发车的铃声响了，他朝四下看了看，突然站起来，跳下车。五凤和两个便衣警察尾随他而去。

谢里又来到了飞机场候机大厅，他没带行李，焦急地等待登机。五凤突然出现在他的面前，拤着腰问："谢里普霍夫斯科依，你还认识我吗？"

"你是谁？你要干什么？"

"干什么？等着抓你这个骗子！柳三楞，你不要再装了！"

谢里一哆嗦，脸色变得煞白。五凤怒喝："柳三楞，你这张洋画皮该扒下来了吧？你家住长春新民巷，你爷爷是俄罗斯人，你中学毕业后跑到俄罗斯混了几年，回来就招摇撞骗。不对吗？三楞子，前些天到听雨楼去的那些老东西都不是俄罗斯人。"谢里目瞪口呆。

五凤嘿嘿冷笑道："不知道我是怎么识破你的吧？姑奶奶告诉你，今天你在酒吧挂了个电话就上楼了，我按了重复键就把电话打到你家了。长春警察早就在追捕你了，你的情况传到我们派出所了，我们已经布下了天罗地网，你插翅难飞！"几个公安人员前后围住了谢里。

谢里突然蹲在地上，改了满口东北话："妈拉个巴子，玩了一辈子鹰，末了叫鹰鸹了眼，怎么栽到你手里了。告诉八凤，我在监狱里等她！"

听雨楼。老太太和黑虎正在喝小酒儿,老太太酒杯又掉到炕上。黑虎一拍大腿说:"姥姥,坏菜了,又坏菜了!"老太太一愣:"唔,这回可是真的?"

是真的,古城国际贸易公司这回可是遭受了灭顶之灾。此刻,三凤丢盔卸甲地跑进院里,一头撞进公司,呼喊着:"老八,快关门儿,讨债的来了!谢里真是个骗子,被公安局抓进去了!"回身把门关得紧紧的。

一伙愤怒的集资人涌进院子,把公司围了个水泄不通,擂着门呼喊:"滚出来,你们这些骗子!""还我们的血汗钱,还我们的救命钱!""把八凤揪出来,这个大骗子!"

一个老得抽抽了皮儿的老太太,捶胸顿足哭喊道:"不能活了,可不能活了,那是我攒了一辈子的养老钱啊,今天就一头撞死在这里算了!"

及时雨五凤跑进院里,站在水龙头旁的水泥台上高声喊道:"大家不要吵,听我说两句,听我说两句!"公司里,三凤和六凤用写字台顶着咚咚作响的门。大凤抱着头哭。八凤站在那里呆如木鸡,一言不发。

三凤嘶哑着嗓子喊:"老八,快拿个主意,我快顶不住了,他们要破门而入了!"八凤傻了,坐在那里只顾自己冷笑。六凤透过玻璃看到院里的一切,哭咧咧地喊道:"不好了,五凤在外面被人打了!"

这时,二楼堂屋,老太太坐在太师椅上,两脚泡在热气腾腾的水盆里,外面的呼喊声、厮打声不断地传来。

探马黑虎从外面跑进来报告:"姥姥不好了,五姨让人家打破头了!"老太太任凭风浪起,稳坐钓鱼台,闭上眼睛吩咐:"往盆儿里再倒点热水。爷们儿,告诉你几遍了,泡脚水一定要热。快点儿,再加点热水。"黑虎遵命,抱起暖瓶往盆里加热水。

外面有人喊:"叫初老太太下来!"老太太净了脚,穿上鞋,对着镜子捋了捋头发,对黑虎道:"爷们儿,跟我出去遛遛。怕不怕啊?"黑虎挥舞着小拳头说:"不怕,我护着姥姥,谁要敢动姥姥一下我就咬死他!"两行老泪哗地涌出老太太的眼窝。

"姥姥,怎么了?"

老太太摸索着黑虎圆圆的脑袋说:"姥姥没白疼你!"

院子里,人们高声叫骂着,把五凤逼在墙角,她的头和脸被抛来的西红柿汤汁染得花红柳绿。她伸展双臂护着脸高声喊道:"大家都冷静一点,家有家规,国有国法,你们这样闹是没有用的!"

"不好了，老孙太太心脏病犯了！"

几个小伙子抬着担架跑进院子。一个人喊："老孙太太说了，临死要见初老太太一面。初老太太呢？不敢出来了吧？上楼看看，是不是吓得拉裤子了？赶快叫她下来！"

"我在这儿！"楼上一声高喊，气冲霄汉。众人抬头看去，只见老太太领着黑虎站在二楼回廊上。院子静了，大伙向楼梯围来。

老太太一抱拳，高门大嗓说道："各位高邻，各位老少爷们儿，我这里给你们有礼了。孩子惹了祸就该找我这当妈的。养不教，父之过，她们没有爹，过在我这儿。不过，我还有句话摆在这儿：自古以来，买卖生意，双方情愿，情投意才能合。我可是亲眼看见，是你们欢天喜地地把钱送到这里来的，不是她们偷来抢来的。要说骗，也在理儿，不过这个理在政府手里，法院手里，他们怎么发落就怎么发落，要是够上枪毙，拉出去打了眼儿我不会眨一下眼，那也叫罪有应得，自作自受！不过，现在谁要是取我闺女项上的首级，我可要奉告，我这罐子老血就地倒给他。都给我闪开！"众人面面相觑，朝后退去。

老太太的白发在劲风中飘扬："不要怕，我倒不了，砸不着你们。我还是那句话，朗朗乾坤自有公理，鸡鸣狗盗不会长远，家有家规，国有国法，该当何罪，悉听尊便。退去，别血溅身上！"

老太太目光炯炯，蹽起大步，领着黑虎朝楼下沉稳地走来，一磴，二磴，三磴，黑虎尖着声喊："闪开，我要咬人了！"兵败如山倒，大伙潮水般退出院子。最后，人去院空。

老太太站到院当中，仰起头，把天看了良久，大叫一声："天爷呀，天爷，这是做的什么梦呀！"大凤过来扶着老太太，抽泣着说："妈，回家吧，事儿已经出了，咱回去商量个法子。"

老太太抹去满脸的冰霜，说："事儿不事儿的我不管。你们刚才看见咱小老爷们儿了吗？看见了吗？刚才你们一个个猪嘴尿泡的，就咱小老爷们儿使劲儿挽着我，龇着满嘴的小狼牙儿想咬人。有他在身边，我气从胆边生，两脚落地砸出坑。你们听见他刚才那声喊了吗？一股子冲天豪气，声声都能把人的肺震炸了！养你们这群荒料有什么用？成天除了给我添心事，还有什么用？成天说我惯小老爷们儿，我惯错了吗？你们知道吗？咱小老爷们儿的这一声喊叫我盼了一辈子！再过二十年你们看，一条蛟龙就要冲出听雨楼，咱小老爷们儿一准儿是个顶天立地的好汉。都滚屋去吧！"

晚上，老太太下了一锅面条，盛好一盆，又扣上几只碗，端着下了楼。

公司里，大凤、三凤、六凤咧着嘴在哭泣。八凤抽着烟，双腿搭在办公桌上望着天花板愣神。

三凤擦擦眼泪说："老八，现在说别的是没有用了，也不知道公司账上还有没有点钱。"八凤拉长了音儿说："你想干什么？说！"

三凤说："我这点钱来得可不容易，是我十多年来做小买卖一点一滴挣来的。你也知道，那时候政府不让做买卖，我叫人家追得满街跑，鞋不知道跑掉了多少双……你三姐夫还有病，等着这点钱抓药吃，你看能不能……要是有的话，把我的股先退给我。"

大凤火了："三凤你干什么？这个时候了怎么还想着自己？亏你有脸说出口！""恶心！"六凤啐了一口，"属狼的啊？人还没凉你就要张嘴撕皮扯肉了。什么玩意儿！"

八凤摆着手说："三姐不用说了，我给你。"三凤大受感动，眼里含泪说："那就谢谢你了，咱没白姊妹一场！"八凤长吁一口气道："唉，我现在真想五姐。"

大凤也说："可不，白天为了咱公司不叫人砸了，她叫那伙人好一顿胖揍，头上造了一溜锃亮的大包。"八凤大有感慨："在这点上，五姐比三姐可爱，可惜我误解她了。咱们这个家对她不公平！"大伙都沉默了。

这时候，老太太端着一盆面条来了，把盆放到桌子上，一碗一碗盛了四碗面，放到四姐妹面前说："吃饭，天大事儿也要吃饭！人是铁，饭是钢，心里有事儿饭帮忙。吃！"四个凤儿含泪端起面条吃着。大凤忍不住轻轻啜泣。

老太太厉声道："老大，哭什么？能把钱哭回来你就痛痛快快哭一场，要是嫌哭得不响亮我陪着你哭天喊地。能吗？不能，天底下没有这样的事！事儿既然摊上了，心里就要盛得住，敢死就敢埋！人这辈子哪那么顺溜？七灾八难，沟沟坎坎，你们这才从哪儿到哪儿？早着呢！这事说不好是不好，说好也好，经过这么一折腾，也可以去掉浑身的躁气狂气，放一放浑身的污气浊血，叫你们出一身臭汗大病一场，就会知道什么叫世事艰难，什么叫人生险恶，什么叫好人好事儿，什么叫天高地远！"四个凤儿看着老太太热泪盈眶。

老太太纵横捭阖，大讲人生哲理："病来如山倒，病去如抽丝。人这辈子得一场病不易，好一场病更难，可你们得长记性。人哪，最怕不长记性，要是好了疮疤忘了疼，掀开锅盖忘了碗，还得遭罪，遭大罪，遭不完的罪！老八，你长记性吗？"八凤望着窗外，一句话也不说。

老太太非要把理儿说透:"你们都不小了,我也不能陪伴你们一辈子,总有驾鹤归西的那一天,有几个当老的不带着儿女的心事走?一辈传一辈,说不尽的话,断不了的牵挂,可早晚也得走,也得断!我不求你们顶天立地,也不求你们大富大贵,只求你们一辈子两脚站在地上说话,好好做人,明白办事,活人要有个人模样,只求老天爷保佑我的女儿一辈子平安!"

老太太说到这儿声音悲怆,有些哽咽了:"孩子们,事儿出了怕也没有用,你们亲姊热妹一场要有福同享有难同当。你们都是我身上掉下的肉,十个指头咬咬哪个也心疼,不过总得有个出头受罪的,该是谁得站出来,该抓就抓,该判就判,该去坐牢,你就得把牢底坐穿!乾坤朗朗,国法昭昭,谁也救不了你,你自个走好,我再也……摸不着够不着了……"老太太掩面大泣,踉踉跄跄推门而出。

夜深了。公司里空荡荡,八凤的心里也空荡荡。这突如其来的打击让她好长时间找不到北了。她独自一人喝着酒,想用酒麻醉自己的神经,寻求暂时的心灵解脱。她觉得自己像做了一个梦,一个荒唐的梦,但又分不清过去的一切是梦,还是眼前的一切是梦。

大凤来了。八凤问:"大姐有事吗?"

"是想和你说个事儿。"

"你也想要钱?你那点钱是不是来得也不容易?"

"姐跟你说的是要紧话。我看你还是赶紧走吧,明天还不知能乱成什么样子。车票我给你买好了,换洗的衣裳也准备好了,你赶紧走!"

"我走了,这儿怎么办?"

"我扛着。"大凤义无反顾地说,"我反正这么大岁数了,该坐牢就坐牢,一切听政府的。你还年轻,正是好时候,可不能把这么好的青春辜负了啊!"八凤的脸上热泪奔涌,喊了声"姐",扑到大凤怀里,抽泣着说:"我这辈子忘不了你呀!"

大凤催促:"快点走吧,记住这次教训,以后好好做人,要是能挣着钱就还给人家,这笔账不还,咱一辈子不得安生啊!"

"姐,我一走你可要受苦了,叫我怎么忍心啊!"

"没事儿,姐扛得住!"

"好大姐,我不能啊!"

"别傻了,快走,要不就来不及了!"

大凤推着八凤走出公司。八凤泪眼婆娑，抬头望了望楼上说："大姐，我想再看一眼妈，我这一走还不知道什么时候能回来，也不知道能不能再看见妈。""不行，来不及了，快走吧！"大凤说着，拖着八凤跑出听雨楼。

火车站月台上，大凤松开紧抱着的八凤嘱咐道："好了，老八，上车吧，出门在外，多保重。"八凤点点头，擦去脸上的泪水哽咽着说："姐，我走了。"说罢上了火车。

火车启动了。八凤拉开车窗，紧紧握着大凤的手恋恋不舍。大凤踮着脚尖说："记住姐的话，在外面你能挣一块往家寄一块，能挣一分寄一分，把这笔账还清了咱心里就干净了，也不枉我白替你受一回罪！"

大凤回到听雨楼连夜去见老太太。这时候，老太太正从腰上解下钥匙，慢慢地打开炕上的箱子。大凤抹着眼泪进了老太太的屋子。老太太从箱子里拖出包袱，找出房照和几件首饰。

大凤问："妈，这是干什么？"

"拿去吧，交给政府，顶一点儿是一点儿，顶一点儿，这良心就轻快一点儿，交给你了。"

"妈，这是您一辈子的积攒啊！"

老太太不说话，摆了摆手倚在被垛上，眯着眼睛像在想一个久远的故事。有顷，睁开眼睛，抬起头轻声问大凤："老八呢？她到哪儿去了？"大凤捂着嘴哭，就是不说话。

老太太仰起头看着灯，轻声道："我知道了，知道了，她这一翅子又飞远了！"说着神情恍惚了，"飞远了，飞远了，也不知道什么时候才能回来，这辈子还能见上她一面？老七呢？好长日子了，怎么还不见她回来？我想得慌，想得慌啊。"

九凤到底能不能考上大学，大伙一直为她悬着一颗心。这天早晨，五凤擎着一张报纸急匆匆地跑回听雨楼，进了院子上了回廊直奔二楼堂屋，来到堂屋和老太太打了个照面。

"妈，老九呢？"

"一早就走了。怎么了？慌慌张张的，又出了什么事儿？老八有消息了？快说！"

"老八还没有信儿。我是说老九儿，报纸都公布了，艺术院校已经开始录取了，咱古城里已经有孩子接到入学通知书了。老九没接到？看样子完了。

妈，咱得有点儿应急措施。"

"由她去吧！"

"那不行。去年咱古城有个孩子没考上大学，放了煤气自杀了，咱不能不防！我上老九屋里检查一下，针啊、剪子啊、绳子啊，都得给藏起来，不怕一万就怕万一！"

话音刚落，大凤走出东厢房。三凤、四凤、六凤也走进院子。凤儿们嚷嚷着问："妈，老九的通知书下来了吗？"

正嚷嚷着，三凤看见九凤哭着回来了，悄声对大伙说："来了。完了完了，哭着回来了。"五凤说："大家都不要乱说话，老九回来谁也不要劝，劝也没用，让她一个人大哭一场，躺几天，慢慢就会缓过来。"

大凤撇着嘴道："我说嘛，外路精神，来真的就不行了。"三凤不愿意听了："大姐，这个时候还这么说话？"九凤哭着进了院，大伙悄悄给她闪开道。

九凤哭着上了楼，回到自己的屋，砰的一声关上门。屋里传出她惊天动地的哭声。大伙唏嘘不已。

天擦黑了。老太太坐在炕上，凤儿们团团围坐在她的身边。五凤说："好长时间没有哭音儿了，不会出什么事儿吧？"大凤问："她屋里的刀子、剪子、绳子都藏好了吧？"五凤说："都藏小仓库里了，不会有任何闪失，屋里的大头针我给捡出来了，一共六个，这方面我有经验。"

大凤问："妈，我们过去看看？差不多了吧？"老太太说："差不多了，一肚子火气该泄完了，要哭也没有眼泪了。我去看看，五凤，你稍紧给老九抓挠个工作，别考不上大学在家打溜溜儿，那就在社会上混瞎了。"

五凤拍着胸脯说："我一定抓紧！"老太太下了炕，说："你们也都熬了一天了，回家吧，在这儿陪着也没用。这事儿谁也帮不了她，自己的道儿都是自己踩出来的。回吧。"说着往西厢房去。大伙急忙下了炕，穿上鞋，悄悄地跟在老太太的身后。

老太太慢慢走到西厢房门口，拍了拍门，说："九儿，差不多了吧？该哭也哭了，该骂也骂了。你还小，身子轻，跌倒了摔得不会重。你要是我的闺女，就地一个鲤鱼打挺给我站起来，擦巴擦巴眼泪，笑模笑样儿地给我朝前走，妈给你鼓鼓掌，喝声彩！你要是就地小嘴儿啃稀泥，成了个窝脖儿鸡，自己和自己斗气儿，那没人奉承你。说书唱戏的，说的唱的都是千古英雄好汉，没一句唱的是窝囊废。不管怎么样，你给我把门开开，我和你姐姐可是候着你一天了。"

屋里静静的，没有声音。五凤悄声道："我怎么觉得不对劲儿？妈，砸门吧！"话音刚落，门吱的一声开了，九凤两只眼睛红肿着，背着手当门站立。大伙齐声呼唤："九儿，九儿！"

九凤笑了，从背后拿出一张鲜红的美术学院录取通知书说："妈，姐，我被美术学院录取了！"顿时，大伙惊呆了。五凤一把夺过录取通知书，看了又看，高声喊道："真的，真的，是真的，上面盖着钢印儿！"

大伙传递着录取通知书，一个个都哭了。五凤把录取通知书捧到老太太面前，说："妈，快看啊！"老太太仔细地看着录取通知书，抬起头问道："不是画的？"

"妈，是真的，一会儿七姐会从省城给您来电话的。"

五凤扶着老太太说："妈，是真的。"

老太太轻轻地拨开五凤的手，啪地给了九凤一个脸蛋儿！大伙都愣了。九凤捂着脸，呆呆地看着老太太，不知这是为什么。老太太两手朝双腿上一拍，声音颤抖地喊道："天爷啊，你是我的神仙！"

冬天又到了，棉絮似的大雪把小楼儿覆盖了。年三十儿，听雨楼门口，三凤和四凤挂灯笼，贴春联。街上的鞭炮声一阵紧似一阵。院里，大凤指挥着五凤、六凤、七凤忙年事。

大凤支派五凤说："老五，上厨房看看火去。今年的属相可是你发的面，要是蒸坏了可别埋怨别人。"

"当然了，我那条龙要是再蒸得像一摊屎，我二话不说就把它吃了，我愿意。"

三凤在院门口喊道："个倒霉样儿，又指鸡骂狗。骂谁呢？告诉你，你的属相今年也好不了，别看是你发的面，照样蒸出一摊屎来。"五凤故意气她："我乐意，我乐意，蒸出一摊屎来自己吃，我吃得好吃得香！"

七凤笑了，劝解道："我说你们俩少说两句吧，大过年的，又是倒霉样儿又是一摊屎的，多不吉利啊。各忙各的，都闭上嘴吧。"说着把五凤推进厨房。大凤说："老七，老九还没来电话？"七凤说："来了，给我办公室来了个电话。人家不回来过年了，跟同学到海南去旅游。"

黄昏的时候吃年饭，女儿们团团围了一炕，簇拥着老太太。杨为健、胡宝亮也坐在炕沿儿上。炕桌上的饭菜十分丰盛。六凤端着一屉蒸好的属相走进来喊道："吃属相喽，吃属相喽！"老太太拿着毛笔，蘸着红墨水，在每个人的属相上点了个点儿。凤儿们各自抓起自己的属相吃起来。

五凤说："嗨，今年我这条龙蒸得可真好，你们看啊，爪是爪鳞是鳞！"大口地吃着，不住嘴地赞美，"真甜，真香，面也筋道，到底是自己发的面，心里就是有数儿，手里就是有准儿，吃了它，拉屎都是金豆子，放屁都是嘎斯气儿！"三凤斜了她一眼，说："你又隆兴了是不是？别把猪大肠拉出来！"

吃过年夜饭，五凤独自凄凄凉凉回家，走到门口一愣，屋里亮着灯！五凤急忙推门而入，见小叶扎着围裙在做饭，炕上放着行李卷儿。小叶满脸笑容："回来了？快坐下，饭马上就好，你坐着别动。"说着把五凤按到椅子上，又忙着做起饭来。

五凤看看炕上的行李，又看看正在忙活着的小叶的背影，眼里的泪水哗哗地流出来，捂着脸，越发止不住哭声。小叶做着饭也不停地抹着泪水。

五凤忽然站起来，拿起热水瓶，倒了一盆洗脚水，走到小叶背后，拖着他坐到椅子上，扒下他的袜子，把他的两只脚放到热水盆里。小叶捂着脸哭了。

五凤抹着眼泪想起了什么，突然把小叶推下椅子。小叶坐在地上惊问："你这是干什么？"五凤端坐到椅子上，扒下自己的袜子，把脚放到热水盆里，说："我差点儿搞错了，是你应该给我洗脚，加点儿热水！"

小叶苦苦一笑，拿起暖瓶加着热水，问："热不热？要不再加点儿？你烫着吧，一会儿我给你搓搓脚。"五凤泡着脚，闭上眼睛。

"大过年的，你说句话，我错了还不行吗？"

五凤闭着眼睛说："别说话，我要思考几个问题。""我错了，我给你跪下了。"小叶说着扑通一声跪下了。五凤沉着脸不说话。

"五凤，你说句话吧，从今往后我又掉回你手里了！"

五凤摆摆手说："没意思。我毕竟是干部，不能和你一般见识。我想好了，我得奔富日子了，其余的都是扯淡，没有经济基础人就要受穷受气，就直不起腰来！加点儿热水。"小叶赶紧往盆里加热水。

"还凉，烧一壶热的来！"

第十八章

弹指间三年过去了，小老爷们儿黑虎已经念书了。这不，下午放学了，他背着小书包，在车辆拥挤的大街上蹦蹦跳跳地走着。

繁华的街面上少了许多公司，多了些"厅"和"中心"——游戏厅、洗发厅、歌舞厅、咖啡厅，还有洗浴中心、摄影中心、美容中心，等等。流行歌曲在街上飘着，无孔不入，钻进人们的耳朵、衣领、内衣、内裤，绕梁三日，挥之不去。

这几年，古城大街上，大货车少了，小轿车多了；穿高跟鞋的女人少了，把鞋垫儿拼命加高的男人多了；结婚的少了，同居的多了；要饭的少了，骗子多了……据说古城有个秀才编了个顺口溜，总结出几多几少，广为流传，被一个编小品的用上了，获了全国大奖。那秀才为捍卫著作权和人家打了几年官司，至今不分输赢，但落了个报纸上经常露面。

黑虎其实不愿上学，他还不到六周岁。七凤说，这孩子再不上学就在姥姥手里学野了，长大准是一条狼狗。老太太听了这话"呸"了一口：这么大的听雨楼，这么一窝子老娘儿们，没条狼狗伸着大红的舌头看家护院怎么能行？这几年老太太的身子骨还是那么硬朗，一顿能吃一个小月孩儿半个屁股那么大的馒头。她老人家常对黑虎说：爷们儿，瞧我这饭量，十年八载的还没有事儿。

五凤在听雨楼外开了家"金足御洗厅"，生意不错。

门口，五凤满面笑容和伙计胖五送客人。五凤热情地拍着一个刚洗过金足的客人的肩膀，说："金科长，洗得怎么样？两脚飘轻吧？您慢慢悠悠往回走，走出二百步药劲就上来了，酥酥的，一股子热流从脚底往上涌，穿过丹田，一直能顶到脑门子上，那汗，淋淋地就下来了；再走二百步，摸摸脑门子，嗨，一抹一手霜。为什么？寒气顶出来了。咱这儿使的是大清宫廷里秘传方儿，赎好吧。下次来给您打七五折。嗨，别坐小轿车了，成天在里边憋屈着，非得脂肪肝不可。下来，下来！"说着把金科长从车里拉出来，"您给我走两步儿。"

金科长笑道："这个老板娘，真会疼我。"五凤正招呼着客人，看见九凤走了过来，笑道："哎呀老妹子，大学生，放假回来了？快进屋，老姐姐给你洗洗脚，亲自伺候伺候你。"笑容满面地拉着九凤进了店。

九凤也没客气，进了店，坐到了躺椅上。五凤端过来一个热气腾腾的大木盆，说："老妹子，先把脚泡上。这叫百草汤，舒筋活血的。用不了一会儿你听吧，这两只脚里的骨头就嘎巴嘎巴活动开了。千里之行，始于足下，人没双好脚就挺不起这身胎儿。"

"五姐，听说你下来了？"

五凤剜了九凤一眼，用指头点了下她的脑门子，说："个死老九，别说得那么好听。什么下来，叫街道精减了。跟不上形势了，撵出来了，干了这么些年，落了个满身烘臭！"九凤笑道："这下不用搞阶级斗争了。不闷？"

五凤感慨万千："官场没意思。唉，那些年怎么迷糊了？你说说我都混了些什么？腰里银子没二两，赚了个成天满嘴喷唾沫星子。发贱，还干得挺有瘾，不知累得慌，一宿一宿地熬，不困，两个眼珠子滴溜溜。傻的呀！现在搞明白了，发展才是硬道理，挣钱才是最光荣！"

九凤在躺椅上放下身子，说："别光顾着说话，开始按摩吧。要是好，以后我带朋友来。收入还行？"五凤给九凤做着足底按摩，说："敢情。一个月，不瞒你老妹子，这个数儿。"五个手指捏到一起。

"七千？"

五凤点点头说："好了这个数儿。给你姐夫惊的，像挨了枪的骡子，攥着一把钱在屋里撒欢尥蹶子！他也下岗了，没章程了。咱现在没事也牵条狗遛遛，来个客不做饭了，上馆子叫上一桌；光水獭帽子我就买了三顶，一顶一个样儿。嘻，你姐妹那老孩子，又掉我手里了。"

九凤感叹："你现在也是个富婆了。"五凤富而不骄："还有段距离，不过也不会太远了，反正照这么干下去，日子一天比一天好。过去净扯淡了！哎，光我说，你怎么样了？"

九凤说："大四的课程很紧，过两天我就回省城去了。"五凤一声长叹："唉，省城，省城啊，我搞了半辈子人保也没捞着去看一看，瞎忙活了。等有空儿我到省城看看咱老妹子去。"

九凤拍着巴掌说："欢迎你去。五姐，走的时候跟你借俩钱儿行不？"五凤豪爽地说："没问题。借什么借？多难听，拿去就是了。多少？你说个数，不管多少，你五姐眼皮不带翻的。你行，有姊妹味儿，不像你八姐。"

"八姐还没有信儿？"

/ 209 /

"唉，估计是凶多吉少。唉，你七姐过得也不自在，这都是些心思。"

"她和姐夫还打架？"

"打。唉，你七姐怎么是这么个命？我这些日子一抹搭眼皮就想起她从北大荒回来的那个模样。这把手就是心气儿太高，理想主义，就这个害了她。姐前些日子听到这么一句话，性格即命运，她就是。哎呀呀，又在老妹子面前显摆学问了，这张嘴，一时半会儿还改不了。"

九凤沉默，她在心里为七姐的命运叫屈。五凤说："不用琢磨那些烂头事了。我看了，这好政策变不了，甩开膀子干吧！"

九凤看着窗外，突然仰起身来说："五姐，那不是三姐吗？"五凤顺着九凤的目光看去，只见三凤和孟传礼带着几个人在对面门前指指画画。五凤说："哦，这几天她就在我对门转悠，听老冯大婶说他们要租房做买卖。"

九凤笑道："你俩又锣对锣鼓对鼓了。"五凤说："不怕，欢迎正当竞争，只要不来邪的，对台戏越唱越来劲儿！"

三凤是要在金足御洗厅对面租门面房做生意。

三凤看中房子了，对孟传礼说："我看就定这儿吧。老孟，你说呢？"孟传礼有些犹豫，说："和老五门儿对门儿的好吗？"三凤呲嗒男人："个熊样儿，怕了是不是？要的就是这个劲儿！"

这时，穿着名牌T恤衫的小叶趿着双镂花皮凉鞋，怀里抱着个不锈钢的大茶杯，慢悠悠地走过来，和三凤两口子不冷不热地打了个招呼。进了店，垂头丧气地坐到椅子上，对九凤说："老九回来了？"

"回来了。姐夫，你这上下一身可全是名牌儿啊。"

小叶笑了笑："都是你五姐给我扎鼓的，托她的福。"

五凤白了他一眼："麻将又输了是不是？"

"本来一手好牌，正想杠上开，他妈的，叫老高叉了牌。点儿背。"

"别勾勾这个脸子了，够人瞅半年的，个大老爷们儿，要赢得起输得起，别一输牌就急溜溜的，不大度。输了也得有个爷们儿样儿。腰里没钱了是不是？"

"嗯，溜光。"

五凤摘下腰上的钥匙，啪地摔到小叶怀里，说："钱在柜子里，多拿点儿。想玩儿到什么时候就玩儿到什么时候，没钱了往家里打个电话。"

小叶接住钥匙，笑眯眯地进了里屋。九凤笑了："五姐，你活得真潇洒。"

五凤说:"老妹子,我哭的时候你可没看见。"

晚上,三凤一家人商议租门面房开店的事。孟传礼说:"再不下决心就来不及了,西街的房别人要是再一抬价儿,她曹奶奶就不租给咱了。看她五姨,说干就干,发了。人家真是干什么像什么,不搞政治了,转眼就成了老板。"

三凤死看不起老五,说:"什么老板,纯粹是奸商。给人搓搓脚就三十多块钱,破树叶子叫她一煮就成了宫廷秘方,说慈禧太后就用这个泡脚。她这种人,搞政治可怕,做起生意来可耻。"

正在写作业的冬子最不愿听妈妈损五姨:"咱别挤对人家。现在人们的消费观念转变了,什么稀奇事没有?没听说街里有家叫'火力十二点'的俱乐部吗?里面放着一堆橡皮人,有枪有刀,谁有火想发泄,进去以后交了钱,说出要发泄的对象,人家就录好音,装在橡皮人的后脑勺里,你就拿刀捅吧,橡皮人直说告饶的话儿,连哭带喊的。派出所开始不让,后来一调查,能减少犯罪率,就支持了。进去一次二百块,光顾的人海儿了去了!"

三凤说:"写你的作业,买卖上的事小孩子少插嘴。"

"我再说两句。"孟传礼说,"开美容院我不反对,人人都要奔好日子嘛。不过最好不要和老五对门开店,你俩历史上有过节儿,别弄不好干起来,老账新账一块算,那光景就热闹了。我看咱再找个地方吧。"

三凤一拍桌子说:"不行,我偏要门对门开店不可,就是要和她比画比画,看看到底谁是英雄谁是狗熊。这个就别争了,她曹奶奶的房再好不租,就看好了老五的对过儿,赶紧租下来装修。另外我想把老六叫过来搭个手,她自从停薪留职就没再回屠宰场,这些年够苦的,也叫她挣两个儿。"

下了班,七凤推着自行车进了院,把车子推到家门口,从车筐里卸下菜、粮食,进了家。一进门突然捂住嘴,跑进卫生间,哇哇地干呕起来。吐够了,走出卫生间,对杨为健说:"你能不能不在家里洗猪大肠?我闻着这些东西就想吐。"

杨为健满脸的委屈,说:"没怎么洗呀。"

"没洗?没进院就闻着味儿了。"

"就洗了一根儿。"

"这不是存心气人吗?现在谁还吃它?"

杨为健冷笑着:"是没人吃了,不过当年可有人天天盼着呢。这猪肠子可救过你和孩子的命,也养育了你们听雨楼一家子人,现在没人理喽。不过我对它可深有感情,闻着这臭烘烘的味儿就想起了过去,那苦难的过去。忘记了过去就意味着背叛,这可是列宁同志说的啊!"

哀莫大于心死。七凤说:"我不和你吵,咱俩也吵够了,愿闻你自己闻去吧。"说罢,忙着去做晚饭。

饭也简单,几张凉煎饼,一盘大葱一碗大酱。七凤拾掇好了,放到炕桌上,对杨为健说:"你吃不吃?不吃我可吃了。"杨为健嘟噜着脸说:"吃不下去,心口儿堵着慌。"

七凤没好气地说:"那就吃点儿顺气丸儿。"

"吃也没有用,这气儿顺不过来了。"

七凤自己吃着饭,想起来要打电话。电话没声,一检查,线被拽断了,话筒也摔裂了。

七凤问杨为健:"怎么回事儿?你用的力气还不小啊。"杨为健黑着脸不回话。

"和谁生气?谁来的电话?"

杨为健猛地一拍桌子,吼道:"谁?还能有谁?他妈的,有完没完?电话是我摔的。他要来古城看你,你还要我笑脸相迎吗?我不是三孙子!你们俩要正视我的存在,我还活着!他要是敢来我就拿杀猪刀把他捅了,到那时候收拾的可不是猪肠子了!"

七凤回到炕上,坐在炕桌前,下死力地咬着煎饼卷大葱,一句话也不说。杨为健的火没发完:"你说有完没完!什么时候才是个头儿?说得多好听啊,来古城看孩子,看你是真的。你说话啊,你怎么不说话了?"说着,抓起五斗柜上的花瓶,砰的一声摔到地上。

七凤不动声色,默默地又卷了一张煎饼。旁若无人。杨为健岂能看不出她是在蔑视自己,不由得头上火苗蹿起老高,又抓起个花瓶摔到地上。七凤还是有滋有味地慢慢地咬着煎饼。

杨为健气憷了,在屋里团团乱转,困兽犹斗,抓起桌上的台灯摔到地上。七凤给他来了个看不见不生气,咬着煎饼看窗外。杨为健动骂了:"你他妈的要把我气死吗?说话啊?说!"

七凤嫌屋里聒噪,下了炕,蹲在门口吃煎饼。杨为健气得浑身直抖。他觉得自己是力大无穷的拳师,可拳拳打在棉花套子上,真是奇耻大辱!回廊上,老太太看到院里有人影，喊道："是老七吧？怎么才吃饭？刚才你家屋里动静可不小啊。"

七凤咯咯笑道："我刚开会回来，为健摊了热煎饼，炸了油条，我在吃煎饼果子。为健知道我好这口儿，今晚特意给我做的。"老太太疑惑不解地问："屋里什么动静，砰砰直响？"

"噢，电话坏了，为健在修电话呢。妈，黑虎睡了？"

"睡了，要看明天一早吧。"

七凤吃完煎饼回屋，见杨为健躺在炕上，身形呈一个大字，占据了整个炕，也不吱声，爬着梯子上了吊铺。杨为健没睡，歪着头风凉她："嘿，上得还挺麻溜的。怎么，分居？"

七凤没搭腔，哗的一声拉上吊铺的帘子。杨为健冷冷一笑："嘿，帘儿都预备上了，看样子你早有准备啊。"

早晨，邮递员进了听雨楼院，冲楼上喊："初金凤，汇款单，带着印章下来。"

大凤从东厢房出来，问："汇款单？我的？"邮递员说："可不，还不少呢，六万块。"

大凤朝楼下疾跑，呼喊道："我的天，怎么可能呢？不是寄错了吧？"

"错不了。你看，还是从外国寄来的呢，有附言，自个看吧。"

邮递员走后，大凤翻过来覆过去看邮单，惊得张着嘴直吸凉气。附言上只有几个人名：张奶奶，李叔，旺臣爷，宋婶儿，高大娘。大凤忽然明白了什么，四下看了一眼，慌慌张张朝楼上跑去。

老太太正在吃饭。大凤气喘吁吁地跑进来喊道："妈，老八有信儿了！"老太太一惊："什么？老八还活着？"

大凤展开汇款单给老太太看，哆嗦着嘴唇说："活着，活着！看，寄钱来了，邮递员说从俄罗斯寄来的。看，这些人名不都是咱们的邻居吗？"

老太太犯了疑惑："这是什么意思？"

大凤说："这您就不知道了。老八临走的时候，我告诉她，以后能挣着钱，一定要想着把街坊邻居的集资钱给还了，还一笔，良心宽慰一点儿。这不，她寄钱来了。这些人都是第一批集资的老邻居。老八呀，我可怜的老妹妹啊，她还没忘，这么些年还没忘啊。"大凤说着说着哭起来。

老太太静若止水，双手合十，闭上眼睛。大凤哭够了，说："妈，我把这

———— / 213 /

些钱取了还给邻居吧？"老太太还是闭着眼不说话。

"妈，说句话呀！"

老太太慢慢睁开泪水模糊了的眼睛，哽咽道："好个老八，活得还有股子人味儿，我没白养白盼你一场。妈知道，这几年你遭罪了，这些钱是你用血汗、用命换来的，妈想你疼你啊我的孩子！妈为你高兴。孩子，妈帮不了你，你再吃点辛苦，赎完罪早点回来吧，我这双老眼快盼瞎了，快回来吧，咱们家也该团圆了。"说着，老泪纵横。

大凤催促："妈，快说说钱怎么办吧！"老太太呼地站起身来，说："这笔账不能私了。给我换件干净衣裳，咱俩把它交给政府，叫政府处理。"

大凤顾虑重重地说："那老八不就暴露了？这上面有她的地址。妈，咱不能这样做，那样老八就毁了！"

老太太毅然说道："知情不报罪上加罪，你还想窝藏她吗？早点回来早减轻一份罪，你怎么还犯糊涂呢？我琢磨着这个地址也是假的，这个八猴子，我还不知道她？走，报官去。"

一串鞭炮声炸响，三凤的"迷你美容院"开张了。门口摆满花篮儿，扎着拱门儿，音箱里放着天王天后们的流行歌曲，还停着几辆豪华轿车大壮门面。三凤、六凤、孟传礼里里外外迎候来宾。

对过儿的金足御洗厅，五凤和胖五隔着门玻璃看光景。五凤的脸色很难看，但还是努力地笑着，笑得既有城府，也有内涵。

胖五愤愤不平："五姐，也太不像话了，和咱门顶着门，这不是有意唱对台戏吗？赌好吧，大年初一打了碗，少不了磕口儿，咱得有个思想准备。亲姊热妹的这是干什么呀，像不像过了今天没有明天似的？"

五凤说："没什么大不了的，竞争嘛。要是公平竞争，我还来精神了。比一比，看谁富得快，总有一个赌不住要跑肚拉稀的。你给我沉住气，千万别惹事儿，咱不跟她一般见识。"

这边，迷你美容院门口，三凤擎着麦克风喊起来："时代在前进，我们的消费观念也在进步。人美靠一张脸，脸美靠一双眼。本店的专业美容师为你割双眼皮儿，扩眼眶儿，摘眼袋儿，黄豆粒儿大的眼睛能变成水灵灵的葡萄，黄眼球能变成黑眼球；除斑祛皱，六十岁的老太太走进来，变成十八岁的少女走出去，孙子不识奶奶，拉着手叫姐姐。"夸张的宣传惹得大伙发出一阵开心的笑声。

笑声是语言的膨化剂。三凤说得满口冒白沫子:"本店诚信待客,不像有的店,童叟皆欺赚黑心钱。大家想一下,人的脚重要还是脸重要?脚不按摩照样可以行千里,脸不收拾没有自信难出门儿,谁是真的谁是假的,谁是虚的谁是实的,明眼人自有公论。有钱用在刀刃上,我相信你们会做出明智的选择。"

三凤与其说在做宣传不如说是进行攻讦,不少明眼人会意地朝金足御洗厅看去。胖五气毁了,冲着五凤翻翻:"五姐,听见了吧?人家在那埋汰咱呢。怎么能这么干呢?今天不压住茬子,往后人家会骑在咱头上拉屎放屁,你能受得了?我可受不了,今天非得把这股妖气镇下去不可!"说着操起大扫帚,哇呀呀一阵怪叫要冲出去力杀四门。

五凤把两只手往下压,安抚手下爱将:"冷静,冷静,再冷静。退一步海阔天空,我们先忍下这口气。较量不在今天,在长远,咱们和她比的是实劲。谁憋不住大骂出口,就说明谁的心气儿矮了三分。我听出来了,她底气不足,我有办法整治她,从小她就不是我的对手!"

"哇呀呀,我受不了!"胖五并非儒将,听不进劝告,拖着扫帚跑了出去,来到自家店门口,挥舞着扫帚,把落在地上的鞭炮纸屑左右横扫起来,搅飞了满天红蝴蝶,搅出了局部地区沙尘暴,纸屑落到美容院门前。

三凤握着话筒厉声喝道:"胖五,你想干什么!我开业,你扫地,懂不懂规矩?你这个狗腿子,我看是成心找事儿。给我滚回去,有能耐叫你主子来扫。"胖五并非家门口的汉子,叉着腰喊道:"这是我们的门口,我愿怎么扫就怎么扫。你那张臭嘴再敢埋汰我们店,看我不把你的嘴撕烂了蘸酱吃!"

三凤之猛不亚于母大虫顾大嫂,撂了话筒直扑过来,嘴里喝道:"好你个小兔崽子,刚长毛你就会啃山蚂蚱了!我今天……""三姐!"五凤一长身形站到胖五面前,"开业大吉,不好舞枪弄棒的,不吉利。胖五你闭嘴,给我回屋去。三姐,我这厢有礼了,祝你开业大吉,财源广进,咱姐妹俩何不平安相处共同富裕!"

三凤嘿嘿一声冷笑:"嗬,打狼的在前吃肉的在后,你这后台老板总算跳出来了。怎么着?我今天刚开业,想搅我的局儿呀?趁早收起你那套吧,嘴上甜哥哥蜜姐姐,背地里你咬牙的声音我都听见了。好,你既是这么说,把这些东西扫你家门口去。"说着指了指门前的鞭炮纸屑。五凤笑了笑:"就这点事?"

"对。以后的事儿再说!"

"行，我扫。"

在众人的哄笑声中，五凤把鞭炮纸屑扫到自家门口，冲三凤笑了笑："三姐，你这就不懂了，我偏得了，开市大吉，这些鞭炮纸屑都是些财气，你把财气都扫到我家来了，谢谢。"看热闹的人都说："对，这可是个讲究。"一个老爷子说："按老理儿，这东西三天不能扫。"

三凤如醍醐灌顶，恍然大悟，夺过五凤手里的大扫帚，唰唰唰又把鞭炮纸屑扫到自家门口。五凤哈哈大笑。三凤狠狠地瞪了她一眼："你笑什么笑！"

"看你，三姐，我笑不笑由你管着吗？"

"不是什么好笑，坏笑，奸笑！"

"不论是什么笑你管不着！"

远远地，老太太背着手慢悠悠过来了。有人喊道："老初奶奶，快看呐，你两个闺女掐起来了！"三凤和五凤看老太太来了，停止争吵，来到她跟前，请老太君评这个理儿。

老太太铁青着脸，说："不用跟我说，不稀管你们的事儿。愿丢人你们丢去，我再也不管了。打吧，抓破鼻子挠破脸有医院；出了人命有法院。哪天我死了，你俩在我坟头撂个跤，那才叫章程。我这张老脸早没了！"说罢，背着手朝前走去。

吃了晌，老太太坐在回廊的太师椅上晒着太阳打盹儿，院门口的刹车声把老太太惊了一个愣怔。老太太抬起头朝门口看，一辆崭新的"半截美"客货两用车停在门口。四凤从车上下来，大包小卷地进了院，高声吆喝："妈，在家吗？"

老太太在楼上喊："不在家上哪儿去？一进门儿嗓这么高，底气还挺足，叫钱顶的是不是？你拿这么些东西干什么？"四凤上了回廊，故意逗老太太说："我这可不是送给您的。"

老太太笑模嘎地说："不送给我往这儿抱干什么？爽给我走人。"四凤嘻嘻笑着上了楼，拥着老太太进了屋，推上炕，把大包小卷在炕上抖擞开，说："妈，这都是孝敬您的。"都是吃穿住行用的高档货。老太太看着四闺女孝敬的东西，老泪止不住从眼窝里滚落下来。

四凤说："妈，您这是怎么了？"老太太长叹一口气，说："老四，难得你有这片孝心。全家过去数你最穷，也没少遭姊妹们的白眼儿，可数一数，就你心气儿这么绵长。现如今，除了你大姐，一个个只知道自己发财，乌眼儿鸡似的，哪个顾得上多瞅一眼老娘？昨儿头晌老三和老五为开业的事儿又打起来了，满街丢人。触起这些事来我就寒心啊。"

"妈，别这么说，姊妹们心里都有您，就是忙得嘴上顾不上说就是了。"

"忙她娘个腿！越忙越没有人味儿！"

四凤笑了："她娘的腿还不是长在您的腚上？别想那么多了，现在赶上好政策，谁不撅着腚赶紧朝前拱呀？我也是好几个月没回来了，除了种中药材，还养肉牛、养蘑菇，成天累得呀，躺炕上就不知东南西北了，您多原谅吧。"

老太太挺伤感的，低着头说话："唉，我这些日子觉着不大好。我找人算过命，没有什么大寿限。现在别的什么也不想，就等着老八回来，挨着个摸摸你们的手，喊声齐了，我就到那边找你爹去。"

四凤急忙捂住老太太的嘴，嘴里一个劲呸呸地吐，带着哭音儿说："叫您说的，好日子才刚开始就赌不住了？我刚置了辆新车，走，拉您到俺家住两天，参观参观。这就走，我给您收拾收拾。"老太太一跺脚，说："也好，眼不见心不烦！"

邻居宋婶跑进院，站在当院喊道："老初大姐，不好了，三凤和五凤又打起来了，闹到派出所去了。"老太太霍地从炕上跳下来，急霍霍地说："老四，拉我走，咱游山玩水去。上辈子不管下辈子事，锁门！"

四凤犹豫了："妈，要不咱去看看？"老太太骂了一声："发贱！"四凤苦笑道："妈，俺是一个包袱解的，砸断骨头连着筋，您说是不是这么个理儿？"

第十九章

三凤和五凤在派出所过堂。俩凤怒目相对，恰似一对掐得满脖子血的乌眼儿鸡。

一个中年男人举着半截金项链，向民警控诉姐儿俩恶劣且野蛮的不正当竞争："我刚溜达到那趟街，忽地窜来两个人，一个是她，一个是她，一个叫我美容，一个叫我足底按摩，都扯着我的脖子不撒手，拿吃奶的劲儿拽，差点儿把我五马分尸，幸亏我练过童子功，这一身零件都是优质品。可身上带的东西不禁折腾，就听脖子底下咔嚓一声，你们看看，这么粗的项链，拴狗都挣不断，硬是叫她俩拽断了，那半截不知崩哪儿去了。我的妈呀，她们这哪叫做生意呀，简直就是程咬金截皇纲，民警同志，你们一定要给小民做主啊！"那人有点油嘴滑舌，可句句说的是实情。

三凤对苦主的陈述存疑："你胡说。我根本没拽你，是她拽的，岂止是拽，连搂带抱。"五凤不能不说话了："老三，你不要这样，街上的人都看见了，是你抓住人家的领带连着项链一块拽的，差点把客人勒死。人家本来要足底按摩，正朝我们店走，你却把人家拽了个后趔趄。这位同志哥，我说得对不对？"

苦主对警察说："我叫她们俩闹晕了，她们的作案过程说不清了。"

"是你拽断的！"

"是你，你不要血口喷人！"

俩凤唇枪舌剑，举着屎盆子往对方头上扣。所长拍着桌子呵斥："肃静，有没有王法了！"二人缄了口，仍互有敌意地对瞅着。

所长放缓了语气："改革开放，人人想发财，这是好事，可你俩也不能为争顾客强拉硬拽是不是？再说了，你俩是亲姊热妹，怎么可以闹到如此地步？真叫钱晃红了眼六亲不认吗？叫不叫人笑话？你俩都有责任，一人赔一半，这个案子就这么定了。唉，老初大娘要是知道伤不伤心死了。初祥凤，你在咱这块儿也是个名人，姿态高一点，多做检讨。"

五凤是个给梯子就爬的人，听所长这么说，一拍胸脯："所长既是这么说，我全赔。"

五凤回到家，一五一十对胖五说了在派出所的经过。胖五咬牙切齿地说："五姐，明明是她挑的事，你怎么全揽过来了？一条项链咱全赔？你发傻呀？有了第一回就有第二回，往后咱还敢不敢上街拉客了？你真窝囊！"

五凤说："唉，不管怎么说她是个基本群众，咱不能跟她一般见识，不能朝这方面使劲儿，没有用。我看这样，明天咱装个大音箱，你回去练练嗓儿，介绍介绍咱金足御洗的来历；再找几个人上街头几家大酒楼拉拉客，发发优惠卡；还有，给酒店经理使钱顶一顶，叫他帮着推荐推荐。咱得朝经营策略方面使劲儿，别的都是瞎扯。"

"行，我今晚就去把事办了。"

"记住，我们要永远领先一步！"

翌日是个星期天，金足御洗厅果然领先了一步，店门口的音箱响起来，先是一段迪斯科，接着胖五开始讲解起金足御洗的来历和奇妙之处。别说，这胖五还挺能忽悠——"话说大清末年，光绪无能，老佛爷垂帘听政。这一天早朝，轿子到了，老佛爷忽觉足下疼痛难忍，似有百虫噬咬，两只三寸金莲不敢落地儿。大太监李莲英要背老佛爷上轿。老佛爷勃然大怒，道：我还没死，岂能在百官面前呈如此老态？传我的口谕，谁若能治好我的脚，就封他金足千里王。千里之行，始于足下，泰山之高，亦步亦趋……"胖五说得绘声绘色，有鼻子有眼，原来他找了个说评书的老艺人专门给写了稿子。

对过儿迷你美容院，三凤听着胖五的白话，气得脸都白了，高声呼喊："冬子，你这个吃屎的，没听见对面喇叭响吗？轰得我耳朵都疼，快点过来！"冬子慌慌张张跑过来问："妈，怎么了？"

三凤捂着耳朵喊："又叫她抢先了一步。赶紧给我买个音箱去，咱要和她对着轰。快去！老六，你先润润嗓子，等会儿该你上场了。"六凤说："三姐，我请会儿假，上医院看个工友，她快不行了。"

"你别想溜。这张脸皮早都撕破了，你还怕个什么劲儿？别忘了，这个月工资我给你开一千二百块。你先喊着，累了我接着上。没什么了不起的，姊妹儿姊妹儿，老了也就么么回事儿，她压了咱多少年了？现在大喇叭对着咱轰，咱还句嘴还不应该吗？"

六凤十分为难："三姐，我张不开嘴。"

"张不开也得张，早晚得过这个坎儿！"

胖五的声音越来越高了："那个御医炮制的洗脚水，用的是百草百叶，百根百须，灶上熬了七七四十九天，香得个紫禁城连饭馆子都歇业了。老佛爷把脚伸进盆里，大叫一声哇呀呀，OK……"

这时的听雨楼，大凤正回廊上慌慌张张朝老太太住的堂屋跑，边跑边喊："妈，快过来，接个电话。"

老太太迎出堂屋，问："什么电话！谁打的？"大凤拽住老太太的手往东厢房走，抹着眼泪说："听听就知道了。"

到了东厢房大凤家，老太太颤巍巍拿起电话："喂，你是谁呀？"电话里传来八凤的哭声："妈，是我。""老八！"老太太泪如雨下，哭得呜呜有声。

"妈，别哭，您好吗？我想您。"

"老八，我挺好，可就是惦着你呀。钱都收到了，交给政府了，按你说的还给人家了。孩子，做人就得这样，妈为你高兴。跌一跤不怕，只要你那颗心端正，还是我的好闺女。"

"妈，我记住了！"

"孩子，你在哪儿？怎么听声音老远老远的？回来吧，只要好好交代，政府会给你出路的。妈没几年活头了，不管怎样叫我临死看你一眼，拉拉你的手儿我才能闭上眼睛啊，我的孩子！"

话筒里传来八凤抑制不住的哭声："妈，早晚我会回去的，等着我，一定等着我！"

这时，在迷你美容院门前孟传礼已经支好音箱。三凤把话筒递给六凤，吩咐："喊！"

六凤擎着话筒，半天不知所云。三凤焦躁了："喊啊！"

六凤嘴对着话筒，简直像是蚊子哼哼，"各位女士、先生、朋友，本店聘请的高级美容师呱呱小姐的美容技术享誉国内外，能割双眼皮儿，能祛皱祛斑，能速效减肥，能使女士平坦的胸部高高地耸立成富士山，让你自信，让你很女人……"

胖五的声音还是盖过了六凤，"老佛爷两脚发烫，脚底的穴眼全都张开了，只听那筋骨嘎巴嘎巴直响，一身寒风臭汗顶到鼻子尖上，那鼻子尖上挂着鸡蛋大的水珠。老佛爷道：这百草汤究竟是哪百草，叫我如此快活？诸位，你听我慢慢道来……"

御洗厅，五凤站在后门督战。美容院，三凤气得捶胸顿足。

这时，胖五简直快赶上了相声里的说灌口，炒豆般报出百草根的名：红景天、不老草、长寿果、弯弯刀、香根菜、老野蒜、黑虎爪……

三凤一看，不得不亲自出马了，推门出去，夺过六凤的话筒，扯开女高音喊道："站一站看一看，听一听想一想，会说的不如会听的，市场上叫得最响的，哪个不是想把最破的货卖出去？一车草根值多少钱？二十块，够他们用一年的；洗一回脚多少钱？让他们自己说。这叫什么？叫暴利！大家千万瞪起眼睛来，草根有毒，洗了烂脚趾长脚气，生大疮流黄脓，男人洗了阳痿，女人洗了绝经，老太太洗了患痴呆，老爷子洗了老来疯！"

面对造谣诽谤，五凤忍无可忍，一个高蹿出去，抓过胖五的话筒，来上针尖对麦芒："大家听好喽，竭尽打击讽刺挖苦埋汰之能事的人，本身就有着不可告人的肮脏目的。这叫什么？司马昭之心，路人皆知，叫坐飞机扔炸弹，打击别人抬高自己。啧啧，可惜呀，招数有限，表演也太拙劣，这样干，本身没有抬高，还要摔个狗吃屎，这个道理连三岁小孩子都知道！"

看热闹的人越来越多，笑着，诚心实意地鼓掌，生活太紧张了，他们难得有机会这么放松一回。现在有些批评家总愿意批评人们的社会道德沦丧，说看眼儿的不怕乱子大是社会责任感道德感的丧失。未必尽然，有时候人们看眼儿由于心态太放松，太投入，形成了一个场，人就会走火入魔。打个比方，有的人绝顶聪明，学历甚至达到博士，照样被小学文化的人用假金佛骗了。为什么？怀疑是进了骗子设的场。

这时候秦大爷来了，老人家没进场，也没劝架，扭身去了听雨楼。在回廊，看见老太太坐在太师椅上闭着眼睛晒太阳，身旁小桌上放着一壶茶水。秦大爷大呼小叫："弟妹，你真能沉得住气！"

老太太睁开眼睛问："什么事她秦大爷？快坐下喝茶，我刚沏上一壶叶子，碧螺春，老四送的，尝尝。"

秦大爷拍着大腿说："还喝！老三和老五正在唱对台戏呢，招了满街的人，不好看。你去劝劝！"老太太说："我耳朵不背，早听见了。你别说，现在的喇叭就是比过去的响，她俩在街头干仗，我坐在这听得真真亮亮的。她秦大爷，你坐。"

"你真就不管？"

"这两年我也想明白了，不管了。闺女大了用不着咱管，自个的道儿自个走吧。再说我管了一顿，哪个管住了？咱还有几天活头？拿指头一拨拉，心里酸得慌，好时候都给了她们了，留几天好日子给自己吧。来，坐下喝茶，扯扯老话儿。"老太太的眼界就是宽。

在金足御洗厅门口，五凤擎着话筒说得兴起："爱美之心人皆有之，追求时尚赶潮流乃人之常情。不过请你们瞪起眼睛选好店，莫将脸皮打哈哈，千万别除斑除出坑，白嫩的皮肤整成拉皮儿，鼻孔眼改了道儿，耳朵眼里打喷嚏，眼睫毛按到肚脐眼儿，双眼皮割在眼袋上……"

三凤发声的方法不对头，已经喊得嗓子冒烟了，使劲揪了揪嗓子，刚要喊，缄了口——老太太拎着马扎子，拎着茶壶过来了，五凤也缄了口，惊虚虚地看着老太太。

老太太斟了杯茶水端给三凤说："润润嗓子，喘口气儿再斗。"不偏不倚，给五凤也斟了一杯。"你有功，也喝一杯。说得怪好听的，喝一口接着来，我愿听。"五凤分辩说："妈，都是老三欺人太甚。"三凤反驳："妈，别听她胡嘟嘟。"

老太太坐在马扎子上，双手按膝，冷着脸说："多少年没听见这么好的小戏儿了，你看，来了多少人。骂呀，唱呀，《窦娥冤》还是《荒山泪》？不会？我一句句教你们，谁要是瘪了茄子就给我从这马葫芦钻进去，永远不许再在这条街上显鼻子露脸的！"

俩凤捧着茶杯，电线杆子似的戳在老太太面前。老太太坐在马扎子上自斟自饮，旁若无人。看眼儿的人鸦雀无声，面面相觑。

六凤附耳悄悄地对三凤说："三姐，快送咱妈回去吧，我看着老太太精神不大正常，瞅时间，带她到医院看看吧。"

下雪了。这是今冬的第一场雪，雪花片子薄得像刀片，落到柏油路面上立马就化成一个湿点点，让哲学家想起外延和内涵的微妙关系。

七凤一早去市委开了一个会，回来的时候傍晌了，会下午还要接着开。在走廊里，办公室一个同志告诉她，有个人在办公室里等了半天了。七凤进了办公室的门，愣住了——来访者是卫平。卫平从沙发上站起来。

"你怎么来了？坐下吧。"

卫平笑了笑坐下。

"早晨下的火车？"

卫平点点头。

"喝点儿水吧。"

"不用。"

"吃饭了吗？"

"还没吃。"

七凤对办公室的小宋说："宋儿，我出去吃，我的盒饭你们处理了吧。"对卫平说，"我们出去吃点饭吧。"卫平笑了："我请客。"

卫平领七凤到了茶馆。七凤说："你不是没吃饭吗？怎么跑这儿喝茶来了？"

"我是想把你叫出来说会儿话。"两个人静静地坐着。

卫平问："挺好的？"七凤勉强地笑了笑："挺好的。怎么突然来了？"

"一直想来看看。请你放心，这辈子我只来这一次，我说话算数！"

"不说这些了。没什么事你赶紧离开这儿，我还有工作。"

"我出差到这儿，能住个三五天。我想，我们应该好好谈谈。"

"没什么可谈的，我一切挺好。"七凤说着站起来。"七凤！"卫平把七凤按到椅子上，"你这是怎么了？我说过，这辈子我只来这一次，我只想看你一眼，看孩子一眼，那样，我就没有什么心事了。"说到这里泪流满面，"我控制不住自己，真的，怎么也控制不住，请你原谅。七凤，我看孩子一眼就走，决不会给你带来麻烦。我千里迢迢地从讷河跑到这儿，刚见面你就把我赶走吗？"

"卫平！"七凤再也控制不住自己的感情，扑进卫平的怀里，失声痛哭起来。卫平轻轻地拍打着七凤的后背，哽咽道："哭吧，七凤，我知道，知道你这些眼泪憋了多少年了，都哭出来吧，把苦水全倒出来，给我一半儿，我替你去担着，你该轻快轻快了。"

七凤止住了哭声，从卫平怀里挣脱出来，擦干眼泪说："好了，没事儿，我会好起来的。现在的一切都是暂时的，请相信，我和杨为健会好起来的。"

卫平说："七凤，我这次来不想谈他，我想你也不会谈，这不是我们相见的话题。我还有一件事儿，请你务必答应我。"

"先说说什么事儿吧。"

"我开了一家公司，效益不错，请你不要拒绝我的帮助，不要伤我的心。"卫平说着打开自己的皮包，拿出一捆钱，"这是五万块钱，留给你和孩子。你不要多虑，我不会再给你写一封信，更不会再和你见面。"

"再见！"七凤没看钱，站起来，紧盯了卫平一眼，转身走了。"七凤！"卫平拎着皮包追出去。

卫平追出茶馆，七凤的背影已经远去了。

次日傍晚，七凤来到街头阅报栏下，和卫平碰了头，这是他们昨天在茶馆约好了的。两个人一起来到黑虎念书的学校，坐在校门口远处的台阶上看着学校。

放学的铃声响了，孩子们欢笑着冲出校门，有的急匆匆回家，有的在操场上玩雪。七凤朝黑虎指了指说："就是那个，最调皮的，正把雪球往那个大个子衣领里塞的那个。"

卫平激动地站起来。

"你坐下。"

卫平不管不顾，朝黑虎走去。

"卫平，你不要这样，不要这样！"

卫平仿佛没听见，继续朝黑虎走去。这时候，杨为健拿着围脖、手套朝黑虎跑来，和卫平撞了个满怀，手套掉在地上。

卫平捡起手套递给杨为健。杨为健笑了："谢谢。怎么，你也是接孩子的？"

卫平点点头。杨为健说："没给孩子多带件衣裳啊？天冷了，小心孩子感冒。"卫平笑了笑。

黑虎喊了声："爸。"扑向杨为健。卫平不由得一愣。

杨为健一边给黑虎戴着围脖，一边数落："你这孩子，说多少遍了，戴围脖，戴手套，可每回都落在家里。天多冷啊，再丢三落四的看我不揍你！"

"爸，明天给我做尖椒炒大肠！"

杨为健笑了："再别提这个了，你妈烦。"

"我就要吃！"

杨为健搂着黑虎赞道："这才是我的儿子。爸爸给你单独开个小灶。"

卫平看着人家爷儿俩一问一答，眼睛湿润了，转身走了。七凤在一棵树后站着，把一切都看在眼里。

古城之旅让卫平心酸、心痛，他的心里更放不下七凤。但命运安排他必须远离七凤，远离自己的骨肉黑虎。他要走了，要回到遥远的黑龙江那个小城镇讷河。他上了火车，透过车窗看着这个令他梦牵魂绕的城市，泪水打湿了他的眼睛。古城在他的眼里模糊了，但七凤，还有儿子黑虎的轮廓深深地刻在他的心里。当眼中的泪水渐渐地被吸收了时，眼前的一切又清晰了，蓦地，他发现七凤正急匆匆跑到月台上，匆忙拉开车窗朝她招手。

七凤跑到车窗下，呼呼地喘着，说不出话来。卫平从车窗伸出手，紧紧地握住七凤的手："七凤，你放心，这辈子我再也不会来了，保重。"又把一个纸袋递给她，"拿着，给孩子的。""我不要。"七凤缩回了手。

卫平哭了："不要再拒绝我，不然我会再来的。"七凤的泪水顺着脸颊汩汩而流，她没有再拒绝，把纸袋收下。

发车的铃声响了，火车启动了，叹着气，也许不是为他们俩，但为谁呢？

七凤从车站回来，见杨为健不在家，从挎包里掏出卫平给她的纸袋，藏到柜子深处。到厨房扒了几口饭，洗漱罢，爬上小吊铺。吊铺里传出了熟悉的鼾声。她掀开布帘，见杨为健正在里面死睡。

七凤下了梯子，坐在炕上愣神儿。电话铃响了。七凤拿起电话，是一个男人的声音："你是杨为健家里的吧？我是金水洗浴中心，赶紧带钱来结账。"

"先生，能告诉我发生了什么事情吗？"

"他这一个多月都在我们这里睡觉洗澡，我跟你报一下账，浴资、搓澡、啤酒、小菜一共是三百六十一块钱。你是他爱人吧？不结账我们可要登门拜访了。"

"不麻烦你们了，我明天就去结账。"

七凤放下电话，顺着梯子上了吊铺，一把揪住杨为健，愤怒地喊叫："你给我下来！"杨为健醒了，懵懵懂懂地问："怎么了？什么事儿？"

"你给我下来！"

"有什么事儿上来说。"

"那好。"七凤说着爬上吊铺，"杨为健，咱们没什么可说的了，离婚吧，这种日子实在没法过了，我净身出户！"

"哪那么容易？我不离！"

"那你究竟想干什么？！"

"我不想干什么，但正告你：你的心死了，我的心还没死，我还有一颗明亮的心，我已经这个样子了，不能没有家。我还要告诉你：只要我活着你的梦就做不成，别想好事儿！你可以说我无能，无聊，无耻，无赖，对了，我就是无能，无聊，无耻，无赖，但这是我的自我保护的动物本能，是为了保护这个家不受别人侵犯，这是我的权利！你懂不懂？"

"你知道我现在想说什么吗？"

杨为健看着七凤，像个不懂事的孩子摇了摇头。

"我宁愿看见一只苍蝇，也不愿看见你！你还想叫我重复一遍吗？"

杨为健听懂了，勃然大怒："什么？苍蝇？我连苍蝇都不如？"这是匹夫之怒，匹夫之怒往往伴随着暴行，于是杨为健大发虎威，在七凤的脸上轻而易举地按了五个手指印。

毕竟是初门之凤，七凤焉能够吃这个亏？像一头狮子猛扑上去和杨为健厮打起来。按理说老虎是能够打过狮子的，但别忘了，这是在吊铺上，老虎尾大不掉，扑通一声，杨为健被七凤一个兔子蹬鹰蹬到了肚子上，从小吊铺掉到地上，屁股摔得四棱八瓣。

杨为健一个鲤鱼打挺爬起来，还要想上去，但是有点儿犯怵了。七凤已经抢占了有利地形，猛打硬冲肯定会伤亡惨重，于是扛起梯子出门去了，嘴里嘟囔："哥们儿，算你狠，在上边风凉吧！"

交代一句，这两口子打架哑巴狠儿，而且，两口子曾达成共识：打架不让外人知道，关门堵窗，小戏儿自己唱自己听。有一回两口子正在家掐呢，老太太一步插进门，二人一齐换上了笑脸儿，四手对拍：你拍一，我拍一，咱们二人做游戏；你拍二，我拍二，你是一个大坏蛋儿……把老太太弄了一头雾水。

这边狮虎斗刚刚消停，楼上大凤点灯熬油，打着算盘在算账。胡宝亮躺在炕上说："我说，都几点了，你这算盘打得噼里啪啦这么响，让不让人睡了？你就是算起账来有精神头儿，两只眼锃亮。老太太那点儿破账，拿嘴也能算出来。"

大凤说："你懂什么？咱妈这个账就得我给她把着点儿。你没看见？最近老太太糊涂了，精神头儿也不比往前了。你看看，前两天老三和老五为开店的事儿都打到派出所了。搁以往，老太太还能轻饶了她俩？你忘了？前些年为房照的事儿，老三和老五打起来了，老太太差点儿把老三的锅给砸了。可是现在呢，两个人又掐起来了，可她端了壶茶水儿，拿个小马扎坐在那里看光景。老三和老五都叨出肉儿来了，她像没看见一样。我觉得老太太管不了事儿了，拿不住舵了。"

胡宝亮坐起身来说："照你这么说老太太精神上不大好？"

"嗯。"

"又想把她送医院？"

"应该检查检查，我看有点儿老年痴呆症。"

"你可别叫老太太把你送进精神病院！"

大凤拿起账本打男人："闭死你那张吃煎饼的嘴！老太太头几年看事儿就不大准了，一会儿清楚一会儿糊涂，这两年是一年不如一年了。"说着，拿着账本走出家门。

来到堂屋，见老太太靠在背垛上，眯着眼睛听戏。屋里一台老式留声机里正在播放着《沙家浜·智斗》这场戏，刁德一正阴阳怪气地唱道："这个女人啊不寻常……"

大凤凑到老太太面前轻轻呼叫："妈。"老太太一愣，睁开眼睛说："哦，是老七啊？"

"妈，您怎么糊涂成这样了？好好看看我是谁？"

"唉，你看我糊涂的，这不是老六吗？老六，什么事儿啊？"

"我是老大。您这是怎么了？"

老太太揉揉眼睛，这才认清人："哦，是你呀，我正在听戏呢。"

"妈，还听这个啊？多少年的破唱片了，还听？调儿都跑了。"

"还是老戏禁琢磨啊，你越琢磨越有意思，在炕上一倚，眼皮一抹搭，嘿，就觉得眼睛里上了养目水儿，觉得清凉。"

大凤掏出账本说："妈，这是上个月的账，您再过过目？"老太太摆了摆手说："我就不看了吧，你把着账我放心。"说着从腋底下又掏出一本账，递给大凤，"这是头半个月的账，我看了，清清楚楚，拿去吧。"

大凤坐到炕沿儿上："妈，您要是放心，以后咱两个月对一次账行不行？"老太太点点头说："我看行，一月一对怪费事儿的。"

大凤上了炕，挪挪腚凑到老太太跟前，热乎乎地问："妈，最近身子骨儿怎么样？"

"不大舒服，头浑浑涨涨的。"

"还丢三落四的是不是？"

"可不，拿起扫帚忘了扫地，煮着米饭忘了放水。今晚你要不来我穿着衣裳就睡着了。老喽，糊涂喽，没几天活头儿喽！"

大凤又往老太太面前凑了凑，说："妈，说句话别不愿听，您是叫心思累的。您这么大岁数了还揽那么多心思，累不累啊？该轻快就轻快，该自在就自在，把心思给女儿们分一分，都让她们担待一点儿，放放权儿，不就轻快了？是不是？"

"是这么个理儿。我正琢磨呢，你能替我分点儿什么心思？"

"妈，我能干点儿什么？也就是管管账呗。咱家的钱虽然不多，可是也得有个仔细的人来管啊。她们都忙着发财，就我清闲点儿。再说，我岁数也不小了，比她们稳重点儿，您要是放心就交给我吧。"

老太太笑了笑没说话。

"妈，笑什么？还寻思我愿干啊？这是个出力不讨好的活儿，钱不多，可是要算错了一笔，不清不楚的，还不知道背几个黑锅呢。咱家这些姊妹，哪个是省油的灯？哪个眼里能揉进沙子？我是怕您老了算不清账，我又管着账，您老人家要是有个百年，我向姊妹们可怎么能说清楚啊！"

"哦，你是想先把自己洗巴干净。"

"不是那个意思，我是为了您好。您说我今年多大了？"

"小六十了吧？"

"就是的，虚岁六十了，您还不放心啊？等我也老眼昏花、满头白发的时候才把账交给我吗？那个时候我的脑子也糊涂了！"

"老大，你的心思我明白了。账，我早晚一天要交给你的，等我死了，这听雨楼的财产也得交给你，你来分配。不过，现在还不是时候，你再等两年，等我真不行了的时候，那串钥匙就是你的了。"

"妈，我不急，我是替您着急，等您糊涂了的时候什么都晚了。"

老太太挥了挥手："不论究这些事儿了，睡吧，我困了。"大凤慢慢地下了炕，穿上鞋，出了屋子。回到东厢房，哐的一声关上门。

唉，稳当人有稳当人的心思。看官，细咂摸咂摸老杜那句诗吧：君看随阳雁，各有稻粱谋！

第二十章

　　自从放寒假黑虎就解放了，七凤奖励他考了个双百，给他买了台游戏机，不料把老太太也给迷住了。一大早，祖孙俩急火火吃了几口饭，一腔拍到电视机前。老太太戴着老花镜要和黑虎决一死战，屋里游戏机的怪叫声响成一片。别看黑虎人小，武艺超群，一顿点射把老太太打得人仰马翻。

　　黑虎说："姥姥，你完了，七条命都没了。"老太太稀里糊涂就败下阵来，大为不解："刚才还好好的，怎么一会儿就完了？"

　　"你不会躲呗。怎么样？借你一条命？"

　　"要借就借七条吧，叫你一时半会儿打不死我。"

　　"姥姥，赌俩小钱儿好不好？一条命一块钱，你是富婆，不在乎。"

　　"喊，一块就一块，来吧！"

　　祖孙俩又操练起来。老太太焉能不输？打着电游，嘴里不拾闲："看咱们的小老爷们儿，是个人物，打小我就看着你浑身透着一股机灵劲儿，玩什么像什么。唉，这两天觉得身子骨又不舒服了，晚上睡着觉骨头缝里咔嚓咔嚓直响，老骨头都酥酥喽，没几天活头了。"

　　黑虎最烦姥姥唠叨，皱着小眉头说："别说话，快打，快打，你又一条命没了！"

　　大凤嫌饭热，端着碗在回廊上吃早饭。这时，一个三十多岁的女人走进院子，仰脸问道："大婶，初桂凤住在这儿吗？"

　　"楼下，左边那个门儿。怕是还没起来，有什么事儿啊？"

　　"哦，有点儿急事儿。"那女人说着走到七凤家敲起门来。咚咚的敲门声把睡在吊铺上的七凤惊醒了。她撩开布帘，见梯子没了，一个小燕展翅从上面跳下来，太追求空中动作的规范性和姿态的可视性了，没注意脚下路在何方，双足踩在炕上熟睡的杨为健头上。

　　杨为健一声惨叫："哎哟！干什么你，把我的脑袋当猪头踩啊！"七凤没搭理他，披上衣裳去开门。拉开门不由一愣："赵金花？你怎么来了？有什么事儿？"

赵金花往屋里看了看，问："屋里有人吧？他在家？"见七凤点头，悄声说，"咱找个说话的地方吧？"七凤一指楼上："走，上楼去。"领着赵金花上了楼，到西厢房。

两人坐下，七凤问："金花，什么事儿？怎么一大早儿就敲我的门？"

"你真的一点儿不知道？卫平出事儿了！"

七凤笑了："怎么可能！还不知道吧？他来过，为了谈笔生意，请我帮了个忙，来去匆匆，昨天走了。"她撒了个不大不小的谎。

"啊？他来过？昨天才走？我的天啊，你没发现什么？"

七凤摇了摇头："你快说吧，他怎么了？"

"我也是刚听说的。前两天咱青年点几个同学聚会，知道你忙没叫。牛胖子说他刚从讷河倒腾木材回来，在那里碰到了卫平，卫平得了骨癌！"

七凤的脸唰地白了："他怎么能得这个病？我一点儿没看出来，搞错了吧！"赵金花杵了七凤一拳，带着颤音儿说："千真万确！太惨了。牛胖子说，卫平的病得了已经半年了。牛胖子见到他的时候他还硬撑，没说实话。后来通过朋友才知道。唉，卫平的命怎么这么苦！牛胖子说，他父母早去世了，老婆三年前出车祸死了，连个孩子也没留下。"

泪水涌出七凤的眼眶，她心痛得几乎要挺不住了。赵金花说着自己的眼圈也蓄满了泪水："牛胖子把这事儿一说，去聚会的同学都哭了，大家筹划着要给他捐款呢。唉，咱们知青一场，在一块儿待了八年，这份情分断不了啊！"

七凤有些呓症了，擦着眼泪不住嘴地嘟囔："我怎么一点儿也没看出来？怎么一点儿没看出来呢？他怎么这样啊！"嘟囔着，竟忍不住捂着脸抽泣起来。

七凤和卫平的事是发生在清点儿之后，同学们影影绰绰知道一点，又不甚了了，谁也没刨根问底。赵金花见七凤大恸，挺得体地安慰了她几句悄悄地走了。她一走，七凤趴到床上放声大哭。

七凤的哭声惊动了正在打游戏机的老太太，也吵醒了正在睡阴阳觉的杨为健。黑虎侧楞着耳朵说："姥姥，是我妈哭，她怎么了？"

老太太说："用不着你费神，我去看看。"慢慢朝西厢房走去。杨为健也从屋里出来，站在门口，仰起头愣愣地瞅着楼上。

老太太来到西厢房，七凤已经坐起来，擦干了眼里的泪水。老太太问：

"老七，这又是怎么了？听这哭声，又摊上大事儿了？"七凤笑了笑说"没有，没事儿。"说着下了楼。

七凤回了自己家的屋，坐在窗前发呆。杨为健跟进来，凑到她身边。七凤躲了，坐到炕沿上，给他一个背影。杨为健小心翼翼地问："到底出了什么事儿？跟我说说，虽说咱俩现在已经闹到这个份儿上，我还是你的丈夫，遇到什么大事儿、难事儿，没说的，就是上刀山下火海，我也豁得上。"

七凤没理他，咬着嘴唇不吱声。杨为健急得在屋里团团转："说话啊，你要把我急死吗！"七凤还是沉默。

"我真伤你到这个份儿上了？连句话都不肯说？"

"咱俩没说的。"七凤说着，从柜里拿出卫平送的纸袋装进挎包里，走出屋子。

到底是一夜夫妻百日恩，杨为健不放心七凤，中午打电话表示慰问。办公室的小宋说她没来上班。杨为健急了，骑着自行车溜溜儿找了一天没找着。

黄昏的时候，杨为健回来了，向老太太汇报，说古城找遍了，没七凤的影儿。老太太急了，说："她能上哪儿去了呢？"

杨为健又推着自行车要走，说："我再去找找。"黑虎噌地跳上车后座说："爸，我也去！"

杨为健骑着自行车，载着黑虎在城郊马兰河边找到了七凤。其时，七凤正坐在河边一棵柳树下，呆呆地看着河水出神儿。黑虎喊了声"妈"，扑进七凤的怀里。

七凤搂着黑虎，摸着儿子的头，两眼还是呆呆地看着河水。

杨为健说："你说你这一天都跑哪儿去了？单位没有，下属单位也找不着。要把人急死了！老太太都稳不住神儿了。"

"我不会去死的，这点你放心。"

"咱别说气话好不好？你有什么事就跟我说，我再怎么不叫玩意儿，只要是合情合理的，叫我干什么都行。说话！"

"我想好了，真的要跟你好好说说了。"

杨为健对黑虎说："儿子，到那边玩儿去，我跟你妈有话说。"黑虎懂事地点点头，跑到草地上，坐在那儿远远地望着他俩。

杨为健说："不用说我也能猜到，卫平要来是不是？行，来吧，虽说我不能热烈欢迎，但也不会摔鼻子摔脸。人都在进步，有些事我会慢慢想开的。"

"他已经来了。"

"那好啊,请家里坐坐,我烧几个菜,好好喝一壶。还真想见见他,看他长什么模样。"

"又走了。"

"这可不大好吧?悄悄地来悄悄地走,不大气。把我看成什么人了?再怎么说我是一家之主啊。"

"杨为健,那我就告诉你他的实情吧。不错,他前两天突然来了,说要看看孩子,还说这辈子再也不会来了,临走留给孩子五万块钱。可是我万没想到,他……"哽咽着说不下去了。

"他怎么了?"杨为健眼睛一亮,"抛弃了你?"他简直有点兴奋了,"怎么能这样!我早就跟你说过,小白脸儿靠不住,自己有老婆还玩他妈的婚外恋……"

"你闭嘴!"

"好好好,闭嘴,闭嘴。我知道你现在心里很难受。遇到这样的事谁心里能好受?他把你晃了,一晃多少年。现在又跑了,你怎么能不伤心?把钱给他寄回去,咱穷,可穷得有志气!我早就说过,这样的白眼狼你得提防着点儿,可你就是不听,还信来信往的,那个痴情啊。媳妇儿,没事儿,对于你的遭遇我表示深切的慰问。好了,现在我要振作起来,找工作去,挣大钱去!我没什么心事了,要使出浑身十八般武艺,让咱们家富起来,让我幸福起来,让你……"瞅了瞅七凤,"你怎么还哭啊?"

七凤说实话了:"他还在讷河林场,得了骨癌,父母过世了,妻子也在前些年出车祸死了。他知道自己得了病后把房子卖了,把钱留给了孩子。他现在无依无靠,太惨了。"

杨为健瞪大眼睛,怔怔地看着七凤:"你想怎么办?"

"我想征求一下你的意见。"

"我?这是你的事问我干什么?也好,咱是夫妻,我应该发表一下意见。这样吧,本着革命人道主义精神咱给他寄点钱去,我前些年那些工作服也给他寄去,虽说油渍麻花的,可冬天也能挡挡风寒。"

"不,我想把他接过来。"

杨为健差点儿跳起来:"你说什么?"

"我想把他接过来!"

"哦，接到敬老院？可以商量。"

"我要把他接到家里来。"

"什么？我们三个人一起住？"

七凤点点头。杨为健嘿嘿冷笑着说："哦，要是那样你们家三口可是真团圆了。好啊，来吧。不过你得先把我给杀了！要么你给我吃点药，让我先傻了，要么……对了，你不是会点功夫吗？给我来个双风灌耳，剜了我的双眼，让我又聋又瞎！没那事儿，你们不要欺人太甚！他来了你让我怎么活？还给不给我一点活人的面子？和你没说的！"说完，骑上自行车就走了。

第二天一大早，听雨楼老初家在老太太屋里召开内阁会议。炕上，大凤、三凤、四凤、五凤、六凤围坐在老太太跟前嗑瓜子。按照惯例，七凤不能参加会议。

老太太倚在背垛上眯着眼睛打盹儿。大凤凑到老太太跟前说："妈，齐了，开会吧？您要是精神头儿不济我就先开个头？"

老太太没睁眼，喃喃道："你说怪不怪事儿，老七那年从北大荒回来，说青年点的鹅饿得飞走了，他们追了三四里地也没追上。天底下哪有这事儿，鹅再怎么饿也不能飞啊，老七唬我。飞的不是家鹅，是天鹅吧？"

大凤摇了摇头，冲妹妹们眨眨眼，说："妈，人齐了，开会吧。"老太太还在喃喃自语："那鹅怎么能飞走了呢？老大，我脑子浑浆浆的，今天这个会你就代我主持吧，我听着就行了。"

大凤三让徐州："妈，这怎么能行呢？今天研究的这可是大事，我只能开个头，会议还得您把着。"又冲大伙说，"大伙说是不是？"妹妹们都点头称是。

老太太坚持："你就主持吧。"大凤说："妈，别开玩笑了，虽说我岁数不小了，可在您面前还嫩着呢。我可把不住这个舵。要是把不住，这会就能开得一溜邪气，到时候收也收不回来了，那问题可就严重了。大伙说是不是？"

妹妹们又点头称是。

老太太说："我都这么大岁数了还让我操劳？这样吧，你先主持一下看，待会儿我脑子好使了就接着主持，要是脑子还不好使，这重担可就落在你身上了。老大，别磨蹭了，开会吧。"

大凤见时机成熟了，不再推让："那好吧，咱妈最近脑子不大好，可能这种情况还能持续一段时间，也可能……以后就这样吧，有个大事小情开个会什么的，我就代咱妈主持了。"清了清嗓子，两腿一盘，端坐起来，"今天会议的议题只有一个，就是老七要把黑虎的亲爹接到家里住的问题。这可是个大事。大家还记得吧，那年老七从北大荒怀着孩子回来，惹了个大事，今天又惹了个大事。大家发表一下意见。老五，每回开会你都是打头炮，先说吧。"

五凤忙摆手说："我可不说。成天叫生意忙得晕头转向，没工夫想这事儿。愿怎么着怎么着，我听着就是了。我只有半个小时的时间，一会儿还有大批客人来呢，约好了的。"大凤不乐意了："你的事大还是家里的事大？"

五凤抹搭着眼皮儿："当然是我的事大了。老七都这个岁数了，什么事不明白？人家还是市里的干部，咱能研究人家？开的什么会啊？提个建议，散会吧。"

大凤火了："老五你要干什么？你说了算了是不是？这是家里，不是你的洗脚房！这个规矩谁也改不了。妈，是不是？"老太太眯着眼睛没说话。

大凤见五凤不开口，又说："好，你先想着，老三你说两句？"三凤两眼一瞪："她忙我不忙啊？现在工商局、卫生局正在清理美容院呢，我得赶紧做做准备，一旦叫他们取缔了，我还怎么挣钱？我说句话就走：我看咱们的家庭会以后取消得了，开也没有用。前些年还有点用，决定的事都得执行，这两年定下的事谁执行了？谁能管了谁？这会早就成了聋子的耳朵，是个摆设。大姐，对不起了，我请个假，得先走。"说着下了炕，穿上鞋跑了。

大凤在后边跺着脚喊："老三，你给我回来！"五凤也下了炕，穿上鞋，说："我也得走了。"

大凤一把抓住她："你不能走。会还没开就跑了俩，回炕上去！"五凤把大凤推了个趔趄："拉倒吧你，拿着鸡毛当令箭，该我屁事！"也咚咚咚地跑了。四凤、六凤也下了炕，向大凤请假。

大凤彻底火了，拍着炕沿喝道："干什么你们！我头一次主持会，你们一点面子都不给。怎么着？看人下菜碟啊？还镇不住你们了！一个个都等着，包括老三、老五，下次开会我一个个收拾！"四凤、六凤嬉皮笑脸地跑了。

大凤眼睁睁地看着她们跑下楼，气得一腚坐在当屋的太师椅上呼呼直喘，两眼幽幽地看着老太太。老太太倚在背垛上，打着匀溜溜的呼噜睡着了。

大凤悄悄地上了炕，跪在老太太跟前仔细端量着她的脸，侧着耳朵听她打出的呼噜声，轻轻地呼唤："妈，还睡呢？"老太太继续打着绵长的呼噜。

"妈，真睡着了吗？散会了。"

老太太打了一个愣怔醒了，揉揉眼睛说："天亮了？"

"散——会——了！"

"这么快？"

"妈，大闺女坐不住金銮殿，人家不听咱的。"

"反天了，敢不听你的！"

"妈，我怎么镇不住她们？您教我两手儿呗。"

"这不是教的事儿。我说你还年轻嘛，你就是不信。着什么急啊？就是岁数的事儿，等你满脸是褶儿挂上棍子的时候就有身份了，到那时候哪个敢不听你的？人老了，抽抽成肉干儿了，可别拿着豆包不当干粮。老姜为什么辣？那辣劲儿是年月熬出来的，你咂摸咂摸是不是这个理儿？"

老太太的话多有哲理！可大凤硬是没听出味儿来，还兀自嘟囔："那还得等多少年啊？"

老太太挥了挥手说："所以说你别着急，慢慢来嘛。回屋吧，我还想再睡个回笼觉。"

大凤退了朝，见七凤还站在门口等裁决。七凤说："大姐，妈怎么说的？"

"妈老糊涂了，能说什么？还得再开个会，你等信儿吧。"

"大姐，不管怎么定我都要把卫平接来，之所以在这儿等了半天，是不想破坏咱家的规矩，也不想伤咱妈的心。既然没有结论，那我走了，别怪我不打招呼！"七凤说罢转身就走。

"老七，你站住！"

七凤回过头来说："大姐，你不用使威风了，我会为自己的行为负责！"

"老七，咱妈糊涂了，可这个家现在我说了算，你住在听雨楼就得听话。黑虎的亲爹不能接回来，他要是住进听雨楼就乱套了。你小吗？也是处级干部了，他来了算怎么回事儿？你还要不要你的前途？又犯痴病了是不是？"

七凤没理睬大姐的规劝，也没把她的权威当回事儿，头也不回地下了楼。

晚上，七凤家冷战还在继续。老太太拎着饭屉下楼来到七凤家。老人家开会时脑子犯糊涂，这阵子脑子清亮，今晚要唱一出《辕门射戟》。

杨为健坐在桌子前不要命地鼓烟，东风吹，战鼓擂，咱家到底谁怕谁；七凤站在窗前，望飞雪满天舞，巍巍群山披银装，好一派北国风光！

老太太提着饭屉进了屋，见此情此景此男此女，哑然失笑，把饭屉放到桌子上，把一碟碟饭菜摆好，朗声说："吃饭，不管什么事儿先吃饭，要打架也得吃饱了才有力气。来，都坐下，我也没吃，一块儿吃。小杨，我还想和你喝两盅儿呢，给我个面子。"杨为健乖乖地坐到桌前，掛了三盅酒。

老太太坐下，呵斥七凤："你勾勾个小脸儿站在那里干什么？像个七仙女似的，还得三拜四请啊？过来坐下，吃饭！你站在那里使拗没用，不管有什么事得坐下来说话，把话掰碎了，搓细了，分出绺儿来，捋出理儿来，那样才能解决问题。"七凤站着没动。

老太太一拍桌子放了高声："怎么着？没听见是不是？还想一条道儿走到黑是不是？那年你从北大荒回来就不说话，就拗，就眼睁睁地往火坑里跳。多少年了，都当了干部了，还是没有长进！看来你是个心里使横不讲理的主儿。坐下，有理讲理有话说话。你要是理也不讲话也不说，那就是要埋汰！老七女婿，你和这样的人过了这么些年，真不知道是怎么熬过来的，难为你喽！这回我可明白了，这把手没理，理都在你手里，来来来，咱娘儿俩喝！"

杨为健一贯见好就收，他知道，听雨楼是初家的一亩三分地儿，做出姿态："妈，我也有错，我不该……"老太太一挥手打断他的话："你没错。孩子，这回我可是亲眼看到了谁是拗种。她愿站就站着。站能站出学问来？站就能把问题解决了？看她能站出多大的章程。来，喝！"

杨为健端起酒盅，瞅了眼七凤，说："七凤，吃饭吧。"老太太说："不管她，这饭菜是我给你做的，没她的份儿！"杨为健对七凤难舍真情："她一天没吃饭了。"

老太太要三娘教子："饿死拉倒，饿死一个少一个，饿死一个少我一份心思。老七女婿，你说说，她还念过大学，还当着处级干部，就这水平？四五六不懂！她为什么不敢坐在这儿和你说？说不出口，没理！有理能不说吗？老七女婿，亏你心眼儿好，不和她一般见识。我养的闺女知道小名叫什么，要不是你，谁能和她过到现在？早就卷铺盖卷儿走人了！"

七凤抗不住老太太的聒噪，说："妈，我的事您别管。"老太太抓理一抓一个准儿："你的事儿？你的事儿我才不稀管呢，八抬大轿抬着我都不来管！你说话有没有点水平？还你的事儿，这是你一个人的事儿吗？是你们两个人的事儿！两个巴掌才能拍出一个响，这理儿你不知道？呸！咱们政府怎么选了你这样的干活，活生生的一块粪坑里的石头，又臭又硬！"

七凤认为自己是前清的秀才遇到了国民党的兵，有理也说不清，索性一屁股坐到桌前，说："那你说吧，我听着。"

老太太做事汤水儿不漏，征求杨为健的意见："老七女婿，那我就说两句？咸了淡了你可别挑剔。"杨为健："您说吧，我愿听您说话，您说话公平。"

老太太先铺垫铺垫："老七女婿，咱俩先喝盅酒。打从你搬进听雨楼——不，打从你和老七认识、结婚直到现在，咱俩还没坐一块儿正儿八经地吃顿饭，喝口小酒儿，来，喝！"

二人碰杯。老太太一饮而尽。

老太太喝了酒，抹抹嘴说："老七女婿，说句掏心窝子的话，你对老七有恩。"杨为健忙摆手："别这么说，别这么说。"

"不，要说，人不能忘事儿。那年老七从北大荒回来，那是什么条件？可你不嫌不弃收留了她娘儿俩，这事儿我一辈子忘不了，死也忘不了！我虽说和你话少了点儿，可这心里从来都是高看你一眼。为什么？"

"您觉得我心眼儿还行。"

"岂止！"老太太道，"你心地善良、高贵，眼里见不得别人受苦受难，眼泪专为这些人流的，这我都知道。为什么会这样？我品了，你自小没有父母，知道受苦受难没人理是什么滋味儿，知道在苦海里挣扎是多么不容易，也知道伸出手来求人救一把反让人拿棍子打了是怎么流泪的。"听老太太这么说，杨为健的眼睛湿润了，悄悄地擦擦眼泪。

老太太又喝了口酒，接着说："再说老七，一个明白人偏偏做些不明不白的事，她是蹦出火海又眼睁睁地跳进苦海，一身傻气。黑虎的亲爹来了怎么办？你们三个人怎么处？还有，小老爷们儿怎么办？她都想过了吗？事情就那么简单吗？老七女婿，你想得不对吗？不周全吗？我看想得对。请神容易送神难，是不是？老七女婿，是不是这么个理儿？你也说说。"

杨为健低头不语，道理让老太太都说透了，他还有什么话可说？

"老七，你呢？"

七凤沉默，也不说话。母亲的话自有她的道理，的确难以反驳。她知道，当情感和伦理打架的时候，情感总是要处于下风的。

"你不说话我也知道，这事儿你是非办不可了。老七女婿，她从小肚子里长牙，认准了的道儿八头牛也拉不回来，当年我就没把她拉回来。我这个当妈的在那八个闺女面前说一不二，单单在她面前成了摆设，这是我一辈子的遗憾啊！我说不要她怀的孩子，她就能挺着大肚子回北大荒，还要和我断绝母子关系。这把手，逼急了眼什么事都能干出来，搅个惊天动地。说句实话，我和她说话心里也挺发怵。你啊，做两手儿准备吧！"

杨为健说："我也没说就是不让卫平来，这两天不是一直在商量嘛。我这个人心挺软，就冲卫平得了绝症还把房子卖了钱给了黑虎，也不能把他推出去。我知道，他现在是叫天天不应，叫地地不灵。不过，我这心里乱糟糟的。"

"老七女婿，我没有看错你！"老太太似乎被杨为健的诚意感动了，两行混浊的泪水滚下脸颊。见老太太哭了，杨为健心里一酸，声音哽咽了："妈，别这样，您这是怎么了？您这样叫当小的心里不好受。别哭了。"七凤也哭了。

老太太擦了把眼泪说："叫你们笑话了。我这眼泪是装在心里的金豆子，今天哭了，为什么？高兴啊！我没看错人，老七女婿，能感动我的人可不大多啊，你把我感动了。现在的人都认钱去了，还有几个热心肠子的？还有几个有这样好的心眼儿？这事儿要是摆在我身上也得想它十天半个月的。可你呢？一张口就应承了。你是个爷们儿！现在爷们儿不多了。来，我敬你一盅，咱娘儿俩连干三盅！"

老太太站起来，双手端着酒盅给杨为健敬酒。杨为健慌忙站起来，激动地说："妈，您别这样，我可承受不起。您坐下。"

老太太一仰脖儿把酒干了，说："老七女婿，我敬重你！"杨为健也举起酒盅，说："妈，我也敬重您！"说罢，一饮而尽。

老太太坐下，眼里又涌出泪水。

"妈，您又怎么了？"

老太太抽搭着鼻子说："我今天也不知道怎么了，眼泪像清明节的小雨似的，就是止不住。喝多了，老了！我在想什么呢？想黑虎的亲爹啊。多可怜啊，爹妈没了，媳妇死了，自己又得了绝症，谁能想到他在临不行的时候还把房子卖了，把钱给了黑虎，自己要去寻死！心肠多好啊，多爷们儿啊，这才叫生当作人杰，死亦为鬼雄。生，从娘胎里出来一声哭，死，滚落坟地一个跪响儿，多好的爷们儿！这样的爷们儿不多了。要我说，这样的人儿就该帮、该疼，就该接回家来，让他享几天人间的暖和气儿再走，要不太悲凉，让活着的人太难受了。这个时候对他再说三道四叫人笑话，那叫不长人肠子！"

老太太说着，一双眼睛突然变得像鹰隼，盯着杨为健："老七女婿，我一气儿生了九个闺女，这辈子没窝囊死！可是老来老去的，净碰上些好爷们儿，一个个立地像座山，说起话来铮铮响，像洪钟大吕。这些爷们儿，个个肚子里装着小锅炉，咕嘟咕嘟热乎气儿直往我身上扑，我真是造化啊！"

杨为健彻底晕了："妈，您放心，卫平来了我一定好好对待他！"老太太拉着杨为健的手，拍了又拍，站起来，什么话也再没说，走了。情况比她预想的要好，辕门说和，没用得上射戟。

又大又圆的月亮明晃晃地挂在天上。老太太上了回廊，走到二楼堂屋门口，刚要推门，背后有人叫她。老太太一惊，回过头来，见大凤站在廊柱后。

"是老五啊，吓了我一跳。大半夜的，怎么还不睡？"老太太又糊涂了。

大凤过来，说："好好看看我是谁！"

老太太眯着眼睛，左瞅右瞅，说："谁啊？我这眼神儿不好使。"

"我，大凤。"

"啊，老大啊，怎么还不睡？"

"妈，这么晚，上哪儿去了？"

"我也不知道，正睡着睡着，听见楼下有动静儿，有人儿在院里说话，下楼一看，没有人儿。睡吧。"

七凤来到讷河林场，费尽周折才找到了卫平蜗居的小木屋。屋子光线很暗。七凤进了屋子，揉了揉眼睛，发现一个人背对着她坐在轮椅上，头发长长的，披着一件破旧的军大衣。

七凤断不准，轻声召唤了一声："卫平。"那个人动了一下，但是没有回头。

"卫平！"七凤大声呼喊。那个人一动不动。

七凤悄悄地走过去，她站到那个人的面前，她简直不敢相信，眼前的人真的是卫平！他的头发长长的，胡子长长的，颧骨像刀削似的，瘦得厉害。

"卫平啊！"七凤哭着，紧紧地抱住他，哽咽道，"你怎么会这样？你怎么会这样啊！走，跟我回家，跟我回家吧。"卫平面无表情地看着七凤，不说一句话。一个满肚子话然而将死的人，是不会轻易开口的。

七凤涕泪横流："卫平，你怎么了？你跟我说话，跟我回家，有我就有你，我绝不能让你一个人待在这儿！你听见了吗？你听没听见？"卫平还是面无表情。

啪的一声，七凤给了卫平一个耳光："你说话，给我说话！你死了吗？你没死！我千里迢迢地跑到这儿，就是要接你回家，侍候你，把你的病治好。我和杨为健说好了，他欢迎你回去，你给我起来！"卫平怔怔地看着七凤。

"卫平，你不能死在这儿，我不能让你死在这儿！你不想看我是不是？你想不想看孩子？想不想？你说话！"卫平突然伸出枯瘦的双手，紧紧地攥住七凤的手，把头埋在她的胸前，无声地哭了。

七凤紧紧地搂着卫平，两个人什么话也不说，就那么紧紧地拥抱在一起。

待情绪稳定下来后，七凤动手把小木屋好一顿收拾，给卫平把胡子刮了，还给他理了发。

卫平对七凤说，能在临死前见她一面已经很知足了，撵她早些回去。七凤不答应，坚持带他一起回去。

卫平说："不，我坚决不跟你去，我就死在这里，没什么可商量的。"

"你这个人怎么这样？"

"我就这样！"

七凤情绪激动了："卫平，有必要吗？这能说明什么？说明你高洁？自尊？英雄？你是在拿自己的生命开玩笑！咱们俩之间这都没必要。你应该活着。告诉你我来干什么，我不想让你皱着眉头痛苦地死去，要让你有个家，就是有那么一天，也要让你舒展着眉头睡去。你听明白了吗？那样我才会无怨无悔。你必须跟我回去，由不得你说不。"

"跟你回去我会更难受的。"

"可你这样让我们俩都难受。我不希望我认识你是个错误。难道你的心胸比杨为健还狭窄吗？你太叫我失望！"七凤说着背起卫平走出小木屋，走上林间小路，走上火车，走回古城。

而这时候，杨为健已经在自己家清理好一间小屋，搭起一张新床，新床四周还拉着布帘儿。

第二十一章

黄昏降临到听雨楼。老太太坐在回廊的太师椅上，望眼欲穿地盼七凤回来。几个凤儿众星捧月般地围在老太太身边。

大凤学得越来越会支使嘴儿了："老三，再到门口望望，老七也该回来了。"三凤腔沉嘴不懒："望什么望？整个一个破车多揽载！你说她现在过的是什么日子？咱姊妹都发了，就她一个人坐政府机关，妈呀呀，听起来好吓人，还是处长，岂不知清水衙门，一个月挣那俩鼻疙子还不够我塞牙缝儿的。"

六凤笑了："你们家都拿鼻疙子塞牙缝儿？"三凤朝她把眼一瞪，横刺一枪："没有你插不上的嘴，看你这阵子会白话的，上了阵拉一裤子。"又掉转马头，"小杨厂子也黄了，本来过得就挺难的，又把个快死的人弄到家里，这不是脑子有病吗？"

六凤被自己的老板呲嗒了几句却并没在意，她和七凤是挨界儿，对七凤最关心，很同情，又插一嘴："唉，老七就是个苦瓜，打从北大荒回来就一直没过好，真是应了那句话：才跳出火坑，又扑进苦海。"

三凤接话："怨谁啊？谁也怨不着，自个儿找的。你说她一个挺清高挺聪明的人，怎么净干这些傻事儿？妈，怎么也不说说她？"

老太太慢相应地说："说什么？岁数都不小了，什么事不明白？以后我什么也不管了，这辈子的话说得太多了，说够了；管的也太多了。我也想明白了，还有几年活头儿？我现在就想自己的事儿，自己的事儿还想不明白呢！你们看我今天脑子是不是还清亮点儿？昨个儿晚上又犯浑了，下半夜一两点钟，一个激灵醒了，还寻思天亮了呢，起来下了碗面条吃了，又上大街溜达，大街上一个人儿也没有。正纳闷儿呢，来了两个警察，把我好一顿审查，把我当成老盗窃犯了。老了！"

六凤说："大姐，我提个话儿，也不知对不对。老七够困难的，卫平又来了，咱是不是一个人帮她一点儿？你说个数，大伙儿一块儿掏吧。"

三凤说："老六，这没说的，可是老七的脾气你不是不知道，她那个刚强劲儿，谁的钱也不能要。你忘了，她结婚的时候咱凑了二十块钱，叫她给扔回来了。这把手,从来就是打掉牙往肚子里咽,眼泪儿比金豆子还高贵。"大凤说:"这事儿再议吧。是不是,妈?"老太太说:"这是你们姊妹的事儿,我不管。"

正议论着,黑虎慌慌张张地跑进院子,喊道:"姥姥,我妈回来了,在门口儿,还推着个大老爷们儿!"大伙朝门口望去,见七凤用轮椅推着卫平进了院子。

凤儿们坐在那里没动,一个个都很矜持,拿捏着自己的身份,所有的目光都聚集在卫平的身上。老太太不动声色地望着卫平。

七凤擦了把汗,仰起脸说:"妈,姐,这就是卫平。"老太太和凤儿们没有一个答话,她们和这个叫卫平的人关系尴尬,怎么打招呼?又不好失礼,于是一起下了楼。

七凤向卫平介绍楼上下来的人:"卫平,这是我妈,这是大姐、三姐、五姐、六姐。二姐在广东没回来,老九在外地念大学,老八不在家,看我们这一大家子多热闹,可别嫌闹得慌。"

卫平笑着和大伙逐个握手,客气着:"你们好,给你们添麻烦了。"握到五凤的手时一愣,旋又笑了,"五姐,咱们见过面。"大伙惊奇地盯着五凤。五凤尴尬地笑了笑说:"见过,见过,那都是过去的事儿了。快屋里请吧。"

黑虎看着卫平问七凤:"妈,这是谁啊?"七凤笑了,拍了拍儿子的头说"哎呀,把这个大人物给忘了。这是卫平叔叔。卫平,这是我的儿子,叫黑虎,我们家都叫他小老爷们儿。"

卫平忘情地看着黑虎,嘴唇哆嗦着不知说什么好。大伙都紧张地看着卫平,生怕他说出冒失的话。卫平使劲闭了闭眼,脸上平静了,笑着拍了拍黑虎的头说:"小老爷们儿?这个叫法挺有意思。小老爷们儿,你好!"

黑虎歪着头问:"你在我家住吗?你什么时候走?"卫平收了笑,说:"住几天就走。"

"住几天?"

七凤嗔道:"黑虎,怎么这么没礼貌?叔叔是咱家的客人,愿什么时候走就什么时候走。"回头问大凤,"大姐,杨为健呢?"

"一下午没看见他。你们先回屋吧,一会儿我去找找。"

黑虎说:"我去找我爸。"说着跑出院子。

七凤推着卫平,说:"卫平,你累了,回屋歇着吧。"推着卫平朝屋里走,"妈,姐,我们先过去了,有空儿过来坐啊。"大伙没有答话,目送着他俩进屋。

大凤长长地叹了口气："唉，老七呀老七，你成天都琢磨些什么！"三凤拍着屁股嘟囔："行了，苦难的日子又开始了。"老太太仰头瞅了瞅天，自言自语："天又要飘雪了。"

七凤推着卫平进了屋，笑道："卫平，你看，杨为健一切都安排好了。你歇着，我马上做饭。"

黑虎知道到哪儿去找爸爸。不错，杨为健又去了城郊的马兰河。他还能到哪儿去？遇到愁事不是跑到低档次的小酒馆灌马尿，就是跑到马兰河，坐在护堤树下鼓烟儿。他不会像那些有档次的人那样，在悲伤的音乐的伴奏下，跑到小树林，哗哗地流着泪水，把头抵在大树上，用拳头没命地砸树，一直砸出血。何况古城方圆几十里已经没有小树林了，就这么一条马兰河也是臭烘烘的。所以，杨为健的忧愁郁闷没有一点诗意。

此刻，杨为健头夹在两腿之间拼命地吸烟。他吸烟很实在，先是把胸中的气全吐出来，然后干劲十足地结结实实地猛吸一大口，闭上嘴，让尼古丁尽量融化在血液中。因此，杨为健即使十天半个月不吸烟，也浑身烟袋油子味儿，也别怪七凤不愿意和他同床共寝，搁给谁也没个扛！

黑虎跑过来，摇着他的身子喊："爸，你怎么在这儿啊？我妈叫你回家，家里来人了。"杨为健低着头任凭黑虎晃着他的身子。

"爸，你怎么了？"

杨为健抬起头默默地看着河里的污水。黑虎知道爸爸又有愁事了，懂事地坐在杨为健的身边，也默默地看着河水。穷人的孩子早当家，不幸家庭的孩子早成熟，早当家是好事，早成熟却是非常不好的。没看见苞米地里的"小老头儿"？没大腿高就结棒子了，能结出什么好干粮？全瞎了！杨为健鼓够了烟，一拍大腿："走，回家！"

杨为健领着黑虎，回到听雨楼院门口，停下步子，系好衣服风纪扣，挺起胸膛，雄赳赳，气昂昂，大步往里趟。进了院，来到自家门口，又整理了一下衣服扣子，悄声对黑虎说："儿子，上楼找姥姥去。"黑虎懂事地朝楼上跑去。

杨为健寻思了一下，举手在自己的脸上啪啪扇了几个耳光子，推开门高声喊道："我回来了！"反身咣的一声关上门，进了屋。

卫平在轮椅上欠了欠身，算是打个招呼。他知道来者是杨为健，和他在小学操场打过一个照面，杨为健这张柿饼似的脸给他留下了很深的印象，但他实在不知道该怎样和他说话，只好装着不认识。七凤端着饭菜从厨房里出来，给二人互相作了介绍。卫平伸出手来："你好。"

杨为健当然知道对方是卫平，故意一愣，紧走两步，伸出双手，热情过度地握着卫平的手，摇着："噢，卫平吧？你好，一路辛苦。欢迎你到我们家来！别客气，别不好意思，这就是你的家，我们就是你的亲人。"看了眼桌上的菜，"我说七凤，客人来一趟不容易，搞得简单了点儿吧？这怎么能行？我再做两个菜，我们俩好好喝一盅儿。"

七凤说："你就别张罗了，卫平来也不是住一天两天，日子长着呢。快坐下吃饭吧。你又上哪儿喝去了？怎么脸上通红？"

杨为健摇了摇头说："唉，心情不好，叫工友摁住了喝酒。本来不能再喝了，不过卫平来我又高兴了，再喝两杯。"卫平挺不好意思："为健，给你添麻烦了。"

"不，怎么能说麻烦呢？你来了我高兴，七凤高兴我就高兴。心情不好是这么回事儿，我们单位黄摊儿了，开不出工资，我成天没事儿干。唉，日子越来越难熬了。不说了，来，喝酒。咦，筷子呢？"

七凤拍了下掌："哎哟，忘了。"说着跑回厨房拿来三双筷子，把筷子分给卫平一双，杨为健一双，放到自己眼前一双，说："为健，开始吃饭？"

杨为健脸色有些不大高兴，把三双筷子又收拢起来，在桌上蹾了蹾，先放到自己眼前一双，又给七凤一双，最后一双给了卫平。七凤瞅了杨为健一眼没吱声。

杨为健的脸色好看起来，说："来，吃饭。卫平，凑合着吃点儿吧，我们家的生活全靠七凤一个人的工资，艰难了点儿，别挑剔。"

卫平端起酒盅说："为健，我身体不好，大夫不让喝，可这杯酒我得敬你，你无论如何都得喝了。我都这样了你还能接纳，心里非常感动。我真的给你们添麻烦了，我真的不该来。"杨为健手一扬："咳，你看你这个人，都说了些什么！"

"不，我应该说。"

"再说我就不高兴了。这事儿谁遇到都会这样做，这是做人起码的良知，对不对？社会在进步，人的觉悟也在不断地提高。再说了，咱们还是这样一种关系，那就更应该这样做了，你说呢，七凤？"七凤只能笑。

"不过有件事儿我得说说，你不要不高兴。"

"为健，你说吧。"

杨为健似征求意见地看着七凤说:"那我就说说?"

"说吧。从今往后咱们有话就放桌面上说,不许藏着掖着,咱们一块儿把这段生活过好。"

"那我就说说?"

"直说!"

"好,直说。我要说说咱们三个人共同面临的一个问题,那就是孩子问题。孩子直到现在也不知道自己的身世,万一哪一天卫平你控制不住感情,和孩子说了这个事儿,那将是一个什么情景?一句话,我这十多年的爹白当了。所以,我希望你能向我做出一个承诺,一个庄严的承诺!"

卫平说:"为健,这一点请你放心,我绝不会这样做。我虽然是他的亲生父亲,但不配做他的父亲,你才是他的真正父亲!这十年来你们相依为命,是你们把孩子拉扯大,我做什么了?什么也没做。可以这么说,我都没脸踏进你们这个家门。我没有多长时间了,怎么能在临死的时候认孩子呢?让无辜的孩子多一份悲伤,把孩子从你身边拉走?不,我绝不能这样做!"说到这儿泪流满面,伏到饭桌上哭了。杨为健眼里也涌出了泪水。

这是一个月圆之夜。杨为健蹲在里屋地上抽烟。七凤安排好卫平睡下,进了屋,关上门,放下门帘,脱了外衣,关了大灯,亮起昏黄的台灯。

杨为健惊讶地注视着七凤,看样儿今晚西线无战事,有可能奏响战地浪漫曲,他的心里一阵怦怦乱跳。七凤背对着他,又脱下背心,摘下头上的发卡,一头瀑布般的长发飘柔,似碧浪,衬托得背后的肌肤更加洁白润滑。柔和的灯光下,美丽的七凤像一头乖乖的小绵羊。

杨为健瞪大眼睛,慢慢地从地上站起来。七凤的声音柔柔的,肯定掺进了雌性荷尔蒙:"为健,睡吧。"

杨为健完全被调动起来,呼哧呼哧地喘气。七凤声音更加柔软,甚至柔媚:"为健,睡嘛!"杨为健的声音也柔软了:"啊,睡,睡,你先睡吧。"

"我累了,把我抱上去好吗?"

"好。好。"杨为健转到七凤的背后,拤挲着两手却又不敢造次。

七凤转身依偎到杨为健的怀里,用乳峰揉蹭他的胸,给他以明显的暗示,热情的鼓励。杨为健眼里的泪水汩汩而下,猛地抱起七凤,把她扔到炕上,三下两下脱下衣服,跳到炕上。

一本难以打开的书翻开了。这是一本很难读懂的书,其中很多地方杨为健至今没读明白，但有些章节雅俗共赏，他读得很努力，很投入，从中获得极大的乐趣。杨为健一边读着，一边擦着满脸的泪水，一双手在高山、幽谷、沟壑游走。旅游是辛苦的，也是幸福的！

杨为健在幸福着，而这时大凤却杞人忧天，在家里翻来覆去地睡不着，伸手捅了捅胡宝亮。胡宝亮迷迷糊糊地说："干什么啊？又反夜了？"

大凤长长叹了口气："你说，老七家今晚这觉可怎么睡啊？"胡宝亮也叹了口气："谁知道呢。天底下的蹊跷事儿怎么都让听雨楼摊上了？睡吧，早晚得有个结果。"

而这时五凤躺在自家的床上长吁短叹。小叶问道："失眠了？你这可是头一回。"

"唉，三十年河东，三十年河西，谁能想到黑虎的亲爹又回到听雨楼呢？当年我那一棒子也没打散他俩。感情这东西，真值钱！"五凤的感叹难说不含有忏悔的成分。

这时，杨为健读书读累了，坐在炕沿上默默地吸烟。七凤柔声问道："为健，怎么了？"杨为健异样地笑了。

"到底怎么了？"

"没怎么。想想，觉得怪有意思的，从结婚到现在，你从来没像今晚这样，我觉得自己那十几年白活了。这是为什么？为什么？"

"怎么冷不丁地成思想家了，快睡吧。"

"睡不着。七凤，我太幸福了，幸福得都不知道自己姓什么了。"

"杨为健，你想知道吗？那我告诉你，我就是觉得对不住你，以前对不住你，现在更对不住你。投桃报李，这是你应该得到的。"

"嗯？没听明白，你是说……"

"别问了，睡吧。"七凤说着把台灯关了。杨为健长长地吸了口气："唉，睡不着啊！"

"后悔了是不是？"

杨为健又扭亮了台灯，一拍脑袋："咦，我想起来了，这个人我见过！"

"哪个人？"

"卫平！"

第二天早晨，仨人共进早餐。七凤说："为健，吃完饭我想带卫平到市医院再检查一下。"

"去吧去吧。用不用我帮忙？反正我也是个闲人。"

"不用。"

黑虎端着两盘菜来了，说："妈，爸，姥姥叫我送过来的。"放下盘子要走。

杨为健拍着手说："儿子别走，坐下。"把黑虎搂在怀里。卫平心里酸酸的，把头悄悄地扭向一边，他的这个微小举动被七凤注意到了。

杨为健问黑虎："儿子，最近学习成绩怎么样？在外面惹没惹祸？"黑虎挣脱杨为健的搂抱，说："别烦我，身上一股猪大油味儿。我得上学了。"

杨为健笑了，拍着黑虎的头说："这孩子，听听说些什么，烦他爹，还嫌我身上有股猪大油味儿。你爹没工作了，一年多没捞着摆弄猪大肠了，哪来的猪大油味儿啊？想爸爸不？"黑虎说："你是猴见喜啊？不想。"

杨为健哈哈笑道："你们听听，没大没小，哪有儿子和爹这么说话的？都是叫老太太惯的。把作业拿来，我得检查检查，都得了几分啊？"

"你看不懂。"

杨为健从黑虎的书包里掏出两个作业本，嘴里嘟囔道："怎么看不懂？你太小看你爹了，好赖不济我也是初中文化，大专肄业。"哗啦哗啦地翻着作业本，"怎么？怎么一溜儿四个三分？怎么学的！"

"后面还有五分呢。"

杨为健拍着桌子说："我是问你这四个三分。七凤，这可得引起我们的注意啊。"七凤说："到点了，快让他上学吧，放学回来再说。"

"那不行，随手一翻就是四个三分，以前怎么学的咱还不知道呢。黑虎，你给我说清楚，不说清楚，今天这个学别上！"

黑虎急得直跺脚："上学晚了，烦死人了！"

"反天了你！你今天就得给我说清楚！"杨为健翻着作业本，"哎呀，作业也没完成。七凤，你看看，老师留的生字他没写，问题大了！黑虎，你给我站好！"

卫平摇着轮椅出去了，他对杨为健的教子方式颇有些不以为然，又不好说什么，躲了出去。来到院里，扶着轮椅慢慢站起来，佯装深呼吸。

老太太正在楼上慢慢地扫着回廊，直起腰默默地注视卫平。她至今还没和卫平说一句话，但对这个人很有好感。

杨为健三娘教子不成，反被子教三娘，卫平在院子里清清楚楚听到屋里传来黑虎训斥杨为健的声音：

"你训我？我还没训训你呢！你成天游手好闲东摇西晃，谁家当爸的像你这样？哪回开家长会你敢坐在前排？一进教室就像只老猫一样，弓着腰，溜着墙根，专门往角落里钻。怎么了？见不得人啊？我跟你丢老人了！"

"你说说这个孩子，怎么和爹这样说话？我不是迟到了吗？改不行吗？"

"你这个改说几回了？改了吗？"

"七凤，孩子对我这样你也不管管？你说他这张嘴像刀子似的，专划我的脸。"杨为健讨饶了。

"你就会吆喝，不能给他两笤帚疙瘩？"

门砰的一声开了，黑虎捂着嘴咯咯笑着跑出院子。杨为健追出屋子，举着笤帚疙瘩虚张声势地撵了出来，嘴里吆喝道："小兔崽子，还管不了你了，跑哪儿去了？等放学回来再收拾你。岁数不大毛病不小，还跟我瞪眼，我是你爹，就要管管你！"

七凤推着轮椅送卫平到医院看病，两个人在道上说着话。

"七凤，跟你说个事儿。"

"我知道。你别生气，杨为健就是这么个人，有肝没肺，说话嘴上不带嚼子，其实心里没什么，他对孩子挺好的。"

"不是说他，是说你。"

"我怎么了？"

"以后吃饭你注意点儿，分筷子的时候先放到杨为健跟前。你这个人就是粗粗拉拉的。"

医生给卫平作完了检查化验，偷偷告诉七凤，卫平的病情非常严重，已入膏肓，这种病要治就是扔钱，一直扔到死，给他做点儿好吃的，没有必要住院了。七凤问医生他还能活多长时间。医生说就看他的抵抗力了，多则一年，少则几个月，要有思想准备。

听到医生给卫平宣判了极刑，七凤再也止不住泪水，一个人跑进卫生间，关上门，捂住脸失声痛哭。哭够了，拧开水龙头洗洗脸，跑到走廊见卫平，这时脸上已经挂着笑了，告诉他，检查结果出来了，没有像你说的那么严重，住院吧。

卫平看着七凤红肿的眼泡说："七凤，什么也不要说了，你不会撒谎，我不住院。"

"卫平，不要犟了，你有希望。你给孩子的钱我一分也没动，我们有钱！"

"我不住，你没说过让我到古城来住院，如果是这样我绝不会来的。"

"可是现在你必须住，只要有一线希望，我们绝不放弃！"

"不要强迫我，你非要我背着一身债走吗？我已经欠你太多了，不想再欠了！"

卫平坚决不住院，七凤也无奈。

回家的路上，卫平看见卖观赏鱼的，有海水热带鱼、淡水热带鱼、金鱼。他突然发现了一个大木盆里有一群小草鱼，高兴极了就买了十几条，又买了个不太大的玻璃鱼缸，总共也没花几个钱。这种小草鱼叫银草鱼，嫩江就有。

回到家，卫平急不可耐地把鲜红的线虫儿投进鱼缸，趴在放到桌子上的鱼缸前看不够，招呼："七凤，过来看，银草鱼多漂亮啊！"七凤过来，饶有兴趣地看着，说："是啊，和咱嫩江的一模一样。还记得吗，咱俩第一次见面说话就是因为银草鱼。"

"那是六八年的秋天吧？咱们知青刚进点就赶上三秋会战在嫩江平原展开，互相还没熟悉。清清楚楚地记得，那是中秋节的头一天傍晚，收工了，我拎着一桶银草鱼从江边回来，在岛上碰见了你。你说，喂，战友，给我几条养着好吗？我说你养不活。你说试试看吧。还没等到天大黑你就哭叽叽地找到我，说，战友，鱼全死了，再给两条好吗？从此以后我们就认识了。"说到这里卫平不说了，两眼直直的，陷入对往事的追忆。七凤的思绪也远去了。

傍晚的时候，杨为健回来了，进了院子，来到家门口，刚想推门，忽然像想起了什么，猫着腰来到窗下往屋里望。见七凤正在忙着做饭，卫平坐在桌前看鱼缸里的鱼，就又绕到门口敲了敲门，然后才拉开门进屋，喊了一声："我回来了！"

七凤迎过来，皱着眉头说："哪那么多毛病！敲门干什么？什么意思你？"

"没什么意思，你想那么多干什么？"

七凤气得转身回到厨房。

杨为健进了里屋，冲卫平笑了笑，也趴到鱼缸前，说："这是什么鱼？好养活吗？"杨为健连草鱼都不认识？不会吧。他说的这句话有点内涵！

三凤和冬子正在店里的里屋吃晚饭。孟传礼脸耷拉得老长回来了。三凤的脸也不短："我说这一天你又上哪儿游荡去了？"

孟传礼没答话，坐在椅子上，点了支烟，猛吸一口，然后开始长吁短叹。

"叹的什么气！好像有多少心事似的。还关心厂子的事儿啊？你都下台了，还有什么牵挂？到底是怎么回事儿？这两天我就看你不大正常，背着手在屋里转来转去的,像关在笼子里的狼,有时候下半夜还蹲在厨房里抽烟。怎么,气不顺?"

孟传礼把大半截烟往地上一摔,用脚踹了又踹,恶狠狠地骂:"我操他妈的!"三凤一愣:"我说你骂谁?"孟传礼拍着桌子吼:"我骂他妈的白眼儿狼!"

"谁是白眼儿狼?"

"蒋小权!妈的,我在位的时候,他成天像条狗似的在我身前腚后转,我临下台把他扶上马去,还送了一程。这小子开始对我还行,一口一个孟厂长;后来呢,叫我孟老;再后来呢,叫我老孟;再再后来呢,叫我孟传礼;再再再后来呢,不叫了,鼻子里只有一'哼'。妈的,跑了三趟,医疗费也不给我报;买了副球拍儿,想锻炼锻炼身体,说好了要给我报销的,转眼不认账了。这些人,和对面老五都是一路货,见风使舵,变得比谁都快,什么时候都是站在形势前头。"

冬子对大人们说话牵着葫芦扯着瓢非常反感:"爸,你说着厂里的事儿怎么又扯到我五姨头上了?该人家什么事儿?你最近脾气太暴了,小心伤着肝。吃饭吧。"

孟传礼高门儿大嗓儿嚷道:"我就是要说他们一路货!刚才我走到她店门口往里一瞅,操,恶不恶心死了,她蹲在那儿给王老六洗脚呢。当年王老六搞投机倒把让老五追得满街跑,还抓到街道人保押了三天。现在王老六发了,她竟然给人家洗脚,叫什么东西?这样的人可不可恨?和蒋小权是不是一路货色!这社会怎么了?人一个个的都怎么了?刚才我真是恨得牙根儿痒痒,恨不得一砖头扔进去!"

冬子说:"爸,这样可不好。我们学哲学,讲的是,不可以一叶障目不见泰山,也不能以偏概全,你不能因为个例对社会不满啊!咱家的生意比不上五姨,应该想想办法,可不能有这种仇富心理,这样下去可就太可怕了!"

"闭死你那张酱碟子嘴!"三凤听不下去了,"你这个闺女怎么里外不分呢?动不动就替你五姨说话。你到底是谁生的?咱家的生意是比不上她。可为什么?因为咱是老实人,她是奸商,偷税漏税的乌七八糟事儿她都少不了。看她招那些服务员,一个个打扮得像小妖精似的,说不定都是干什么的呢!等叫我抓着,一个举报,叫她翻碟子扣碗!"

冬子摇着头说:"太可怕了,你们怎么都红眼了?真是六亲不认!"

三凤跺着脚喊:"我从来都没把她当亲姊妹!"

自从把卫平接回家,七凤对杨为健恩爱有加,像摆供儿,一到夜里就爬上祭台,让二郎神管够儿品尝祭品,直到他撑个肚儿溜溜圆。

这天晚上,七凤自己剥好粽子,单等杨为健大餐一顿。

"为健,睡吧。"

大餐再好也不能总是白吃,不埋单儿也要有个说道儿,杨为健心里胆虚虚的。他想起了一个故事:一个逆子成天拿棍棒孝敬老娘,这天他在地里锄草,见到树上的小鸟反哺,良心发现,见老娘送饭来了,跑去迎接,老娘以为逆子又要来打自己,跳井身亡。

杨为健摸不准七凤的心思,几顿大餐撑得找不到北了,心里乱糟糟的,今晚又见七凤玉体横陈,道出了心中的疑惑:"七凤,你最近这是怎么了?我有点害怕。别这样,我真是有点儿扛不了啦。"

七凤心里坦荡荡,道:"你怕什么?我不是说过吗,我以前对不起你,现在更对不起你,我只想让你高兴一点儿,想对得起你。"

杨为健心里还是不落底儿,说:"如果是这样咱们可以换一种形式,你这样我心里真的发毛。七凤,我懂你的心思,不会难为卫平的,你穿上衣服,别凉着,我……我上趟厕所,你先睡吧。"说着,推开门跑了。

一大早,七凤悄悄打开了门,推着自行车朝院门口走。大凤站在回廊上轻声喊道:"老七。"

"大姐,星期天起这么早啊?"

"你不是休息吗?这么早上哪儿?"

"出去给卫平找偏方儿。"

"你等一下,我正要找你。"大凤说着下了楼。

"姐,什么事儿?"

"昨晚我想过去,看见你家灯黑着又回来了。"大凤说着从兜儿里拿出一叠钱,"这是姊妹几个凑的,你拿着。"

"大姐,我不要。你知道我的脾气!"

"拿着,现在就数你困难。卫平来花销大。再说了,手里有钱,你在杨为健面前总能硬气点儿。"

"大姐,我说不要就不要!"

"你那两个工资养活三口人怎么过啊?"

"怎么都是过,我可以出去找点活儿。"

"什么活儿？"

"遇到什么干什么吧。"

"别这样，好歹你也是处级干部，不叫人笑话吗？不行！"

"什么行不行的，现在顾不了那么多了！"七凤说着推自行车走出院子。大凤望着七凤的背影，长长地叹息。

七凤出去跑了一天一无所获，晚上回来，见卫平和杨为健都不在家，跑到二楼，隔着窗户见老太太一脸的慈祥和卫平拉呱儿，站在里屋门外听——

"卫平啊，你来了也有几天了，早就想和你唠唠。我说话唠叨点儿，也可能不中听，好赖包涵，你可别见外，好不好？"

"大娘，您就说吧，我愿听老人说话。"

"那好，我就说。你和七凤的事儿绵延着也有年头了。当初呢，我是不同意，那个年代，你也会理解我这当娘的心情。"

"大娘，我理解。"

"当时，我寻思你俩的事儿，断了就断了，可没想到人世间的事儿，光拿刀是砍不断的，过了多少年又连上了。这就是命啊，命里的事儿你猜不到，推不掉，逃不脱。既然是这样，咱就针对着这件事儿仔仔细细说一说。这么说吧，你来到听雨楼，是往一池子水里投了一把小石子儿，多少也能激起几朵小浪花来，是不是？"卫平点点头。

"不过你放心，有老七在，就不会有多大的事儿。我这九个闺女里，要数心眼儿好，有韧劲儿，能看开事儿的，就数老七，她认准的事儿，谁都多余，我说了也没用，听雨楼就她我管不了。为什么管不了？人家做的事有情有义。你没白认识她一场。你看，我老初婆子卖瓜，夸起自己的闺女来了。"卫平笑了。

"小杨这个人啊，也不错，苦孩子出身，热心肠子，就是心眼儿窄巴了点儿，不过，窄巴点儿是窄巴点儿，窄巴的不腻歪，有时候还挺好笑。话又说回来了，谁也不是神仙，谁也没有那么大的度量，你说是不是？就说老七为了上大学把人家的孩子都打掉了这件事儿，咱就对不起人家。"

"大娘，您说得是。"

"换一个人恐怕做不到他这样。所以我要告诉你，在他那儿遇到事儿别生气，别计较，别想得太多，咱现在这个情况，不是扑着他来的吗？你要是心里疼老七，遇着不开心的事儿就别放声，脸上要赔得住，能吃能装，那才叫爷们儿呢？孩子，都不容易啊，你要是和小杨换个位置，和老七再换个位置，作为闺女，作为女婿，能做到这个份儿上，是这个！"老太太竖起大拇指。卫平听得直点头。

"再说说你。人活一口气，聚散酒一杯，你在这个家里更不容易！说实话，在听雨楼，你是气不敢舒，心不敢放，手打鼻子眼前过，掩着耳朵听见雷，什么不得看？什么不得听？这滋味不好受啊！"卫平的眼里涌出泪水。

"孩子别哭，人这辈子吃五谷杂粮，跨江过海，什么滋味都得尝，什么道儿都得走，草根吃出香肠味儿，嚼着树皮当拉皮儿，遇着太阳戴个帽，遇着下雨躲屋檐，这是活人的道理。你和七凤交了这么些年，有情有义一场，她把你接来家，就该让她圆了多年的梦，让她心里好受些，要是遇到事儿脸上挂不住，最难受的就是她啊。她苦了一场，不能让她白苦，在这个家里，有苦你悄悄咽下去，有泪你背地里擦去，你俩这才叫有情有义，才叫感天动地，真有那么一天，你们也算没白活一场！"说到这里老太太哽咽了。

卫平哭了。老太太泪水哗哗流着，抽搭着鼻子泣不成声："我这辈子，就是白活了！"

"大娘，我懂了！"

老太太握着卫平的手，摸索着，再也不说话了。屋外，七凤听得热泪长流，掩面哭着跑下了楼。

夜深了，杨为健搂着七凤睡着了。七凤坐起来，穿好衣服下了炕，走到门口，悄没声地把门开了个缝儿朝外望，见卫平躺在小屋的床上，就着微弱的台灯光正在看一本小说。卫平也看到了七凤，笑了笑合上书，把台灯闭了。

早晨，七凤满头大汗地蹬着自行车来市政府上班，放好车，匆匆忙忙地跑进大门。来到办公室，急匆匆地推门而入。

小宋问："初主任，你这是从哪儿来啊？"

七凤擦着汗说："哦，起来晚了。"

"怎么没换衣服？"

七凤低头看了看自己的一身工作服说："哦，一早上收拾仓库忘换衣服了。"

小宋笑了："初主任，你早晚在外面打工我都看见了。没事儿，我不会说的。"

"那就谢谢了。"

"初主任，你这样太辛苦了，钱又挣得不多，我给你出个主意吧。"

中午，卫平坐在桌子前默默地看鱼缸里的鱼。一条银草鱼已经死了。卫平把死鱼捞出来，在花盆里挖了个小坑埋了，仔细地把土平整好。看着让人想起了黛玉葬花。

杨为健逛菜市回来，拎着菜进了屋，看了卫平一眼笑道："我说，你别成天看着这缸鱼愣神儿了，又死了一条是不是？我告诉你，养不活。"卫平也笑了笑："养着玩儿吧。"

杨为健走进厨房，敲锅打盆儿，叮叮当当地做起饭来。看杨为健忙着做饭，卫平摇着轮椅过来帮他忙活。

"我说你就歇着吧，别在这儿挡碍。"

"帮你搭个手儿吧，闲着也是闲着。"

"你坐着吃现成的就行。起来，别让马勺碰着，碰着你可了不得，她回家我又得看脸子。"

卫平笑了笑，回了里屋。杨为健做着饭，动静儿弄得越来越大。卫平想躲，摇着轮椅悄悄朝门口走去。

杨为健看见了，说："你站一会儿，我想和你探讨点儿问题。"

"你说吧。"

"最近我研究了不少爱情小说，受启发不小。有一篇小说写得挺有意思，叫什么名来着？哦，想起来了，叫《爱，是不能忘记的》。爱真是不能忘记的吗？我这个人文化水平低，你给我讲讲，启发启发。"

"为健，我累了。"卫平摇着轮椅要走。

"别走，别走，咱俩探讨探讨，怎么一谈到这个题目你就累呢？"

"对不起，我不想探讨这个问题。"

"哦，那就算了。还有一篇爱情小说，叫什么来着？"杨为健说着，一转头愣住了。七凤站在厨房门口，脸色十分难看。

杨为健挺尴尬地问："回来了？咦，你中午头儿回来干什么？家里不是有我吗？"七凤走进厨房，关上门，低声说道："杨为健，你不要太过分。"

"怎么了？也就是随便和他探讨几个问题。来，吃饭。"

"我再说一遍，你不要太过分！"

第二十二章

　　凌晨，杨为健蹑手蹑脚地爬起炕，穿上衣服悄悄地走了。七凤已经醒了，佯装睡着，见杨为健出了屋子，披上衣裳下了炕跟了出去。杨为健轻手轻脚地到外屋推出自行车，七凤也推开门跟了出去。

　　杨为健骑着自行车消失在黎明前的黑暗之中。七凤站在院门口，看着他远去的背影，不知他要去干什么，心里直犯嘀咕：今天是星期天，他要去干什么呢？

　　七凤和杨为健都不在家，屋里清静，卫平闲着没事捧着一本书看，听见门吱呀响了一声，循声看去，门缝里露出一个小脑袋看着他。卫平笑了："黑虎，进来吧。"黑虎拿着笔记本进来了。

　　"小家伙，怎么星期天一大早就跑来了？"

　　"叔叔，你聪明吗？"

　　"算不上聪明。是不是要问我算术题？"

　　"你猜对了。给我讲讲这道算术题好吗？"

　　"行啊。来，这儿坐。"卫平说着拍了拍身边的椅子。黑虎噌地跳到椅子上，把本子递给卫平。

　　卫平看了看题，耐心地给黑虎讲题，一只手爱抚着他的头。黑虎把卫平的手打了一下说："别摸我的头，讲题。这道题你讲得不对。"

　　卫平笑着说："挺有个性的。好，讲题。"又讲解起来。讲着讲着，悄悄地看着黑虎，又摸索他的头。黑虎又把卫平的手打了一下："讨厌，别摸我的头，一摸就不聪明了。"

　　"是吗？你要是摸我的头，我也不聪明了吗？"

　　"那是肯定的，我姥姥说的。"

　　"那咱们试试看？"

　　"好！"黑虎真的伸出小手摸卫平的头，"怎么样？不聪明了吧？变成大傻瓜了吧？"卫平故意装出一脸夸张的痴呆相看着黑虎。

　　黑虎嘎嘎地乐了："嘿，真傻了。我得考考你：十八加十八加二等于多少？"

　　"等于十八。"

黑虎捂着肚子哈哈大笑:"傻了,傻了!来个简单的:十八加二等于几?"

"等于二。"

黑虎快笑出尿来了,蹲在地上直不起腰。卫平故意傻笑着说:"你让我变回来吧,再傻就说不上媳妇了。"

黑虎像个活猴子,噌地跳到卫平的怀里说:"好,让你变回来!"运着气不停地揉搓卫平的头,"好了,好了,聪明了。十八加十八加九加七加六等于多少?"

"等于五十八。"

黑虎拍掌哈哈大笑:"嘿,聪明喽!"

儿子太可爱了,卫平再也控制不住自己的情感,猛地把儿子抱在怀里,泪水打湿了眼窝,一瞬间心里冒出这样一个念头:就是现在死了也没有什么可遗憾的了,我的生命已经得到了延续,而且是高质量的延续!

黑虎好奇地抬起头问:"叔叔怎么了?你哭了?"卫平破涕为笑,擦去泪水柔声说道:"没有,叔叔迷了眼。来,咱们讲题。"

黑虎小脸儿挺严肃地问:"他们都说你有病快死了,是吗?"

"是的,他们没有撒谎,我快要死了。你害怕吗?"

黑虎摇摇头说:"我不怕。姥姥告诉我,人早晚都得死,死了埋地下,过不几年就变成了土,长成庄稼,一辈儿一辈儿都是这样。"

"那叔叔要是死了你难不难过呢?"

"不难过,因为我不认识你,你不是我的姥姥,不是我爸爸妈妈,也不是我的姨,我为什么要难过呢?"

卫平的心被刺痛了,哽咽着点头道:"是啊,是啊。"

"叔叔,你怕死吗?"

"不怕。"

"为什么?"

"因为物质不灭,这你还不懂。"

"我懂,人死了会变成土。"

"不,那是过去,现在是变成一股青烟,飘向天空。"

"完了呢?"

"这就完了,就没有了,一点儿东西也留不下。"

"叔叔,我姥姥说,她死了以后叫我摔盆扛幡儿,你死了以后谁给你摔盆扛幡儿啊?"

卫平两眼痴迷地看着儿子，什么话也不说。

"叔叔，你有孩子吗？你的孩子会给你摔盆扛幡吗？"

卫平把儿子紧紧地搂在怀里，强忍着不让眼泪流出眼窝。这时候，杨为健推着自行车回来了。来到窗前，看到卫平搂着黑虎亲昵，突然推开门进屋。

卫平一转头发现了杨为健，赶紧放开黑虎，说："为健，你回来了？"黑虎说："爸，你怎么不出去干活挣钱？像个特务一样，进屋一点儿声响也没有。"

杨为健铁青着脸，把黑虎从卫平的怀里抱起就走。黑虎又踢又咬，杀猪似的嚎叫："你放开我，我要听卫平叔叔讲算术题。放开我，你这个大笨蛋、大地瓜！"

杨为健一脚踢开门，把黑虎推到门外，又砰的一声关上门。黑虎在门上乱踢，哭叫。杨为健恨恨地看着卫平；卫平平静地看着杨为健。

"卫平，我们曾经约法三章，你不要亲近我的儿子，不要和他说话，怎么说话不算数？你把他抱在怀里又说又笑，怎么着，想颠覆我们的父子关系是不是？"

"为健，你误会了，孩子让我讲算术题。"

"不，我看到你们又说又笑。刚才你对他说了什么？不要以为我不知道，我一直警惕着你，我在门口看了不是一时半晌了。"

"为健，我在你这里住着已经感到很内疚了，觉得对不起你，给你添了累赘和麻烦，我怎么会那样做呢？"

"我明明看见你没给他讲题，你们俩一直在说话，表情怪怪的。你想用感情俘虏我儿子是不是？"

"为健，请你相信，我绝不会违背诺言！"

杨为健冷笑道："这年头诺言值几个钱？你早晚有一天会绷不住的。"

卫平不解释了，他知道，语言是开心的钥匙，但有时候也是惹祸的根苗，当一个人被误会、误解，再富哲理的语言也是多余的，而且会带来更多的误会和误解。他紧紧地闭住嘴，伏在桌子上，呆呆地看着鱼缸里的鱼。此时他多么羡慕这水中的鱼啊，它们没有思想，因而就没有烦恼。

这时，杨为健从兜里掏出一叠钱递给卫平，说："给七凤，让她给你买点药，我还有事先出去一趟。"

这天早晨，卫平摇着轮椅去逛街市。他在德荣商铺看到一件手工编织的毛衣挺不错，一问价，不便宜；又拿起几件问价。店主说，别问了，你不像买主。这都是手工编织的，挺好销，你要是有意可以组织生产，我可以包销。卫平说可以试试。两个人谈好了收购办法。

晚上，七凤下班回家，见卫平坐在窗前织毛衣，他的身边放了一大堆彩色的线球，他织得非常投入。七凤悄悄地坐到卫平的对面，给他松着线说："你的手真巧，织得这么好。"卫平笑了笑没说什么。

"什么时候学的？我怎么一点儿都不知道？"

卫平只笑不说话，继续织毛衣。

"买这么多线干什么？要织着卖啊？"

"说对了，我和德荣商铺老板说好了，我织一件他收一件。你信不信，我三天能织一件毛衣？你算算这个账，一件毛衣卖一百五十块钱，店主得三十块钱，余下一百二十块钱，除去毛线，咱能净剩五十块钱；三天一件，一个月就是十件，十乘五十，多少钱？那可是五百块钱啊！"

"卫平，我不能让你累着。算了吧，我多干点儿就有了。"

"我也不能让你累着，要是不让我干你也别干！"

七凤笑了笑没再反对，继续为卫平松线。两个人就这样平静而和谐地坐在窗前编织着艰难的日子。这是一幅令人心酸也令人感动的画图，一幅草民求生图。然而，这幅画图在杨为健的眼里却是那么刺眼！

杨为健回来，见到此情此景，冷冷一笑："嘿，你俩配合得挺好啊。"两个人对视了一眼谁也没说话。杨为健到衣柜取了件衣服，说："七凤，我刚找着个活，在建筑工地给人打更，今晚就不回来了。"

"吃完饭再走吧。"

"不用了，工地上管饭，我带个饭盒子就行了。"杨为健找到饭盒装进包里，又凑到鱼缸前看了看，"哟，这鱼缸里的鱼越来越少了，不大旺兴啊。"说着走出屋去。

七凤和卫平习惯了他的阴阳怪气，没理会。卫平说："七凤，你休息吧，我一个人织就行了。"七凤说："不，我陪陪你。"

天很晚了。七凤翻来覆去睡不着，打亮了灯，穿上衣服下了炕，从书架上挑了一本书，坐到椅子上看着。看了一会儿，捧着书来到卫平的屋。卫平还在灯下织毛衣，七凤坐到他对面。

卫平看了她一眼说："你睡吧，我织完了这几针就睡。"七凤把书展开，说："你织你的，我给你读段小说吧。"

"什么小说？"

"当年你在青年点给我读过的，你忘了？"

"想起来了。"

"真的想起来了？"

"真的。那年我们在嫩江平原会战，挖了七天七夜的水渠，那年嫩江的水多大啊，把整个嫩江平原都淹了。你累病了，三天没有退烧，躺在小窝棚里不吃也不喝。我问你最需要什么？你说给我读小说吧。我给你读着，几次要停下来，你就是不让。我读啊读啊，不知读到什么时候你睡了，我也睡了。还记得吗？"

"记得。现在咱们反过来吧，我读给你听好吗？"

卫平织着毛衣，轻轻地点了点头。七凤轻声读起来，读的是《钢铁是怎样炼成的》保尔·柯察金坐在海边上的那段心里独白，是关于选择死亡还是活着的那段曾经鼓舞着千百万知青，让他们热血沸腾的名言。

卫平静静地听着，发出无限的感慨："那个时候，每当读到这段话，我们都热血沸腾，它鼓舞了几代人，可现在还有谁理解我们的那片痴情呢？不理解也罢，可是不应该嘲笑我们。唉，保尔的话没有人相信了，这段话也死了。"

"不，我还信，这些话永远不死！"

卫平笑了，说："是啊，你永远是个理想主义者。"窗外有响动。两个人不由得往窗外望去。七凤站起来，犹豫片刻，端起一盆水，推开窗子泼出去。"我操！"窗外杨为健一声怒骂。七凤喝道："杨为健，进来吧，换身干衣裳再上工地打更去。"

卫平扶着轮椅站起来："七凤，不要这样。"七凤按捺不住自己的火气："别管我！杨为健，你给我进来，有种的给我进来！"

杨为健推开门进来，像只落汤鸡，头发打着绺，吐着口水说："我进来怎么了？这是我的家，我出入自由。你们俩好啊，一个织毛衣，一个读小说，还他妈的回忆美好的过去。好啊，我要是不弄出动静来，往下还不知道怎么发展呢！"

七凤骂道："杨为健，你是个什么东西！还有脸说出来，去死吧你！"

"怎么着？我回来的不是时候是不是？把你们的好梦搅了是不是？我不是个东西，我过去是个东西，现在可不是个东西了，没用了，可以随便扔随便踩了。你什么时候这么柔情蜜意地给我读过小说？那年我烧了三天，胡话连篇，你没拿正眼看我一下。哦，我明白了，明白了，我不是你要的东西，是不是？"

卫平劝慰他："为健，你小点声。"

"没你的事儿，一边儿站着去！"

卫平叹了口气把嘴闭上，低着头织毛衣。杨为健朝七凤大发雷霆："说话啊，怎么不会说了？"七凤道："杨为健啊杨为健，你真是个人物！"

"不错呀，你还认识人，我是杨为健，是个小人物！"

七凤话语突然平静了："杨为健，今晚咱们谁也别说话，要打明天打个头破血流！"卫平虽然在织着毛衣，但手在颤抖。

杨为健转身摔门走了，扔下一句话："明天就明天，战地黄花分外香，别他妈以为我怕你。走了，该上班了，咱工人阶级最讲纪律性。"

听雨楼不得不召开紧急会议了。会议是背着老太太开的，众凤儿出席。

老太太正在孵小鸡儿，坐在炕上，戴着老花镜，举起一个鸡蛋，冲着太阳照着，嘴里念叨着："快了，快出壳了，有模样喽。"隔着窗户，见大凤领着几个凤儿走上了楼梯，看了她们一眼，又拿起一个鸡蛋，冲太阳光照着。

会议是在东厢房开的，大凤主持会议，众凤儿围坐在她身边。

大凤说："今天这个会我不得不主持了，咱妈确实老了，老糊涂了。老七家里昨晚闹了半天，咱妈呢，明明听见了，可什么事儿也不管，还躺在炕上呼呼睡大觉！"摇着头，"老了，老得真快，也就是这一两年的工夫。我是老大，这个时候家里总得有个主事儿的吧？我不站出来谁站出来？是年月把我推到这个位置上了。在这个位置上也没什么好事儿，都是操心的事儿，谁要是愿坐这个位置方便就坐，好不好？"众凤儿都让贤，一致表示：你就主事儿吧，我们都听你的，咱妈确实不行了。

大凤抹了抹眼角的泪水说："唉，谁想到她老得这么快，糊涂得也不轻。前些年还龙睛虎眼的，说完就完了，我这心里老难受了！看这样子，她的百年也是不远的事儿了。"说着泪水哗哗地滚落到衣襟上。众凤儿都劝大姐别难受了，商议商议老七的事儿怎么办吧。

大凤扯起衣襟擦干了泪水，说："好，咱说事儿。老七和杨为健这个婚不能不离了！"从兜里掏出小本子，"昨儿晚上我一宿没睡，思考了几个问题。我不能像咱妈那样，一个人说了算，想集思广益，听听大伙的意见。"到底是年轻一些，有民主意识。众凤儿很快达成共识，并决定到饭店向杨为健宣布会议决定。

杨为健应邀来到全聚德古城分店，推开渤海厅包间的门愣住了，只见众凤儿团团围坐在餐桌前，桌上摆满了丰盛的酒菜，一只久违了的大烤鸭热情洋溢地朝他微笑。

大凤庄严地冲杨为健招手："老七女婿，进来坐吧。"杨为健尴尬地笑了笑，说："你们是请我啊！"他的眼睛紧紧地盯着烤鸭，不知道今天赴的是鸿门宴。三凤说："就是请你。进来啊，咱好好喝一壶。"五凤和六凤也端着酒杯站起来敬酒。

杨为健自己斟上一杯酒，双手捧起，说："各位姐姐，是我对不起你们，对不起老七，更对不起卫平。我不是个惹事儿的人，保证以后好好对待老七，好好对待卫平，好好过日子。为了表示我的决心，这杯酒我干了！"

杨为健说得很动情，一饮而尽。众凤儿鼓掌喝彩。

主客都已经喝得满脸通红。大凤说："老七女婿，我们今天请你来呢，是想问问你，你和老七的日子还过不过？你说句话。"

杨为健说："我是想和她好好过。我们俩能过到今天也不容易，我只想向她认罪，请她原谅，我不能离开她。我打心眼儿里爱她啊。各位姐姐，帮忙做做工作，我这厢有礼了！"双手抱拳，向大伙作着揖，挺光棍的。

大凤学着老太太的样范慢条斯理地说："老七女婿，我们理解你的心情，也盼着你们俩过好。可是这些年我们也看了，你俩是真过不到一块儿去！你俩是针尖对麦芒，谁也不让谁，都往对方的心尖儿里扎，不扎出血来不痛快。这日子还过得什么劲儿？太痛苦了，我们姊妹看着都觉得难受。"杨为健怔怔地看着大凤，这才明白天上没掉馅儿饼："你要劝我们俩离婚？"

五凤举着酒杯发言了："幸福的家庭是相似的，不幸的家庭各有各的不幸，没有爱情的婚姻是不道德的，我看你们俩就离了吧。来，我敬你一杯，祝你快刀斩乱麻，轻轻松松地走出听雨楼，再成一个家。你不要鼠目寸光，现在这个社会，你走到大街上瞪眼一看，哇，满世界好女人有的是，你都觉得成天守着一个黄脸婆白活了。干！"一饮而尽。杨为健站起来，端起一杯酒："干！"

几番车轮大战后，杨为健已经喝得趴到桌子上了。大凤冲五凤使了个眼色。五凤拍着杨为健呼唤："醒醒，醒醒，咱们还有事儿没说呢。"杨为健抬起头懵懵懂懂地问："还有什么事儿啊？"

"老七女婿，你们厂子也黄了，你也没有什么钱，要是离了婚，你一个人过也挺不容易的。如果你答应和老七离婚，我们姊妹在资金方面想帮助你一下。"说着朝大凤点头示意。大凤递过一个皮包。

五凤接过皮包，从里面取出两万块钱放到杨为健的面前，说："这是两万块钱，你收好。离婚以后我们还会帮你，你就答应和老七离了吧。"杨为健木呆呆地看着那两万块钱，眼里涌出泪水。

大凤催促："老七女婿，你说话，你得表个态啊。"杨为健猛地站起来，拿起一瓶白酒，用嘴生生地把瓶盖打开，换上大杯，把酒斟满。众凤儿面面相觑。

杨为健举起杯子，说："我要说的话都在这酒里了，来，干，干了再说！"众凤面露喜色。

大凤端起酒杯，站起来说："好，是个爷们儿！来，大家都一起干了，也不许藏假。这事儿就这么定了！"咕咚咕咚把一大杯白酒喝了。众凤儿发怵地看着自己眼前的酒杯。

大凤使出威严："都给我喝下去！"众凤儿一咬牙，咕咚咕咚地把各自酒杯的酒干了。杨为健也咕咚咕咚地喝下去。

大凤一大杯白酒下肚醉了，咯咯笑个不停。众凤儿也嘻嘻哈哈笑成一片，闹成一疙瘩，都醉了。杨为健笑着趴到桌子上。

众凤儿们笑着笑着，头渐渐地沉了，也趴到桌上。餐桌上鼾声大起。

杨为健悄悄抬起头，看着众凤儿的睡相笑了，把那两万块钱揣进大凤的兜里，朝外走去。走到门口，回过头哼了一鼻子："还和我比画，一群吃猪大肠的料！"笑了，笑着笑着，眼泪哗地涌出眼窝。

杨为健单刀赴会，力战群凤全身而退，但对听雨楼要悔亲耿耿于怀。第二天一大早他蹲在家门口，两手捧着头一动不动。他在生闷气，想主意，一心要扶大厦之将倾。

老太太站在回廊上看着杨为健失神落魄的样子，脸上木木的，不知在想什么。

杨为健蹲了半天，站起来转身回屋，一会儿又出来，拿着磨刀石，拎着几把杀猪刀，蹲在水龙头跟前，脱了上衣，拉开架势磨刀霍霍。

大凤拎着油条端着豆浆从早市回来，见了这一幕吓得脸都变色了，躲着杨为健，紧贴着墙根慌慌张张上了楼。杨为健用拇指试着刀锋，对着太阳瞄刀刃。大凤脸色苍白，来到老太太面前，嘴唇哆嗦着没敢说话，朝楼下指了指。老太太冷笑一声，没说话。

杨为健瞅着院里竖着的晒衣服的杉木杆子，拉开架势拦腰砍去，咔嚓一声，杉木杆子齐刷刷断为两截。老太太大喊一声："好刀！"咣当一声，大凤手里盛豆浆的盆跌落尘埃。

第二十三章

早晨，七凤好一顿忙活，把家收拾停妥了要上班，见卫平在喂鱼，过来看了看。卫平把一团鲜红的线虫投进鱼缸，趴在鱼缸前两眼直勾勾地看银草鱼吃食。七凤就站在他的背后。

里屋，杨为健佯装没睡醒，看七凤出了屋，光着脊梁钻出被窝，把一叠钱放到桌子上，用茶壶压好，又嘿嘿哈哈地钻回被窝。这时他听到外屋七凤和卫平说话的声音，忙竖起耳朵——

"七凤，我有个预感，快不行了。"

"卫平，你说些什么啊！"

"你不知道，我早就发现这种鱼有一个奇怪的现象：虽然挺好养，但不知为什么，隔几天就死一条，快到冬天的时候差不多就死光了，可总有一条鱼能活下来，并且能熬过寒冬。这几天我就在想：我是不是最后那条鱼？也许是。现在我挺相信宿命的，我估摸，等最后这条鱼死了的时候我也该走了。但愿我是最后那一条鱼，挺过这个冬天。"

"卫平，你是不是看过欧·亨利的《最后的常春藤叶》？你的想法和琼珊如出一辙。不要胡思乱想，你会好起来的。"

"但愿吧。"

杨为健听得稀里糊涂，躺在炕上怔怔地看了一会儿天花板，又麻溜地穿上衣服，推开屋门往院里走。

七凤说："杨为健，你又要上哪儿去？吃饭。"

"不吃，打麻将去。"

杨为健没有去打麻将，他去了图书馆。

就是这个早晨，迷你美容院里，冬子正在洗脸，忽然发现对面金足御洗厅门前几个装修工人把旧牌匾摘下来，换上一块新的。原来五凤的洗脚房改弦更张换了门头，叫作"新世纪高级美容院"。

冬子喊："妈，妈，你快过来看！"三凤端着饭碗跑到门前，往对面一看，怒火轰地拱上了头，气急败坏地扔了饭碗，叫道："好啊，好！"一脚踢开门，冲了出去，大步流星过了街，推开五凤的店门闯进去。

五凤的新世纪高级美容院已经装修得焕然一新，各种美容设施一应俱全。五凤迎面过来，对来势汹汹的三凤发问："你又要想干什么？"

"干什么？我到底想干什么？你给我说说，为什么我开美容院你来搅和？不就是想找事吗？你金足御洗厅开得好好的又改换门庭，不就是想气死我吗！"

"老三，你这就是蛮不讲理了，我愿开什么店就开什么店。你看墙上，执照不是国家发的？哪个大印不带着红五星？改换门面，工商有照，依法纳税，适应消费，你管得着吗？你要是怕竞争也改个门面好了。"

"我，我……"三凤气得说不出话来。冬子跑来，拽着母亲往外走："妈，别和五姨争了，五姨说得对，这叫竞争，别蛮不讲理。回家，回家！"

五凤露出了笑脸："冬子，你说得对，姨就愿听你说话。"

"姨，别生我妈的气，不要和她一般见识。"

五凤大受感动，爱怜地看着冬子说："冬子，你怎么不是姨的闺女！"冬子扶着三凤劝道："妈，回家吧，你没有道理。"冲五凤笑了笑，扶着气得哽儿哽儿的三凤出门去了。

三凤回到店里，躺在后屋的床上老牛大憋气，脸色苍白，艰难地喘着对闺女说："冬子，妈叫她噎住了，不行了，心脏病犯了。快，快叫救护车！"

冬子慌忙拨打120急救中心的电话，要救护车。须臾，救护车鸣着警笛呼啸而至。五凤听到救护车的警笛声大惊失色，隔着门朝对过儿看去，见两个医护人员用担架抬三凤上救护车，冬子和六凤站在车门前抹眼泪，慌忙跑出店门，哭喊着奔到担架前呼唤："三姐，你怎么了？三姐，你别生我的气，三姐，我给你认个错儿！"

孟传礼铁青着脸大声呵斥："你滚一边去！"一把推开五凤，"你等着，我早晚要出这口气。"三凤睁眼，抬起手指着五凤却说不出话。

救护车开走了。五凤呆呆地看救护车绝尘而去，捂着脸，哭着跑回店，一屁股坐在沙发上放声痛哭。小叶和胖五过来劝慰。

五凤擦了把眼泪说："小叶，我看这个店咱还是改回去吧，设备处理了。我不能把俺三姐气死啊。她气性大，别弄出个好歹来。咱虽说下岗了，可和她比，咱是党员，受党这么多年的教育，觉悟总是要比她高点。忍了吧！"

小叶叹着气不表态。胖五可是牢骚满腹。五凤拍着茶几说："胖五，别说了，就这样定了！"

夜深了。没有客，五凤正在上门板，一转身，"妈呀"地叫了一声——冬子站在她身后。

五凤惊魂未定，说："你吓了我一跳。你这孩子怎么走道没声啊？"

冬子笑了笑没说话。五凤警惕地看着冬子问："这么晚了你站在这儿干什么？看样子你在我背后瞄了不是一时半晌了。"

冬子没吱声，转身走了。五凤狐疑地看着冬子的背影站着不动。

小叶拉开门问："不关门睡觉在这儿望什么？"五凤喃喃自语："这孩子，刚才那双小眼儿怎么凉瓦瓦的，吓人！"小叶一头雾水："说谁呢？"

夜里，五凤做了一个奇怪的梦，梦见自己憋了一泡尿，不管走到哪里尿都有人，好不容易找到一个大坑，四下一看没人，褪下裤子就尿。刚要尿，突然发现了一双凉瓦瓦的眼睛盯着自己，细看像冬子，寻思，自己的外甥女怕什么，就尿了。谁知道这泡尿特别大，如滔滔洪水漫了大坑，把冬子淹着了，冬子在大水里脑袋一会儿露出来，一会儿沉下去，伸着手直喊救命，把她惊醒了。五凤醒来，伸了个懒腰，打了个很响的喷嚏，觉得好笑，爬起来下了床，想上便所。来到外屋"妈呀"地叫了一声——美容院已经是水漫金山！

五凤大声喊："小叶，不好了，发大水了！"小叶迷迷瞪瞪地跑来，两个人拿着盆子往门口外兜水。

天大亮时门口围满了人，水正往门口涌着。五凤浑身透湿，披头散发地坐在地上号啕大哭："天哪，没法活了，这些设备都是借钱买来的呀，全完了，这是哪个鳖种下的毒手啊！我不活了，不活了！"

小叶也哭得满眼泪水，毕竟是男人，还要劝五凤。

这时候，老太太背着手，带着大凤、四凤来了。五凤一见，哭得更来劲了："妈妈呀，我的老妈妈，闺女不能活了！她怎么这么下毒手啊！妈妈呀，都是您老人家身上掉下的肉，砸断骨头还连着筋，可她比阶级敌人还狠哪。姊妹们，我造了多大孽啊？就该遭这个报应吗？妈呀，您可得给我做主呀，要不就不能活了！"大凤四凤过来劝五凤，把她搀扶回店里。

老太太听罢老五的哭诉无动于衷，也不慰问，也不表态，径直来到五凤的店门口，没进门，探头往里瞅，像是看光景；看够了，背着手摇着头，步履蹒

/ 265 /

跚地朝听雨楼走去，和邻居老曹大婶儿碰了面还打着招呼。

老太太回到听雨楼，一头拱到炕上，不吃不喝不说话，精神委顿，形容枯槁，直溜溜躺了一天，把大凤四凤急得满嘴燎泡。

傍晚了，大凤流着泪劝老太太："妈，您躺一天了，不说话也不吃饭，叫当小的急不急死？起来坐坐吧，想吃点什么说话，老四开车立马就给您取到，只要不是龙肝凤胆就行。"

老太太闭着眼睛，一如既往地挥了挥手，把大凤和四凤急得在屋里团团转。姐妹俩悄悄来到外屋。大凤说："老四，你说老太太怎么办？再这样下去要熬倒的。"四凤说："劝她上我那儿住几天也不应承。唉，是谁这么整老五？也太狠了。"

大凤叹气不止："唉，别人家的老人越老越没心思，赡等着享福。你说咱妈，越老越添心事，你看这些年家里闹的！唉，你不知道，咱妈大不比以前了，有时候，我常听她一个人自言自语说些什么，还常常一个人笑出声来。"

四凤紧皱着眉头说："这可不是好兆头，送医院看看吧。""哈哈哈哈……"里屋突然传来老太太的狂笑声。大凤四凤吓得打了个激灵。大凤说："你听，你听，怎么样？"四凤惊呼："妈呀，这到底是怎么了！"

"哈哈哈哈……"老太太的狂笑声止不住了。"妈，妈，这是怎么了！"大凤和四凤哭着，慌慌张张跑进里屋。

三凤住在康复医院，晚上了还在输液，孟传礼在护理她。六凤忧心忡忡地来看她，带来了五凤的店被淹的消息："三姐，可不好了，出事了！"三凤忽地坐起来问："又怎么了？"

"老五的店叫水淹了，所有的设备都淹坏了，老五哭成个泪人儿，活不成了。"

"好事儿。水淹七军，再叫她张狂！"

"公安局来人了，初步分析是有人搞破坏，瞅着晚上他们睡着了，在院子水龙头上接上水龙带伸进她家，要不然不能淹得那么厉害。"

"哦，是这样？这可太缺德了。是谁干的？这是犯法，抓进去得判个三年五载的。"

"可不是嘛。胖五说，老五怀疑是冬子干的。"

"放他妈的狗臭屁！她想栽我的赃？没门儿！她敢放屁我就敢叫她反坐！"

"三姐，你还是问一下冬子。孩子年轻，什么事都能干出来，她看你叫老五气病了，不能干出鲁莽的事儿来？也不一定规。当然，咱冬子不能这么干，不过有个准备也好。"

三凤吃不准冬子，没再放声。恰巧，这时冬子来了。六凤告退："你们娘儿俩说话，我先回去了，店里得有人照应。"走了。

六凤走后，三凤对冬子说："你坐下，问你件事儿，你要老老实实跟我讲。"冬子坐下，问："什么事，看你严肃的。"

"我和你五姨这些年是有些疙瘩。我年轻的时候就做小买卖，那时候叫投机倒把，打那我俩就结了怨……"

"妈，这我知道，她不是没收了你的花生米，又煮了给'革委会'主任下酒吗？别提这些了，你说怎么回事吧。"

"好，过去的不提。大开放了，你五姨也知道发财了，和咱门对门脸对脸唱起了对台戏，新的一茬恩怨又开始了。我常跟你说，这是我们俩的事儿，小孩子不要掺和，我不管怎么骂她，和她斗，可她毕竟是你姨，小时候你出麻疹，不是五姨你早就没命了。"

"妈，你今天这是怎么了？有事说事。"

"说事儿。你五姨的店叫人放水淹了，损失惨哪。妈想问问你，这事和你有没有关系？有，咱赶紧补救；没有，全当我放了个屁。"

"妈，你说了些什么！"

一直在给三凤削苹果的孟传礼，听到这儿，吼了一声："她是不是诬陷咱？要是这样咱上法院起诉她，告她诬陷，够她喝一壶的！"

三凤又叮了一句："冬子，真的不是你？"

"妈，你还不相信我吗？不跟你说了！"

孟传礼说："你别叫她诈住，安心养病，放心，什么事儿也不会有。"

这时候，五凤拎着一大兜水果和营养品来医院看望三凤。三凤见五凤来了大感意外，孟传礼和冬子也是一愣。孟传礼拉着冬子匆匆离开病房，让姐妹俩单独说话。五凤的目光紧紧地盯着冬子。

五凤把东西放下，拉个凳子到三凤病床前坐下，满脸关切地问："三姐，病强点了？我打听大夫了，你这叫心悸，没事儿，明后天就可以出院。咱家老辈上都有这个病，遗传。"

三凤阴着脸，笑道："对，死不了，谁想把我气死还早了点儿。就是真把我气死了，临死我也要伸出手来把她的小脸儿抓挠破！你把东西给我拿走，没事别在这儿坐着耽误你发财。"

"三姐！"

"别叫得那么亲切，叫我老三好了。"

"行，老三，听你说话底气还挺足，看来身体真没有什么问题，那我告诉你，我的店叫人放水淹了，损失巨大。"

"我听说了。在此向你表示深切的慰问，希望你能振作精神，自强不息，艰苦奋斗，重建家园。"三凤玩起了辞令。

"谢谢。不过，你要是精神上能挺得住，我要告诉你一个不幸的消息。"

"说吧，我身体精神都钢钢的，你干人保的时候就愿来这一套，我早就习惯了。说。"

"公安局接手了这个案子，经过现场勘查还没发现什么作案的线索。不过他们走后我发现了一个线索，没想到这事是冬子干的！"

"你说什么？"三凤竖起眼睛吼道，"血口喷人！你要来这一套我告你个诬陷，到时候可别后悔！现在虽说咱俩打到这份儿上了，不过还念着姊妹情义，要不我立马写状子起诉你，信不信？"

"有理不在声高。老三，我告诉你，确实是冬子干的，如果你再这样横，我可要把现场证据提供给警方了，到那时候谁也救不了她！你就这么一个女儿，忍心吗？我也不忍心啊！"

"你用不着猫哭耗子，绝不是冬子干的。敲山震虎，威逼诱供，你这一套多少年前就领教过！就算是冬子干的，该抓该判听政府的，裁不到你手里，给我滚！"

"老三，别这样，我是和你来商量事的，研究研究怎么办。"

"滚，滚，滚！"

唾沫星子溅了五凤一脸，她不得不站起来："老三，要是这样的话我可什么也不管了，一切后果你可都得兜着，到时候别后悔，也别怨我无情无义，咱们姊妹一场，我已经是仁至义尽了！"说罢，拎腔就走。

"慢！"三凤叫住老五。五凤回过头。

"你想怎么办？"

"不想怎么办。我不能和外甥女一般见识，更不能眼睁睁地看着我的外甥女蹲大狱，我只有一个要求，你得亲自到我店里赔礼道歉，咱姊妹好好唠一唠，把这三十年的恩怨账结了。怎么，我这个要求过分吗？"

"没门儿！"三凤气得一拍床头柜，"叫我上你家低头认罪？你想把我这张脸皮搓巴搓巴钉你门上？你想盖我一辈子？叫我在这条街上抬不起头来？你挺高呀，这一招比要了我的命还毒！"

"你愿怎么想就怎么想。"

"我就是不能叫你攥在手心里搓弄！"

"老三，咱什么也不说了，我等你两天。后天中午十二点前，你要不亲自登门到我店里道歉，我立马把证据交给警方，你记住了！"

"你在家撅腚等着吧，白等！"

"老三，我今天来是念你在病中，念我们骨肉一场，我不想看着你家破人亡。这些年咱们家一出一出摊的事还少吗？我等你两天，别忘了，后天中午十二点以前，没别的，你总得让我出出这口恶气！"五凤说罢摔门而去。

三凤坐在床上发了一回呆，蓦地抓起五凤带来的东西扔出门。

五凤走后，三凤两口子在病房夜审冬子。三凤黑着脸说："孩子，你得说实话了，她手里有你的证据。"冬子一脸的茫然："什么证据？你们这是怎么了？"

孟传礼说："不是咱想干什么，而是人家想干什么。冬子，现在到了节骨眼上了，就算是你干的也不能说。"三凤点头："对，千万不能说，一说你就完了，咱们家也完了。光赔偿她家的美容设备，没个十万八万的拿不下来。你有什么证据在她手上？"

冬子的眼泪扑簌簌掉下来，捂着脸跑出病房。孟传礼闷着头抽烟。三凤急了："你倒是说话呀。叫老五这么一诈我心里慌慌的也没了主意。谁知道她手里有没有证据？真是冬子干的怎么办？这个死冬子，怎么干出这样伤天害理的事儿！"

"怎么知道就是冬子干的！关键还是现场这个证据。我琢磨着这里有诈。她搞过人保，办过不少案子，鬼点子多，有丰富的斗争经验，我们不能轻易上当。"

"也是的，这方面她高出我一头。"

"这样吧，我再审审冬子。唉，这事闹的，咱心里也没个谱儿，要是真的，咱赔了钱还得赔孩子。"

"老五说，我亲自向她赔个礼道个歉就行。"

"你傻得都不吃食了！"

"怎么说？"

"老五这招最毒辣。你去赔礼道歉，她揣个录音机把话录下来往公安局一交，这叫不打自招，马上定案！"

"哎呀妈妈呀，你怎么这么高！叫你一说吓出我一身冷汗。这个老五，毒性怎么这么大！快去找冬子，快！"

冬子在走廊直抹眼泪。孟传礼找到冬子，摸着她的头长叹了口气，说："冬子，别哭了，爸心里难受。"冬子抽泣着扑到孟传礼的怀里说："爸爸，真不是我干的。"孟传礼满脸的悲怆，说："爸相信你，你五姨就是瞎咋呼，别哭了。"

孟传礼回到病房，告诉三凤说，问过冬子的，冬子发毒誓说不是她干的，看来老五有诈。三凤说，那咱们就不客气了，明天一早赶紧办理出院，我要和她好好斗一场！

五凤从医院回来，见大凤和四凤在店里等着她，说是来看望看望。大凤说："老五，事儿都听说了……"五凤打断她说："大姐，这事你别插手当消防队了，咱家一有事你就来救火，这回我可不听你的。"

四凤说："老五，你听大姐慢相应说。"五凤斜楞了她一眼说："你不在农村发家致富跑来掺和这些事干什么？你现在富得流油了，也有心思参政议政了。回去吧，没你的事儿。"

大凤说："老五，我来是代表咱妈的意见。咱妈说，老五受委屈了。"五凤一听这话，捂着嘴哭起来。大凤又传达了老太太的另一条意见：吃亏是福，得饶人处且饶人。

五凤不买账，说："叫我把事压下？叫我再吃一回哑巴亏？这是不可能的。老太太糊涂！"指着淹得乱七八糟的店，"你们看看，我还能活吗？全毁了！光设备就损失了六七万！我这些年辛辛苦苦挣的钱全打水漂儿了！我叫她亲自登门赔礼道歉还过分吗？她压了多少年？我出出这口气还不行吗？没什么好说的，还是那句话，后天十二点以前她不登我的门户我就要惊官动府；她要是来了，我要把这三十年的冤屈朝她脸上一股脑倒去，她得老老实实听着！"

天不亮，杨为健就悄悄地爬起炕，穿上衣服，从兜里掏出一叠钱放到桌上用茶壶压好，轻手轻脚地出了门。他没料到，七凤在悄悄地跟踪。

杨为健骑着自行车来到城郊一家农舍。七凤跟踪而至，进了院子，见一个老农在杀猪床前正磨刀霍霍。七凤问："大叔，问一下，刚才是不是有个人来了？"老农说："你说杨师傅吗？在那儿。"朝猪圈指了指。

七凤靠近猪圈，只见杨为健嘴里叼着绳索，浑身沾满泥浆、粪水，左扑右扑在抓一头他相中的猪，一次次扑空，跌倒，又爬起来，继续和猪周旋着。

那只猪显然知道杨为健不是和自己捉迷藏玩，是要领它到另一个世界。惬意的生活它还没过够，许多美食还没吃完，尤其是还没结婚；虽然自己肥头大耳，堂堂一躯，凛凛一表，但这都是激素催的，自己还不到两岁，还是小伙儿。它要为活命而奋争，狗急了跳墙，它跳不了墙，弹跳力不行，它有的是力气，它要凭力气将抵抗进行到底。

杨为健虽然打架不是很在行，但毕竟和猪打了半辈子交道，和猪摔打擒拿还是略占上风，几个回合下来，终于用绳索套住了猪，将其捉拿归案。

杨为健大获全胜，直起腰却愣住了，他看到七凤满脸泪水地站在猪圈外看着自己。七凤一步跨进猪圈，双手紧紧地搂着杨为健浑身沾满泥水的身子，把头贴在他的背上哭了。杨为健就那么愣愣地站在那里。

鲜红的朝阳，从东方冉冉升起。杨为健和七凤蹬着自行车说笑着奔向早市，两人的车座上驮着冒着热气的新鲜猪肉。

杨为健哈着热气说："这买卖来钱。咱的猪是现杀的。都认，拿到早市上，一会儿工夫这两片子猪就能卖完。现在注水的猪肉太多了，干买卖还得老老实实。"七凤说："我跟你到早市去，你是郑屠户，我是你的娘子。"

杨为健摇着头嘎嘎大笑："那不行，遇见鲁提辖可毁了。不管怎么说你是大干部，叫熟人看见我太没面子了。"

"什么面子不面子的，我就去！"

"你会吆喝吗？"

七凤笑了，高声地吆喝起来："卖猪肉来，刚刚杀好的新鲜猪肉，快来买啊，货真价实，童叟无欺。"杨为健大摇其头："不行，不行，文绉绉的，你这嗓门一亮人家就听出干部味儿。"

晚上，卫平和杨为健正在吃着饭。七凤在厨房喊："卫平，你过来一下。"

"有什么事儿你过来说吧。"

"不，到厨房再跟你说。"

卫平看了一眼杨为健。杨为健笑了笑说："去吧。"卫平进了厨房，问：

"七凤，什么事儿？不能在里屋说吗？"七凤把一只碗端到卫平面前说："把它喝了。"

"这是什么？"

"偏方。这是一个老中医告诉我的，他说蟾蜍血能治你的病。喝吧，试试看吧，有病乱投医。以后我每天早晨都去抓两只。"

"天冷了，到哪儿去抓蟾蜍？"

"掘地三尺。"

卫平眼里涌出泪水。

"喝吧，只要你的病能好，我天天去抓。"

卫平端起碗来刚要喝，杨为健来到厨房，一边刷着碗，一边看着卫平碗里的蟾蜍血，刷完碗回屋去了。卫平猛地喝了一口蟾蜍血咽下，实在恶心得难受，趴到水池边呕吐起来。

七凤急得直喊："不要吐，不要吐，咽下去！"卫平痛苦地摇着头，喘着说："不不不，我不喝，太难喝了！"

"你给我喝下去！怎么那么娇气？能恶心死吗？为了治病必须喝下去，你要活，懂吗？"七凤说着端起碗，扳过卫平的头往嘴里灌。杨为健同情地看着卫平，对好一碗糖水递给七凤，说："喝碗糖水压一压吧。"

喝完药，卫平坐在桌子前默默地看鱼缸里的银草鱼。鱼缸里的银草鱼只剩下一条了，卫平的眼神有些悲伤，他不知道这条硕果仅存的银草鱼是否能挺过这个冬季，脑子里突然闪过一个念头：只要这条鱼一死，无论用什么方法，我也要结束自己的生命！

七凤默默地看着卫平，从他的眼里看到了一切。杨为健也默默地注视着卫平，从他的眼里读出了故事。他到图书馆看了所有能看到的欧·亨利的小说！

孟传礼造访新世纪高级美容院。五凤一愣："姐夫，你怎么来了？"孟传礼脸色阴沉，坐下来，点燃一支烟，狠儿地吸了一口，吐出浓浓的烟雾，说："老五，我今天来是要告诉你，我们准备起诉你，你犯了诬陷罪。"

五凤冷冷一笑："什么罪？你再说一遍，我耳朵不太好使，上火了。"

"诬陷罪！你诬陷冬子放水灌了你的店，这就是诬陷；另外，你还涉嫌敲诈。你说这件事怎么办吧。"

"你说怎么办？"

"唉，虽说你和你三姐打了这么多年，不过，毕竟是亲姊热妹，我们虽然非常气愤，可要把你告上法庭也难下这个手。我想这样，我们就不起诉了，你给你三姐道个歉，这事就算完了。你的意见呢？我们吃点亏就吃点亏吧，谁叫你们是一奶同胞呢？"

"哈……"五凤笑得余音绕梁。

"你笑什么？"

五凤好不容易止住笑，道："姐夫，看来你是个法盲。普法课我给你上一上吧，你这叫倒打一耙，探听虚实，外强中干，做贼心虚！跟我来这个？我这些年真的在人保白混了？别忘了当年那个谢里普霍夫斯科依是怎么叫我扒了假洋皮儿送进局子里的！"孟传礼有点心虚了。

"我告诉你姐夫，不要再抱有什么幻想了，我没有证据在手绝不敢胡说八道，诬告是要反坐的，这点我还不懂？你别坐在这儿了，时间不多了，赶紧想想怎么办吧。不要存在侥幸心理，更不要逼我，我这个店弄成这样了，明天中午三姐再不来赔礼道歉我什么事都能做出来，到时候别怪我六亲不认，一切都是你们逼出来的！"

听五凤这么说，孟传礼站起来就走，跨过街，疾步回到自家店里，神色慌张地对老婆说："三凤，看来老五手里真有证据，你不去是不行了。说点软和话得了。"三凤扒着腰说："证据个屁。我就是不去！你这是又叫她唬着了，你看你，吓得脸儿都白了，鼻子尖儿也冒汗了，炕头上的汉子。"

孟传礼擦着鼻子尖的汗说："你也别强撑着了。闺女这么大，认识的人也不少，保不准会干出什么事来，为了咱闺女你就赶紧去一趟吧，事惹大了后悔来不及呀。"三凤觉得孟传礼说得有道理，她对冬子也的确吃不准，寻思了一会儿还是把冬子叫来，让她到对门去一趟，说会儿话儿。

冬子当然知道"说会儿话儿"是什么意思，懂事地点点头去了。

冬子来到五凤的店里，对五凤说："咦，我妈叫我来和你说说话儿。"

"真是你妈叫你来的？"

"嗯，叫我跟五姨说会儿话。"

"离姨近点儿。"

冬子往五凤身边凑了凑。

"再近点儿。"

冬子又往她身边凑了凑。

五凤把冬子揽在怀里，摸着她的头爱怜地说："冬子，你是外甥女里我最亲的一个，姨从小就亲你疼你。你小时候成天围着姨转，姨长姨短地叫着，我心里那个甜啊。那时候咱两家住得近，姨还记得，每回你家包饺子，一人一碗，你总是舍不得全吃了，送给姨尝尝。姨看你送来饺子，眼泪就止不住往下掉，我就觉得你是我的亲闺女。我现在有吃有喝的，要那么多钱干什么？我想啊，俺外甥女从小就喜欢车，等姨有钱了给你买一辆，让你拉着我出去转转。我这个人要面子，那时候碰着人我就会说：看，这是我闺女，看我们丫头多精神，给俺闺女找对象，除了芭蕾舞团跳芭蕾的免谈！"

冬子眼睛湿润了。她知道，八个姨当中五姨最喜欢自己，不是嘴上说说，是从心里喜欢，自己也和五姨最投缘。这时候，五凤板下脸说："冬子，可是你怎么对姨下这样的狠手？姨万万没想到是你啊，小冤家，你把姨的心都疼死了啊！"

听五凤这么说，冬子一惊，挣脱五凤的怀吃惊地说："姨，你说些什么？怎么能是我干的呢？你别胡猜乱想，我绝不会干这种事！"

五凤眼里涌出泪水："冬子，别说了，我手里有一样东西，在屋里找着的，我没报警。你摸摸自己头，没掉什么东西吗？"冬子一惊，在头上胡乱摸起来，愣愣地看着五凤。

五凤说："冬子，咱两家过去有矛盾，大开放以后对门竞争又添了些新矛盾，往前奔富日子叽叽嘎嘎的事儿难免，可咱要走正道讲正理儿，你不该这样。你说，姨能忍心把你送进去吗？你还年轻，要走的道儿还长，姨就是倾家荡产也不会这么做啊！"冬子满脸的委屈，带着哭音儿说："姨，确实不是我干的！"

五凤长叹一口气说："姨自从开店你没登过姨家的门。发水的头一天晚上我看你在背后盯着我，时间、地点都对，证据也在，你还有什么话可说？"

"姨，那天我确实在你背后站着，我是想和你说会儿话。可是你那样看着我，我没说。"

"说什么？"

"想说说你和我妈不要再打了。真的，五姨。"

五凤难过地闭上眼睛，说："冬子，你怎么还撒谎啊？咱两家这个冤仇就是解不开了吗？还要转移到下一代身上吗？姨心里真是太难受了！"冬子眼含泪水，看着五凤不说话。

五凤也流泪了："孩子，这个仇疙瘩什么时候能解开啊！"

"姨，我要是承认了冤仇就能解开吗？"

五凤点点头。

冬子扑通一声跪到五凤面前说："姨，是我干的。你和我妈把这些年的恩怨都了结了吧，我盼着你跟我妈和好，你们俩可是亲姊妹啊！"

"起来，孩子！"

冬子哭着站起来。

"承认了就好。孩子，没事儿，姨绝不会为难你。可有一件，回家叫你妈来，给我赔个礼道个歉，这事儿就完了。"

"姨，我这就去叫我妈，你们俩和好吧，算我求你俩，行不行？"冬子说罢推开门跑了。

冬子回到迷你美容院，站在面面相觑的孟传礼和三凤面前，抹着眼泪不说话。三凤说："怎么样？她都问你什么了？是不是又在诈你？你都说了些什么？"孟传礼也喘着粗气问："她手里确实有证据吗？什么证据？快说。"冬子低着头擦泪，还是不说话。

三凤急得直拍屁股，说："说话啊。你说你急不急死人了，都什么时候了！说话，如果不是你干的，咱们就立即起诉她，上法院和她把官司打个天翻地覆，这辈子，包括下辈子的情分就彻底断了！"

"妈！"冬子扑通跪下了，"是我干的，是我干的。你们别打了，我求求你们别再打了！"三凤和孟传礼呆住了。

"妈，你快去给五姨赔礼道歉吧！"

三凤一腚坐在地上，两眼直勾勾地说不出话来。孟传礼跺着脚朝三凤瞪眼："怎么了你！不要闺女了？你不要我还要呢。快去啊！"

五凤在店里茶几上摆着茶、瓜子、水果、蜜饯，端坐在沙发上盯着三凤的店门。

小叶说："老三来认个错就完了，摆这阵势干什么？"五凤感慨道："唉，俺俩也是三十年没好好坐一坐了，今天俺姊妹俩要好好唠扯唠扯，说道说道。都老了，该拉拉手了，过去的事就不提了，咱拉紧手朝前看，走共同富裕的道路。那些陈芝麻烂谷子，用簸箕扇一扇，叫它随风飘去吧，咱要展望未来直奔小康！"

小叶看看窗外的天，说："几点了？我看来不了啦。"五凤看看表说：不急,她会来的,现在她在家里正进行激烈的思想斗争呢。"

"来了!"小叶朝门外一指。五凤赶忙朝外望,只见冬子和孟传礼搀着三凤慢慢地过了道。小叶赶紧斟上茶,跑到门口迎候。

冬子和孟传礼搀着三凤进了店,五凤慌忙站起来迎接:"三姐快坐,咱姊妹俩今天好好唠扯唠扯。"三凤一张脸拉得老长:"不必。"说着深深一鞠躬,"老五,今天我亲自登门向你赔礼道歉来了。冬子,跪下!"

冬子扑通一声跪下,道:"姨,我对不起你,我错了,任姨打,任姨骂。姨,原谅我吧,今天你们俩就和好吧。"五凤赶紧过来搀扶冬子:"起来起来,姨领了。三姐,你快坐。"

三凤说:"老五,我的礼数尽到了,你满不满意?不满意你就说,我也给你跪下?"

"三姐,别这样,事儿过去了。"

"那好。我倒要问问你了,你真能把证据拿出来?"

"三姐……"

"拿出来!你欺负我们家冬子小不懂事儿,又骗又诈,叫一个孩子跪来跪去的。好,我也认了,你要是拿不出证据,以后的事儿可由不得你!"

"三姐……"

三凤呼地举起背后别的一把勺子,豹眼圆睁,一声怒吼:"你要是拿不出来,我今天把你家砸了!"五凤厉声呵斥:"你还想砸我的家?不是那个年代了!"冬子没想到会是这个局面,呆呆地看着母亲,号叫了一声,扭过身哭着跑了。

五凤一看不揭锅是不行了,啪地把一只发卡拍到桌上:"这就是证据!你们仔细看明白,这是我给冬子买的。发大水那天,为什么这个发卡在我家里?说!"孟传礼和三凤看着桌上的发卡发呆。

五凤来回踱着步子:"认识吧?看仔细了吧?你们回家再看看冬子,她头上的发卡哪儿去了?"一转身,"她要是能再拿出一个这样的发卡,你们起诉我好了,我初祥凤随时恭候!"

第二十四章

  这是个星期天。吃过早饭，卫平用镊子夹着一球红色的线虫放进鱼缸里喂鱼，目光呆滞地看着那条硕果仅存的银草鱼。黑虎扒开门缝朝屋里瞅了瞅，悄悄地来到卫平身后。卫平嘟嘟囔囔地说："就剩这一条了，为什么它还不死呢？"

  黑虎坐在卫平的身边，爷儿俩一起静静地看着鱼缸里的那条鱼。七凤拎着药罐子从厨房出来。黑虎突然抽着鼻子说："妈，你身上也有一股猪大油味儿，和爸爸的一样。"

  七凤瞪了儿子一眼："别说话，咱们看鱼。"三个人静静地看着鱼。

  黑虎说："叔叔，你为什么要盼着鱼死呢？"

  "噢，这条鱼已经单独活了一个月了，它没有伙伴了。"

  "没有伙伴就能死吗？别的鱼都死了，这条鱼为什么不死呢？"

  "这种鱼叫银草鱼。这种鱼非常奇怪，一群鱼里总有一条生命力最顽强，可以越过严冬一直活下去。"

  "妈妈，叔叔说得对吗？"

  "叔叔说得对。"

  "为什么单单它能活下去呢？"

  "因为它有一颗顽强的心，它的心里有一个希望。"

  "希望什么？"

  "希望能把冬天熬过去，熬过冬天就是春天，春天来了天气就会变暖，鱼儿就会获得新生。黑虎，咱们和叔叔一起为这条鱼祈祷吧，让它熬过冬天，迎接春天的到来。"

  小老爷们儿双手合十："妈妈，是这样祈祷吗？"

  "儿子，你真聪明。卫平，来，祈祷吧。"

  三个人对着鱼缸双手合十。黑虎嘴里念念有词："鱼儿鱼儿你好好活，我们全家人都盼你活过冬天迎接春天，等春天来了我一定会把你放回河里，让你去找伙伴，高高兴兴地一起玩。"听着儿子的祈祷，卫平眼里的泪水夺眶而出，捂住眼睛急忙转过轮椅。

喂完了鱼,七凤把蟾蜍血对好,闻了闻,忍不住跑到水池边干呕起来。呕完了,擦擦嘴,端着给卫平送去。卫平看着那碗药,没等喝,用毛巾堵住嘴干呕起来。

七凤的心有一种被揪似的疼痛,但还是板着脸说:"卫平,别这样,把它喝下去。"卫平捂着嘴直摆手地说:"拿走,我宁可死也不再喝了!"

七凤一拍桌子喝道:"喝!你现在不是没死吗?没死就得喝!"卫平突然歇斯底里地高声喊道:"我不喝,你不要逼我!"

"你怎么这样?喝了它能死吗?我为了谁?不是为了你吗?好,不喝就不喝,咱俩都看着,要不就把它倒掉!"七凤气得转过身背对着卫平,双肩轻轻地抖动着,突出的肩胛骨写成一个八字,"你拿不喝气谁啊?气我是不是?我不生气,你愿喝不喝,不喝拉倒!你这样就算有了血气了是不是?病就能好了是不是?都不是,你是个懦夫!"

"七凤,你听我说。"

"我不听,你就是个懦夫,就会哀叹,就会流泪,就会等死!真的看错了你,你不是个爷们儿!跟你说多少回了,只要有百分之一的希望就要尽百分之百的努力。你怕了吧?吓倒了吧?卫平,我真想看到你把碗捧起来笑着喝下去,抹抹嘴跟我说一句:好,再来一碗!盼你掐着死神的脖子狞笑:看咱们谁能斗过谁,不是你死就是我活,在没倒下之前我绝不向你告饶!"七凤说着捂上脸哽咽,"卫平,我多么希望你能这样啊!"

卫平看着七凤瘦削的背影,默默地端起碗一饮而尽,一拍桌子:"再来一碗!"七凤转过身,看着卫平破涕而笑。

孟传礼慌慌张张跑进听雨楼院里,对着楼上大声喊:"妈,出事儿了!"老太太从堂屋蹒跚到回廊,扶着楼梯栏杆问:"老三女婿,你说什么?"孟传礼带着哭音儿喊:"冬子不见了!"

老太太的身子一颤,朝东厢房呼喊:"老大,快出来!"大凤从屋里奔出来,慌慌张张地问:"妈,怎么了?"老太太指着楼下的孟传礼说不出话来。

听雨楼老老少少急疯了,倾巢出动寻找冬子。老太太在老头子的遗像前点上四支蜡烛,擎着三炷香,泪水满面地祷告:"老头子,你的在天之灵保佑冬子吧,她是个懂事儿的孩子啊,我要走的那天还要叫她给我扛幡儿领道呢。老头子保佑吧！"

桌上的蜡烛突然灭了，老太太大惊失色，一腚坐到地上。大凤和六凤披头散发地跑进屋子，姐妹俩扑通一声瘫倒在屋里。大凤哭得差点背过气去，语不成句地说："妈，冬子她，这个没肝没肺的，投河了……"

六凤哭得嘴吐白沫子，躺在地上打挺。老太太木桩子似的站在那里，闭着眼睛一句话也不说，她的身子仿佛一下子矮了许多。

冬子的灵位摆在迷你美容店内，三凤坐在灵位前哭得昏天黑地："塌天了，塌天了，冬子啊，你要活活疼死妈呀，妈跟你走吧，妈跟你走吧！"头朝地上砰砰撞击，"你有什么冤屈就说啊，不该不声不响地投河，我知道，是妈把你逼死的！"

孟传礼扶着灵桌哭号："冬子，你是背着黑锅走的啊！"冬子静静地躺在小床上。

孟传礼突然止住了哭声，拽着三凤说："三凤，别这样，别这样，别叫人听着！"三凤一怔，也止住了哭嚎："对，我先不哭。"捂着嘴抽泣，"别闹出动静叫老五捡笑！"

新世纪高级美容院里，五凤和四凤正在说话，对面传来隐隐的哭声。五凤慌忙跑到窗前，侧耳细听，对四凤道："我怎么听着是冬子出事了？"又听了片刻，"对，是冬子出事了！四姐，你赶紧过去看看，快回来告诉我。"

四凤慌慌张张跑出去，跑进三凤店。不一会儿哭着跑出来，一头跌进五凤的店，号啕大哭："冬子死了，投河淹死了！"

五凤像被浇了一头冷水，一腚坐到沙发上，愣怔了半响才哭出声来："冬子啊，冬子，你把五姨的心挖走了！"身子一挺就昏了过去。四凤忙过来掐她的人中，舞弄了半天才把她救醒。

五凤两眼呆滞，半天才缓过神儿来，抽泣着说："四姐，赶紧给我买股香，两刀纸，我要看看冬子，看看我最疼的外甥女啊！"

四凤哭道："老五，你要亲自登门？"五凤哭道："我要看看冬子啊！"

四凤哭道："老三不能一棒子把你搡出来？"五凤哭道："她就是把我打个头破血流，我也要看看我的外甥女。四姐，你快去吧。"说罢，躺在沙发上打着滚儿放声大哭。

三凤的迷你美容院，听雨楼所有的姊妹、亲眷都来了，满满地坐了一屋子。胡宝亮小声地吩咐人干这干那,处理丧事。

六凤说:"三姐,该告诉的都告诉了,就剩五姐了,我去告诉一声吧,这样的事不告诉不好。"三凤木呆呆地说:"她三十年没登我的门了,告诉她干什么?不告诉,不能叫她听见我的哭声!"

里屋,姐妹商量着事儿。六凤进屋来,说:"五姐那边三姐不让告诉。不告就不告吧,她俩积怨不是一年两年了,五姐一来,别悲剧作索成闹剧,到时候谁也收拾不了。"

大凤叹着气说:"按老六说的办吧。老四,你过去劝劝老五就不要来了。"

在店里,五凤泪眼婆婆地看着一堆祭品发呆。四凤推门进来,说:"老五,我看你就别去了,我把祭品拿过去,给你代个表,礼数到了就行了。老五,不好吗?"

"不行,我非去不可!冬子从小就懂事,疼她五姨,孩子走了,我怎么能不去看她一眼?虽说她放水淹了我的店,可不该她的事儿。孩子有什么错儿,我现在都能原谅。"

"老五,你有这个心就行了,我一会儿转告给三姐,三姐也会领情的。"

"不,我要亲自登门!和三姐这些年,我也有不对的地方,这些年的恩恩怨怨也该了结了!你回去吧,我马上过去。"

四凤无奈,只好过去报信儿。

三凤正在冬子的灵前哭着,听门口有脚步声,一愣,抬头看,见五凤提着祭品步履摇晃着进了店。

五凤一步迈进店里,哭喊了声:"我的外甥女啊!"一腔拍在冬子的灵前号啕大哭起来,"我的小冤家呀,你怎么说走就走啊,你要活活疼死五姨啊!早知道有这么一天,让老天爷叫我替你吧,我的小冤家呀!"三凤抹着眼泪把头扭向一边,木呆呆地望着窗外。

五凤抽泣着哭诉:"小鬼儿呀小鬼,你才多大岁数就撒手不管你妈了,她老了靠谁呀小鬼儿!小鬼呀,你放心走吧,咱两家窗对窗门对门儿,有五姨,你妈就受不了屈,受不了苦,我侍候你妈到老,有一句假话,叫雷电劈了我,叫大火烧死我,咱两家过去的恩恩怨怨一笔勾了,你放心地去吧,小鬼儿!"听着这撕心裂肺的话,三凤泪如泉涌。

五凤拿出一件件祭品,哭着念叨:"小鬼呀,小鬼,可怜的孩子,你还没结婚就走了,姨给你准备了个小伙儿,你俩在那边成个家吧;手机汽车姨也给你带来了，闷了打个电话，想家了开车回家坐坐；姨知道你爱看球，给你备了彩电，礼拜天下午别忘了看甲Ａ联赛。"说着走到冬子的床前，握着外甥女的手，"孩子，你还有什么心事吗？把手松开吧，轻轻快快地走吧。"

冬子的手松开了，五凤惊呆了。满屋子的人都惊呆了。

冬子的手里握着一个发卡！

五凤突然双膝一跪，大叫一声："孩子，我错怪你了。孩子啊，你是叫五姨逼死的啊！"

这时候，听雨楼院里，老太太坐在太师椅上双目微合，像是睡着了。黑虎垂着双手站在她身边。蓦地，老太太睁开眼睛，恍恍惚惚地站起来，两眼呆呆地望着大门口。

黑虎轻声呼唤："姥姥！"老太太慢慢朝大门口走去。黑虎在后面小心翼翼地跟着："姥姥，你要上哪儿？""看好家！"老太太头也没回走出听雨楼。

老太太来到迷你美容院，大伙给老人家闪出一条道。老太太走到冬子床前，慢慢地坐下，仔细地端量着自己最心疼的外孙女，伸出手来。大凤知道她要干什么，递过来一把梳子。

老太太慢慢地给冬子梳着头，轻声慢语地念叨："冬子，咱俩不是商量好了吗？你不是要给我扛幡引灵吗？怎么说走就走了呢？怎么说话不算数啊？你这个孩子啊，商量好的事儿怎么不给姥姥办了呢？就这么不声不响地投了河？你说，说啊。你怎么就这么窝囊啊，我的冬子！"突然伸出手，啪地打了冬子一个耳光。

孟传礼扑通一下子跪在冬子的灵前，把头磕得咚咚直响："冬子，你疼死我了，爸爸对不起你，爸爸让你背了黑锅走了！"

胡宝亮和小叶劝孟传礼别太伤心，说了些宽慰的话，老六女婿王国臣要搀起孟传礼。

孟传礼大哭道："别拦我，我要和孩子说说话，我要让你们都听明白了，老五家的水是我放的！我的好闺女啊，我的好闺女怕我们两家这么多年的怨仇解不了，就承认是她放的水，冤屈孩子了！我一直想把这件事儿给正过来，可就是没张开这个口啊。老五，孩子对得起你，是我对不起你啊！"他哭着站起身向五凤作揖。

五凤哭着说："姐夫，你别这样，让冬子安心地走吧！"三凤不知什么时候走到孟传礼跟前，抡圆了臂膀打了他一个耳光，哭叫道："好你个孟传礼，原来是你干的！你为什么不早说？为什么要把孩子冤屈死啊？我今天和你拼命！"

孟传礼捂着脸一愣，突然怪声地大笑起来，越笑越怪，越笑越响，笑声瘆人。大伙惊呆了，不知怎么办才好。孟传礼狂笑着跑出店门。众女婿急忙追了出去。

谁也没注意老太太什么时候走了。老人家背着手，慢慢地走回了听雨楼，她的步履蹒跚，显得老态龙钟。

听雨楼的悲哀是暂时的。日子还得过，该哭得哭，该笑还得笑。由此可见，那些想以死对抗生活的人是失策了。冬子的死，从某种意义上讲轻如鸿毛！

一轮如血的残阳悬在西天，昏黄的日光透过窗子射进七凤的家，射在卫平苍白的脸上。卫平举起玻璃鱼缸，看了一阵子，找出纸笔伏在桌上写起信来。信写好了，摇着轮椅出门。

院里，黑虎正在玩呼啦圈。卫平摇着轮椅走出了屋子，他的腿上放着玻璃鱼缸。

黑虎用衣袖擦着汗过来了，说："叔叔，你要出门吗？我推你出去？""噢，我出去转转，不麻烦你了。"卫平把鱼缸捧在手里放稳，接着对黑虎说道："噢，黑虎，能帮叔叔一个忙吗？"

"多大点儿的事儿？行。"

"这条鱼快不行了，你帮我养着好吗？"

"行，你想让它过冬吗？"黑虎接过鱼缸问。

"对，我想让它一直活下去。"

"叔叔，你放心，我保证让它活下去！"

卫平凝视着黑虎，目光久久不愿离开。

"你怎么了？叔叔？"

"没怎么。养鱼的事咱们说定了？"

"说定了，我一定让它活下去。"

卫平拍了一下黑虎的小屁股笑了："谢谢！"摇着轮椅朝大门口去了。黑虎把玻璃鱼缸举起来，冲着太阳看着那条小鱼，咧着小嘴儿笑了。

卫平把车子摇到院门口，又回过头来看着黑虎，看着听雨楼。他的眼睛湿润了，这是个给他的残生带来温馨，带来思索，让他长时间地拷问人生，拷问灵魂的所在。他真的不想离开，但他不能不离开。冬子的死使他的心受到了极大的震撼——人不能永远不死，一个人的死能给活着的人留下怀念足矣，倘若留下的是永远的遗憾和痛苦那就让死者不安了，当然，留下的是遣责或是诅咒就更不可取了。他看到冬子的死给听雨楼带来了无尽的遗憾和痛苦，就想到了自己的死。他不会选择冬子的道路，也没有理由选择那样的道路，他想尽量淡化自己的死，使自己的死稍稍留给活着的人一点点怀念就满足了。他想到了野象的死亡，野象之将死，会悄悄地独自走向深涧跳下，没有告别，没有葬礼，也没有生离死别，那么平淡，那么自然，又那么让人类钦佩。他已经预感到自己的大限将至，要为自己选择一个平淡的归宿。

七凤下班挺晚，回家后放下包钻进厨房急急忙忙做饭，朝屋里喊："卫平，出来帮我一下。"其实她不是用卫平帮忙，而是怕他寂寞了一天和他说说话。没有回应。

七凤走出厨房，看到桌上放着一封信，心一下子悬起来。她拿起信来看着，泪水夺眶而出。

信是这样写的："七凤，这些天我夜夜不能入睡，在想一个问题，想来想去，我还是决定离开你和杨为健。在离开你们的时候，我要为杨为健说句话。诚然，你和杨为健的婚姻是一个错误，也是痛苦的，但这些年，面对着历史留给的错误和痛苦你都做了些什么？对待杨为健，你选择的是逃避和冷落，缺乏的是包容和理解。我想，把你们夫妻失和的原因都推在杨为健一个人身上是不公平的。

"七凤，为健，我会永远记住这段生活。在你们的关爱里，我有了继续生活下去的勇气，死亡还不属于我，我在临死前要做的事还很多，我绝不能等死，更不会寻死。但是我必须要和你们离别，决不能让你们本已沉重的肩膀上再添重负了，你们应该生活得更轻松，更幸福，因为我发现你们已经有了一个令我欣慰的重新开头。

"我永远忘不了你们，我爱你们。我现在能对你们所能说的只有一句话：祝你们平安、幸福！祝孩子幸福、快乐……"

读着信，七凤泪水长流。

冬子死后，老太太的精神更不济了，时不时地犯糊涂。一大早，老太太就下楼，满院子里找什么，一边找一边念叨："哪儿去了呢？这才一会儿的工夫怎么就找不着了呢？真是怪事儿，刚才我还在腰上哗啦哗啦直响呢。"

大凤站在回廊的柱子后瞄着老太太好一会儿了，喊道："妈，找什么呢？"老太太仰起头说："钥匙，钥匙丢了，刚才还在腰上哗啦哗啦直响，这一阵工夫就没有了。哪儿去了呢？老八不是要回来了吗？我寻思打开西厢房给她收拾收拾，掉腚的工夫钥匙没了，你说怪不怪事儿？"

大凤下了楼，也帮着老太太满院找钥匙。弓着腰找了个遍，嘴里嘟念："妈，您现在真是丢三落四的。"见老太太手攥得紧紧的，问，"您手里拿着什么？"

老太太举起手来，展开，钥匙在手里握着，笑了："真是老糊涂了，怎么骑着驴找驴，牵着马找马。"自己也憋不住大笑起来。

大凤哄劝老太太："妈，这钥匙可得把紧点儿，这可是要紧的东西，一旦丢了，您箱子里的老货儿什么的就拿不出来了。我给您拿着？别害怕，您要开箱子就找我要，好不好啊？"

老太太笑着摊开两只手说："什么老货儿，穷了一辈子，哪有啊。"大凤不信："妈，不可能吧？我姥爷干了一辈子买卖，能没有点儿积攒？还不给闺女留金留银的？不用说，我也能猜到，前些年你要入老八的股，拿出来的那几件金首饰在您的宝盒里只是九牛一毛，对不对啊？"

老太太拢了袖子，缩着双肩，<u>丝丝</u>哈哈地上了楼，撂了一句："你真能琢磨，没那事儿！"大凤跟上去，说："妈，您穿的那几件老衣裳就给我呗，我都跟你要了两回了。"

老太太回头望了她一眼，说："你着的什么急啊！"大凤分明从老太太的眼神里看到了狡黠和不信任，不由得打了个寒颤。

老太太喷儿地笑了："你冷吗？这么不禁冻吗？老成得不够啊。你姥爷活着的时候给我讲《封神榜》，殷纣王和妲己大冬天看见老爷子背孙子过河，纣王那个倒旋儿的东西问妲己，老头儿为什么不怕冻。骚狐狸说，老头儿的骨髓是实的，不信砸开看看。纣王果然叫人砸断老头儿的腿，骨髓果然是实的。这话你信不？"不等大凤回话，老太太摇摇晃晃上了楼。

大凤停下脚步，咂摸着老太太的话味儿，觉得母亲越来越难琢磨。仰脸儿看天，只见彤云密布，肥大的雪片儿飘落下来，忙回了屋子。一会儿，纷纷扬扬的大雪把小楼染白了。

这时候，两个公安人员进了院，上了楼，敲开大凤家的门。公安人员说他们是黑河公安局的，请派家人跟着到黑河去一趟，现在就走。

大凤问发生了什么事。人家告诉她，八凤找到了，别的事儿到黑河再说。大凤说："你们到门口等一下，我安排一下就走，还要告诉我妈一声。"

二楼堂屋，老太太坐在太师椅上闭目打盹，大凤慌慌张张进屋。老太太睁开眼睛问："老大，看你急三火四的，不是又出了什么事儿？"大凤走到母亲跟前，颤着音儿说："妈，老八找到了！"

老太太一惊："什么？老八找到了！"

"嗯。我得快点儿通知老四，过几天老八就能回家了。"说罢跑了，留下老太太一个人怔怔地坐在那里，泪水扑簌簌流出她的眼窝。

老太太坐了一会儿，站起来，在老头子遗像前点燃三炷香，大声喊道："老头子，老八要回来了，苍天有眼，我的老八要回家了！"

夫妻一条心，黄土变成金；老婆打汉子，骡马满圈子。七凤竭力辅佐夫君，杨为健还真的成了镇关西，贩猪肉贩出了较高的经济效益，已经贷款买了一辆二手"半截美"客货两用车。此时，在大菜市，杨为健正冒雪往车上装生肉片。杨为健装完货，关上车后箱，转到驾驶室愣住了，他看见七凤坐在副驾驶座上。

"七凤，你怎么来了？"

七凤笑道："你有功啊，陪你转转，说说话。"

杨为健也笑，哝哝着鼻子挺肉麻地说："幸福死了，你真疼我。"上了车，七凤掏出喷喷儿香的手绢儿替他擦着满脸的汗水。

杨为健憨乎乎地笑了："像不像爱情电影？"七凤扑哧一声笑了。

"我算了一下，咱照这样干下去，不出五个月就能攒三万块钱。你说我过去都怎么想的，成天和你置气，不干活，钱都叫别人挣去了。"

"现在挣也不晚。"

杨为健捎了七凤一眼，小心翼翼地问："卫平还没有信儿？"七凤摇摇头。

"他能上哪儿去了呢？别说，真是条汉子。要不，过几天我上北边去找找他？要是能找到，不管他怎么犟，背，我也要把他背回来。七凤，我这都是真心话，我真的太后悔了！"

七凤眼睛湿润了："不用找，他永远不会回来了。"杨为健沉默了，他因内疚而沉默，也因卫平的不幸遭遇而沉默。

七凤揉了一下眼，笑了："不说这些了，开车。"杨为健轻轻地吹起了口哨，飞快地打着方向盘，"半截美"退出了熙熙攘攘的大菜市。

听雨楼这一天热热闹闹，人聚得挺齐，因为四凤和小叶去黑河接八凤今天回来。

从楼上堂屋的录音机里，飘出郑智化的《星星点灯》的歌声："星星点灯，照亮我的家门，让迷途的孩子找到回家的路……"楼下厨房里，胡宝亮颠炒勺，三凤、六凤忙如穿梭在往二楼堂屋餐桌上菜。院子里，秦大爷、老太太、大凤、五凤、七凤说着话，不时地朝门口张望。

老太太有些沉不住气了："老大，再打个电话问问车站，这趟车也早该到了。"大凤说："问了几遍了，正点。妈，您等了一早上了，回屋歇着吧，等她们来了我去叫您。"秦大爷也劝老太太："也是，上楼歇着吧。弟妹，你这又是大喜呀，闺女虽说出出进进，可一个不少，旺旺兴兴的，老来这就是福啊。"

老太太幸福地笑着，不住地点头："是啊，是啊，这辈子我算是知足了，再不知足老天爷就要翻眼皮了。我不上楼，这么些年了，我要看看老八什么模样了。她秦大爷，我想她啊！"

秦大爷看了老太太一眼，鼻子一酸："那是，十个指头咬咬哪个不疼？这才几年的工夫，弟妹，你的头发都全白了。"老太太抚着满头稀松的白发，无限感慨："都是叫儿女催老的，一根白发就是一个心事，一缕儿白发就是一个故事，但愿孩子平安，我多咱早点入土，给孩子们积点阳寿。"

两个老人正嘎嗒着话儿，站在院门口的五凤慌慌张张地喊道："来了，来了！"一溜烟儿地奔到街上。满院人喜滋滋地一齐朝院门口拥去。

满楼的人被堵在院门口，满院门口的人都惊呆了——四凤和小叶推着轮椅来到门口，八凤木无表情地坐在轮椅上，两条腿上搭着毛毯。四凤的眼里淌着不断流儿的泪水。

"老八！"众姐妹围拢上去，"你这是怎么了，老八？老八，你说句话呀！"八凤两眼呆呆地看着众姐妹，没有话儿。"老八呀！"大凤一声长号，接着哭声一片。

老太太看着此情此景，颤颤巍巍地分开众姐妹来到八凤跟前，笑着用指头点了下她的额头："小八猴，你又给我耍神弄鬼儿，吓唬我是不是？告诉我，这些年你一翅子给我插哪儿去了？"八凤木木地看着老太太，像看着一个陌生人。

老太太爱怜地拍拍八凤的脸蛋儿，笑模嘎地说："快给我站起来。你说你装得像不像？又要给我演小戏儿是不是？快起来，跟妈上楼吃饭去，咱娘俩还有一屋子话要说哩！"

"啪！"八凤以迅雷不及掩耳之势，挥手打了老太太一个耳光。老太太被打了个趔趄，再凑身向前仔细看八凤。"啪！"八凤又给了老太太一个耳光。

"天爷呀！"老太太捂脸号啕，跌跌撞撞扑向八凤，把她紧紧搂在怀里，"是谁把我闺女弄成这样呀，我不活了，不活了！"老太太哭喊着奔向廊柱撞去。大伙哭喊着把老太太抱住。

听雨楼再次召开家庭会议。八凤呆呆坐在轮椅上，眼神一动不动。

四凤首先汇报情况：据黑河公安局介绍，八凤从家里出走后，先到了黑河，又到了布拉戈维申斯克，一直做皮货生意，先后把挣到的钱分别寄到家里、法院，折合人民币九十多万元，这些钱都先后发还给部分集资者。三个月前，不知什么原因，她喝醉了酒，从酒店的平台跳下来，造成下肢瘫痪，颅腔受损，丧失了记忆力。她目前的智力还不如一个两岁的孩子。俄罗斯警方在她的兜里找到了咱家的地址，移交给黑河警方。鉴于她的实际情况，公安局已经撤销了对她的通缉，法院也免予对她的起诉。

老太太仰天长叹道："不用说了，我听明白了，老八想家又不敢回才想出了这个办法，她是毁了自己换了一个自由身才回到家里，她是想家啊。老八，你的心思妈知道，你在外面漂流这么些年一直想着回家的路啊！"说着号啕大哭，众姐妹怎么劝也劝不住。

老太太哭够了，擦干眼泪说："说归说，哭归哭，事儿既然出了，咱就得想个办法。我先不说，你们都在，商量商量该怎么办？老大，你主持吧。"大凤抹着眼泪答道："妈，这么大的事我可不敢，还是您老人家主持吧。"

老太太说："也罢，老七，你有文化，虑事儿也清楚，你说吧。"七凤惨然一笑："妈，什么也别说了，我把老八接回家，这辈子养着她。"

老太太断然否决："不行，你是什么条件我还不知道？自己都难，哪能再给你添累！你们几个都说说吧。"老太太冲另外几个凤儿说。大伙一阵沉默。

"说话呀！"

五凤清了清嗓子，说："看来，这个头还得我先开了，不管对不对，先说两句，抛砖引玉吧。咱妈岁数大了，一个人舞弄不了老八，我看还是咱姊妹八个一人凑点钱，雇个保姆伺候老八吧。"三凤呆呆地看着八凤，两眼空茫。

大凤点着头说："我看老五这个主意行。大伙说凑多少吧，我当老大的，拿个头份儿。"大伙都说，行，就这么办吧。

大凤请示老太太："妈，您说呢？"老太太摇摇头说："我不同意！"众人一愣。

"保姆就是保姆，外姓人，能拿着老八好吗？要是背地里给老八气儿受，老八说不出道不出的，我心里放不下。常言道：久病床前无孝子，何况一个外姓人，亏你们能想得出！"

六凤犯了难："妈，这也不行那也不行，你说该怎么办？难不难死人！"老太太抹搭着眼皮儿说："我看你们轮养吧。老二不在，老九还没成家，剩下你们六个，一家两个月，轮一圈儿正好一年。"大伙又沉默了。

老太太放了高声："说！一个个又在心里拨拉算盘是不是？"七凤说："妈，我再说两句吧。老八这样了，到谁家不得两个人侍候？一个人舞弄不住啊。姐姐们有的退休，有的下岗，有的忙着做生意奔小康，撂给谁，谁家就什么也别想干了。老八这不是三年五年就能好的病，是一辈子的事儿，您说的不是个长远之计。我还是同意雇个保姆，姊妹一场，亲不亲的也不在形式上。"

"那我养着！"老太太勃然大怒道，"你们都忙，都有事儿，都瞪着眼搂钱，谁能侍候我可怜的老八呀？你们就不想想，老八这些年孤苦零丁地一个人在外面漂着，她想家啊，可是热乎乎地扑到家里，你们一个个只顾自己，推个不认不识的保姆在她身边，她心里该是什么滋味！"老太太说得老泪纵横，"她就是不会说话，要是会说话，该说出怎么情伤肠断的话来！滚，你们一个个给我滚滚！我来侍候老八，我要叫她站起来，叫她说话！我还要给她找个婆家，到那个时候我两腿一蹬就走道儿，什么心事也没有了！我今天先把话撂在这儿，到了那个时候你们扒着棺材帮子哭我，别叫我诈了尸吓你们一跳，骂你们一顿。滚，滚，滚！"

老太太挥起笤帚疙瘩一顿乱舞，把众女儿打到门外，砰的一声关上门。

八凤哇哇地叫着，挥舞两手不知比画些什么。老太太搂住八凤，颤声道："老八别怕，妈在这儿，妈养着你，养着你！"

姐妹们稀里哗啦从回廊跑到院子里，大伙看着大凤等她拿主意。

大凤抚着胸口说："你们都看见了吧，我平常说你们就是不信，老太太现在不仅糊涂，还不讲道理。这事儿我看先放一放再说，等老太太脑子清亮了再和她商量。"大伙说也只好如此了，四下散去。

老太太力排众议独自担负起侍候八凤的重任，早起，在八凤轮椅前摆了个小饭桌，上面摆着饭菜。老太太一边喂着八凤，一边念叨："吃吧，老八。你看看，妈给你做的，都是你小时候愿吃的东西。听妈的话，多吃点。妈还要给你治病，你会好起来的。来，再吃一口。"八凤吃了几口，猛地推翻桌子，朝院门口指着，嘴里唔唔呀呀不知说些什么。

老太太收拾好桌子，嘴里嘟囔："哦，我明白了，俺老八闷得慌，要出去看看光景。好，咱走，看看光景去。"叫来大凤把八凤搬弄到楼下。

在七凤家的门口，八凤突然哇哇大叫起来，指着仓库神情十分激动。

老太太明白了八凤的心思，说："噢，老八，这就是你当年的国际贸易公司。进去坐坐？不去了吧，皮儿还在，瓤儿已经换了。好了，咱们走吧。"

老太太推着轮椅领八凤到大街上溜达。八凤手里摇着拨浪鼓，惹得一群孩子围着观看。

来到三凤和五凤的店门前，老太太像个导游介绍道："这你就不认识了，当年是你宋大娘和冯大婶的住房，叫你三姐和五姐租下了。她俩现在天天唱小戏儿，一对儿血脖鸡，一打仗就叫我评理。评个屁，我才不管呢！现在不打了，为什么啊？这你就不知道了，是咱冬子拿命换来的。"

老太太停下轮椅，坐在三凤店前的台阶上说："累了，咱坐下歇歇吧。"八凤不停地摇着拨浪鼓，一群孩子笑着闹着围着观看。

三凤走出店门，感到惊讶："妈，怎么坐在这儿？别凉着，快上屋里吧。"老太太说："忙你的生意吧。没事，我歇歇脚就走。"说着站起来。

三凤蹲到八凤的轮椅前，摸索着八凤的手泪如雨下："妈，老八的事儿您放心，我就是倾家荡产，也不会说一句熊话。"

老太太点点头说："好个老三，冬子走了就走了吧，你得打起精神头来，老这样可不是个长远事儿。"

"妈，我记住了。"

"噢，别忘了，今晚咱全家还得开个会。"

会址还是听雨楼二楼堂屋。老太太亲自主持会议："今晚召集你们来，咱们还是要开个会。我说了，老八我养着，不过，我也有死的那一天，今天召集你们来，就是想集点资，给老八治治病，光这么挺着不行。我托人打听医院了，治这个病，得个十万多块钱。大伙说说，这钱怎么个弄法？"

六凤首先发言："妈，老八这病神仙也治不了，您得相信科学。现在有的医院为了挣钱，什么病都敢治，什么话都敢说，可别听他们的，钱扔进去也是打个水漂儿。"

七凤也说："妈，六姐说得对，老八的病是治不好的，咱们应该正视现实。"大凤附和："也是，这不是钱不钱的问题。"四凤沉默不语。

老太太开口就火了："谁说不能治？我就问问你们一个个的，自从老八回来你们哪一个带她上医院检查过？哪一个问过大夫到底能不能治？没有，一个也没有！她的病是我跑到医院问的，你们有什么根据敢说这样的话？当年你们为了挣钱成天围着老八转，现在怎么不围着她转了？我看你们都是叫钱烧红了眼！我明天就卖屋给老八治病，一个子儿也不沾你们的！我卖了房谁家也不去，就领着老八到处流浪！你们敢对老八不义，我就敢丢你们的脸！你们信不信？"

六凤急忙辩白："妈，谁说不拿钱了？咱是说得相信科学。根本治不好的病，花那冤枉钱干什么？不能凭感情用事，是不是妈？"

老太太勃然大怒："是不是你奶奶个腿！这病就是要治，我不死就得治，我死了，你们随便！"七凤说："别吵了。我看这样吧，明天带八凤到大医院找专家会会诊，只要有一线希望咱们就凑钱治。妈，这样行吗？"

老太太这才缓过脸儿来："这话我愿听。"说着拿出个小本，"一个个来，都拿多少钱。我知道你们现在兜里没带钱，打个欠条，我过两天登门去要。"拿眼一个个看着女儿。七凤说："这样吧，我拿一万。"

别看老太太高高在上，比有些父母官体察民情："好。不过现在老七最难，我建议减两千，拿八千，大伙同意不？"大伙都喊同意。

七凤坚持己见："就一万！"老太太挥挥手说："不用说了，我记上了。下一个。"大凤六凤拿一万，五凤拿三万。

老太太一笔一笔都记上了，不忘叮上一句："说话可得算数，谁要是应承了不拿钱，可别怪我不给她脸了。还有谁没应承？"瞅了瞅老四，笑声道，"老四，你怎么一直不说话？你能给老八拿多少？"四凤一直呆呆看着痴呆的八凤，眼里的泪花直打转。

"老四，问你呢。"

四凤从八凤脸上收回目光，说："妈，不管老八的病最后能不能治好，我出二十万。"大伙都大吃一惊。

老太太禁不住潸然泪下："你们都听见了吗？当年老四最困难的时候，每回跟我偷着要点钱，要两勺猪大油，老八都要剜鼻子抠眼，把老四气哭回家，每回都哭一溜道儿啊！过年过节她没什么孝敬我，抱着白菜萝卜来，也遭了你们不少白眼儿。现在老四在农村富了，可她富了没变心，富了没忘姊妹情，富了更有人情味儿！你们闻着这股子味儿，不觉得心里热乎乎的吗？老四，妈要给你跪下！"

"妈！"四凤哭着抱住老太太，"您别这么说，再怎么俺也是亲姊热妹，今生今世不会再有一个老八了，只要能治好她的病，要我做什么我没有二话。妈，您别这样，您老人家为我们姊妹九个操劳了一辈子，我们再也不能给您添心事了。妈！"

老太太擦干眼泪，使劲点着头说："什么叫水平？什么叫素质？老四，你叫妈开了眼，妈领教了，妈领情了！"

老太太的目光移向三凤："老三。"三凤也一直呆呆地看着八凤。

"老三，你怎么一直不说话？有什么话你就说吧。"

三凤还是望着老八出神。大伙面面相觑，不知三凤怎么了。中年丧女，她的心灵遭受的打击太大了，精神时有恍惚，大家都理解。

老太太叹口气说："老三家里的事儿刚完，她就算了吧。"三凤嘴里嘟嘟囔囔："不，我拿，拿多少你们说话。我已经把店的设备卖了，就是为老八治病的。"大伙被三凤的话惊呆了。

三凤继续嘟囔："这个时候还钱不钱的有什么意思呢？"屋里静静的，谁也没再说话。

六凤指着八凤大嚷："快看，老八怎么了！"大伙朝八凤看去。八凤仍然木木地坐在那里，可是腮旁不知什么时候挂了两行眼泪。

"哈哈哈……"老太太忽然放声大笑。

第二十五章

在老太太的坚持下,四凤和七凤送八凤到医院做了全面的检查,傍晚的时候回来了。

老太太迎在当院,一脸的焦虑,急巴巴地问:"检查了?医院怎么说的?能治好吧?"四凤叹口气,从手提包里拿出几张CT片子递给老太太,说:"妈,咱可是请了全市最好的专家会诊,北京协和医院的一个权威也到了场,结论只有一个:老八的病没治了。"

老太太像是挨了当头一棒,怔怔地站在那里,满脸是凄凉。七凤过来扶着老太太,哽咽着说:"妈,别再治了。"老太太点着头说:"好,你们尽心了,也尽力了,回吧。"

四凤和七凤要把老八抬到楼上去。老太太说不用,我这就推她到外面转转。说着推着八凤出了院子,嘴里还念叨:"老八,妈带你去。你就是站不起来,能听懂个话,叫声妈也行。我就是不信天底下有治不好的病!"

天大黑的时候,飘雪了。五凤端着一盘热包子送给老太太,进了楼院,仰起头,见二楼堂屋黑着灯,大呼小叫,却没有回音,就慌忙上了楼。堂屋门上挂着锁,她又冲东厢房喊大姐。

大凤从屋里跑出来问怎么了。五凤带着哭腔说咱妈和老八不见了。姐妹俩赶忙到楼下问七凤。七凤说傍晚我和四姐回来,妈推着老八出去溜了,寻思她俩早就回来了呢。

大凤说:"哪回来了?我还寻思在你这儿呢。唉,依着破鞋来裹脚,还能指望谁?什么也不说了,分头去找找吧,老三家,老六家,秦大爷家,还有几个老邻居,就这么些地方。找到找不到,八点院里聚齐。"

八点,姐妹几个都来到院里,老太太没找到,大伙可就急得火上了房。大凤跺着脚吼:"还像电线杆子似的竖在这儿干什么?找,掘地三尺也得找!老五,你赶快报个警。"她现在变得脾气暴躁,说话的口气越来越像老太太。

众姐妹加上众女婿,把古城像梳头发似的里里外外那么搜上一搜,一直搜到马兰河大铁桥上时,已是深夜。雪越下越大,落地无声无痕,厚厚实实地包裹着古城。

七凤眼尖,扶着桥栏杆往下看,突然喊道:"桥下有两个人!"大凤定睛一瞧,说:"像咱妈和老八!"带着大伙朝铁桥下跑去。

大伙在铁桥下惊呆了,眼前的一幅画面使他们泪不能禁——桥下路边,老太太搂着八凤睡着了。八凤双手搂着母亲的脖子,睡得正香。老太太护着八凤,背后落着一层厚厚的雪。大伙都哭了。

老太太被哭声惊醒了,揉揉眼睛说:"怎么,你们都来了?我这是在哪儿呀?怎么就记不得回家的道儿了?"眼前一黑,栽倒在雪地里,昏了过去。

老太太病倒了三天,也许是叫火架的,第四天就爬起了炕到街上溜达。邻居老曹大婶碰见她,关切地问:"她老初大娘,病强了?刚好就出来溜达,可要小心再叫冷风闪着呀。"

老太太微微一笑道:"没事。躺了三天,今早一个鲤鱼打挺儿就起来了。哎,我怎么觉着街上的老人儿越来越少了?这是怎么回事?"

"你没见这两年咱古城大楼盖了多少?人家儿女有了房,都是几室几厅的,把他们接去享福了。"

"我说嘛,满街都是生脸儿。"

"咱这也快动迁了。听房产开发商说,年底就要把这条老街推了,一次性动迁,全都搬到幸福小区,里面有花园,有喷泉,美死了,等着过好日子吧!"

"那敢情,就等着这一天呢!"

"他大娘,又落雪花了,回吧。"

这是个星期天,一大早七凤帮着杨为健往各大酒店送货。杨为健现在主要是搞运输。车停在渤海大酒店门口。酒店张灯结彩,透过大玻璃窗,可见酒店里虽然是灯红酒绿,但客却很少。大酒店的生意高峰一般是在天黑以后。七凤和杨为健从车上扛下一箱箱啤酒送进酒店。

忙活了一天,傍晚时送完货,杨为健把车停在街头,带着七凤逛市场。路过专卖花鸟鱼的大棚,一个正在摆弄观赏鱼的摊主看见了杨为健,喊道:"杨师傅,过来一下。"杨为健一愣,加快脚步朝前走。

那摊主喊:"杨师傅别走啊,银草鱼都给你准备好了,你到底是要不要啊?"七凤停下来,问那摊主:"师傅,他也来买过银草鱼?"

"可不。前一阵子一天买一条,那个挑剔劲儿啊,价钱倒是不论,但大小、颜色还得一样,为他的不好伺候我俩还打了一架呢,那天,我没有银草鱼,他揪住我就打，说这小鱼儿能救一个人的命。"听摊主这么说，七凤的泪水夺眶而出，转身去追杨为健。

　　七凤追上杨为健，什么也没说，贴近他，搀着他的胳膊任随他往哪儿走。逛完市场，杨为健说要回家。七凤不肯，一定要去吃肯德基。杨为健有些不舍得。七凤把脸一郎当："你要过死啊！"

　　吃完肯德基，杨为健说要早点回去。七凤不肯，硬领着他去了劳动公园，拖他到了公园荷花池旁。这时夜已挺深了。

　　夫妻二人互相依偎着在当年他们坐过的落满厚雪的长椅前站住。

　　"为健，还记得这个地方吗？"

　　"荷花池嘛，怎么了？"

　　七凤笑了笑，掏出手绢除去长椅的雪，拉杨为健一起坐下。

　　"七凤，你这是怎么了？"

　　七凤看着冰封了的荷花池，两眼迷离了，良久无语。

　　"有什么话，你就说吧，没事儿，我挺得住。"

　　七凤突然冒了一句："同志，你读的什么书？"杨为健脱口而出："'毛选'第五卷，刚出版的。"

　　"毛主席的书，我最爱读。"

　　"一字一句下功夫。"

　　七凤感慨万端："多快啊，一晃眼多少年过去了！"杨为健双手捂住脸，哽咽着说："七凤，这些年你跟着我受罪了。"

　　"没有。为健，都过去了，我现在感到很幸福，真的很幸福。你呢？"

　　杨为健只是抽泣说不出话来。

　　这时候，听雨楼二楼东厢房，大凤噼里啪啦打算盘对账。打着打着，突然停住了，一手拄着腮，望着窗外发愣。

　　胡宝亮问："又发的什么呆？"

　　"胡说。我什么时候发过呆？"

　　"你三天两头儿望着窗外愣神儿，我觉得你这两年心事不少。"

　　"老胡，我问你件事儿，你说老太太真的糊涂了吗？"

　　"看不大准成，反正是一会儿清醒一会儿糊涂。你琢磨这事儿干什么？算你的账吧。"

　　大凤自言自语道："她到底真糊涂还是假糊涂？弄来弄去我怎么糊涂了？"

说罢又噼里啪啦地算起账来。

日落黄昏，杨为健坐在里屋的桌前算账，一回头，见七凤红肿着眼睛回来了，一屁股坐在椅子上发呆，小心翼翼地凑过来，问："七凤，怎么了？有什么话跟我说，有气朝我撒，别憋着。老婆高兴全家幸福，老婆生气全家痛苦。"

七凤捂着脸，泪水从指缝淌出来。杨为健拍着七凤的肩说："说话呀，发生了什么事也不要怕，咱俩一块扛着。"

七凤哽咽道："我说出来你不要生气，我实在憋不住了！"

"你说。我是过去的杨为健吗？我虽说是个大老粗，可心里宽敞。"

"卫平死了！"

杨为健一怔，眼圈红了，默默地走出屋子。七凤好容易才止住泪水，抬起头来看窗外，看千里冰封，万里雪飘，想起了和卫平在一起度过的日子。

过了一会儿，杨为健进屋来，悄声道："七凤，卫平没有照片吗？"

"有一张，那张我们在知青点的照片不是在你手里吗？"

杨为健走出去，片刻又回来，说："你出来吧。"七凤疑惑地跟他走出里屋。来到外屋猛然一惊——桌子上已摆好卫平的灵位，卫平的相片前摆着祭品，三炷香白烟袅袅，杨为健肃立在一侧，凝视着卫平的遗像。

七凤泪水再次夺眶而出，她被杨为健的举动彻底震撼了，喊了声："为健！"扑到他怀里。

杨为健拍拍她的背，在卫平的灵位前深深地鞠了三个躬，含泪水倾诉："哥们儿，这些年我错怪你了，希望你在九泉之下原谅我。为了孩子，你十年不娶，你是条汉子，是个响当当的爷们儿。我杨为健敬重你，想着你。你这一生虽然不长，可写完了一撇一捺，是个堂堂正正的大男人！"说罢，擦了眼里的泪水，轻声对七凤说："念叨几句吧。"转身进了里屋，轻轻关上门，留给七凤一个空间。

七凤站在卫平的遗像前凝视着，此时她没有了眼泪，心里在对卫平说：卫平，不哭了，我这一生准备给你的眼泪已经流干，到此为止吧，大家还要活着，你应当理解。她默默地取下卫平的遗像，端详着，划了一根火柴，把照片点燃。一缕青烟升腾，在屋里盘旋，寻不着出路。七凤将屋门轻轻推开，青烟倏地钻到院里，瞬间和大气融为一体。

老太太得知卫平去世的消息，掉了几滴眼泪，领着黑虎在院里烧了几张纸。黑虎擎着一瓶酒，往火堆里洒。老太太轻声念叨："走好，孩子，走好，孩子。"

黑虎也学着姥姥，大声地喊着："走好，叔叔，走好，叔叔。"老太太瞅了一眼七凤家的门，说："爷们儿，小点声。"黑虎说："我怕叔叔听不着。"

烧完纸老太太要上楼，秦大爷拄着拐杖喘着进了院。老太太用袄袖子拭了拭眼："哎哟，她秦大爷，士别三日刮目相见，怎么拄上棍儿了？气色也不好，怎么喘成这样？"说着扶他上了楼，进屋，拖过凳子，"快坐！"

秦大爷上楼累着了，喘得更厉害，憋得脸漆紫。老太太替他捶背，捶了好一会儿，秦大爷才缓过一口气来，一行老泪滚出深陷的眼窝，说："弟妹，我觉着不大好，走了六气儿才挪到这儿。我再来看一眼弟妹，看看听雨楼，以后再也不能来了。"

"净说些丧气话！没有事，我一会儿叫孩子送你上医院看看。"

"不用了，我心里有数。弟妹，我对不起师弟，没帮你到底，要先走了。"

老太太眼里的热泪哗哗直淌，紧紧攥住秦大爷的手，摇着，摇着，哽咽着。

两个老人说了阵子老话儿，看天不早了，老太太让大女婿把秦大爷送走，自己早早睡下。睡了一会儿从梦中笑醒，拥着被坐起来，愣怔了半响。探身从五斗柜上拿来茶壶，对嘴喝了口茶水，润了润巴涩的舌头，自言自语道："这是怎么了？又梦见她秦大爷来缠人，还坐在一块喝小酒儿，说些没羞没臊的话。"抽了自己一个嘴巴，"呸！你也不是块好干粮，八十多岁的人了，掉牙漏风的，还做这样的梦！还有脸儿白话，快睡你的觉吧！"躺下，一会儿又笑起来，看了熟睡的八凤一眼，又坐起回味刚才那个梦。

这时候，大凤悄没声地进了屋，问："妈，坐在那里想什么？我来给老八换换内衣。"

老太太愣怔了一会儿说："先不忙。老大，我跟你说个事儿，打从过了大寒我怎么总梦见你秦大爷？不是你秦大爷这两天不大好？"

大凤说："刚才不是看见了吗？秦大爷挺好的，熬过春节没问题，就是行动有点困难。这几天我和老四、老六轮班护理他，您就放心吧。"

老太太点点头说："这就好。我最近也觉得不大好，老是愿嘎嘎地笑，你说笑个什么劲儿？怕是人说的回光返照吧？"大凤呸地吐了一口："妈，说些什么？"

"老大,你不知道,人要是有事忙活着,活得就有劲;没有心事就没什么精神头了。咱家也没有什么大事了,你们姊妹们一个个过得挺好,我估摸着该走道了。"

"妈,不说这些了,说点别的。您说梦见秦大爷,都梦见些什么?说给我听听。"

老太太笑而不语,脸上竟有些少女般的羞涩。

"妈,说给我听听,我岁数也不小了,说说没事儿。我知道,当年我爹和秦大爷都追过你,爹死后三年秦大爷还想和您谈婚论嫁,对不对?"

老太太笑了:"都是长毛的事了,我从来不想,怪就怪在大寒以后总是梦见他,心窝里像揣了个兔子,活蹦乱跳的。"

"到底梦见些什么?"

"臊人。估摸着我快死了,要不怎么梦见和你秦大爷喝小酒儿,说些臊脸皮子的话;还梦见俺俩在戏院里膀挨膀听戏。呸!我还悄悄地往你秦大爷手里按了把瓜子儿。呸!你说说我这是梦了些什么。"

老太太的话把大凤的眼圈染红了。

老太太往下不知是说梦还是说事儿:"还梦见你爹走后的第三年,你秦大爷上咱家,开始坐在地下的椅子上,再后来,暖和暖和坐炕上了,拉着我的手说:弟妹,咱一块过吧,你一个人,这么些孩子,生活的担子你挑不动啊。我说:她秦大爷,你别想这事儿,再苦再难我一个人扛着,我一个寡妇能当妈也能当爹,不能叫孩子受一点屈,你要是再提这一出儿,以后别登这个门!"

"妈……"大凤哭着扑到母亲怀里,说,"您为了我们姊妹九个,这辈子什么都舍了啊!要是早和秦大爷成个家,哪能这样受一辈子清苦啊!"

老太太抚着大凤有些稀疏了的头发说:"这儿说着梦,你说哪去了?哭什么!老大,我求你件事儿。"

大凤擦着泪水,仰着脸看着老太太:"妈,您说。"

"你上药店打听打听,有什么药能把我的这个梦掐断了。"

"妈,就叫它做吧,做得越长越好,越细越好!"

早晨起来,老太太正在廊上走动,一闪神,竟跌坐在地上。幸亏大凤就在旁边,她急忙要扶老太太起来。谁知老太太刚站起来,又一个腚蹲儿坐到回廊上。

大凤慌了，问："妈，怎么了？"老太太咧着嘴说："老大，我起不来了。"

老太太的这个腚蹲儿倒也没伤到筋骨，只是下不了地儿，另外她的糊涂叫大凤不放心。晚上，大凤把能叫来的妹妹都叫来了，大伙围着老太太，七嘴八舌地劝老太太上医院去看看。

三凤说："妈，您就安心去住院吧，老八不用操心，我和老五把她接去照看着。"五凤也说："妈，听三姐的话，住院吧，在家老挺着也不是个事，要是耽误了我们做小的一辈子过不来呀。明早就去吧。"

老太太胡乱摆着手说："都不要嚷嚷了，我不会去的，就在家里，就是要死了也不能死在医院里！啊呀，看着你们没有了是是非非恩恩怨怨，这么齐整整地站了一屋子，我高兴啊！现在就缺老二和老九了，她们要是回来，咱家就团圆了。老大，给老二和老九打个电话，叫她们挤出空回来一趟，我想她们啊！唉，老二又是多少年没回来了。"

大凤说："才打了。二姐叫孙子缠缠着，暂时还来不了，她也是有孙男嫡女的人了，想拔出腿来也不容易啊。"

"唉。"老太太摇头叹气，"一辈子都是这样，有了娘靠着娘，自己当了娘忘了娘，要是再当了姥姥奶奶，自己的老娘就忘得差不多了。不说人家了，我也不是好干粮，我爹我娘长什么模样也忘得差不多了。话又说回来了，千古一理儿，一辈儿一辈儿就应该这样，是个物儿就该护犊子，不护犊子怎么繁生？话还得说回来，这话得当老的说，当小的不能说，不光不能说，想也不能想。老七，数你肚子里的墨水儿多，是不是这么个理儿？"

七凤笑了："里里外外都叫您说了，还叫人家说什么？"老太太又说："她们不来不来吧，我一时半响还不要紧，你们都回去吧。"大伙还是劝老太太上医院。老太太把头摇得像拨浪鼓，腚上像灌了铅，稳坐不动。

大凤急了，说："妈，您不去医院怎么能行呢？上医院吧，听我们当小儿的一句不行吗？"老太太一抬手，竟然幽了一默："有本奏本，无事退朝！"

姐妹们面面相觑，又不约而同地把目光投向大凤。大凤使了个眼色，大伙悄悄地退出屋子。

姐妹们来到回廊上，向大凤讨主意。大凤抬头望天，半响不语。三凤说："大姐，你倒是说话呀，急不急死人了！"大凤说："这样吧，到我屋里开个会。"

姐妹们到大凤屋里坐下。大凤抹着眼泪哽咽道："完了，咱妈这回可是真完了，典型的老年痴呆症。大伙儿说说，往后该怎么办吧！"

五凤说："大姐说得对，咱妈的情况非常严重，家里得派个人专门看管着，水啊，电啊，火啊，液化气罐啊，都得严加防范，要提高警惕，说句不好听的，老太太一旦动了这些东西，听雨楼要不就是水淹七军，要不就是火烧连营，闹不好就会成了北大营，能飞上天，可不是闹着玩儿的。大姐，你离咱妈最近，我看这事儿你就多操点儿心吧。"

六凤说："我同意五姐的意见，她死活不上医院，咱也不能牛不喝水强摁头……"大凤打断她："你这张破嘴！"六凤一伸舌头，忙改口："咱也不能强逼，就得大姐费神了。不过我们也都有责任，一家出点儿钱……"

大凤板起脸来，又打断她："说些什么话，伺候老的不应该吗？什么钱不钱的，说出去让人听见笑话。我要说的事儿还没说呢。"六凤问："你还有什么事儿？"大凤说："就是咱妈的账。"

四凤说："咱妈的账不都交给你管了吗？还有什么问题？"大凤摇着头说："你们只知其一，不知其二。我管账？我管的什么账？都是些虚账！说白了，就是咱妈批条子，我当出纳。"

七凤说："大姐，你有什么话就直说吧。"大凤抿一抿稀疏的头发说："那我就直说了。大伙儿也明白，咱妈的账呢，我管了有些年了。上一回我跟大伙儿说过，咱妈清醒的时候，那账肯定清楚，不清醒呢，账就肯定糊涂，你们说是不是？"大伙同意她的说法。

大凤接着说："你们说这账不清不楚的怪谁？老太太要是一撒手走了，屎盆子不都扣我头上了？我可不干！管了几年账，油星没沾着，再蹭一身腥，我是何苦！"七凤反应快，说："大姐意思我听明白了，你是不是要把咱妈这支笔也接过来？"

大凤忙摇手："我没那个意思，那支笔有千斤重，我能擎起来吗？"五凤说："我看还是大姐接过来吧，不管怎么说，就是咱妈百年之后，也应该是个清楚账，要不都赖到大姐身上了，到时候大姐就是有一百张嘴也说不清。你们说是不是？"大伙点头称是。

五凤还说："我相信大姐。咱妈现在不是一般的糊涂，过两天还不知道会怎么样呢，赶紧接账吧。再说了，咱妈手里有几个钱？用不着这么认真，我看举手表决吧。"五凤的提议满票通过，只不过举手的时候七凤略有犹豫。

四凤说："大姐，通过了，你说几句吧。"大凤哽咽了："我什么也不说了，受累的事儿都交给我吧，我就是受累的命，可我不会有一句怨言。好吧，咱们跟妈说说去吧。"

会议形成了决议，大凤昂着头，两眼放射着坚定的光芒，率领着凤儿们去看老太太。七凤落在后头，默默地看着姐姐们的背影，站下了，转身下楼去了。

这时，老太太坐在堂屋的太师椅上，眯缝着眼睛玩魔方。老太太玩得饶有兴趣，嘴里念叨："多怪的东西，这么多的颜色怎么就弄不到一块儿去呢？真是怪事。"

大凤领着妹妹们进来，老太太没抬头，玩得津津有味。大凤说："妈，我们开会研究过了……"

老太太没抬头，说："哦，知道，不是有几本老账还没有交给你吗？在桌上放着，自己拿吧。"几本老账整整齐齐地放在桌子上。

老太太玩魔方入迷了："老大，你能不能把我把这颜色整齐刷了？累了我半头晌了，就是整不齐，你说怪不怪事？"

大凤没答话，庄严地捧起桌上的账本，转身走了。

一大早，老太太两手抓着方凳，一步一步挪下了楼，来到三凤家门口，拍打着门叫道："三凤，出来一下，我挪不下台阶了。"三凤慌忙推开门，惊呼道："妈，您怎么来了？您说您这是干什么！"

老太太仰着脸憨笑："锻炼锻炼。怎么，上你屋里坐坐不欢迎吗？我还要坐坐你的皮椅子呢。"三凤赶紧把老太太搀进屋，扶她坐在椅子上。

老太太坐定了，摸着自己的头说："我说老三，我这满头杂毛你也忍心看下去？就不能帮我收拾收拾？"

"妈，我也不开店了，怎么给您收拾？"

"找个人嘛，给我这满头杂毛焗焗油，变成黑的，叫它锃明瓦亮的，苍蝇上去也打滑。"

三凤捂着嘴笑。

"笑什么笑？想当年你妈也是个辉煌的人儿，在街上一走晃倒一片。那年国庆节看野台子戏，演全本的《凤还巢》，那些没行事的老爷们儿不看台上专盯我，一双双眼睛呼呼地喷邪火，烤得我浑身发烫，吓得你爹拽着我就往家走，到底还是叫那些不着调的男人掐了个满身青。"听母亲这么忆当年，三凤眼圈儿红了，说："妈，您都是叫俺们给累老了。"

老太太拍着大腿说："光顾说话了，你给不给焗？"三凤笑道："那我带您去呀？要焗油得上美发店，我领您去吧，到时候可别抹不开面儿。"

老太太哈哈笑了："是抹不开，要是真焗了个满头青丝，到了那边鬼都认不出我了，你爹还不抡着大棒子赶回我来？都是玩笑话。老三，我今天要跟你说个事儿。""妈，说吧。"三凤说着凑到老太太跟前。

"昨晚睡不着，我就在脑子里过电影，这些年一出一出的，真清亮，忽儿巴地想起件事来，多少年都忘了跟你说。"

"什么事儿？妈。"

老太太眯缝着眼睛说："那一年，你是不是和老八倒卖玻璃？还有胖五吧？你差点叫人抓到街道人保组了？"

"有这回事儿。为这事儿，还有以前积攒的事儿，我多少年不和老五说话。妈，您放心，现在俺俩好了，过去的事儿不提了。"

"不，要提。你们正在卖着玻璃，你大姐得了一个孩子的口信儿，叫你们赶紧跑，你大姐还装扮成个老太太去告诉你们。记得？"

"记得呀。"

"谁叫那个孩子捎的口信儿你知道吗？"

三凤摇着头说不知道。

"那我告诉你，是老五！"

三凤愣住了。

"后来老五悄悄告诉了我，叫我别往外说。那时候叫别人知道她的罪过就大了。再后来这件事一压我就忘了，昨晚才想起来。唉，危险之时还是亲姊热妹，你冤屈了老五多少年啊！"

三凤流泪了，说："妈，我明白您的意思了。"

这天下午，老太太给八凤洗脸擦手。八凤扑腾着水玩，水扑了老太太一身一脸。八凤没玩够，又伸出手来给老太太洗脸。

老太太满脸慈祥，和颜悦色地说："老八，别闹腾了，你呀，该听话了，看等我死了谁来管你。到时候走东家进西家，这个姐姐家那个妹妹家，你寻思容易吗？不容易！"八凤一脸傻气，仰起头冲老太太嘻嘻地笑。

老太太念叨："虽说是亲姊热妹，可哪个也不容易，哪个也比不上你这个老妈妈，到时候黑白眼你都得看，热一顿凉一顿的你别挑剔，妈不能跟你一辈子啊，可怜的老八！"收拾好八凤，哄她睡了，老太太弓着腰挪着小方凳一步一步来到五凤的店，她想叫五凤按摩按摩脚。

五凤给老太太按摩着脚，埋怨道："妈，想按摩脚告诉我就行了，派个服务员把你背来不就行了？非要挪个凳子自己来，叫街坊邻居看见了好看呀？不知道的还要骂我呢！"

老太太闭着眼睛躺在躺椅上享受，赞叹道："哎哟，是舒服，脚底下像通了电一样。慈禧那老婆子就这么洗的？她真会滋润。老五，你怎么不早告诉我？早告诉我，我一天来两趟，你怕我不给钱是不是？"

五凤抱屈，说："跟您说了多少回也不来，这又赖上我了。您这个老太太讲不讲道理？"老太太点头认账："那是。那时候，按现在话怎么说来着？噢，叫没心情，对不对？"

"对。您呀，新名词儿学得挺快。妈，您今天不是来洗脚的，有什么事吧？"

老太太闭目养神，不作回答。

"妈，还有什么事儿这么难开口？再说了，什么事能难倒我？您说。"

老太太四顾："身旁没有人儿吧？"

"没有，服务员都吃饭去了。"

老太太睁开眼睛，看着五凤，说："老五，妈真是老了。唉，那天择韭菜，把择好的扔了，把烂叶子留下了；昨儿个给八凤拔白头发，你不知道，老八现在有白头发了。唉，一根一根地拔，你猜怎么着？拔下来的都是黑头发呀。你说这不是老糊涂了？该走道了。"

"妈，您那是眼花了，没事。妈，别想那些事，我找人给您算了一卦，说您能活一百多岁。"

老太太笑了："唉，做儿女的，又盼着她妈活一百岁，又不盼着活一百岁，这个心情，这个道理，都不用说。老五，咱不说这些了，我今儿个来想和你唠唠心里话。我呀，今天是来给你平反的，这些年，明里暗里的，叫你受委屈了。"

五凤的热泪哗地涌出眼眶，颤着音儿说："妈，您说什么！今天这是怎么了？"老太太慈祥地看着五凤，说："你们九个闺女，闲着没事我就掰开手指头挨个数数，想想。老五，你呀，有章程，心眼好，办事果断，一心想着这个家，要说贡献，你对家里贡献最大！数一数，哪回家里遇上事儿不是你给我扛半个膀子？哪回不是你为家里遮风挡雨？"

"妈，别说了，我心里怪不好受的。"

"要说！那是六八年还是六九年？不是你在街道顶着咱全家早下乡了；老三和老八当年投机倒把，不是你暗地里护着罪也少遭不了；老七结婚急得我在楼里团团转，你来了个五马换六羊；那个假洋鬼子谢里不是你也早颠道儿了；还有，孟传礼水淹七军，毁了你的店，你为了你三姐没报官，就要一个理儿，吃了个哑巴亏；还有，为了听雨楼的房照，你叫你三姐砸了锅……一笔一笔我记得真亮，想抹也抹不去。可是老五，你做了这么些事儿，知不知道为什么受屈？又为什么在姊妹堆里不香？就是你太直了，直得有点傻，谁能受得了？还有，一到姊妹们团聚，你就爱讲话，讲形势，讲大道理，没完没了的，谁愿听？这些小事积攒成了疙瘩，姊妹们对你就有意见了。你呢，又独往独来，不懂得近乎人儿。"

"妈，我这个人脾气也不好。"

老太太大摆其手："毛主席当年不是说嘛，只要有人群的地方就有左中右，你们姊妹九个虽说是一母所生，可也有帮有派，猫眼儿狗舌头的，她们孤立你。"

"妈，现在俺都好了，不说了。"

"不，我要向你检讨。该检讨，当妈的也有错，哪能一碗水端平啊。有时候为了大面儿，妈没给你个理直气壮，为了你姊妹九个能握成一个拳头，妈委屈过你，也数落过你。没有办法，那时候妈看你屈得直掉眼泪，心里也不好受啊。这不是陷害忠良吗？老五，妈对不起你！"

"妈！"五凤抱住母亲，放声大哭。

第二十六章

  大凤端着托盘给老太太送午饭，走到堂屋窗前朝屋里瞄了一眼，差点没笑出声来，只见老太太坐在梳妆台前照镜子，仰着脖儿，歪歪着头，摆的是明星照的架势，还一个劲儿往头上抹头油，把稀疏的头发梳理得井井有条。大凤推门而入。老太太梳得忘情忘我，冲着镜子竟有些妩媚地笑着，没发现大凤进屋。

  大凤放下饭碗，说："妈，和老八该吃饭了。"老太太打了一个激灵："你吓我一跳！""妈，多少年没看见您这么打扮了，您这是……"大凤欲言又止。

  "想出去转转，这两条腿再不活动活动就真瘫炕上了。叫胡宝亮背我下楼吧，你慢相应地喂喂八凤。"

  "妈，您挪个凳子出去溜达不好看啊！"

  "丢不了你们的脸，我是锻炼身体。怎么，谁还管得着吗？"

  老太太不听大凤的劝阻，挪着方凳转到一条街上。她的脖子上挂着一条尼龙绸兜，里面装着一瓶酒，几袋儿童食品。老太太挪着方凳走一气儿歇一阵儿，坐下来擦擦汗，再朝前挪去。歇了十几气儿来到一家门前，砰砰地敲门："她秦大爷，我看你来了。你身子骨强点了吧？开开门啊，我带了一瓶好酒，还有一点下酒的抓挠，好好和你喝一壶，说说话儿。你怎么还不开门呐？还生我的气呀！"

  门被敲开了，不过开门的不是秦大爷，而是一个中年妇女。她问："大娘，您又喊又叫的找谁呀？"

  "我找她秦大爷。"

  "谁是秦大爷？您找错门了，我们这条街上也没有姓秦的。"

  "哦，我记不清了，我家离他家不远，可也有三十多年没来了，记着离他家不远有个卖萝卜糖的。"

  "萝卜糖？什么萝卜糖？"那妇女头一次听说还有这种糖。

  老太太忽然明白过来了，颤着头说："哦，你那时候还小，记不得了。不是这家，我再找找看。"挪着小方凳转身去了。

再说大凤放老太太出门，大半晌了没见回来，就有些慌了，打电话给几个妹妹，都说没见着。大凤哭了，说毁了，咱妈丢了。姊妹们能来的都来到听雨楼。

大凤抹着眼泪通报情况："咱妈一早上打扮得齐齐整整出去了，说要锻炼锻炼，到现在也没回来，你说急不急死人了！"

五凤立马进入状态："一早上走的？临出门儿没说些什么？"大凤说没有。

三凤追一句："你好好回忆回忆。"她自从和五凤和好，五凤说什么她都附和。大凤说："反正咱妈最近挺怪的，常常一个人坐着笑。今早上我过来送饭，看见她对着镜子打扮，还往头上抹油，冲着镜子笑。"

四凤说："这可有点反常，她可不是个好打扮的人。"大凤说："说的是什么？"

五凤挺能沉住气："大姐别慌，再想想，前些天咱妈还和你说过什么？"

"有些天她跟我说老是梦见秦大爷，还叫我给买点药，把她这个梦给掐了。"

五凤一拍大腿说："这就对了，赶紧上秦大爷家！"

这时候，老太太到底找到了秦大爷家，敲着门喊："她秦大爷在家吗？她秦大爷，我来看你了，你开开门呀，我还带来一瓶好酒，咱俩说说话儿，别生我的气。"小保姆把门开了，问："老奶奶，您找谁？"

"这家姓秦吧？"

"是呀。"

"她秦大爷家吧？好啊，我总算找到了。她秦大爷，我来了！"老太太说着挪凳子进门，叫门槛绊倒了，一头抢在地上。这时候，初家姐妹急匆匆奔来，团团围住老太太。

老太太这回着实摔得不轻，姐妹们在老太太的外屋开紧急会议，商量把母亲送医院的事。七凤说："不能光听咱妈的，赶紧送医院，别弄出个好歹来。"五凤拿出手机说："那我就挂急救中心了。"

"慢着。"这时大凤从屋里出来，哽咽着说："咱妈高低不去医院，说在这个楼里活了这么些年了，死也要死在这里。咱别逼她了，就遂了她这心愿吧。快给老二挂电话，让她赶紧回来。"

老太太毕竟不是心里的病，调养了几天后，病情有所好转。这天，从省城九凤的学校来了两个人，说要找九凤的家长。大凤心里不由得一颤，情知九凤出了什么事，告诉人家，我妈老糊涂了，有什么事儿就跟我说吧，我是她大姐，现在这个楼里我说了算。慌慌张张领着两个人上了楼。经过二楼回廊，来人见老太太坐在太师椅上，低着头眯着眼睛饶有兴致地玩魔方，露出一脸的痴呆相。大凤笑着告诉人家，这就是我妈，糊涂了，到我的屋里说事吧。

送走了九凤学校的来人，大凤立即挂电话召回妹妹们，说要开一个重要的紧急会议，一律不准假。会址选在二楼堂屋老太太的里屋。老太太已经弃政，大凤也没邀请，安排她在回廊晒太阳玩魔方。

大凤端坐在炕上老太太常坐的位置上，妹妹们进了屋，一个个脱鞋上了炕，团团围坐在她的身边。大凤咳嗽了两声说："现在开会了。咱们家里又出了一件大事儿！"三凤急问："怎么了，大姐？"

"一件大事儿啊！我说出来，大家都不要慌，咱们一块儿议一议这事儿怎么办。咱不搞一言堂，要充分发扬民主。"

五凤属魏延的，脑后有反骨，急溜溜地说："大姐，你就快说出了什么事吧，别拿腔拿调的。你想学咱妈呀？不像。说事吧，大家都忙着生意，一早睁开眼都是事儿。"

大凤要树形象，立马黑下脸儿说："开会就是开会，少说生意上的事，我烦！把手机和BP机都给我关了。现在我告诉大家一个消息，老九怀孕了！"姐妹们惊呆了，一个个面面相觑。

六凤把眼睛睁得老大："老九这是怎么了？怎么念着大学能怀孕呢？"大凤说："怀孕就是怀孕了。刚才学校老师来通知的，说她和一个老教授谈恋爱，孩子怀上六个月了学校才发现，做了她很多工作，说只要打了胎学籍还可以保留，如果不打，学校就要开除。"

七凤忙问："九凤怎么说？"

"老九坚决不打胎。这事在省城闹大发了，现在省城的电视台正围绕老九的事展开讨论呢，讨论大学生在校期间谈恋爱应不应该。丢老人了！个臭不要脸的，还挺着肚子在电视上和人家辩论。她现在成了明星了，走在省城大街上谁都认识，还有人围着她要求签名呢！"

七凤又问："老九现在在哪儿？"大凤白了她一眼，"和你学的，跑了。"七凤笑了笑不再吱声。

"你笑什么笑？她这个大学算白念了！"

三凤又跺脚了："这不瞎了吗？"

回廊上，老太太坐在太师椅上专心致志地玩魔方，嘴里不停地嘟念："你这个怪物，你现在是在我手里，我还摆弄不了你了！给我来个一色！花花嗒嗒的，把我的眼都晃晕了。"

院门咣当一声响被人踹开了。屋里开会的人听到了动静。大凤说："谁开门这么大动静？要造反啊！老六，出去看看。"六凤得令急忙下了炕跑出去。眨眼的工夫又慌慌张张地跑回来，惊呼："快，快出去看看吧！"

大伙赶忙下了炕朝回廊涌去，一起朝大门口看去，不禁大惊失色——大门敞开着，九凤挺着大肚子站在院门口。

五凤悄悄地看了一眼七凤，喃喃道："妈呀，历史真是惊人地相似，我怎么忽悠地一下子又回到多少年前了。"九凤抬起头，嬉皮笑脸地冲姐姐们招了招手："Hello，I come back！"大凤悄声问七凤："她说什么？"

"她说，大家好，我回来了。"

大凤一声怒喝："叫她在门口站着，咱们继续开会！"回到屋里，梁山英雄排座次。大凤坐在炕上，气得直喘，两手不停地捋着胸口："都说说吧，气死我了，气死我了。你们大伙儿都说话，怎么处理这个孽障？"

七凤惺惺惜惺惺："大姐，我觉得这个会没什么必要，我们还是尊重老九自己的选择吧，她又不是孩子，她的选择必然有她的道理，有她的追求，我们何必干涉？"

大凤抢白她："你说什么？这个大学就不念了？她这一回家生孩子，还不闹个满城风雨的，咱出去还有没有脸见人了？亏你说得出口！当年你给家里惹的乱子还小吗？好啊，开复印社了，又来了一个，一模一样。"七凤笑了，没有回嘴，她觉得没有和大姐辩论的必要。

五凤感慨万端："历史真是惊人地相似，谁能想得到呢？"大凤说："老五，别光感慨，该你发言了。"

"谁管这屁事儿。"

"你说什么？再给我说一遍。"

"本来嘛，这年头各有各的活法，各有各的道理，现在这个社会，人不能都一模一样，要有个性，要不太没有意思了。对不对，三姐？"

三凤点头附和："对对对，我完全赞同老五的说法。有水平，有高度。"

回廊上，九凤挺着大肚子站在老太太面前。老太太坐在太师椅上，扯着九凤的手，眯着眼睛打量着她的肚子："又一个？你说你们一个个多能耐，我一抹搭眼皮就给我鼓捣出一个,一抹搭眼皮就是一个。这里面是不是个小老爷们儿?看着像,挺挺着像个酒瓮。你说说我这些闺女,红花绿叶,要什么样儿的没有啊?"

九凤问:"妈,您怎么不进去开会啊?退休了?还是叫人篡权了?"老太太嘻嘻笑着,用袄袖子擦擦嘴里流出的口水说:"我糊涂了,不管事儿了……要生就生吧。"九凤泪水扑簌簌涌出眼窝,紧紧地搂住老太太喊了声:"妈!"

屋里,大凤要将会议进行到底,逼三凤表态:"老三,你说两句。"这时,五凤的手机响了。五凤赶忙接听:"谁啊?哎呀妈呀,刘局长啊,好些日子没见着您了。什么?出国了?刚回来?要带几个人来美容?欢迎欢迎,您是财神爷啊。几个?六个人?OK。拜拜。"

大凤愤怒了:"老五,我不是让关了手机吗?你怎么……"七凤的手机又响起来。七凤挪到窗前接听:"喂,为健啊,好啊,又揽到一笔买卖?回家再说,我现在正在开会呢。"

"呸!"大凤探着脖子狠狠地朝地上吐了一口。四凤的手机又响起来……一时间,屋里的手机声此起彼伏。"呸呸呸!"大凤接连吐了三口,义愤填膺,高声嚷道:"还开不开会了!你们刚才不是已经把手机关了吗?怎么又响了?你们一个个都来熊我是不是?我不是傻子!"

门砰的一声开了,九凤挺着大肚子,活生生一个门神镶在门框,进了屋:"嗬,这会开得挺长啊?"大凤凶巴巴地盯着九凤,说:"谁叫你进来的?会还没开完呢,在外边儿站着,等候处理吧!"又冲大伙说,"我们接着开会。"

九凤把肚子拍得嘭嘭响:"别遭罪了,会开不开都没用,我都退学了,就是要把这个孩子生下来,就是要尝尝做母亲是什么滋味儿;以后我还要到国外发展,你们管不着我。散会!"大凤怀疑自己的耳朵:"你说什么?"

九凤手一挥:"我宣布:散——会!"大凤气得一下子仰在被垛上,嘴里呼呼直喘粗气说不出话。凤儿们见状,一个个挪腚下炕,顿时化作鸟兽散。

直到近黄昏时分,老太太还坐在回廊太师椅上玩魔方。这时候,几个人进了院子,上了楼。原来是市动迁办的人,告诉老太太说,这一带旧房子都得拆,但听雨楼被定为文物,市里决定要保留下来,将来要做个旅游景点,供中外游客参观。因此,楼里的人得搬出去,按照楼的面积,分配四室一厅的新房。人家问老太太这个方案行不行。

老太太玩着魔方听人家说了半天,最后说:"政府,我就问你们一句话:

今年这个春节我能不能在这儿过啊？"

"能，过完春节你们就搬家。"

老太太没抬头，连声说："好，好！"继续玩魔方。来动员搬迁的人非常感慨，说这真是个明事理的老太太，果然名不虚传。

这天夜里，听雨楼二楼堂屋的门吱嘎一声响了，皎洁的月光下，老太太战战兢兢走出堂屋，站到回廊，抬起头瞅了瞅天，望了望月，扶着墙慢慢地在回廊上走，挨个柱子、门窗摸了又摸；又一磴一磴地下楼梯，四处仔细地打量；下到院子里，这摸摸，那看看；最后来到大院门口，坐在门楼下，仰着脸眯起眼睛看月下的听雨楼。老人家在这里住了半个多世纪。五十多年来，她精心打造这个家，在这里度过风风雨雨，楼里盛着她太多的欢乐和痛苦。这五十多年，外边不管刮多么大的风，下多么邪行的雨，只要躲进这小楼，就那么温馨，那么安全，她实在舍不得。但舍不得也得舍，国家要有用项，不能赖着不走，何况这楼看着是道风景，缺牙漏风的，实在不宜居住。她忽地想起九凤给她来过的信，说参观过皇帝的宫殿，皇帝住的地方也挺可怜，梆梆硬的大炕，没有暖气，没有沙发，点着蜡烛，就是宽敞点。她想，日子真的是越过越好，往后的日子还不知会怎么好呢，可惜活不了多久了，真不愿意死。不死怎么办？得给后人倒地方呀，总占着茅坑，别人还不得憋死？可就是心思太多，老三没儿没女，老了怎么办？老七女婿不能再反卦要个亲生的儿子？老八谁养活、侍候？老九又走老七的路，会是个什么下场……老太太看着，想着，委委顿顿躺下了。等到大风来找到她，她已经昏迷了。

次日一大早，怕老太太要不好，大风又唤来几个妹妹。大伙围在老太太身边。老太太躺在炕上，慢慢地睁开眼睛，说："你们都来了？老二呢？"大风满脸的泪痕，说："妈，早给老二打电话了，她今天就能到，您得等她！"

老太太惨然一笑："不要紧，我能挺过这几天，熬过春节没多大问题。不要慌，都稳住神儿。老大，瞅着还有这口气儿，我想开个会行吗？"大风含着泪点头，嗓子都嘶哑了："行，按您说的办。"

正在这时候，一辆出租车在院门口戛然而止，二凤慌慌张张下了车朝院里跑，一边跑一边哭："妈，妈，我回来了，你可等等我啊！"上了楼，进了堂屋，砰地推开里屋门，哭号着："妈，妈呀！"

老太太欠欠身子笑了："老二回来了？我没多大事儿，还能活几天，不要哭爹喊娘的。"二凤哭得上气不接下气："妈，我不孝啊，又是多少年没回来看您。"

"这不是回来了吗？这就好，咱娘儿俩还能见一面。老大啊，召集姊妹们开会吧，我这阵脑子还清亮。快点儿！"大凤应着便去找人，这时，二凤握着八凤的手，眼泪止不住地吧嗒吧嗒直往下掉。

老太太躺在炕上要主持今生最后一次会议，女儿们团团围坐在她的身边。三凤看了看墙上的电子表，着急了："大姐怎么还不来？她开会从来都是第一个到，今天这是怎么了？老五，你去催催。"在初家，大的永远有权支使小的。老太太未卜先知："不用催，她还没收拾完呢，收拾完就来了。"

大凤已经收拾完了，此时她换上了老太太的那身旧衣裳，学着老太太的步伐、神态，对着镜子来回走着，看着，满意了，才慢慢地走出屋子。

九凤挺着大肚子，刚刚上了楼梯，在回廊上看见大凤的背影，轻声喊："妈，您怎么起来了？"大凤一愣，停下脚步，慢慢地转过身，冲九凤微微一笑。九凤打了个激灵，捂住嘴："妈呀，我还寻思是咱妈呢。"大凤笑了："像吗？"

"像，太像了！"

"走，堂屋开会去，这是咱妈最后的一个会了。"大凤说着沉稳地朝堂屋走去。

堂屋，老太太已经倚在被垛上了。大凤来了。老太太默默地注视着大凤的一身打扮没说话。妹妹们看着大凤，互相交换眼色。大凤低头看了看自己的着装，冲老太太笑了笑："怎么了，妈？"

老太太笑了："没怎么的。人齐了？"大凤环视屋子，伸出手来把炕上的凤儿数了数："齐了。开会吧。"

老太太喘了口气，说："好，开会。我和你们得说清楚，这是我主持的最后一个会了。我老了，糊涂了，知道没几天活头了，以后的会就是老大的事儿了。今天这个会呢，有两件事儿，先说第一件。这第一件呢，我想问问你们这个春节怎么过？今天是腊月二十八，后天就是三十了，这是咱在听雨楼过的最后一个春节了，过完春节咱就搬新家了。到底怎么过，你们说说看。"

五凤来个当头炮："我说两句。我看从简吧。我初一晚上就得坐飞机到广东谈笔生意，过不过都行。三姐，你呢？"

三凤来个把马跳："那我也说说。我初一下午就得走，要带孟传礼到普陀山旅游去。老孟自从疯了一直喊着要出去旅游，我想就遂了他的心愿吧，拜拜菩萨，或许菩萨保佑，他的病能好。"

九凤举起双手："我赞成！现在生活好了，平常和过年吃的都一样，一个年过个什么劲儿啊。"

七凤也投了赞成票："我也同意。现在超市里什么年货没有？都是现成的，不用费时巴力地去准备。"

三凤补充意见："这样吧，我和老五上群英楼定几桌菜，一直叫你们从三十吃到初七；三十儿、初一、初七的饺子也买速冻的，余下的东西你们看谁准备吧。"大凤的眼睛睁得老大："这年就这么个过法？"

老太太也感到意外："那么属相也不蒸了？不吃了？"九凤说："这玩意儿超市也有卖的，还是透明的，意大利面粉做的，不大点儿，可好看了，比咱自己蒸的强一百倍。"

老太太不大好，一阵剧烈的咳嗽。大凤看了老太太一眼，悄悄地把五凤用眼神儿支到外屋。

来到外屋，大凤说："老五，我忽然想起件事来。我看咱妈抬头纹都开了，眼神儿也散了，你赶快叫小叶来一趟，咱照最后一个全家福吧。"五凤说："这可是件头等的大事！"急忙朝楼下跑去。

里屋还在讨论过年的事。老太太说："油也不走了，属相也不蒸了，大正月的锅灶不冷吗？什么都是现成的，年过得还有什么滋味儿？没年味儿了，没意思了！"

大凤说："妈，过春节咱们家也得改革改革了。我同意她们的意见，不改革不行了，势在必行。改革的浪潮一日千里，谁也挡不住。市里放话了，明年就不许放鞭炮了，就顺应时代潮流吧。"

老太太对这些事不是死硬到底的人，也会随波逐流："连风俗都改革了，我看就差把你们的头发染成黄毛，安上蓝眼珠子了。好，我也不管了，顺应潮流吧。"大凤笑道："妈，这就对了。"

老太太又说："那么咱说第二件。这第二件呢……"

刚提起话头，小叶和五凤来了，小叶手里举着个摄像机，对着屋里不停地移动着拍摄。

"老五女婿，你手里擎着个什么东西？"

"摄像机，我把你们都录进去了。"

"慢！老大，你把那九个长命锁都拿过来，给她们戴上，这是最后一张全

/ 311 /

家福了！那一年是老七回来照的，一晃眼又是多少年啊！"

大凤把九个长命锁取来，挨个给姊妹们戴上。女儿们团团围坐在老太太身边，努力地笑着，冲摄像机伸出手，做Ｖ字手势。大伙齐声喊道："茄——子！"

老太太咯咯笑道："老五女婿，叫你噼里啪啦好一顿照，不能把俺闺女脸照肿了？谢了，你退下吧。"老太太至今说话不掉板，还那么风趣。小叶举着摄像机弓身退出屋去。

老太太拍拍巴掌："好了，接着开会吧。这第二件呢，我要叫你大姐把这几年的账当着你们的面算一算。我可有话在先，算得清楚，这账就不许任何人再翻弄；要是算得不对，你们当场提出来。结了账，谁要是在背后嘀咕，我饶不了她，你们姊妹们也应该瞧不起她。"大伙一致拥护老太太的意见。

老太太朝大凤一抬手："老大，唱账吧。"大凤清了清嗓子，高声地唱起账来。众姐妹有的认真听，有的不当回事。老太太眯着眼睛看窗外，不知是听还是没听。

这时，小叶举着摄像机在院里不停地拍照，他要用现代化的手段记下老屋的遗迹、历史的细节、过去的影子，还有那些有滋有味的日子。

这时，二楼堂屋，大凤满头大汗，几乎一口气唱完了账，擦着汗看着老太太。老太太说："你们都听清楚了吗？这些年的大事小情，年节的花费，都听清楚了吧？听清楚了就鼓掌通过。"大家鼓掌一致通过听雨楼这些年的财政决算。

老太太赞美有加："多好的账啊，清清楚楚，滴水不漏，严丝合缝。老大，你辛苦了。这么些年的账，你费了多少神啊，我谢谢你！"大凤激动得哭了，抹着眼泪说："妈，这都是我应该做的啊。"

老太太说："好了，我还是那句话，都听清楚了就封账，谁要是在背后里再嘀咕，你们就应该一起站出来，去说她、骂她，她就不是听雨楼的人，把她给轰出去，一点儿情面都不要留！"大伙都同意老太太的说法。

老太太接着说："那好，我死了以后，听雨楼的账，听雨楼的盆盆罐罐都由你大姐来支派。我放心，你们更应该放心。好了，没什么事儿了，你们先到你大姐屋里坐会儿吧。老九，你留一步。"

大伙走了以后，九凤凑到老太太跟前问："妈，留我干什么？嘻嘻，是不是有点小体己留给我？"老太太戳了她一指头："美得你，和你说几句话。"瞪起眼睛，仔仔细细端量着九凤。九凤被看愣了，说："妈，您这是干什么？不认识我了？"

老太太还是转过脸掉过脸地仔细端量九凤，不说话。九凤有些慌神了："妈，您这是怎么了？倒是说话啊！"

老太太这才长舒了一口气说："没什么话，我就是要看看，好好地看看你。好了，我放心了，我死了以后没人能欺住你。走吧，把孩子生下来吧，说不定又是个小老爷们儿。对了，小老爷们儿呢？"

九凤说："出去玩了，一会儿就能回来。"老太太说："好了，你出去吧。叫你七姐过来。"

七凤来了。老太太说："老七，我知道你忙，日子过得也不容易，咱娘俩多少年也没坐在一块儿说说话儿了，你掏句心里话儿，记不记恨你妈？"

"妈，您说哪儿去了。当时我年轻不懂事，惹您生气了，怎么能记恨您呢？"

"这样就好。老七，我对你们姊妹九个心里都有数，最对不起的就是你呀，想起来我就心痛啊。"

七凤落泪了，说："妈，您别说了。"

"不，讲透亮我心里才好受些。逼你做孩子，逼你跑回北大荒，又逼你结婚那天必须从娘家走……你说我当初多糊涂啊！我老了，想想这些年，触摸这些事，真的对不住你。当妈的都盼儿女好，可有时候给你们指的道儿也不一定对。"

"妈，您别说了，我心里不好受。"

"你叫我把这肚子里的话讲完。当年不是我，今天你不会活得这么艰难，我看着你的日子过得这么难，成宿睡不着啊。老七，妈对不住你啊！"

"妈，您什么都别说了。"

"好，不说了。我要嘱咐你两件事儿。第一件，"老太太从腰里掏出几个存折，"这个交给你，这是你们姊妹给老八集的钱。"

"妈，给我干什么？"

"为老八治病我跟你们要的钱，一分不少都在这里。孩子，我要你们这些钱不是给老八治病的，知道她的病没治了，我是给她攒着，等我死了，老八手里得有点抓挠。这存折上的名是老八的，这是她一辈子的依靠。我看老八还是轮着侍候吧，这钱怎么用你们商量，我就有一句话：上谁家也不白吃白侍候，这样对女婿也有个交代。记住了？"

七凤推辞说："妈，这钱还是叫大姐管着吧，刚才不是宣布了吗，今后听雨楼主事的是大姐。"老太太笑着摇了摇头："就你保管！记住了？"

"记住了。"

"老七，你啊，最像我，最像啊。你不知道啊，我差一点把你送走啊。那年生你，你爹说，呸！又是个丫头片子，送人吧。过了百日，我就抱着你想寻户人家，可是走到半道儿，你啪地打了我一个脸蛋子。我就想，这丫头不愿意了，记仇儿了，还是抱回去吧。唉，差一点儿啊，差一点儿就把我最看重的闺女给送走了，多玄啊！还有一件事儿。你听清楚了，我死了以后，不管出了什么事你一定要护着老九，一定要仔细地护着，不要叫她受委屈。听见了吗？"

"听见了。"

"你给我起个誓！"

七凤起了誓。老太太挥了挥手："好了，话都说完了，你去吧。"

七凤走到门口，老太太忽然又叫住她："老七，我还要问你件事儿。那年你从北大荒回来，说你们青年点的鹅饿得都飞走了，你们撵了五六里地也没追上。鹅怎么能飞呢？你说怪不怪事儿？打从盘古开天地，就没听人说过。"

"妈，怎么还想着这事儿？"

老太太又挥了挥手："好了，不想这些事了，把老大叫过来吧。"

大凤来了，说："妈，您要交钥匙了吧？"

"交，再不交就来不及了。"

老太太伸手朝腰间摸去，把那串钥匙解下来，递到大凤面前："拿着，这就算交了。老大，我要你记住，我守了大半辈子寡，能把你们九个拉扯成人，自有其中的道理；我还要你记住，自己再怎么聪明，可是人人心里都有一本账！拿去吧，我彻底交差了，没心事了。"大凤双手颤抖地接过钥匙。

老太太交代完，大凤捧着账本回到自己屋。账本上放着老太太那只宝盒，宝盒上放着一串钥匙。回到屋里，把东西放到桌子上，一头拱到炕上，号啕大哭。大伙见状，一个个悄悄地退出屋子。

人去屋空，大凤抹着眼泪，小心翼翼地打开老太太的宝盒，里面是一堆各个年代的各种票证，老太太的话在她耳边萦绕："老大，这些交给你了，都是当年你秦大爷送给咱的，有布票、粮票、豆腐票、肉票、玻璃票、棉花票，还有工业券儿……当时你爹刚死，咱们家人口多，你秦大爷就一直帮着咱，这是他从自己嘴里省下来的啊，他一直帮到这些票没用了。这些票票最年轻的也二十岁了，我一样留了一张，保存着，就是要你们记住你秦大爷，他对咱家有恩，千万不能忘了。等他老了那一天，你们姊妹九个一个不能少，要给他戴孝。他一辈子无儿无女，你们就是他的闺女，人这辈子不能忘事儿啊！"大凤呆呆地盯着那堆发黄的票据，可眼里什么也看不见，泪水封了她的眼睛。

大年三十儿，又是一场纷纷扬扬的大雪把古城包裹起来。鞭炮声响了起来。鞭炮声中，三凤和五凤挂灯笼，贴春联。

年夜悄悄来临。二楼堂屋，老太太倚在被垛上，姐妹们团团围坐在她的跟前，桌上摆满丰盛的菜肴。六凤端着一盒买来的精致的小属相进屋来，吆喝："吃属相喽，吃属相喽！"

大凤说："妈，点睛吧？"老太太问："东屋女婿那桌都安排停当了？"三凤说："早停当了，人家已经开喝了。小叶和杨为健有点醉了，他们正听大姐夫在那儿吹牛呢。"

老太太不住地点头："好，好，过年不醉没意思。拿笔来，点睛。"五凤送上红墨水和毛笔。老太太深吸一口气，先给小老爷们儿黑虎的属相点了睛，又依次给九个闺女的属相点了睛，说："吃吧，祝你们年年平安，身体康健，富富裕裕，家庭和睦。"

大伙各自拿起自己的属相，一口填进嘴里。老太太瞅了瞅小老爷们儿："爷们儿，开始吧？"黑虎端起酒盅说："开始开始，大家都别客气，喝！"

雪越下越大，鞭炮声越来越急，交子的时辰到了。大伙拎着鞋子在院子里排成一行，黑虎跟在后边，他们在雪地上转着圈。

大凤走在最前面，大声喊着："接地气喽，踩小人儿喽，接地气喽，踩小人儿喽。"大伙一起跟着喊："接地气喽，踩小人儿喽，接地气喽，踩小人儿喽。"

大伙散去后，老太太眯着眼睛坐在太师椅上，黑虎拿毛巾在给她擦澡。屋里炉火熊熊。桌子上放着卫平留下的玻璃鱼缸，一条银草鱼在欢快地游着。电视里正在播放《动物世界·猴子》。

黑虎把热水盆端到老太太脚下，把她的脚放进盆里，搬了个凳子坐在老太太身边，出神地看着电视。电视里，老猴子正在喂小猴子。

八凤已经躺在身边的轮椅上睡着了。老太太轻声问道："爷们儿，寒假作业都做完了？不来个提前完成？你妈念书的时候放假三天就把作业全做完了，赒等着玩儿。"

黑虎嘻嘻一笑，说："还没做呢。老师叫写作文，我最烦写作文了。"

老太太问："都什么题目啊？"黑虎答："嘿嘿，皮带没眼儿，系（记）不住,不过有一个记得清清楚楚,《我爱我家》,不好写。"

老太太来了兴趣,说:"这个题目好啊,就说说听雨楼的事儿呗,那不是提笔就来的事儿吗?我念叨给你听听,你写就是了。""好,你念叨,我写。"说着,黑虎拿出本子和笔来。

老太太说:"好,咱们开始:我叫黑虎,我的家住在古城听雨楼,我有一个姥姥,有八个姨,我妈是老七……"老太太口述,黑虎笔录,一篇后来在全校获奖的佳作诞生了。

黑虎一心二用,瞅着电视突然哭了,说:"姥姥,老猴子死了。""死就死了吧。"老太太顺手撕下挂在墙上的一页日历,嘴里念叨,"又过了一年,日子多快啊,明年还不知道谁撕这一页呢。爷们儿,睡去吧,姥姥再泡一会儿。对了,给我把留声机搬来。"

初一一大早,大伙拥进院子,互道过年好。大凤吩咐:"老四,你去下饺子,余下的排着队跟我给咱妈拜年去。"大伙上了楼。大伙拥进屋子愣住了——老太太端坐在椅子上睡着了,两只脚还泡在洗脚盆里,一手握着八凤的手,一手攥着一叠压岁的红包。

留声机在转动着,唱片走了槽,反复地唱着:"这个女人啊不寻常这个女人啊不寻常这个女人啊不寻常……"

大凤蹑手蹑脚地走过去,伸手试了试老太太的鼻息,又摸摸她的脉搏,回头对大伙说:"咱妈睡着了,别惊动了她,她不会再醒了。"泪水哗哗流出眼睛。

蓦地,西厢房传来婴儿嘹亮的破啼声。黑虎咚咚地跑来,呼喊着:"老姨生孩子了,又是一个小老爷们儿!"